나와 액정

나와 액정

초판 발행일 / 2016.2.1.

지은이 / 오찬수
펴낸곳 / 도서출판 아침
        등록 제21-27호(1988.5.31)
        주소 서울시 서대문구 북아현동 1-495
        전화 326-0683
        팩스 326-3937

ISBN 978-89-7174-060-6   03810

나와 액정

재미 과학자 오찬수 박사의 삶과 꿈

도서출판
아침

비명에 돌아가신 아버지 영전에

그리고

간난신고 속에서

아들을 길러주시고 지켜주신 어머니께

삼가 이 책을 바칩니다.

머리말

　우리는 매우 소중하면서도 평소 그 소중함을 인식하지 못하고 있는 것의 예로 흔히 공기와 물을 들곤 한다. 현대 과학문명에서 액정은 바로 공기나 물과 같은 존재다. 액정은 여러 가지 현대 문명의 이기利器에 꼭 필요한 부품이 됐다. 예컨대 컴퓨터와 핸드폰과 TV에서 액정을 떼어내고 나면 기기의 사용이 불가능할 것이다. 현 단계의 과학문명은 액정 없이는 유지되기 어렵다. 나는 액정 디스플레이(LCD)가 전자파의 발견이나 증기기관 및 내연기관의 발명에 버금가는 발명이라고 생각한다.

　나는 세계 시장에서 LCD가 새로운 시대의 총아로서 등장하던 시기에 과학자로서 그 개발과 활용의 최전선에서 일하는 행운을 누렸다. LCD 연구의 선구자인 RCA 중앙연구소에서 직장 생활을 시작하고, 그 후 역시 많은 LCD 제품을 만들어낸 베크먼 사에 들어갔다. 이들 회사에서 나는 액정이라는 생전 처음 들어본 물질을 만들고 만져보고 측정해 보고 놀입할 수 있었다. 특허도 여러 건 확보했다. 그 당시 액정 연구는 첨단기술 분야여서 미국의 큰 회사들은 모두 참여하고 있었다. 미국 정부 부서들에서, 특히 NASA와 공군·해군 연구소에서 RCA에 연구 프로젝트로 지원을 많이 했다. 나는 세계적으로 이름난 과학자들 사이에서 얼마 동안 액정의 핵심 기술을 흡수했다.

그리고 미국 내는 물론 유럽의 유명한 액정 과학자들과 사귈 수도 있었다. TN-LCD를 발명한 세계적인 액정 과학자 헬프리치는 RCA에서 나와 같은 방을 쓰던 사람이었다. 이 연구소에 있을 때 일본의 대학 교수들이 방문해 우리의 액정 기술을 배워 다음 세대 LCD 산업을 이끄는 주역으로 등장하기도 했다. 액정은 첨단기술이었기에 소련 첩자가 내게 접근해 FBI의 추적을 받는 공포스러운 사건도 겪었다.

1980년대 중반에 한국의 회사들이 액정 산업에 뛰어들었다. 나는 베크먼 사가 1980년경에 액정 디스플레이 생산을 중단해 이 회사에서 생화학, 기계분석, 화학 분야 연구로 돌아선 상태였는데, 1984년경 미국 캘리포니아 산호세에서 열린 정보디스플레이학회(SID) 이후 삼성전관에서 연락을 해와 만나자고 청했다. 삼성전관의 LCD 연구·개발에 나의 배경과 경험이 필요하다는 것이었다. 나는 한국 기업이 뒤늦게 시작한다고 생각했지만 그들의 초청에 응해, 감개무량하게 내 고향 땅에 발을 디뎠다. 삼성의 수원 연구소에서 서울대 선배 되는 사장의 권고로 삼성전관의 기술고문이 되어 이후 10여 년 동안 활동했다.

나는 삼성전관 연구원들에게 액정이란 물질을 소개하고 그 화학적·광학적·전기적 특성을 알려주었으며, 액정 연구에 필요한 기구·기계·장비들을 구입해 실험도 해보았다. 곧이어 모니터 공장에 액정 디스플레이 생산 라인을 설치하는 데 조언을 해주었다. 내가 알고 써보았던 장비 생산 회사들을 소개해 주고, 오래 거래했던 액정 물질 생산 회사도 연결시켜 주었다. 그 생산 라인은 그때 국내에서 최신 장비를 갖춘, 거의 자동화된 공장이었다. 미국이나 유럽 회사에서 보지 못했던 규모였다. 삼성전관이 브라운관을 대체하기 위해 추진하고 있던 평판디스플레이 개발을 위해 세계에서 개발되고 있는 모든 평판디스플레이 기술과 개발 회사를 검토해서 경영진에게 추천하고 알선했다. 전관 임원들과 같이 미국·일본·유럽 등지의 크고 작은 평판디스플레이 회사를 방문하고 그들의 기술 현황을 검토한 뒤 필요한 경우 기술 제휴 가능성을 타진했다. 내가 소개해 준 미국 OIS 사와 한국 최초의 컬러 액정 텔레비전을 공동 개발하도록 했고, 미국 밥콕 사와 PDP 단색 랩톱 컴퓨터를 공동 개발토록 했다. 나는 타사에서 여러 해에 걸쳐서 이루어놓은 기술이 이렇게 짧은 시일 내에 우리나라에 이전되는 것을 목격하고 큰 보람을 느꼈다.

내가 이 책을 쓴 것은 이런 나의 체험담을 통해 후배 독자들에게 이 분수령에 해당하는 LCD 발명이 수많은 실패와 성공을 거듭한 과학자들의 노력을 통해 이루어졌음을 알려주고 싶어서다. 이 책의 주제가 액정이기 때문에 내가 체험한 액정을 일반인이나 초보자들에게 이해하기 쉽게 설명하는 글도 넣었다. 이 책의 '액정이란 무엇인가' 부분에서는 액정의 기초적인 개념에서 시작해 TN-LCD까지 액정에 관한 전반적인 내용을 설명했다. 독자들이 액정을 이해하는 데에 이 글이 조금이라도 도움이 되기를 바란다.

나는 내가 태어난 한국을 잊을 수 없다. 사랑과 동경과 아픔이 뒤엉켜 있는 조국이기 때문이다. 나는 과학자로서 액정 연구에서 많은 성과를 거뒀고, 삼성전관을 통해 조국의 반도체 발전에 기여했음을 보람되게 생각하고 있다. 그러나 또한 대기업들의 모습에 대한 아쉬움도 있다. 개인적으로는 제주 4·3 사건, 여순 사건, 거창 사건 등 전국 곳곳에서 발생한 양민 학살이 내 어린 시절의 삶과 얽혀 있다.

나는 어려운 시대에 전남 보성의 작은 동네 사진관에서 태어나, 초등학교 졸업도 하기 전에 아버지를 잃고 어머니와 함께 광주로 이사 가서 6·25를 겪었다. 어렵사리 대학을 마친 뒤 짧은 직장생활을 그만두고 준비한 것도 없이 한국을 떠났다. 낯선 타국 땅인 남미를 거쳐 미국 뉴욕에 도착해 세인트존스 대학에서 석사와 박사 학위를 받았다. 그 시절에 아내 정홍자를 만나 결혼해 아들 마이클과 딸 수지를 두었다. 지금 그 시절을 돌이켜보며, 낯선 존재였던 내게 순수한 마음으로 도움을 주었던 많은 사람들의 얼굴을 떠올려본다.

끝으로 이 책을 쓰게 격려해 주고 많은 도움을 준 평생의 친구 한정일 박사와, 출판 사정이 어려움에도 불구하고 이 책이 빛을 보도록 해준 도서출판 아침 여러분들께 감사를 드린다.

2016년 새해 아침에 로스앤젤레스에서

<목차>

1부 액정과의 만남

2부 작은 시작

액정과의 만남

1. 박사 학위 취득

고등학교 졸업반에 있을 때 보성의 큰아버님 댁에 인사를 갔다. 큰아버님은 내게 약사 공부를 하라고 하셨다. 약사 공부를 하면 생전 사는 데 걱정이 없다는 말씀이셨다. 그것이 약대에 입학한 계기였다.

나는 고등학교 때부터 화학이 재미있었다. 원소 주기율표가 교실 벽에 걸려 있었는데, 그것을 볼 때마다 그렇게 좋았다. 원자핵을 중심으로 돌아가는 전자들이 그리도 신기하고 더 알고 싶었다. 핵이 커지면 전자 수도 많아지고 원자량도 커진다. 수소는 작은 원자고, 우라늄은 크고 무거운 원자였다.

뉴욕의 약학대학에서 석사 학위를 마치고 내친 김에 최고 학위인 박사 학위를 따리라 마음을 먹었다. 그리고 위층에 있는 화학과에서 박사 학위 공부를 할까 생각했다. 유기화학을 하고 싶었다. 새로운 물질을 구상해서 만들어 본다? 이것이 젊은 마음에 떼어놓기 어려운 매력이었다. 서울서 약대 다닐 때 설파산 유기 약품 합성 수업을 들었는데, 그 구조식이 그렇게 좋아 보일 수 없었다. 새로운 지식이었다.

'나도 저렇게 해보았으면!'

그렇게 맘속에 선망하고 그려만 보았는데, 지금 막상 할 수 있다니 가슴이 뿌듯했다.

화학과 학과장 파스터필드Pasterfield 박사를 만나 유기 합성을 전공해서 박사 공부를 하고 싶다고 했다. 쉽게 허락을 얻어냈다. 물론 학부 학생들을 도우면서 보수를 받는 조교 자리도 확보해 놓았다. 학비 면제뿐만 아니라 1년에 1700달러 정도 용돈도 받을 수 있었다.

February 27, 1967

Mr. Chan Soo Oh
164-27 Grand Central Parkway
Jamaica, New York 11432

Dear Mr. Oh:

We are pleased to inform you that your application for admission to the Graduate School of Arts and Sciences, for the doctoral program in Organic Chemistry, has been approved by the Committee on Admissions.

유기 합성에는 두 그룹이 있었다. 한 그룹은 아미노산·펩티드Amino Acids and Peptides를 합성하는 그룹이다. 쿱칙Kupchic 박사 지도하에 연구하는데, 나는 그것을 하고 싶지는 않았다. 또 한 그룹은 그레코Claude V. Greco 박사 밑에 일곱 내지 여덟 명 정도의 박사 과정 연구생들이 있었다. 주로 복잡한 구조의 약품이나 천연물 유사 구조의 화학물질을 설계하고 합성하는 연구였다. 나는 이분 밑에서 공부하기로 했다. 이분이 나에게는 최후의 은사였다.

1967년 가을 학기부터 세인트존스St. John's 대학 화학과에서 박사 과정을 시작했다. 당초에는 컬럼비아 대학 화학과를 지원했었는데, 1년 동안 대학원 강의를 더 들어야 한다고 해서 그만두고 세인트존스의 화학과에서 유기화학을 전공하기로 한 것이다. 이것이 내 인생에서 이후 30여 년 화학자로서 활동하는 첫 관문이 되었다. 학위가 나올 때까지 그레코 교수 밑에서 공부했다.

그분은 그때 40대로 보였는데, 담배 골초였다. 사무실에 들어가면 프라이팬만큼 큰 유리 재떨이에 꽁초가 수북이 쌓여 있는 게 눈에 띄었다. 그리고 책장에는 엘더필드Elderfield의 책과 〈유기 합성Organic Synthesis〉, 〈유기 반응Organic Reaction〉, 피셔Fisher의 〈유기 시약試藥, Organic Reagent〉, 포겔Vogel의 〈유기 조제調製, Organic Preparation〉 등이 보였다. 이 교수는 헤테로고리 화합물Heterocyclic Compounds을 전문으로 가르치는 분이었다. 헤테로고리 화합물은 고리 모양의 구조를 가진 유기화합물 중에서 그 고리를 구성하는 원자가 탄소뿐만 아니라 탄소 이외의 질소나 산소 등의 원자를 함유하는 화합물이다. 나는 그때 유행하던 단백질 아미노산 펩티드 화학보다 약물 합성에 관심이 많아서 이 교수를 선택했다.

하루는 지금도 내가 읽고 있는 미국화학회 주간지 〈화학화공 뉴스 C&E News〉에 실린 기사를 보여주면서 한번 보라고 했다. 식물에서 추출한 항암제 캄프토테신Camptothecine과 아크로니신Acronycine이 핵산에 잘 삽입되면 암세포를 죽일 수 있는 항암제라고 한다. 귀가 솔깃해졌다. 유기 합성도 하고, 약품 설계 개발도 하고, 박사 학위 논문도 되고! 내가 진정으로 해보고 싶어 하던 것들이었다. 이런 물질들은 헤테로고리 화합물이고 방향족 고리여서 핵산DNA과 인터칼레이트Intercalate를 형성할 수 있으니 약물로 연구해 볼 가치가 있다고 생각했다. 인터칼레이트는 층상 구조Intercalation가 있는 물질의 층간에 분자·원자와 이온이 삽입되는 현상이다. 층상 구조의 모결정을 호스트층, 층간에 삽입된 화학종을 게스트라 한다. 인터칼레이션의 생성물은 층간 화합물이라 한다. 우리는 백퍼센트 합성체인 이소아크로니신Isoacronycine을 합성하기로 했다. 이 연구를 하는 바람에 아크리딘Acridine에 관해서 많은 경험을 얻었다.

우여곡절을 거쳐서 1년 반 후인 1969년 여름에 합성 혼합물을 정제하는 원통 크로마토그래피Column Chromatography에서 2주 정도 분획分劃, fraction을 모으다가 순수물질이 나왔다. 추가로 하려고 했던 탈수반응脫水反應도 이미 원통 안에서 완료돼 최종적으로 목표했던 이소아크로니신을 순수물질로 얻게 됐다. 순수물질이어야만 화학 구조를 알아낼 수 있기 때문이다. 광학 기계로 측정을 했지만 정확한 구조식은 그날 밤 지하실에 있는 설비로 핵자기공명(NMR) Nuclear Magnetic Resonance과 질량 분석을 해야만 했다. 다음날 측정 결과를 종합해 보니 그 순수물질이 몇 년 동안 꿈꾸어 오던 이소아크로니신이었다. 나는 외쳤다.

"이놈아, 너는 하느님이 세상을 창조하신 이래 이 세상에 처음으로 나타나게 됐다!"

"내가 너를 구상했고 만들어냈다!"

"얼마나 귀하고 자랑스러운 일이냐?"

이것이 내 박사 학위를 보장해 줄 거라고 생각하니 가슴이 두근거리는 것은 당연했다. 세상을 향해 뛰어나갈 것을 생각하니 얼마나 감격스러웠겠는가. 1969년 가을에 합성에 성공한 것이다.

논문을 쓰고 있는 중에 직장을 구해야 했다. 또 논문은 전문 잡지에 실려야 했다. 얼마 전에 구글 검색에 'Isoacronycine'을 입력했더니 다음과 같은 출판 기록이 1970년 4월치로 실려 있었다.

Synthesis of isoacronycine and its pyranone analog

Chan Soo Oh† and Claude V. Greco*

Issue

Article first published online: 12 MAR 2009

DOI: 10.1002/jhet.5570070203

Copyright © 1970 Journal of Heterocyclic Chemistry

Journal of Heterocyclic Chemistry

Volume 7, Issue 2, pages 261–267, April 1970

전문지식 또는 전문가라는 것이 얼마나 알팍한 것인지, 그리고 학자라는 것이 뭐 대단한 것이냐는 생각을 표현하기 위해서 이 글을 쓰고 있지만, 되돌아 보건대 이 알팍한 지식과 짧은 기간의 경험이 내 일생을 좌우했다. 그 얇고 짧은 지식과 경험이 그것을 모르는 기업체나 전문가들(그들은 나름대로 다른 분야에서 잔뼈가 굵은 전문가들이었고, 회사의 중역들이었다)에게는 새 기술이고 새 제품이었다. 그것이 그들의 미래를 보장해 줄 기술이고 중요한 기회였을 것이다. 지나고 보니 다 그렇고 그런 거였지만 말이다.

박사 학위 수여는 1970년 6월 졸업식 때 있었다.

2. RCA 사

1969년 9월이었다. 뉴욕시에서 미국화학회 가을 학회가 일주일간 열리고 있었다. 그해 여름에 박사 학위 논문의 핵심이 되는 실험에 결정적으로 성공하고 논문을 쓰는 중이었다. 학회 참석차 뉴욕에 갔을 때 구직 청구서를 접수해 놓았다. 화학회는 학회가 열리는 동안에 회원들을 위해서 구직 청구서를 접수받아 각 회사 인사과에 보내는데, 회사에서 적합하다고 선택된 사람에게 면접 통지를 보낸다.

1969년 10월 9일, RCARadio Cooperation of America 사 인사과에서 편지가 왔다. 뉴저지 주 프린스턴에 있는 중앙연구소David Sarnoff Research Center에서 온 편지였다. 와아! 가정교사로 공부 마치고 한국에서 도망 나온 나같이 천한 놈이 감히 세계적으로 유명한 회사의 중앙연구소에서 면접 통지를 받다니! (이 부분의 표현이 좀 과하다는 느낌도 있지만, 이 순간까지 억눌러 쌓이고 쌓인 나의 솔직한 감정을 터뜨려 시원함을 느끼고자 하는 것이다. 후편 '작은 시작'과 함께 보며 공감해 주길 바란다. '도망'이라는 단어도 젊었을 때 대한민국 여권을 받으려고 당시의 연좌제 법망을 피하느라 받았던 심적 고통 때문에 나온 것이며, 그때의 위기를 잠깐 피했다는 것이지 버리고 싶어 떠났다는 것은 아니다.)

그때 나의 부푼 가슴은 경험해 보지 않고는 알 수 없는 설렘과 벅참으로 가득 차 있었다. 그때부터 지금까지 뒤도 돌아보지 않고 앞으로만 나아갔다. 아무런 거리낌 없이. 이른바 '미국의 꿈American Dream'이 현실화되기 시작하고 있었다.

그 편지에는 나의 이력서와 구직 청구서를 보게 된 연유와 그 회사에서 찾고 있는 연구원이 어떤 사람인지에 대해 쓰여 있었다. 연구소 내의 유기반도체 그룹Organic Semiconductor Group이 새 액정Liquid Crystal 합성을 할 수 있는 사람을 구하고 있다고, 흥미가 있으면 곧 연락을 해달라고 했다.

'흥미가 있으면'이 문제가 아니었다. 빨리 그 액정이란 게 무엇인가부터 알아봐야 했다. 이름도 괴상했다. 액체인 결정체? 생전 들어보지도 못한 단어였다. 곧장 학교 지하실에 있는 도서관으로 달려갔다. 지금 같으면 인터넷 검색으로 금방 찾아볼 수 있었으련만.

이것저것 뒤적이다가 글래드스턴Gladstone이 지은 물리화학 책 뒤의 색인에서 '액정'을 찾았다. 내용은 겨우 두세 페이지 적혀 있었다.

1900년대 초에 독일 화학자가 콜레스테롤 유도체에 속한 물질을 정제purification했는데, 아무리 정제해도 결정체 즉 고체가 되지 않고 액체로 남아 있었다고 한다. 더 연구한 결과 그 물질은 액체인데 결정체 같은 특성을 가졌다는 사실이 밝혀졌다. 그래서 '액체 결정Liquid Crystal'이라고 불렀다는 것이었다. 그 책에는 현재까지 액정에는 세 가지가 알려져 있다고 간단히 적혀 있었고, 참고 문헌들이 기록돼 있었다.

RCA Laboratories | David Sarnoff Research Center | Princeton, NJ 08540 | Telephone (609) 452-2700

Mr. Chan Soo Oh
78-40 164 Street
Flushing, New York   11366

Dear Mr. Oh: October 9, 1969

During the American Chemical Society meeting in New York, I had
the opportunity to review your resume. Certain of the informa-
tion it contains suggests that your employment interests may be
very close to one of our research programs at RCA Laboratories,
therefore, I am writing to ask if you would be interested in
considering employment with us.

I am enclosing an application form that you may wish to complete
and return directly to me as the next step in our discussions.
The project that we have in mind would include initial involve-
ment in the area of Liquid Crystal Synthesis; we are hopeful
that candidates will be flexible enough to contribute in other
areas such as dye and photochemistry. You would be working
closely with physicists and engineers who will be evaluating
these materials.

We look forward to hearing from you.

Very truly yours,

J. D. Bowker, Manager
Graduate Recruiting

JDB/jaj

RCA 중앙연구소 인사과에서 온 편지.
액정 물질을 합성하는 그룹에서 일할 것이라고 돼 있다. 나는 이를 계기로 액
정을 처음 만나게 되었다.

이 정도면 우선 문외한은 면한 셈이었다. 지체 없이 그 회사에 편지를 보내 면접을 청했다. 10월 12일이었다. '이런 행운이 어디 있겠나?' 하고 생각했다. 도대체가 마음이 설레기만 했다. 그때도 불경기여서 직장을 구하기가 어려운 때였고, 여기저기서 무더기로 해고를 하는 형편이었다. 더군다나 석사·박사급은 취직이 더욱 어려웠다.

며칠 있다가 편지가 왔다. 면접 일자는 11월 20일로 잡혀 있었다. 그날 하루 일정도 대강 설명돼 있었다. 부담되는 것은, 내가 학교에서 한 연구 결과를 그날 여러 연구원 앞에서 세미나 식으로 발표하라는 것이었다. 장소는 도서관 옆 강당이라고 했다. 그 큰 연구소에서 이미 세미나가 있다는 발표가 나왔을 터였다. 연구소에는 약 1500명의 연구원이 있었는데, 대부분이 석사·박사급들이고 노장들도 많이 있었다. 세미나가 끝난 후에 틀림없이 평가가 나올 것이고, 그 결과에 따라서 내가 채용되느냐 마느냐가 결정되는 것이었다. 생각만 해도 등에 땀이 맺혔다.

이때 첫 아이가 만삭이었다. 면접하는 날은 월요일이었고, 시간은 아침 8시였다. 그 전날 연구소에서 가까운 홀리데이인 모텔에 투숙하기로 예약했다. 그 모텔은 국도 1번 길가에 있었다. 11월 19일 일요일 오후에 아이의 출산 진통이 시작되었다. 롱아일랜드에 살고 있는 아이 이모 집에 산통이 시작된 아내를 부탁했다. 아이 이모는 아내의 언니였는데, 롱아일랜드 유대계 병원에 근무하는 병리학 의사였다. 하필이면 왜 일요일 오후 그 시간에 아이가 나오려고 했을까? 면접을 연기해 달라고 연락할 수도 없고 내일 아침에 가지 않을 수도 없고 아주 난처했는데, 아이 이모가 가까이 살아서 다행이었다.

가을비는 억수같이 쏟아지고 있었다. 롱아일랜드 고속화도로를 달려서 미드타운 터널을 통과하고 맨해튼을 가로질러 링컨 터널을 지나면 미국 국도 1번이 나온다. 남쪽으로 남쪽으로 비 오는 캄캄한 밤길을 질주했다. 밤중에 뉴저지 북부 국도를 질주하는 것은 그로부터 몇 년 후에 미국 중앙정보부 요원을 만나고 롱아일랜드 아이 이모 집으로 달려가던 밤에 되풀이됐는데, 두 번 모두 비슷하게 으스스한 밤이었다. 마음이 비장한 것도 비슷했다. 몇 년 전 아르헨티나 코르도바 근처에 있는 연구소에서 작별 인사를 하고 부에노스아이레스로 정처 없이 가던 때처럼 알 수 없는 미래에 대한 도전과 두려움이 교차하는 길이었다.

내 마음속은 여러 가지 생각으로 뒤범벅이 돼 있었다. 어떤 아이가 나올까? 아버지가 되면 책임이 무거워질 텐데, 내일 아침 면접할 때 어떻게 해야 말을 잘할 수 있을까? 세미나는 학교에서 몇 번 해봤지만, 그 많은 학자들 앞에 설 내가 아주 초라해 보였다. 아니다. 내가 한 연구 실험 결과는 떳떳하게 얘기할 수 있다. 시원찮은 미국식 영어도 전혀 걱정이 되지 않았다. 내 생각으로는 영어를 잘하는 것 같이 느꼈다. 하지만 그들이 듣기에 얼마나 답답했을까? 캄보디아에서 갓 온 사람과 영어로 대화하는 거나 비슷했을 것이다.

모텔에 도착했을 때도 비는 억수같이 쏟아지고 있었다. 도착 시각이 밤 11시쯤이었을 것이다. 어떻게 몇 시간 눈을 붙였다. 연구소는 뉴저지 턴파이크와 미국 국도 1번 사이를 연결하는 하이츠타운-프린스턴 하이웨이 상에 있었다. E 자형으로 된 웅장한 3층 건물이었다. 정문은 E 자의 막혀 있는 부분 중간에 있고 동남쪽을 향했다. 열려 있는 부분은 서북쪽을 향했고, 넓은 주차장을 건너면 큰 연못을

긴 산책로 공원이 있었다. 인사과는 정문을 들어서서 왼쪽으로 긴 복도를 지나 서북쪽 끝에 있었다. 인사과 책임자였던가? 나에게 편지 보낸 그 사람 바우커Bowker 씨가 반갑게 맞이해 주고 편안한 자리에 앉도록 한 뒤 그날 하루 있을 일에 대해서 설명해 주었다.

뉴저지에 있는 본래 RCA의 유명한 중앙연구소 조감 사진. 최근 구글 지도에 실려 있는 것이다. 위가 북쪽이고 오른쪽이 동쪽이다. 영문자의 E 자 모양의 건물인데, 내가 입사했을 때는 동남쪽의 이어진 건물이 없었다. 서남쪽에 인사과·도서관과 연구 발표 및 회의실, 강당이 있었고, 액정 연구실은 동북쪽 1층에 있었다.

조지 하일마이어George Heilmeier 박사! 내 운명을 결정해 줄 이 사람이 그 회사 연구소의 유기반도체 팀장이었다. 매사추세츠 공과대학(MIT) 전기과에서 박사 학위를 받고 지금 자리에서 새 분야를 개척하느라 열심인 젊은 엘리트였다. 본래 RCA는 데이비드 사노프 David Sarnoff라는 유대인이 설립해서 축음기·라디오·텔레비전 등

가전제품으로 성공한 세계적인 회사였다. 조지도 유대인 엘리트였다. 사실 이 연구소 학자들 가운데는 유대인 박사들이 많았다.

인사과에서 일이 끝나고 나는 조지의 사무실로 안내되었다. 무슨 얘기를 나눴는지 잘 기억이 나지는 않지만, 몇 분 동안 대면을 하고 인상이 좋았던 기억이 난다. 오전 9시에서 10시 정도였는데, 조지가 전화를 받더니 나를 향해서 만면에 웃음을 띠우며 손을 내밀었다.

"당신은 지금 아들을 낳은 아버지가 되셨습니다. 축하합니다!"

내가 어리둥절해 있자니 그가 또 밀한다.

"아들을 잘 키우려면 이 직장을 얻어야겠구려!"

나는 자신도 모르게 그렇다고 동의의 표정을 지었던 것 같다. 이 것이 좋은 인연의 시작이었다. 나의 삼사십 년 과학자로서의 인생이 시작되었던 것이다.

인터뷰를 할 때 조지는 유기반도체 그룹이 현재 하고 있는 연구가 액정 디스플레이(LCD)Liquid Crystal Display라고 말해 주었다. 회사의 장래를 위해 아주 중요한 분야이며, 국방부 특히 공군과 해군 기지에서 연구 계약을 따내고 있다고 했다. 현재 알려져 있는 액정은 모두 녹는점(융점融點, 고체에서 액정으로 변화하는 온도)이 실온室溫보다 훨씬 높아서 현미경으로 관찰할 때 가열 장치를 부착해야 하는 등 실험하기도 어렵지만, 몇 가지 액정을 혼합하면 녹는점이 낮아져서 전기·광학적 관찰 내지 측정이 가능하다고 했다. 그래서 나 같은 유기화학자들이 실온에서 작동할 수 있는 액정을 개발·합성해야 한다는 것이었다. 신물질 개발의 또 다른 목적은 새로운 물질이 가져올 전기적 특성과 광학적 특성이었다. 그때(1970년) 알려진 액정은 녹는점이 섭씨 50도에서 150도였다. 보통 실온에서는 소금 또는 조미료와 같은 하얀 결정체였다.

조지는 자기 부서 사람들, 사무실과 그 옆에 위치한 연구실험실을 구경시켜 주었다. 제일 먼저 만난 사람은 유기합성 그룹의 조셉 카스텔라노Joseph Castellano 박사였다. 키는 그렇게 크지는 않지만 나이도 나와 비슷한 이탈리아인 후예였다. 브루클린에서 자라났고, 브루클린 폴리텍 대학을 졸업한 사람이었다. 회사에 취직된 후 이 사람 밑에서 일을 시작하고 30년 넘게 친구 관계를 맺게 되는데, 그는 액정 합성의 세계적 권위자였다. 그는 액정 합성 연구뿐만 아니라 이 회사에서 일어나는 모든 일에 대해 가르쳐주고 나를 이끌어주었다.

그 다음 만난 사람은 앨런 서스먼Alan Sussman 박사였다. 키는 자그마하고 구레나룻과 턱수염을 기르고 있었다. 물리화학을 전공한 프린스턴 대학 출신인데, 정통 유대인으로 두뇌 회전이 빠르고 재치가 있어 연구자로서 좋은 재능을 지니고 있었다. 그는 내게 액정의 물리적·광학적·전기적 특성에 대해 많이 가르쳐주었고, 특히 유리판 처리 방법을 가르쳐주었다. 액정은 배향配向, Alignment을 잘해야 광학적 현상을 관찰할 수 있다. 그의 표면 처리 방법으로 수직 혹은 수평 배향을 가질 수 있었다. 그에게서 배운 기술로 나는 이후 액정의 세계에서 충분히 제몫을 할 수 있었다.

1970년 3월경부터 근무를 시작했다. 아파트도 연구소 가까운 동네 뉴저지 하이츠타운Hightstown에 얻었다. 우리 부부는 이제 3~4개월 된 아들을 데리고 이곳에 이사 와서 처음으로 미국 주류 사회에 뛰어들었다. 우리가 얻은 윈저캐슬Windsor Castle 아파트는 정원 같이 꾸며진 조경에 깨끗하고 조용하고 평화로웠다.

윈저캐슬 아파트는 우리 식구가 처음 이사 가서 살았던 아름다운 아파트였다. 그때는 건물이 셋밖에 없었다.

　이로써 나는 실력이 쟁쟁하고 액정 연구 분야에서 세계적으로 이름난 과학자들 틈에 갑자기 끼어들게 되었다. 대부분의 과학자들은 이론물리학·응용물리학·전기전자공학·이론화학자였고, 조셉 카스텔라노 박사가 유일한 유기화학자였다. 그가 내 상사이자 동료였다. 나는 조수 하나 데리고 매일 그와 같이 일했다. 물리학자·전자공학자들만 있는 곳에서 유기 합성 기술 또한 우리만 가지고 있는 장기였다. 그래서 이 큰 연구소에서 유기 물질에 관한 문의는 우리에게 오곤 했다. 그때는 어리둥절해서 밥벌이가 되는 직장을 얻게 되니 다행이다 하고 안도의 한숨을 내쉬었을 뿐이지만, 지금 생각해보면 채용 결정은 그 유기화학자 카스텔라노가 내렸을 것으로 생각된다. 그래서 그가 왜 나를 선택했을까 하는 생각도 자주 해봤다. 그당시 유명한 유기화학 교수 밑에서 학위를 받은 박사들도 많았을 텐데 나를 선택한 이유가 무엇이었는지 알 수도 없고 물어볼 사람도 없었다.

여하튼 내가 해야 할 일은 당장 이 그룹에 필요한 액정을 계속 합성(제조와 정제)해서 우리 자체 내의 여러 프로젝트와 외부의 주문 특히 미국 정부의 공군·해군·육군 연구소들과 미 항공우주국(NASA) 프로젝트 등에 쓰일 물량을 공급해야 했다. 특히 버지니아 주에 있는 미 공군 기지 연구소의 LCD 개발에 많이 참여했기 때문에 그들이 우리 연구실에 자주 방문해서 아예 그들이 보고자 하는 미래의 모의 전투기 조종실을 전시해 놓기도 했다. 종전 비행기 조종실은 모두 아날로그 표시판이어서 각종 계기들이 시곗바늘 같은 것으로 표시됐는데, 이를 디지털 숫자 표시판으로 바꿨다. 특히 조종실의 CRTcathode ray tube(전투기용 특수 브라운관의 전신)는 그 부피가 크고 무게도 무거워서 LCD로 대체하는 것은 아주 매력적이었다. 공군·해군과 나사에서도 이 연구를 보조하는 것이 당연했다. 여하튼 외부에서 오는 방문객은 끊이지 않았고, 방문객이 올 때마다 그 공군 전투기 모의 조종실을 보여주었다. 그것은 대단한 자랑거리였다.

이때쯤에 일본 학자들이 연구 센터를 방문했는데, 이 방문객들이 일본으로 돌아가서 그 후 일본의 LCD 연구·개발의 중심이 되었다. 10여 명이 모두 목에 카메라를 주렁주렁 매달고 한 줄로 걸어서 연구실에 왔던 일이 지금도 기억이 난다. 그때 만난 도쿄 대학의 고바야시 교수, 도호쿠 대학의 우치다 교수, 그리고 칫소 사의 이노우에 씨와는 그 후 이삼십 년 동안 친분 관계를 유지했다. 그들은 나를 "오 상(오 씨), 오 상" 하면서 만날 때마다 반겨주었다.

우리는 자체 내에서 개발한 액정인 APAPA와 PEBAB(액정과 이하에 나오는 액정의 여러 가지 이론들에 대해서는 이 책 1부 제9장 '액정이란 무엇인가'에 상세히 설명돼 있다. 필요할 경우 이를 참조하면서 읽어나가기 바란다)을 합성·정제하고 있었다. 화학 구조상 그렇게 복잡하지 않고 합성도 어렵지 않은 물질들이었으며, 실온에서 고체인 하얀색의 바늘 같이 생긴 결정체였다. 내가 해야 할 업무는 새 액정을 구상해서 합성하는 것이었다. 종전에 없었던 '신물질'을 개발하는 것이다. 그걸 시키려고 몇 달에 걸쳐서 여러 후보를 면접해 심사한 다음에 나를 뽑은 것이다. 사실은 행여나 엉뚱한 발상을 할 수 있다면 신물질을 얻을 수도 있으리라는 연구소 운영 방침이었는지도 모르겠다.

우리들은 매일같이 실험실에서 쓰는 노트에 실험하는 목적·경과 및 결과를 꼼꼼히 적어놓고 동료 두 사람이 읽은 뒤 이해했다고 사인하고 날짜를 꼭 기입해야 했다. 이 노트는 도서관에서 발급된 고유 번호와 함께 내 이름 아래 등록되어 있었다. 페이지마다 페이지 번호가 찍혀 있어서 페이지를 찢어내서는 안 되었다. 잘못 기록된 것은 가로로 줄을 긋고 무효라고 써 놓으면 된다. 사직·면직·은퇴 등으로 회사를 그만둘 때는 내가 소장한 것 전부를 도서관에 반환해야 한다. 이 노트는 회사의 재산이기 때문이다.

또 하나 더 해야 할 일은 매달 월말 연구 보고서를 작성해서 제출하는 것이었다. 우리 비서는 이것들을 각 연구원에게서 거두어서 책자를 만들어 회사 내에 배포했다. 책임이 무거웠다.

새 액정물질을 만들려고 위에 소개한 기존 액정 APAPA를 개조하기 시작했다. APAPA 분자 구조에서 유기산(-COOR-)을 탄소산(-OCOOR-)으로 바꿔보았다. 대부분 새로운 액정이었으나, 기대했던 만큼 기존 APAPA에 비해 녹는점이 낮은 액정이 아니었다. 정부 연구소들의 기초 연구·개발 자료로 보고서에 쓸 수는 있었다.

또 하나 개조해 본 것은 기존 액정 분자의 벤젠 환環을, 질소를 포함한 방향족 환芳香族環 피리딘Pyridine으로 대체해 합성한 것이었다. 모두 스멕틱Smectic 액정으로 나왔다. 스멕틱 액정은 디스플레이에 쓸 수 없는 액정이다.

그 다음에 개조해 본 것은 위에 언급한 PEBAB 분자였다. 이 물질은 시안(-CN) 기基를 가지고 있어서 저전압에서 가동할 수 있는 필드이펙트 디스플레이Field Effect Display에 많이 쓰인다. 이 PEBAB 액정 분자에서 에스테르(-COOR-) 기의 R를, 보통의 지방족 대신에 이성탄소異性炭素를 가진 지방족 기를 부착해 액정을 합성했다. 기대한 대로 녹는점이 낮은 콜레스테릭Cholesteric 액정 또는 키랄 네마틱 Chiral Nematic 액정을 얻게 되었다. 그 결과 RCA 사는 특허를 출원해서 1974년에 특허를 얻게 되었다(1부 제3장 '40년이 지나서' 참조).

내가 이런 결과를 내자, 나와 사무실을 같이 쓰고 있던 독일계 이론물리학자 월프강 헬프리치Wolfgang Helfrich가, 자기가 지켜보고 있던 스멕틱 C의 알킬 기를 바로 위에 기술한 이성탄소를 가진 알킬 기로 대체하면 새로운 액정 상相을 만들게 될 거라며 합성해 달라고 했다. 결과는 예상대로 스멕틱 액정이 얻어졌다. 월프강은 실험실에서 반나절 실험하고 나오더니 씨익 웃으면서, 이 온도에 따라 변경되는 헬릭스의 주기Pitch를 보라고 하면서 만족해했다. 과학 하는 사람들의 순수한 희열을 같이 만끽했다. 얼마 지나지 않아 결과는 그 유명한 물리학 잡지 〈피지컬 리뷰 레터Physical Review Letter〉에 실렸다(1971년 정도로 기억된다). 세계 각처에서 논문 복사 청구가 수없이 쏟아져 들어왔다(아래 구글 검색 결과 참조). 월프강과 나는 그 후로 몇십 년 동안 우정을 나누었다.

Academic > Publications > Optically Active Smectic Liquid Crystal

▌Optically Active Smectic Liquid Crystal ▣ Export

W. Helfrich, Chan S. Oh

The discovery is reported of the first optically active smectic **liquid crystal** to consist of only one compound and to permit supercooling to room temperature. The compound is bis-(p-6-methyloctyloxybenzylidene)-2-chloro-1, 4-phenylenediamine.

Journal: Molecular Crystals and Liquid Crystals - MOL CRYST LIQUID CRYST, vol. 14, no. 3-4, pp. 289-292, 1971

DOI: 10.1080/15421407108084643

이때쯤 처음으로 실온 액정이 발표되었다. 소위 MBBA는 실온에서 약간 노란색을 띠는 액체였나. 그러나 네마틱 액정은 상한점(액정이 보통 액체로 변하는 전이점 온도)이 섭씨 41도에 불과했다. EBBA를 혼합시키면 이 상한점을 높일 수 있다. APAPA를 배합하면 더욱 높일 수 있다. 또 거의 동시대에 독일의 이머크E. Merck 사에서는 거의 갈색에 가까운 노란색의 실온 액정인 아족시Azoxy 액정을 시판하기 시작했다.

대학원을 떠나서 RCA의 데이비드 사노프 연구센터에서 일한 지가 2년이 되었다. 나는 디스플레이에 쓸 수 있는 네마틱 액정 합성에 전념하고 있었다. 1971년 9월에 열린 베를린 국제 액정학회가 끝난 후에, 나의 상사였던 조지 하일마이어 씨가 백악관 신인과학자 Technology Fellow 직을 얻어 나가면서 연구소에서 사임했고, 월프강 헬프리치는 스위스의 바젤에 있는 호프만 라로슈Hoffman La Roche로 직장을 옮겼다. 그해 10월에 꼬인 네마틱 디스플레이Twisted Nematic Display 발명특허 출원이 발표되었다.

한편 RCA 사의 서머빌Somerville 액정 공장은 생산을 줄이면서 핵심 기술자들을 전원 해고했고, 액정 생산 프로그램을 중단해 버렸다.

중앙연구소에는 이제 조셉 카스텔라노 박사와 앨런 서스먼 박사, 나, 그리고 세 명의 조수들만 남게 되었다. 우리 그룹은 직장의 안정성에 대해 걱정하고 있었다. 앞으로 닥칠 전 연구소 인원 10퍼센트 감축이 끼칠 영향에 촉각을 곤두세웠다. 우리는 그래도 안전할 것이라고 생각했다. 그 이유로는 첫째로 우리가 특허를 출원할 수 있는 기본 기술 개발에 기여하고 있고, 둘째로는 우리 그룹은 정부 기관과의 계약 연구를 하고 있기 때문이었다.

그동안 우리 식구는 뉴저지 크랜베리에 있는 윈저캐슬 아파트에 살고 있었다. 어머님이 첫 손자 마이클을 보려고 방문 중이셨고, 아내는 둘째 아이 임신 6개월째였다. 그래서 좀 큰 집으로 이사하기 위해 그 근처 크랜베리 매너Cranbury Manor에 있는 조그마한 2층집을 사기로 했다. 3만1천 달러짜리 모기지Mortgage에 사인하고 1971년 10월 1일에 이사했다.

East Windsor, New Jersey
Street View - Sep 2013

Image capture: Sep 2013   © 2015 Google

우리 식구가 처음 이사 들어간 로키브룩 로드Rockybrook Rd 87번지의 단독주택이다.

그로부터 3주 뒤에 놀랍게도 알렉스 로스Alex Ross 박사가 나를 부르더니, 자기 사무실에서 내가 해고되는 것에 매우 미안하고 유감스럽다고 통지했다. 그 10퍼센트 감원 해고는 하루 종일 연구소 이곳저곳서 진행되고 있었다. 앨런 서스먼 박사도 12년 근무 경력이 있었지만 해고를 당했다.

이런 청천벽력 같은 일이 일어나자 나는 매우 당황했다. 그렇게 권위 있는 큰 회사 연구소가 박사급 과학자들을 그렇게 쉽게 해고하시 않으리라고 믿었었다. 나는 급하게 이력서를 새로 써서 구직 편지와 함께 전국 300여 군데 회사로 보냈다. 회사 인사과에서 협조해주어서 그렇게 빨리 보낼 수 있었다. 그러나 거의 대부분 지금은 자리가 없다는 답장이 왔다. 경기가 나쁜데다가 연말이어서 너무 학력이 높은 화학 박사에게 적합한 자리가 없다는 것이었다.

마지막으로 나도 등록 회원이었던 화학회 주간 잡지 〈C&E 뉴스〉의 구직란에 광고를 실었다. 그 광고 내용은 대강 이러했다.

액정 경험 소유자 / 큰 회사에서 액정 개발 2년 경력 / 이사 가능

그 광고는 1971년 12월 셋째·넷째 주, 1972년 1월 첫째·둘째 주까지 한 달 동안 실렸다. 세 군데서 문의가 왔다.

하나는 로체스터에 있는 제록스Xerox 사 중앙연구소에서 온 것이었다. 얼마나 기뻤는지! 로저 애덤스Roger Adams와 와이소키Wysocki가 일하는 액정 그룹이었다. 그들도 나를 알고 반가이 면접을 해주었다. 연구센터는 뉴욕 주 북부 로체스터 시 교외의 숲이 많이 있는 별장 같은 곳에 위치해 있었다. 연구소 건물은 큰 원형의 3층 건물이

었다. 사무실들은 밖으로 숲이 보이고 멀리는 잎도 다 져버린 단풍나무들이 있었으며 여기저기 눈이 쌓여 있었다. 사무실에서 건물 내부의 복도를 지나가면 실험실로 들어가는 철문이 보인다. 실험실은 모든 장비가 준비되어 있었다. 큰 창으로 내다보이는 원형 건물 중간에 잘 가꾸어진 정원이 보였다. 실험실에서 사고가 나면 나와서 그 철문을 닫고 문 오른쪽의 붉은 버튼을 누르면 자동 소화기가 작동한다고 했다. 나는 참 잘 설계한 이상적인 실험실이구나 하고 생각했다. 로저 애덤스 씨와 와이소키 박사 그룹은 콜레스테릭 액정의 세계적 권위자들이었다. 그러나 식구들을 데리고 이 시골 도시로 이사하고 싶지는 않았다.

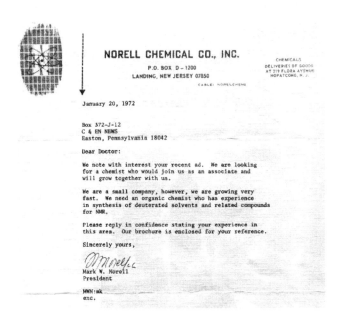

또 하나 답변이 온 곳은 노렐Norell이라는 조그마한 화학 회사였다. 핵자기공명(NMR) 분석기에서 화학 구조를 측정하려면 시료로 중수

重水를 포함한 유기 용매를 써야 하는데, 그 중수를 포함한(수소 원자가 중수소로 치환돼 듀테로화化한) 물질을 합성해 줄 수 있느냐고 물어 왔다. 중수는 자기들이 공급해 주고 합성 물질(물론 순도는 99.9퍼센트)의 양에 따라서 보상해 준다는 것이다. 듀테로화 디메틸술폭시드(DMSO)와 듀테로화 클로로포름이 제일 많이 필요하다고 했다.

나는 새로 산 집 지하실을 화학 실험실로 만들었다. 뭐, 따질 것 없이 수입을 만들어야 식구가 산다! 누구 하나 기댈 곳도 없었다. 생존 본능이었다. 어떻게 구했넌지 유리 기기, 가열 장치, 진공 펌프 등을 사다 놓고 밤늦게까지 화학 합성 일을 했다. 화학품을 보내주고 수입도 조금 생겼다. 그러나 얼마 있다가 지하실 창으로 유황 물질(아마 독성인 유화수소!) 냄새가 풍기기 시작했다. 동네 사람들이나 시당국에서 들이닥치기 전에 중단해야 했다.

```
Dear S

    I am very much interested in your suggestion
regarding liquid crystals.
    I would appreciate it if you could call me,
if possible, on 29 January I972 between IO and IIa.m.
at the following phone number:

    (9I4) 967-9748.

            Thank you

            A. MARCH
```

마지막으로 마치 A. March라는 사람에게서 사진과 같은 쪽지가 왔다. 그래서 1월 29일에 914-967-9748로 전화를 했다. 이 쪽지는 회사 공식 서한에 쓰는 용지가 아니고 보통 백지에 타이프로 찍어서 사인도 없이 보낸 것이었는데, 다급한 바람에 주의해 보지도 않고 의심 따위는 생각도 못했다.

29일 오후에 북 뉴저지에서 일하고 집으로 운전하던 중에 어느 주유소에서 공중전화로 전화를 했다(해지기 전에 전화해야 하기 때문이었다). 마치라는 사람이 전화를 받았는데, 그 영어 발음이 외국인 특히 독일 사람들 같은 유럽 사람들의 영어 발음이었다. 그는 전화로 통화해서 반갑다고 하면서 만날 약속을 하자고 한다. 그래서 1972년 2월 첫 주나 둘째 주 토요일 저녁 8시에 미국 국도 1번과 130번 교차 로터리(뉴저지 주 뉴브런스윅New Brunswick) 근처에 있는 간이음식점에서 만나기로 했다.

대략 40대로 보이는 육중한 남자가 나를 쉽게 알아보고 악수를 청했다. 그 시각에 그곳에 동양인으로 보이는 사람이 나 하나뿐이어서 쉽게 찾은 모양이었다. 그는 자신이 북 뉴저지에 있는 "한 회사"에 근무하는 엔지니어라고 말했다. 자기 회사가 액정을 이용한 새로운 제품을 개발하려고 하는데 액정에 대해 전반적인 정보 내지 자료가 필요하다면서, 간략한 보고서를 써줄 수 있느냐고 물었다. 나는 내가 잘 알려진 전문가는 아니지만 노력은 한번 해보겠다고 대답했다. 비용은 150달러로 합의했다.

2월 초였으니 RCA에서 밥줄이 떨어져 노렐 사 화학 제품을 만들던 긴박한 상황이었다. 150달러가 웬 떡이냐 하고 거머쥐었다. 그래서 집에 와서 액정물질에 대해 설명서를 썼다. 물론 소개해 준 액정물질은 일반 액정 서적이나 리뷰 논문들에서 발췌한 것들이고, 화학 분야가 아닌 엔지니어들도 쉽게 이해할 수 있게 썼다. 돈 받고 쓰는 건데 보고받는 사람이 보고 이해할 수 있어야 다음에 더 일감을 줄 것이라고 생각했다. 혼자 생각으로, 만약 이 보고서를 잘 써주어서 그 회사에 직장이라도 얻어 액정 사업을 시작해 보리라는 욕심도 가져보았다.

약 2주 후 토요일 밤 8시에 같은 음식점에서 똑같은 사람을 만나서 그 보고서를 주었다. 그는 보고서를 대강 뒤적거려 보더니 만족한 듯 150달러를 건네주었다. 그는 나에게서 현금을 받았다는 영수증이나 사인을 받아 가리고도 하지 않았다. 다만 나의 집 주소와 전화번호만 알려달라고 했다. 요구한 대로 적어 주었다.

나는 그에게 자기 회사에 대해서 설명 좀 해달라고 청했다. 그는 다시 말하지만 회사 이름은 아직 밝힐 수는 없고 북 뉴저지에 있는 한 엔지니어링 회사라고만 했다. 그는 자신이 전기·전자 엔지니어라고 했지만, 그와 이 짧은 시간 대화를 하면서 느낀 바로는 이 사람은 영업부 사람일 것이며, 기술 분야에 관해 대화하기에는 지식이 빈약하다고 느꼈다.

그는 내게 직장을 구했느냐고 묻기도 했다. 그래서 아직 구하지 못했다고 말하고 내 어려운 사정을 이야기했다. 그는 다음번에는 액정 응용에 관해서 보고서를 써 오라고 하면서, 오는 5월 중에 만나자고 했다. 역시 보고서 값은 150달러로 정했다. 마치라는 사람과 주고받은 이야기는 이 책 1부 제6장 '함정'에서 계속할 것이다.

3. 40년이 지나서

　우연히 엡슨 스캐너를 치우다가 40년 된 〈뉴욕 타임스〉 신문 기사 오려놓은 것을 발견했다. 1974년 2월 22일자 기사였다. RCA 사에서 일할 적에 에드워드 파시에르브Edward Pasierb와 같이 특허를 받은 내용이다. 그 기사에서 RCA는 미래에 주머니에 넣을 수 있는 포켓 텔레비전이 가능하다고 했다. 이 글이 내 마음에 찡하게 울려왔다. 한마디 이야기를 쓰고 싶은 충동을 이길 수 없었다. 지금 그 꿈이 전 세계로 퍼져서 이루어지고 있다고 느끼자 내 마음은 감개무량해진다.

　그 기사에 나온 사진에는 에드워드가 보여준 샘플 왼쪽에 뿌옇게 불투명한 창이 보이고 오른쪽(전압을 가한 창)에는 손목시계가 선명하게 보인다. 이 샘플에 들어가 있는 액정과 기사 제목인 특허의 내용이 내가 하고 싶은 이야기다.

　그 이야기를 하기 전에 지금 우리가 누리고 있는 편리함을 40년 전 사람들에게 자랑하고 싶기도 하고, 지금 제일 많이 누리고 있는 젊은이·어린이들에게 40년 전 사람들의 꿈과 그동안 수많은 사람들의 연구와 기술 개발, 투자와 생산, 시장 투입의 끊임없는 노력들이 있었음을 이야기해 주고 싶은 충동이 생긴다.

New Liquid Crystal Is Devised

By STACY V. JONES
Special to The New York Times

WASHINGTON, Feb. 22— The RCA Corporation, which is about to begin the production of liquid crystal displays that illuminate clock and calculator faces, received a patent this week for a distinctive new form. It is opaque until current is applied, and then opens like a venetian blind, disclosing whatever design is underneath. Edward F. Pasierb, a staff associate at RCA Laboratories in Princeton, N.V., and Chan Soo Oh, a former staff member, were granted Patent 3,792,915.

Patents of the Week

The solid state division of RCA plans to open a liquid crystal plant in Franklin Township, N.J., next April, with an initial work force of 100. The crystals are already used in wrist watches and small calculators.

A liquid crystal device consists of two clear glass plates about one-thousandth of an inch apart and coated on the inside with a transparent conductive coating. When low-powered current from an integrated circuit is sent through electrodes arranged in figures or designs, the lettering or picture is visible. Most liquid crystal devices are transparent.

The new form undergoes what is called a field-induced phase change. The liquid crystal host material has an optically active cholesteric component. The electric field changes the texture of the liquid from a light-scatter-

Edward F. Pasierb, one of the inventors of the liquid-crystal device. When current is applied to the crystal it becomes clear, showing the face of watch, panel at right. When there is no power, the crystal is opaque, left.

ing to a transparent state, reveaiing the design. When the current stops, it returns to the opaque.

The patent suggests that the new device can serve in electronic window shades, advertising displays and numeric indicators of various kinds. RCA has speculated that liquid crystals may be used in pocket-sized television receivers.

The new liquid crystals are not in production, although prototypes have been

Continued on Page 43, Column 2

N.Y. TIMES · 2-23-74

New Liquid Crystal Is Among Week's Patents

Continued From Page 39

supplied to the National Aeronautics and Space Administration, which supported the basic research.

Heart-Monitor Electrodes

People who want to moni-

tic bodies in which conductive grids are embedded and from which wires run to the monitor.

Rifle Simulator System

A laser rifle simulator system has been invented for the Navy Without firing on

facturing the mitts were patented for the company this week.

Patent 3,793,121, granted to David H. Eberly Jr. and Charles R. Schwartz, notes that keeping on hand a fresh supply of shoe polish and satisfactory cloths and appli-

---

ton, N.V., and Chan Soo Oh, a former staff member, were granted Patent 3,792,915.

1970년대부터 시작해서 LCD는 그때 볼 수 없었던 제품들을 만들어낼 수 있게 해주었다. 손목시계, 전탁 계산기, 컴퓨터 모니터, 랩톱(휴대 컴퓨터), 휴대 전화, 스마트폰, 전자책e-Book, 각종 텔레비전, 대형 텔레비전, 투영기, 주유기 디스플레이 등등. 이 LCD가 각종 기계를 만들 수 있게 하고 인간이 통신할 수 있게 해주고 있다. 그것도 실시간으로. 그래서 동영상이란 말도 생겨난 것일까?

이 이야기를 쓰는 것이 많이 망설여지기도 했다. 뭐, 다 옛날에 있었던 지나간 이야긴데, 케케묵은 것을 누가 시간을 들여 읽을 거라고? 그래도 나에게는 '영예로운' 일이었다. 1974년이면 내가 캘리포니아에 있는 베크먼Beckman 사에서 2년 정도 근무하고 있을 때였다. 그 특허가 나온 지 1주일 후에 나온 기사였다. 내 나이 서른여섯, 한창 물불 모르고 일할 때여서 그냥 대수롭지 않게 넘겨버린 일이었다.

내 생전에 'Chan Soo Oh'라고 〈뉴욕 타임스〉에 RCA 사의 직원으로 소개된 것만으로도 가슴 뿌듯할 일이었다. 이 특허는 1971~72년 사이에, 내가 RCA에 입사한 지 1년 지나 연구 과정에서 합성해 낸 액정을 기초로 한 것이었다. 그때 프린스턴에 있던 RCA의 중앙연구소에서 나사 후원 연구인 액정 소재 개발 과정에서 나온 결과였다.

이것이 나사 연구에 관계된다고 미국 중앙정보국에서 신원조회를 한다며 FBI 요원들이 광주에 사시는 어머니 시장 가게와 광주서 중·일고 학교까지 들추고 다녔다는 이야기가 생각난다. 소위 미국 정부 비밀 연구에 관여하면 꼭 이 '기밀 취급 인가'를 받아야 했었다. 이런 것도 경험해 봤으니, 나 같이 보잘것없는 집에서 자라서 공부한 사람으로서 가슴 뿌듯하고 통쾌하지 않을 수 없었다.

United States Patent [19]

Soo Oh et al.

[11] **3,792,915**

[45] **Feb. 19, 1974**

[54] **NOVEL LIQUID CRYSTAL ELECTRO-OPTIC DEVICES**

[75] Inventors: **Chan Soo Oh**, Fullerton, Calif.; **Edward Francis Pasierb**, Hamilton Square, N.J.

[73] Assignee: **RCA Corporation**, New York, N.Y.

[22] Filed: **Oct. 17, 1972**

[21] Appl. No.: **298,339**

[52] U.S. Cl. .... **350/160 LC**, 252/408, 260/465 E
[51] Int. Cl. **G07f 1/16**
[58] Field of Search .... 350/160 LC; 252/408; 260/465 E

[56] **References Cited**
UNITED STATES PATENTS

3,499,702   3/1970   Goldmacher et al. 350/150

3,597,044   8/1971   Castellano 350/160
3,650,603   3/1972   Heilmeier et al. 350/160
3,703,331   11/1972   Goldmacher et al. 350/160

Primary Examiner—Edward S. Bauer
Attorney, Agent, or Firm—Glenn H. Bruestle; Birgit E. Morris

[57] **ABSTRACT**

Liquid crystal cells containing mixtures of cholesteric optically active *p*-alkoxybenzylidene-*p'*-aminobenzonitrile compounds with nematic liquid crystal compounds form cholesteric liquid crystals which change to the nematic state upon application of an electric field. Electro-optic devices including such liquid crystals have low voltage requirements and rapid response times.

8 Claims, 3 Drawing Figures

내 생전 처음으로 받은 미국 특허 첫 페이지

그때는 액정 연구의 초창기여서 모든 연구는 액정이 실온에서 작동하는 것이 첫째 조건이고, 낮은 작동 전압이 그 다음 중요한 조건이었다. 아래에 일부 복사해 놓았지만, 종래 콜레스테릭 액정은 작동 전압이 120볼트 이상으로 인가apply해야 하는데 이 특허는 낮은 전압을 써서 작동할 수 있도록 한 것이었다. 내가 해낸 부분은 광학적 이성탄소를 가진 알킬 기基가 부착된 액정을 구상해서 합성(발명)해 낸 것이었다.

$$CH_3 \ CH_3 \ CH- $$
$$| $$
$$CH_3$$

위 화학 구조식이 이성탄소를 가진 알킬 기의 구조다. 이 이성탄소의 영향으로 보통의 네마틱 액정으로부터 콜레스테릭 액정으로 바뀐 것이 물적으로 증명된 셈이었다. 그래서 키랄 네마틱 액정이라고 불리기도 한다. 사실 콜레스테릭 액정이라는 이름은 역사적 의미가 있는 것이었다. 처음 액정으로 발견된 콜레스테릭 액정들은 우리가 흔히 들어온 콜레스테롤이라는 스테로이드 유도체였기 때문에 지금도 그렇게 불리고 있다. 그래서 내가 합성한 액정은 비非스테로이드계 콜레스테릭 액정이라는 데 의미가 있었다. 나는 위에 보인 이성탄소 알킬 기를 양조 산업에서 부산물로 나오는 아밀알코올amyl alcohol에서 유도해 합성했고, 그것이 키랄 액정이 되었던 것이다.

아래 액정 분자 구조의 방향족 환의 메틸렌methylene 기에 이성탄소 알킬 기를 여러 번 반복해서 부착해 주면 키랄 스멕틱 C라는 새로운 액정의 상相이 합성된다.

$$CH_3CH_2CH-(CH_2)_6-O-\bigcirc-CH=N-\bigcirc-CN$$
$$| $$
$$CH_3$$

최초로 강유전성强誘電性 키랄 스멕틱 C를 실현시키기도 했다. 이 발명에 대해서는 1부 제9장 '액정이란 무엇인가'에서 더 자세하게

41

설명하겠다.

또 한 가지 특성은 시안 기를 가진 방향족 환(아래 그림)이 낮은 가동 전압에서 상전이相轉移가 가능했다. 이 액정들은 양성유전이방성陽性誘電異方性, Positive Dielectric Anisotropy이기 때문이다. 다시 말해서 신문 기사의 사진에 보이는 대로 불투명한 콜레스테릭 상에서 투명한 네마틱 상으로 상전이가 된 것이다.

4. 타이멕스 사

어찌어찌해서 12월 말까지는 RCA에 있었다. 그러니까 1970년 3월부터 1971년 11월까지 1년 7개월 동안 액정 기술을 익혔으며 특허 두 건 내고 논문 4편 내고 학회 두세 번쯤 다녀온 것이 내가 가지고 뛰어야 할 무기의 전부였다.

그러나 사실은 더 중요한 것이 있었다. 이 짧은 동안에 만나서 알게 된 사람들이 그 후 여러 해를 두고 내게 큰 도움이 되었다는 것을 뒤늦게 느꼈다.

우선 LCD의 원조인 RCA 연구소에서 시작을 했다는 것이 중요했다. 세계적으로 알려진 조지 하일마이어, 조셉 카스텔라노, 월프강 헬프리치, 그리고 앨런 서스먼 같은 과학자들 사이에서 일했고 또 배웠기 때문에 학회 등에 참석했을 때 세계 각지에서 온 더 많은 과학자들과 토론하고 개인적으로 사귈 수 있었다. 그것이 이후 세상에 나가서 활동하는 데 바탕이 되었고, 큰 도움이 되었다. 이후 20여 년간 액정과 디스플레이 전 분야에서 일하는 동안 이 사람들과 수없이 만나고 토론하고 서로 다른 회사나 사람들을 소개해 주었다. 이 사람들 얼굴이 지금도 생생하게 기억난다. 아마 모두 생존해 있으면서 묵묵히 나처럼 지금 일어나고 있는 평판 디스플레이의 기적을 목격하고 있을 것이다. 우리는 오늘의 기적 뒤에 이 수많은 사람들의 부단한 노력이 있었다는 사실을 잊지 말아야 할 것이다.

우리 가족의 수입이 갑자기 반으로 줄어들었다. 무슨 일이든지 해서 벌어야 했다. 1972년 3월 무렵에 〈뉴욕 타임스〉 신문에 액정 기술자를 구한다는 광고가 났는데, 이를 RCA에서 사귀었던 에드워드 데이빗슨Ed Davidson 박사가 보여주었다. 곧바로 연락해 보았더니 시계 회사 타이멕스Timex의 중앙연구소였다. 뉴욕 시 북쪽 허드슨 상변의 태리타운Tarrytown 시에 있었다. 이 강변도로를 따라서 북쪽으로 올라가면 이른바 대형 맨션들이 많이 있다. 우리 식으로 최소한 500평에서 1000평 이상 넓이의 옛날식 저택들이다. 이런 집의 아래층을 연구소로 개조하고 부엌과 세탁실을 화학실험실로 만들어서 액정 연구를 하고 있었다.

면접에 갔더니 놈 재츠키Norm Zatsky라고 불리는 60대 이상으로 보이는 사람이 신제품개발부 책임자라고 하면서 타이멕스 사의 액정 연구실에서 액정을 제조할 박사급 화학자를 구한다고 했다. 그러면서 중국계 박사 폴 쉐Paul Hsieh, 나의 미래 조수가 되는 중국계 화학 기사 다이애나 영Diana Young, 그리고 유대계 전기 기술자 마셜 리보위츠Marshall Leibowich 등을 소개했다. 나와는 이미 안면이 있는 사람들이었다. 이들은 타이프라이터 생산으로 알려진 이탈리아 회사 올리베티Olivetti 사의 액정 연구 그룹 멤버들이었는데, 서너 달 전에 올리베티 사가 액정 사업을 중단하자 타이멕스에 입사해서 계속 액정을 연구·개발하고 있었다. 나도 그 자리에서 채용돼 밥벌이가 생겼다. 첫 봉급은 4월 30일에 받았다.

TIMEX
CORPORATION
WATERBURY, CONN. 06720

DETACH AND RETAIN THIS
STATEMENT FOR YOUR RECORDS

STATEMENT OF
EARNINGS AND DEDUCTIONS

MO	DAY	YR	GROSS EARNINGS	FICA	W.H TAX	HOSP	CR UNION	FED FUND	BONDS	STATE TAX	MISC.	NET PAY
								DEDUCTIONS				
4	30	72	1500 00	78 00	225 30					66 20		1 130 50
	PERIOD ENDING											NET PAY

집에서 이 회사까지 거리는 125킬로미터였고, 출퇴근하려면 자동
차로 두 시간을 달려야 했다. 하루에 여덟 시간 근무하려고 길에서
네 시간을 보내야 했다. 그래도 직장을 얻게 되었으니 타이멕스 사
에 너무도 감사한 마음이 들었고, 나의 마음도 안정돼 출퇴근 운전
시간도 불편하지 않았다. 샌드위치를 두 개씩 싸 가지고 운전중에
요기를 하면서도, 매일 하게 될 도전이 그렇게 신날 수가 없었다. 모
두가 새로운 발명이고 발견이었다.

내가 해야 할 일은 우선 액정 MBBA · EBBA · PEBAB을 만드는
것이었다. 화학 기구나 약품들은 벌써 준비되어 있었다. PEBAB을
MBBA/EBBA 혼합물에 배합하면 실온에서 작동할 수 있는 이른바
필드이펙트 액정이 된다. 이 혼합 또는 배합 물질을 써서 디지털시
계 · 탁상시계와 각종 계기에 쓰는 디스플레이를 개발하려는 것이
었다.

액정 배향은 수평 배향을 얻기 위해 그때 알려진 소위 '렌즈 페이퍼
마찰Lenz Paper Rubbing' 방법을 쓰고 있었다. 합성 방법은 RCA에서 하던
대로 아니스알데히드Anisaldehyde와 부틸아닐린p-n-Butylaniline을 톨루
엔Toluene에 녹이고 미소량의 벤젠술폰산Benzenesulfonic Acid을 가해 주
어 환류還流, Reflux시킨다. 생성되는 물은 딘스타크관Dean Starke 管을 써

45

서 제거해 준다. 계산량의 물이 회수됐을 때 화학 반응은 종료된 것이다. 용매를 증발시켜 제거한 다음에 약간 노란색의 뿌연 액체 MBBA를 메탄올(메틸알코올)이나 에탄올(에틸알코올)로 재결정해서 순도 높은 액정을 생산했다.

위에 열거한 액정들은 수분에 의해 쉽게 분해된다. 그래서 가수분해를 극복하는 것이 그때 LCD 생산 회사들 사이에서 큰 기술적인 과제였다. 미국 회사들은 녹는점이 섭씨 450도인 글래스프릿Glass Frit(유리類 접착제)을 써서 상하 유리판을 액정 투입구만 빼놓고 접착하는 방법을 선택했다. 그 후 일본 제조업체에서는 에폭시Epoxy 접착제를 쓰기 시작해서 지금도 쓰고 있다.

그때 다른 특수 시계 회사 옵텔Optel 사(RCA 종업원이었던 Joel Goldmacher가 세운 회사)와 그루엔Gruen 사는 글래스프릿을 써서 다이내믹 스캐터링 모드(DSM)Dynamic Scattering Mode 반사형 액정 손목시계를 제조·판매했다. 시계가 두껍고 너무 컸다. 그때 그루엔 사에서는 또 발광 다이오드(LED)light emitting diode 디스플레이 손목시계를 하나에 500달러 이상에 시판했던 것이 인상적이었다. 배터리 수명 때문에 시간을 볼 때마다 오른손으로 시계의 버튼을 누르고 읽었다. 그 붉은 숫자가 까만 시계 표면에 보일 때 햇빛이 있는 낮에도 선명하게 읽을 수 있었다. 몇 초 후에 그 LED는 자동적으로 꺼졌다. 텍사스 인스트루먼트(TI)Texas Instrument 사는 그때 붉은 LED를 쓴 휴대용 계산기를 시판했다. 배터리 수명이 짧아 불편해서 항상 전원에 꽂아서 썼다. LCD 계산기가 나오기까지는 몇 년을 더 기다려야 했다.

이때에 반도체 P형 금속산화막 반도체(P-MOS)와 상보형相補型

금속산화막 반도체(C-MOS)가 개발되었다. P-MOS의 출력은 25볼트여서, LCD 초창기에 RCA에서 개발한 다이내믹 스캐터링 모드 LCD(다이내믹 스캐터링 모드에 관해서는 G. Heilmeier, L. A. Zanoni, and L. Barton, Proc. IEEE 56, 1162(1968) 문헌에 처음 발표되었다)를 가동할 수 있으나 배터리 수명이 아직도 문제였다. 다만 C-MOS로 꼬인 네마틱 필드이펙트 LCD를 쓰면 그 가동 전압이 낮기 때문에 배터리 문제가 해결되었다.

내가 RCA 사를 떠날 때쯤에는 꼬인 네마틱 LCD가 C-MOS로 충분히 가동될 수 있음이 알려졌다. 나는 곧바로 90도로 배치한 투명 전극 막을 입힌 유리판을 마찰(렌즈 닦는 종이로 판 표면을 마찰해서 수평 배향 처리하는 방법) 처리한 다음에 필드이펙트 액정을 투입해 2~3볼트로 가동할 수 있었다. 위에 언급한 다이내믹 스캐터링 모드의 12~25볼트 가동 전압보다 훨씬 낮은 전압이었다.

이때에 오하이오에 있는 짐 퍼거슨Jim Fergason도 90도 꼬인 네마틱 LCD를 발표했다. 우리는 그때, 월프강 헬프리치가 아직 RCA에 있을 적에 우리의 PEBAB으로 배합한 필드이펙트 LCD를 보고 90도 꼬인 네마틱 LCD를 충분히 구상할 수 있었으리라 생각했다. 월프강은 왜 1971년 9월까지 RCA에 있으면서 실험을 해서 RCA에서 특허를 출원하지 않고 있다가 그해 10월에 호프만 라로슈 사에 가서 특허 출원을 했을까? 의문은 오랫동안 풀리지 않았다.

여러 해 후에 월프강이 베를린 대학 교수로 있을 때 국제 액정학회에서 만나게 되자 그것을 물어보았다. 아니나 다를까, 그가 RCA에 있을 적에 꼬인 네마틱 LCD 아이디어는 가지고 있었으나 우리의 상사였던 하일마이어가 벽(유리 투명 전극 판 표면 접착력)의 영향으로 인해서 구동 전압이 엄청나게 높을 거라고 해서 실험을 해보지 못하고 유럽으로 갔다고 했다. 그의 뛰어난 통찰력도 이 실패에 대한 두려움을 극복할 수 없었고, 호프만 사의 마르틴 샤트Martin Schadt 가 실험해서 그 표면 접착력이 그렇게 크지 않고 낮은 전압 가동이 가능하다는 것이 증명될 때까지 기다려야 했다. 이 실험이 그 표면 접착력의 두려움을 영원히 제거해줬다!

이 짧은 기간 동안 1972년 초에 LCD 기술에 중요한 발전이 이루어졌다. 독일의 켈러Keller는 실온에서 가동할 수 있는 비非 시프염기 Schiff Base계의 노란색 아족시Azoxy(4-,4'-n-Butyl,-methoxyazoxy benzene)계 액정을 개발·판매했다.

독일 이머크 사의 헴펠Hempfel 박사가 판매 활동을 시작했다. 우리 타이멕스에서도 재빨리 그 시료를 구해다가 PEBAB을 배합해서 필드이펙트 LCD를, 마찰을 통해 표면 배향 처리한 네사 글래스NESA Glass(투명 전극을 입힌 유리판의 상표 이름)로 디스플레이 샘플을 만들었다. 폴 쉐 박사와 나는 5볼트 전지를 써서 켰다 껐다 스위칭하는 것을 회사 경영진에게 수없이 보여주었다(경영진에게 보여준 꼬인 네마틱 LCD Cell은 제9장 '액정이란 무엇인가' 209쪽과 유사했다). 이렇게 해서 C-MOS로 가동할 수 있는 시계 내지 각종 계기용 LCD의 가능성을 보여주었다. 우리의 월급 값을 하고 있었던 셈이다.

위에 기술한 아족시계 물질은 내수성耐水性이지만 자외선에 약해서 광분해되기 쉬운 단점이 있다. 그래서 그 당시에 일본에서 시판한 16디짓digit 휴대용 액정 계산기는 모두 노란색에 까만 숫자가 보이는 형이었다. 그 노란색은 자외선 보호막 필터를 썼기 때문이었다.

또 하나 중요한 발명이 이때쯤에 3M 사의 피터 제닝Peter Jenning에 의해 발표되었다. 위에서 언급했듯이 시프염기 액정은 만들기도 쉽고 제일 많이 보급되어 있지만 가수분해의 단점 때문에 내수성 접착제 글래스프릿 방법을 써야 했다. 그러나 렌즈 페이퍼 마찰 같은 수평 배향 처리가 필요했던 글래스프릿은 섭씨 450도의 고온 공정에서 그 표면 처리 효과가 없어져버린다(표면 처리 마찰 때 유기 물질이 일정 마찰 방향으로 표면에 흡수되었다가 고온에서 소각 또는 증발되어 버릴 것이라 가상했다).

지금 소개한 제닝의 방법에서는 일산화규소를 진공의 노爐 안에서 투명 전극 표면에 사향 증착斜向蒸着, Slope Evaporation Deposition; Oblique Angle Evaporation한다. 액정의 장축이 사향 증착 방향으로 표면에 배향한다. 그리고 액정 장축이 유리 표면에서 약간의 각도로 사향 각도를 유지한다. 이 배향 처리는 글래스프릿 공정의 고온에도 파괴되지 않았다. 그래서 미국 내에서는 각 액정 공장마다 이 사향 증착 방법을 쓰게 되었다. 초창기의 손목시계 디스플레이는 이 방법으로 제조했다. 휴대용 계산기부터는 디스플레이 가동 방법이 멀티플렉스Multiplex를 쓰고, 이어서 일본식 에폭시 접착제에 쓸 수 있는 폴리이미드Polyimide 배향막을 쓰게 되었다.

뉴서지 집은 프린스턴 근처에 있는 하이츠타운에 있었는데, 집에서 뉴욕 주의 태리타운까지 매일같이 출퇴근하기에는 무리가 있을 정도로 먼 거리였다. 위에 기술한 대로 타이멕스 사에 C-MOS를 가동할 수 있는 액정물질을 제공해 주고 나는 더 좋은 직장을 구해 6월 말일자로 사직했다.

이때쯤 MBBA · EBBA를 세 회사에서 판매하기 시작했다. 배리라
이트Varilight 사와 프린스턴 오개닉스Princeton Organics, 이스트먼 코닥
Eastman Kodak 등이었다.

5. 베크먼 사

　1972년 6월경 내가 아직 타이멕스 사에서 일하고 있을 때 캘리포니아 산타바버라Santa Barbara에서 고든 학술대회Gordon Conference가 열렸는데, 특별히 액정에 대한 심포지엄이 마련됐다. RCA의 동료였던 앨런 서스먼 박사가 새 직장도 구할 겸 갔다 오겠다고 해서, 내 이력서를 주면서 유기화학자 구하는 사람 있으면 주라고 했다. 거기서 아마 베크먼 사Beckman Instrument, Inc.의 기술부장 레이 리Ray Lee를 만나 그 이력서를 준 모양이었다. 캘리포니아에서 레이 리라는 사람이 전화를 걸어와, 베크먼 사에서 액정 화학자를 구하는데 면접을 하자고 청했다. 별로 따질 것 없이 그 즉시 로스앤젤레스 행 비행기를 탔다.

　여러 해 전에 상항桑港(샌프란시스코)을 출발해서 남미로 가던 중 구름 사이로 내려다보았던 나성羅城(로스앤젤레스)에 도착한 것이다. 이곳이 내 집이 될 줄은 꿈에도 생각지 못했다. 힐튼 인Hilton Inn에 투숙했다가 그 다음날 회사로 가니, 단층 건물에 넓은 공장과 주차장이 한없이 넓게만 보였다. 면접이 끝나고 그대로 고용계약서에 사인하고 채용이 되었다.

　화아! 이제야 직장다운 직장이 생겼다! 1972년 7월 5일부터 이 캘리포니아 회사에서 근무를 시작했다. 은퇴할 때까지 이 회사에서만

31년 일할 줄을 어찌 알았으랴!

레이 리는 중국 사람인데, 박사도 아니면서 어떻게 그런 자리를 갖게 되었는지는 모르나 나를 채용한 것을 그렇게 기뻐했다.

아래에 보인 사진은 최근 구글에서 볼 수 있는 베크먼 사 풀러턴 Fullerton 공장 항공사진으로, 지금은 부지를 팔아서 건물을 허물고 시멘트 토대만 보인다.

건물 A와 B는 아직 허물기 전이다. 처음 면접하러 갔을 때 회사 본부가 있는 건물 A로 들어가서 인사과를 거쳐 건물 B에 있는 조지 스미스George Smith와 레이 리를 만났다. 액정 화학 실험실과 액정 엔지니어링 팀도 같은 건물에 있었다. LCD 공장은 건물 C에 있었다. 사진의 위쪽이 북쪽이고 오른쪽이 동쪽이다. 건물 크기는 동서 방향의 거리가 약 180미터다. 그래서 이 건물 C에 LCD 공장 전부가 들어갈 수 있었다.

　내가 베크먼 사에서 처음 일하기 시작한 곳이 풀러턴 시에 위치한
이 회사 본부에 있는 헬리포트 사업부Helipot Division였다. 이 회사는
미국 수준으로는 중간 아니면 작은 편이었다. 70년대 초에 연 매출
액이 1억 달러 정도였을 것이다. 제2차 세계대전 전에 창설자 아놀
드 베크먼Arnold Beckman 박사는 캘리포니아 공과대학(Caltech) 교수
로 일하던 중 오렌지 산도기酸度機, Acidometer; pH meter를 발명해 회사
를 설립했다. 남캘리포니아 오렌지 재배업에서 중요한 것이 수확 시
기 결정이었는데, 이를 위해서는 과일의 산도가 최적인 때를 측정하
는 기계가 필요했다. 베크먼은 이를 충족하는 기계를 발명해 양산

판매해서 대성공을 거두었다. 이 기계에 필요한 전압기는 코일을 나선형으로 만들어, 이동 접촉 전압기인 이른바 전위차계電位差計, Potentiometer를 개발했다. 2차 세계대전 때 군함과 비행기 조종실, 각종 통신 기기에 이 이동 접촉 전압기가 널리 쓰이게 되어 그 유명한 상품 '헬리포트'가 탄생했고, 그래서 헬리포트 사업부라는 이름이 생긴 것이다. 이와 관련이 있는 베크먼의 DU 분광광도계分光光度計, Spectrophotometer는 정밀광학 분석 기계로서 세계 화학 분석 기계의 표준이 되었다. 6·25 전쟁이 끝나고 냉전과 우주선 발사 경쟁이 벌어지면서 정부에 고성능 전자 회로를 납품하는 사업에 참여해 회사가 더 성장했다.

내가 입사할 때는 헬리포트 사업부가 하이브리드 마이크로서킷 Hybrid Microcircuits 회사를 합병해 전자제품에 들어가는 각종 제품을 생산했다. 이 제품 생산의 핵심 기술은 후막厚膜, Thick Film 인쇄 기술과 인쇄할 수 있는 금속 전도체, 저항체, 잉크 제조 기술이었다. LCD는 이와 같은 정밀 전자산업 부품 생산업에 잘 맞는 신개발 품목으로 안성맞춤이었다.

그룹 리더인 레이 리 씨는 연구소장 조지 스미스 씨 밑에서 일했고, 그 위로는 레스 채핀Les Chapin 부사장이 있었는데 그가 헬리포트의 총책임자였다. 사실상 인사권은 조지 스미스 씨가 가지고 있었다. 레이 리 씨는 TI 사나 스페리랜드Sperry Rand 사에서 액정 경험을 얻어가지고 베크먼에 들어와서 LCD 그룹을 시작하게 되었다. 그 그룹에 베크먼 내에서 엔지니어로 경험이 있는 척 워너Chuck Warner가 들어왔고, 록웰Rockwell International의 오토네틱Autonetic 사에서 토니 제노비시Tony Genovesce가 들어왔으며, 그 다음에 내가 들어온 것이다.

토니는 록웰의 반도체 그룹의 래리 타나스Larry Tannas 밑에서 액정 기술을 습득했다. 토니는 이미 MBBA · EBBA · PEBAB과 필드이펙트, 다이내믹 스캐터링 LCD에 대해서 잘 알고 있어서 내가 일을 시작하는 데 큰 도움이 되었다. 척 워너는 베크먼 내부를 잘 알기 때문에 역시 큰 도움을 주었다. 우리 셋은 여러 해 동안 친근하게 지냈다.

레이 리 씨는 LA 북쪽의 도시 칼라바사스Calabasas에 살아, 출근하는 데만 두 시간 이상 운전하면서 풀러턴에 오곤 했다. 액정에 기술적인 도움은 주지 못하지만 기술 동향이라든지 기타 액정 산업에 관한 정보를 정확하게 파악하고 있었다. 레이 리 씨는 매일 점심시간에는 그 동네 식당들을 돌아가면서 한 시간에서 두 시간씩 걸려서 회식을 시켰다. 그 점심시간 차 타고 왕복하는 동안과 식사 동안 실험실에서 얻어진 결과를 토론하고 다음 단계로 할 일을 계획하고 지시도 했다. 우리는 이러한 매니저들을 우리 용어로 오퍼레이터 Operator라고 빈정대는 투로 부르곤 했다. 레이 리는 그 후 몇 년 안 돼서 떠났는데, 어디로 갔는지 알 수가 없었다.

내가 제일 먼저 해야 할 일은 베크먼에 유기 합성을 할 수 있는 화학 실험실을 세워서 액정물질들을 만드는 일이었다. RCA에서나 타이멕스 사에서 이미 해본 일이기 때문에 손쉽게 착수했다. 몇 달에 걸쳐서 유리 기구, 여러 가지 가열 기구, 진공 펌프, 화학약품, 용매, 토마스 후버 융점 측정기, 메틀러Mettler 사의 편광偏光 현미경, 편광판偏光板, 네사 글래스를 구매했다. 나는 베크먼에서 쓰는 디스플레이용 액정 합성에 쓰는 중간물질들(Alkoxy-,Alkyl- Aniline과 Benzaldehyde)에는 7000대 번호를 주고, 제품 LCD 제조에 들어가는 완제품 액정 배합 물질에는 2000대 번호를 썼다. 제조 공정을 문서

화하는 데 긴 화학명을 쓰는 대신에 위의 품목 고유 번호를 썼다.

1973년쯤에 캘리포니아 애너하임에 있는 록웰 사에서는 최초로 액정을 사용한 휴대용 계산기를 시판했다. 그 LCD는 16디짓을 보여주는 DSC 모드였다. 디자인이 잘된 반사형 디스플레이는 투명 합성 수지 루사이트Lucite로 만든 광파이프를 손전등 전구 하나로 조사할 수 있게 되어 있었다. 회색 빛깔의 그 계산기는 두께 5센티미터, 폭 15센티미터에 길이 30센티미터 정도 크기의 묵직한 물건이었다. 건전지는 사이즈 D짜리 네 개를 썼다. 디스플레이는 1/16인치(1.6밀리미터) 두께의 유리판을 글래스프릿으로 밀봉했고, 두 개의 투입구가 있었다(대각 위치에 있고, 디스플레이 창에서는 보이지 않는다). 이 투입구는 수직 배향액을 먼저 투입 처리한 다음에 액정(시프염기)을 투입한 뒤 테플론 구球로 막고 에폭시 수지로 최종 밀봉했다. 동네 시어스 가게에서 한 대에 250~300달러에 구입했다.

그때쯤에 베크먼에서는 짐 퍼거슨이 창설한 인터내셔널액정(ILIXCO) 사에서 생산한 휴대용 액정 계산기를 검토했다. 12디짓 꼬인 네마틱 LCD로 가동 속도가 아주 빠른 것이 특히 돋보였다. 그리고 디스플레이는 액정 투입구가 없는 것이 특이했다. 곧 알게 됐지만 상하 투명 전극 디스플레이 판에 실크스크린 인쇄로 열가소성 Thermoplastic 접착제(실온에서는 고체이나 녹는점 이상 가열하면 녹아서 액체가 되었다가 저온에 다시 응고되어 고체가 되는 플라스틱)를 인쇄하고 건조한 다음 배향막을 형성하는 폴리비닐알코올(PVA) 용액(용매는 Butyl-Ethyl-Cellosolve)에 처리해 과잉 물질을 제거한 다음 블루엠BlueM 오븐으로 건조하고 그가 제조한 표면 마찰기 Buffing Machine에 귀퉁이에서 45도 대각선 방향으로 마찰Rubbing하고 먼지나 기타 불순물을 강한 질소 바람으로 제거한다. 상판과 하판 사이에 액정을 가해 주고 두 판을 맞추어서 주위의 프린트된 접착제 부분을 죔틀Clamp로 고정한 다음 가열하고 두 판 사이에서 압력을 가하면서 실온으로 냉각한다. 과잉의 액정은 유기 용매로 세척한 다음 건조한다. 위에서 인쇄한 플라스틱에 0.25밀(1밀은 1000분의 1인치) 유리솜Glass Wool 가루를 배합해서 상·하판의 간격을 유지해 주었다. 액정은 시프염기 액정이어서 접착제에 용해시켜 가소제可塑劑, Plasticizer(플라스틱이나 합성 고무에 소성을 주고 또는 그것을 증대시키기 위해 가하는 물질) 역할을 해주었다. 오랫동안 제조·판매는 못했지만 처음 나온 꼬인 네마틱 LCD로 의미가 컸다.

나는 동료 엔지니어 척 워너와 함께 오하이오에 있는 퍼거슨을 방문해서 배향액 PVA와 마찰기 등을 매입하고 공정을 면밀하게 견학했다. 그들이 이렇게 제조한 꼬인 네마틱 LCD는 고습도·고온도(85%의 상대습도와 섭씨 85도의 온도) 신뢰도 테스트에서 쉽게 파괴되어 실패했다. 베크먼 사에서 이것을 상품으로 생산하기에는 역부족이었지만 많은 것을 배웠다.

그 다음 개발된 것은 휴대용 액정 계산기였는데, 노랑 또는 갈색의 꼬인 네마틱 LCD가 일본의 엡슨·샤프·히타치 사에서 시판되기 시작했다. 디스플레이는 상층 편광판 밑에 노란색 필터를 부착했다. 액정물질은 아족시계 물질과 에스테르세 물질의 혼합물이었나. 이 두 물질은 쉽게 가수분해되지 않아서 그들이 선호하는 에폭시 수지 밀봉제와 폴리이미드(PI) 배향막을 사용할 수 있게 했다. 이 아족시 물질은 자외선 파장 360나노미터에서 광분해光分解해서 2히드록시 페닐아조2-Hydroxy-phenylazo 물질로 변이되어 액정의 NI 점(네마틱

−등방성 액체 상전이 온도)이 낮아져서 조금만 실온이 오르면 디스플레이가 전면 흑색으로 변해 버린다. 에폭시 밀봉 때 액정 투입구는 액정 투입 후 또 다른 에폭시 수지로 밀봉했다.

그들이 만든 제품은 우리가 보기에 거의 완벽했다. 예를 들면 LCD는 1/16인치 두께의 투명 전극을 입힌 소위 보통 판유리 플로트 글래스Float Glass를 1×4인치로 절단해서 밀봉제로 상·하판을 접착시키는데, 두 유리가 거의 완벽하게 평형을 유지했다. 두 유리 사이 간격은 0.25밀을 균일하게 유지하기가 어려웠다. 일본 제조업자들은 이를 쉽게 해결했다. 현미경으로 확대해서 검사해 보면 짧은 유리 파이버(유리솜)를 주변 밀봉제인 에폭시 수지에도 배합해서 넣고 디스플레이 내면 전체에 뿌렸음을 볼 수 있었다. 그렇게 해서 두 유리판을 접착하고 진공 펌프로 디스플레이 내부의 공기를 배기하고 진공에서 액정에 접촉한 다음 대기 압력으로 환원시켜 주면 거의 완벽하게 평형을 이룰 수 있었다.

베크먼에서는 다음과 같이 실험을 했다. 반경화(B-Stage) 에폭시 수지는 아직 가교架橋, Crosslinking 반응(고분자 경화 반응) 하기 전의 에폭시 수지여서 실크스크린 인쇄를 해서 건조할 수 있다. 위에서 언급한 유리솜을 몰타르(맷돌)에서 가루로 만든 다음 이 수지에 배합해서 실크스크린 날염捺染 풀Printing Paste을 만들어 디스플레이 내부 표면에 프린트하고 건조했다. 또 남은 유리솜 가루는 용매에 섞어서 이 프린트 건조된 유리판을 담갔다 꺼내서 원심분리기에 넣고 회전시켜 과잉 용매와 유리솜 가루를 제거했다. 현미경으로 검사해 보았더니 유리 분말이 표면에 충분히 많이 분포되어 있었다. 상·하 디스플레이 유리를 잘 맞추어 죔틀을 물리고 가교 반응 온도에서 경화시켰다. 결과는 상·하 유리가 균일하게 간격을 유지해서 광 간섭 색깔이 거의 없었다.

시프염기나 아족시계 액정은 퍼거슨의 PVA 배향막에는 수평 배향이 잘 얻어지지만, 에스테르계 액정은 배향이 잘 되지 않았다. 아래에 더 설명하겠지만 폴리이미드 배향막은 에스테르계 액정에도 우수한 배향을 주었다. 교토 액정회의 때 만나 친해진 일본 히타치 사의 나가노라는 사람이 자기네는 배향막으로 폴리이미드를 쓴다고 말해 주었다. 그와는 식사도 같이 하고 교토 거리에 있는 선술집에 서서 얘기하면서 숯불에 구워준 왕멸치를 안주로 해서 냄비술을 마신 기억이 난다.

미국에서는 듀폰 사가 '피랄린Pyralin'이라는 상표로 올리고머 폴리아믹산Oligomer Polyamic Acid을 엔메틸피롤리돈(NMP)에 용해해서 농도 높은 흑갈색 용액으로 판매한다. 우리가 어렸을 때 본 미군 야전용 전화선의 광택이 있는 검은 갈색으로 절연 코팅한 물질이다. 위의 폴리아믹 올리고머를 고온에 처리하면 거의 파괴 불가능한 절연 방수 코팅이 형성된다. 그래서 폴리아믹 올리고머를 NMP에 더욱 희석한 다음에 디스플레이 유리를 담갔다가 원심분리 기계에서 과잉 용액을 제거하고 섭씨 450도에서 30~45분간 가열해 준다. 이렇게 해서 폴리이미드 배향막을 가열 형성시킨다. 배향막 마찰Buffing을 한 다음에 불순물이나 오물을 세척해 제거하고 액정을 투입하면 사향 각도가 낮은 훌륭한 배향을 얻게 된다. 심지어 에스테르계 액정도 배향이 잘되었다.

배향의 영구성을 테스트하기 위해서는 완성된 디스플레이를 섭씨 80~100로 여러 시간 가열했다가 실온이 된 후에 배향의 품질을 현미경으로 검사해 통과해야 한다. 완제품에 대한 열 스트레스 테스트는 몇 주나 몇 달씩 계속해서, 실제 사용 수명 측정에 사용된다. 디스플레이의 고온·고습도 노출 수명을 측정하기 위해서 상대습도가 85%이고 온도가 섭씨 85도인 노爐, chamber에서 저장 테스트를 하는데, 여러 주 아니면 몇 달 동안이라도 계속 검사한다. 고압 솥에 넣고 24시간 가열해서 접착제 실패를 테스트하다가, 위에 기술한 폴리이미드가 유리 전체에 입혀 있을 때는 그 에폭시 접착제가 분리되어 버려서 공성을 개조해야 했다.

배향막 폴리이미드의 전구체前驅體, precursor 폴리아믹산을 디스플레이 유리 전면에 도포塗布하고 건조한 다음에 접착제 에폭시를 프린트할 부분과 전기 단자 부분과 상·하판 전기 연결점 부분에서 제거해 준다. 그 한 방법으로는 감광액感光液, Photoresist을 도포하고 폴리이미드의 전구체를 제거할 부분만 노광露光해서 감광액을 제거해 주고 노출된 폴리이미드의 전구체를 제거하고 나머지 노광되지 않은 감광액을 제거해 준다. 그렇게 준비된 디스플레이 기판基板으로 제작한 완제품은 위에 기술한 압력솥 테스트에도 합격했다. 일본에서 생산한 휴대용 계산기의 LCD를 검토해 보면 폴리이미드 배향막 물질을 에폭시 접착 부분에서 제거한 것이 발견된다. 나중에는 폴리이미드의 전구체를 오프셋프린팅 방법으로 디스플레이 기판의 필요한 부분에만 도포했다.

내가 이렇게 타사 제품 검토와 분석으로 바쁘게 지내고 있는 동안, 베크먼의 엔지니어들은 산화규소(SiOx) 사향 증착 공정에 시동을 걸고 있었다. 당시 생산을 계획하고 있던 손목시계에 들어가는 LCD는 글래스프릿 밀봉을 써야 해서 유기 물질을 이용하는 마찰 방법을 쓸 수 없기 때문이다. 내가 직접 진공 증착 기계를 조종한 것이 아니었지만, 그들이 산화규소를 증착해서 준비해 온 디스플레이 기판에 액정 시료를 가해 얻어진 배향의 품질을 편광 현미경으로 검토하는 데 많은 시간을 보냈다. 그 과정에서 볼 수 있었던 특징은 배향 품질이 아주 뛰어나게 균일했고, 찍힌 것이나 오물의 흔적이 전혀 없이 깨끗했다. 반면에 아주 연약하고 예민했다. 그때 실험실에서 널리 쓰던 킴와이프Kimwipe라는 일회용 휴지가 있었는데, 그 가벼운 킴와이프가 증착된 표면을 스치기만 해도 액정의 배향은 많은 줄이 그어져서 형편없이 되어버렸다.

산화규소로 얻어진 이 액정 배향은 유기물질을 이용하는 마찰 방법으로 얻어진 배향과 판이하게 달랐다. 우선 눈에 띄게 보이는 것은 액정 배향의 사향斜向 각도Tilt Angle가 상당히 높았다. 예를 들면, 90도로 교차된 두 개의 편광판 사이에 시료를 두고 LCD를 수직으로 내려다보면서 LCD를 기울이면 액정판을 수평에서 수직 방향으로 하얗게 투과하던 빛이 차단되어 버린다. 마찰 방법으로 얻어진 배향과 비교해서 더 쉽게 조금만 기울여도 빛이 차단되어 버린다. LCD의 단점은 그때 초창기에 소위 시야각視野角, Viewing Angle(화면 표시장치에서 정상적인 화면을 볼 수 있는 최대한의 비스듬한 각도)이 한정되어 있었는데 이 산화규소로 얻어진 배향은 그 시야각을 더욱 좁게 했다. 여하튼 손목시계에 들어가는 LCD였기 때문에 큰 문제가 되지는 않았다. 영업부에서 양산할 것을 승인해 주었다.

LCD 제품은 남자용 시계, 여자용 시계, 특별 시계용 등 세 가지였다. 납품해야 할 회사들은 반도체를 생산하는 회사인 TI, 페어차일드Fairchild, 내셔널 반도체(NS)와 시계 회사인 타이멕스, 그루엔 등이었다. 전자 부품 회사로 기반을 잡은 베크먼 사가 LCD를 시발로 부품 생산을 시작한 것이다. 아직 일본의 세이코나 시티즌이 양산에 뛰어들기 전이었다. 이 고객 회사들은 모두 글래스프릿 밀봉, 시프염기 필드이펙트 액정과 금속을 납땜질한 액정 투입구 밀봉을 요구했다. 이렇게 해서 만든 시계가 10년 이상 작동될 수 있다는 소위 가속노화加速老化 실험 데이터를 보여줘야 했었다.

참으로 장관이었다. 베크먼 사의 풀러턴 공장은 단층 건물 세 개가 동서로 세워져 있있다. 한 건물 길이는 동시가 약 200미디에 남북이 약 30미터였다. 액정 공장은 주차장에서 두 번째 건물인데, 가장 먼저 눈에 띄는 것은 20~30미터 길이의 오븐(爐) 두 대였다. 그 노 안으로 인카넬이라는 강철 철사로 짠 벨트가 계속 들어가고, 그것이 노 후미로 나올 때는 실온으로 냉각된다. 처음에는 PPG 사의 투명 전극 막을 입힌 12×12인치에 1/16인치 두께 유리를 여러 장씩 왁스로 블록Block을 만든 다음에 다이아몬드 톱날을 이용해 시계 디스플레이 사이즈로 절단한다. 이렇게 절단된 블록을 증기 탈지脫脂 욕조에 넣어서 왁스를 제거하고, 가열된 비누(계면활성제界面活性劑) 욕조에서 세척하며, 끝으로 프레온 증기 탈지 욕조에서 탈수 건조한다.

사실 디스플레이 하나에는 앞판과 뒤판이 있는데, 앞판에는 7세그먼트Segment 전극이 있고 그 단자는 유리 가장자리까지 연결되어 있다. 뒤판에는 공통 전극이 있는데, 앞판보다 폭이 좁다. 앞판이 폭이 넓은 이유는 위의 단자들이 글래스프릿 밀봉 과정을 거쳐 유리 가장자리에까지 나와서 반도체 칩 회로에 연결돼야 하기 때문이다. 보통 앞판에 글래스프릿 밀봉을 실크스크린 인쇄로 한다.

상상해 보자. 그 손목시계에 맞는 LCD 기판을 하나하나씩 인쇄하고 꺼내고 그 다음 유리에 인쇄하고 꺼내고 해서 수정水晶, quartz 유리판에 놓고 다 차면 위 노爐 벨트에 얹어놓고 굽는다. 노에서 나올 때는 그 프린트된 프릿의 유기물질은 다 타서 없어져 버리고 녹아 응고된 윤기 나는 글래스프릿만 남아 있다. 그 다음 공정은 위에 기술한 산화규소 배향막 증착蒸着이고, 그 다음 공정은 앞판과 뒤판을 잘 맞추어서 25개씩 소위 밀봉 공구Sealing Fixture에 차곡차곡 넣고 다음에 위의 노에 다시 넣는다. 노에서 나왔을 때는 드디어 프릿이 액화되고 응고되어서 앞뒤 기판이 하나가 되어서 나온다. 액정 투입구만 빼놓고 하나의 유리병이 된 셈이다. 이제는 납땜질할 수 있게 금속을 진공 스퍼터링 방법으로 도포한다. 그것도 한 금속만이 아니고, 티타늄 입히고 크롬 입히고 니켈 입히고 마지막으로 금을 입힌다. 그것이 금시계다.

액정 투입 과정은 이렇다. 보통 오븐에 진공 배기 시설을 해놓고 하부에는 폭 2센티미터, 길이 30센티미터의 스테인리스 평면 블록, 상부에는 폭 2밀리미터, 길이 30센티미터의 V 자형으로 파인 그릇이 놓여진다. V 모양의 윗부분은 30센티미터 길이의 두 개의 칼날 모양으로 만들어졌다. 위에 말한 금속 입힌 투입구를 아래쪽으로 향하게 하면서 50~100개 정도를 서로 닿지 않을 정도의 간격을 두고 특별히 만든 공구에 비치한다. 이 공구는 상하로 움직일 수 있게 되어 있는데, 처음에는 V형 그릇 위에 닿지 않을 정도로 떨어져 있다. 액정은 작은 병에 넣고 노爐 안에 비치한다. 노 안은 전구가 켜져 있어 밖에서도 안쪽을 선명하게 볼 수 있게 한다. 노의 온도는 그 액정 물질의 액정/액체 상전이 온도 이상으로 조정해 놓고 배기를 한다. 액정이 완전히 녹아서 투명 액체가 되고 배기가 충분히 되었을 때 액정을 위의 V형 그릇에 투입한다. 액체가 V 윗부분까지 찼을 때 빈 LCD가 비치된 공구를 내려서 V형 그릇의 칼날 위에 접촉시키면 액정은 즉시 액정 투입구를 적시며 메니스커스를 형성해 버린다. 나머지는 서서히 질소를 투입해서 보통 대기 압력으로 만들어준다. 온도도 실온으로 내려준 다음에는 액정은 완전히 투입된 것이다. 액정이 아직 묻은 채 투입구를 전기 회로 납땜질 하는 것과 같이 인두를 써서 녹는점이 낮은 납땜질을 해서 밀봉한다. 과잉 액정이 융제融劑 역할을 하는 것이다. 용접 밀봉이 끝난 나음에 프레온 증기 탈지 욕조에 넣어서 세척한다.

다음 단계는 외관 검사다. 시료 LCD를 편광 필름을 부착한 투광대透光臺에 올려놓고 불량품을 먼저 골라낸다. 그 다음 단계는 전기 특성 테스트와 가동 특성 검사다. 시료 LCD를 시험대에 부착하고 전기적으로 4디짓의 7세그먼트(부분단자)를 하나씩 전압을 인가하고 정상적으로 스위칭이 되는가 확인해 본다. 동시에 그 단자의 전기 저항치와 전기 용량을 측정해서 특정치를 넘으면 자동적으로 검색이 멈추고 디스플레이 전체가 꺼졌다 켜졌다 깜빡인다. 전기적 불량품이 나온 것이다. 수동으로 시료를 꺼내고 그 다음 시료를 시험대에 부착해 계속 검사한다. 생산 전량을 100퍼센트 다 검사해야 했다. 수많은 여자 종업원들이 하루 종일 이 작업을 해낸다. 이렇게 해서 불량품을 골라낸 다음에 한 번 더 프레온 증기 탈지 욕조에 넣어서 세척한다. 마지막 공정은 여종업원들이 그 손톱만 한 크기의 편광판을 하나씩 하나씩 부착해서 고무 롤러로 고르게 부착되게 한다. 반사광에 검사할 때 불순물(공기 거품)이 유리와 편광판에 있으면 외관으로 다시 불량품을 골라낸다.

우리는 이렇게 생산 과정에서 제품(부품)을 하나씩 하나씩 검색했다. 사실 베크먼 사의 헬리포트 사업부는 제2차 세계대전과 6·25 전쟁 때 소위 다회전 가변저항기Multi-Turn Potentiometer를 양산해서 군수품 기업으로 크게 명성을 올렸던 회사였다. 이 제품들을 하나씩 하나씩 검색을 거쳐서 생산하는 것은 이 회사의 전문 분야였다. 그래서 1970년대에 헬리포트 사업부가 전자부품 그룹(EPG)으로 성장해서 후막 기술로 제조된 저항기, 가변저항기(Pot), 축전기, 정밀 하이브리드 마이크로서킷을 생산하고 우주 산업, 군수 산업, 컴퓨터 산업(IBM이 큰 고객이었다)에 납품했다. 이 회사에서 LCD 양산은 70년대에 마땅히 착수해야만 했었다.

베크먼 사는 지금 기술한 전자제품 그룹 외에도 과학기기 사업부(SID), 프로세스기기 사업부(PID), 임상시스템 사업부(CID)가 있었다. 전자제품 그룹이 1970년대에 연 매출액 150억 달러 정도로 전 회사 매출액의 절반 정도였을 것이다. 과학기기 사업부는 오렌지 산도기, 자외선·가시선·적외선 분광광도계, 고성능 액체 프로마토그래피(HPLC) 등 과학 기계를, 프로세스기기 사업부는 자동차 배기분석기를, 임상시스템 사업부는 진단검사·화학기계·자동분석기와 시약 등을 제조·판매했다.

베크먼 사는 군사 산업과 우주 산업에서 손을 떼고자 했다. 특히 평화 시기에는 경기가 침체되어 소비재 산업에 들어가고 싶어 했다. 그래서 손목시계에 들어가는 신제품 LCD를 개발하고 생산해, 미국 내 대형 회사와의 경쟁의 첫발을 내디뎠다.

이때에 일본 LCD 메이커들, 특히 시계 회사들도 직접 참여했다. 그들은 낱개로 제조하지 않고 큰 판을 써서 여러 개의 LCD를 제조한 뒤 나중에 낱개로 '긁고 쪼개는Scribe and Break'(LCD 공정에 흔히 쓰는 용어인데, 유리판을 다이아몬드 펜으로 긁고 쪼개는 것이다) 방법을 쓴 게 분명했다. 큰 판으로 액정 투입 전 공정까지 하다가 낱개로 쪼개서 액정을 투입하고 밀봉할 수도 있는 것으로 분석됐다. 또 하나 특징은 폭이 좁은 밀봉제 프린트를 한 점이다. 그래서 고온·고습도(섭씨 85도의 온도와 85%의 상대습도) 저장 실험을 해보았는데, 아무런 영향을 주지 않았다. 세이코와 시티즌에서 나온 시계 LCD는 고온·고습도 테스트를 모두 통과했다.

베크먼에서는 글래스프릿 밀봉으로 4×4인치 기판 개발을 시도했다. 먼저 4×4인치 투명 전극용 기판에 여러 개의 시계용 LCD 패턴을 사진평판Photolithography 공정으로 형성하고, 글래스프릿 밀봉도 하고, 노爐에서 유기물질을 제거하고 산화규소 배향막 증착도 했다. 어려운 공정은 배향막이 증착된 면에 유리 절단을 하기 전에 '긁는' 작업이다. 이 긁기 작업 과정에서 생겨난 미세한 유리 파편들이 유리판에 퍼져 있어서 이를 제거하기 위해 기판을 다시 프레온 증기 탈지 욕조에 넣어서 세척한다. 이렇게 준비된 상·하판 6쌍이나 10쌍 정도를 잘 맞추어서 밀봉 공구에 차곡차곡 쟁 뒤 위판에다 무게를 가해 주고 노爐에서 굽는다. 밀봉이 완료되었을 때 상·하판이 부착된 기판에 밀봉 전에 긁기 작업을 한 기판 반대쪽 기판의 외부면(LCD의 외부면)에 긁기 작업을 한다. 이렇게 양면에 긁기 작업을 한 LCD 기판은 액정 투입 전에 낱개로 부러뜨려 얻을 수 있었다. 투입구를 한쪽으로 향하게 공구에 재고, 투입구를 모래 분사기 처리를 약간 해주고 티타늄·크롬·니켈·금의 4중 금속 증착을 해준다. 액정 투입과 인두 납땜 밀봉은 낱개 공정과 동일하다.

이렇게 판유리 공정을 해도 경쟁은 점차 심해졌고, 베크먼도 일부 공정은 외주를 줄 수밖에 없었다. 액정 투입과 밀봉까지는 캘리포니아에서 하고 편광판·반사판 부착과 외관 및 전기적 성질·성능 검사들은 낱개 공정으로 수공이 많이 들기 때문에 임금이 낮은 지역에서 할 수밖에 없었다. 처음에는 중남미 특히 과테말라와 온두라스에 하청을 주었고, 다음에는 홍콩·싱가포르·필리핀 등지에 공장을 두었다. 완제품은 아시아에 있는 크고 작은 시계 조립 공장에 현지 조달해 주었다. 궁극적으로 이 시계들은 미국으로 수출되어 미국 시장에서 판매되었다. 1980년도 초반에 시계 LCD 단가가 0.85달러로 하락했을 때 베크먼 사는 시계용 LCD 생산을 중단했다.

베크먼 사는 휼릿패커드(HP) 휴대용 계산기에 쓸 영국 국기 형의 16세그먼트 문자 LCD를 개발하려 했다. 그들의 원하는 밀봉형은 글래스프릿 밀봉이었다. 그리고 최소한 구동 회로의 4단계 멀티플렉스 Multiplex, 多重化에서 가동될 수 있어야 했다. 유기물질 배향은 쓸 수 없기 때문에 글래스프릿 밀봉 공정에 필요한 고온도 공정에 견딜 수 있는 산화규소 사향 증착법을 사용했지만, LCD의 전압/투과도 변이 특성이 4단계 멀티플렉스에 미달했다. 그리고 시계 디스플레이에 썼던 시프염기도 전압/투과도 변이 특성이 부적합했다. 산화규소 배향 방법은 액정 사향 각도가 너무 높아서, 전압/투과도 변이 특성을 고쳐주기 위해서 증착 방향에 90도 방향으로 마찰해 주면 사향 각도를 0도로 만들 수 있었다. 투입한 액정도 새로 배합한 에스테르비페닐 Ester-Biphenyl 액정을 써서 납품했는데, HP는 에폭시 수지로 밀봉한 일본 메이커들의 LCD로 결정했다. 이때는 벌써 그들이 써오던 노랑 필터를 쓴 아족시 액정을 버리고 무색의 액정을 쓰고 있었다. 이후로는 LCD는 영원히 글래스프릿 밀봉을 쓸 필요가 없게 되었다. 시계, 휴대용 계산기, 자동차 속도계, 주유소 펌프, 각종 기계에 쓰는 계기용 디스플레이는 일본식 에폭시 밀봉을 쓰게 되었다.

그래서 베크먼 사에서도 플라스틱 밀봉 LCD를 제조해야 했다. 우선 습기에 쉽게 분해되는 시프염기 액정은 쓸 수 없고, 나는 에스테르계와 비페닐계 액정을 배합해서 쓰기 시작했다. 나는 이 배합 기술로 특허 몇 점을 획득해서 베크먼 사에 넘겨주었다.

이때쯤 영국 헐Hull 대학의 조지 그레이George Gray 교수 지도하에 켄 해리슨Ken Harrison, 롭 윌콕스Rob Wilcox, 그리고 피터 라이언Peter Ryan은 비페닐계 액정을 최초로 발표했다. 종전 액정 시프염기, 아족시, 그리고 에스테르계 분자 구조에서 두 방향족 벤젠 환을 잇고 있는 중간기(-CHN-, -NON-, -OCO-)를 없애버리고 직접 두 환을 이어버렸다. 습기와 자외선 광분해의 문제들이 해결돼 버렸다. 그리고 놀랍게도 실온의 액정물질이었다. 유기 합성은 나의 특기여서, 곧바로 이 액정 합성에 착수했다.

그들이 썼던 샌드마이어Sandmeyer 반응은 그 수율收率이 낮고 불순물이 너무 많이 나와 정제하기 힘들어서 다른 방법을 모색했다. 알킬브로모비페닐Alkylbromo-biphenyl을 그리냐르Grignard 시약으로 쉽게 만들었고, 고체 이산화탄소(드라이아이스)와 처리하면 거의 100퍼센트 수율로 알킬비페닐 카르복실산Alkyl-biphenyl-carboxylic Acid를 얻을 수 있었다. 이 유기산을 염화티오닐Thionyl Chloride로 처리해 가열하면 증류 정제할 수 있는 산염화물이 얻어지고, 이것을 암모니아로 처리하면 카르복스아미드Carboxamide를 합성하게 된다. 이 물질은 백색 결정으로, 디옥산Dioxane 용매로 재결정하면 고순도 물질을 얻게 된다. 이 카르복스아미드를 옥시염화인Phosphorus Oxychloride으로 환류還流시켜 주면 원하는 시아노비페닐cyano-biphenyl 액정을 얻을 수 있다. 이 물질을 클로로포름이나 디클로로메탄Dichloromethane에 용해해서 알루미나 칼럼Alumina Column을 통과시키면 전류를 소모하는 이온 등 불순물을 쉽게 제거해서 고순도 물질을 얻게 된다.

초창기에는 B5와 B7이라 불리는 액정이 고가高價여서 나는 위에 쓰여 있는 방법으로 여러 해 동안 합성해서 쓰곤 했다. 이 합성 방법은 그 후로 화학 잡지에 논문으로는 실렸으나 특허는 받지 못했다. (조그마한 화학 공장을 운영해 보기도 했다!)

미국의 액정 연구 중심지는 글렌 브라운Glenn Brown 교수가 창설한 액정연구소Liquid Crystal Institute로, 오하이오의 켄트Kent 주립대학에 있었다. 여기서 국제 액정학회가 열리곤 했다. 그 학회 때 켄트 대학의 메리 누버트Mary Nubert 교수가 페닐에스테르계 네마틱 액정을 발표했다. 이 물질들은 시프염기 액정에 비해 습기에 가수분해되지 않고 무색이었다. 그래서 나는 P-알킬, P-알콕시, P-시아노페놀 등을 P-알킬 또는 P-알콕시 벤조산과 반응시켜 많은 네마틱 액정을 합성했다. 이 물질들은 하얀 결정체였다. 이 가운데 한 가지(p-n-Hexyloxy-p'-n-Butylbenzoate)는 특히 녹는점이 낮고 네마틱 상相온도 범위가 넓어서 액정 배합에 많이 썼다. 몇몇 P-아니소에이트p-Anisoate들도 녹는점이 낮아서 액정 배합에 자주 썼다. 그리고 P-시아노페놀 에스테르는 양성유전이방성(PDA)이라서 꼬인 네마틱 LCD에 쓸 수 있는 액정 배합에 이용했다. 물론 영국의 시아노비페닐도 PDA 액정에 속한다. 일반적으로 에스테르계 액정은 비페닐계에 비해 점도가 높아서 응답 시간이 긴 반면에, 비페닐계 액정은 응답 시간이 짧아서 선호했다. 그 후에 독일 이머크 사의 아이덴싱크 Eidenshink가 페닐시클로헥산(PCH)계 액정을 합성했다. 이 액정들도 PDA에 속하고 점도가 비페닐계보다 더욱 낮아서 꼬인 네마틱 LCD로 만들었을 때 응답 시간이 아주 짧아졌다.

과학 세계에서 자주 보는 것이지만, 예상치 않은 현상이 가끔 있다. 나도 경험해 보았다. 비페닐계 액정은 이미 영국 남쪽 해안 풀Poole 시에 위치한 제약 회사 브리티시 제약(BDH)에서 생산해 판매하고 있었다. 초창기여서 이 물질을 양산에 쓰기에는 너무 고가였고, 에스테르계 액정에 배합해서 쓰려고 했다. 그래서 켄 해리슨의 이름을 딴 탄소가 5개 있는 지방족 치환기 K-5(p-n-Pentyl-p'-cyanobiphenyl)를 에스테르 액정(p-n-Hexyloxyphenyl-p'-n- butylbenzoate)과 배합했다. 즉 두 물질을 혼합해서 가열해 보통 액체가 된 다음에 서서히 냉각시키면 네마틱 상전이相轉移 온도에서 네마틱 액정이 될 것으로 기대했는데, 유리병 안에 응고해서 흐르지 않는(네마틱 액정이면 보통 액체 같이 흘렀을 것이다) 반半고체 같은 물질이 되어버렸다. 두 네마틱 액정을 혼합해서 스멕틱Smectic 액정을 얻은 것이다. 편광 현미경 사진에는 틀림없는 스멕틱 A 상相의 부채꼴이 형성되었다. 나의 짧은 액정 경험에서 처음 보는 현상이었다. 나는 이 현상을 '불합리 액정Incompatible nematics' 또는 '유도된 스멕틱 액정Induced Smectic Liquid Crystal'이라고 이름을 지어줄 수 있는 행복을 누려봤다(이 말들은 지금도 가끔씩 다른 연구자들이 그들 연구 논문에 참고 문헌으로 인용하고 있는 것을 구글 검색으로 확인할 수 있었다). 이 새로 발견된 현상을 논문으로 써서 전문 액정 기술 잡지 〈분자 결정과 액정(MCLC)〉에 투고했다. 별로 큰 수정 없이 전문가들의 심의를 거쳐서 출판되었다.

아족시계 액정 역시 시아노비페닐과 배합할 때 불합리 액정이 발생했다. 지방족 치환기의 탄소 수가 많은 시아노비페닐이나 에스테르계 액정일수록 높은 온도의 불합리 액정이 얻어진다. 나는 시아노비페닐을 에스테르 액정에 낮은 비율로 혼합한 것에서부터 점차 높은 비율로 혼합한 것까지 만들어서 상전이 온도를 측정해 네마틱 온도 범위가 실온을 포함해서 가장 넓은 배합 비율도를 도표로 찾아냈다. 이 방법으로 에스테르/비페닐 배합 기술을 개발해 여러 가지 특허를 얻어냈다. 나중에 타사에서 발견했지만 에스테르/비페닐 배합물은 사실상 멀티플렉스에 쓸 수 있는 장점이 있었다. 순수 비페닐과 비교해서 에스테르/비페닐 배합물은 전기 용량이 낮아서 유리하다고 한다.

한편 이때부터 순수 비페닐계 액정 배합 물질이 대량 생산돼서 시판되기 시작했다. 위에서도 약간 언급했지만 영국 BDH 사는 E7이라는 이름으로 카탈로그에 실어 여러 해 동안 LCD 메이커에 공급했다. 액정을 연구했던 학자들도 나중에는 BDH의 액정 판매에 나섰다. 롭 윌콕스 박사와 프랭크 앨런Frank Allen 박사는 나와 20년 이상 사귀던 친구였다. 국제 액정학회나 정보디스플레이학회(SID)Society for Information Display 등에서 만나 많은 이야기를 나누고 정보를 교환하곤 했다.

얼마 지나지 않아 스위스 제약 회사 호프만 라로슈 사에서도 비페닐계 액정 혼합물 570을 시판했다. BDH의 E7과 막 바꿔 쓸 수 있는 액정이었다. 허버트 뮐러Herbert Mueller 박사가 항상 샘플을 가지고 베크먼 사를 방문하곤 했다. 그래서 베크먼 사에서는 E7과 570을 절반씩 여러 해 구입해 주었다. 이 두 물질은 간단한 8디짓 기계나 계기에 쓰는 디스플레이나 손목시계용 LCD에 쓰였다. 이 두 물질은 습기에 영향을 받지 않을뿐더러 자외선에 오래 조사해도 물질이 변질되지 않는다. 나는 이런 안전성을 확인하기 위해 완성된 LCD를 공장 지붕 위에 올려놓고 몇 주씩 햇볕에 노출시켜(남캘리포니아 여름 뙤약볕은 알아줘야 한다) 날마다 외관상 손상이 없나 검사해 보고 네마틱 상한上限 상변이 온도도 측정해 보고 전기 저항치가 내려가지 않았나 실제 측정치를 기록했다. 비페닐계 액정은 위 모든 검사에서 아무런 손상이 없었다. 시프염기·아족시·에스테르 액정의 시대는 지나갔다. 보통 사람들은 잘 모르지만 오늘날의 액정 텔레비전은 이런 경로를 거쳐서 이루어진 것이다.

휴대용 계산기에 들어가는 LCD는 최소한 4단계 멀티플렉스를 할 수 있어야 했다. 전압/투과도 변화 곡선에서 E7이나 570 비페닐 액정은 V10%(투과도가 10퍼센트 될 때의 전압)가 너무 낮은 볼트여서 4단계 멀티플렉스를 할 수 없다. 100퍼센트 시안 기를 가진 액정이기 때문에 시안 기가 없는 음성유전이방성(NDA) 액정(나는 에스테르계 중 NDA 액정을 택했다)을 배합해서 V10%를 더 높은 전압으로 올려주었다. 그렇게 해서 V10%와 V90%가 더 가까운 전압에 즉 전압/투과도 변화 곡선이 더 가파르게 해주었다. 나의 에스테르/비페닐 배합 액정의 특허 내용이 그런 의미를 띠고 있었다.

베크먼 사의 영업부에서는 코네티컷 주에 있는 밀턴 브래들리 Milton Bradly라는 장난감 생산 회사에서 제품 개발 주문을 받았으니 샘플을 만들라는 요구를 해왔다. '블록버스터Block Buster'라는 혼자서 놀 수 있는 장난감이었다. 양쪽에 있는 버튼을 누르면서 공을 아래에 떨어뜨리지 않고 위쪽에 가지런히 쌓여 있는 벽돌에 맞으면 벽돌이 밑으로 쏟아져 내려간다. 빠른 시간 내에 벽돌을 다 부수어 내릴수록 높은 점수를 딴다. 할 일 없이 시간을 보내야 할 때 혼자서 하는 게임이다. 어떤 주문이든 시간 내에 고객 회사에 샘플을 보내 인정받아야 한다. 크기는 가로 2인치, 세로 2인치의 정사각형 100×100 매트릭스형 디스플레이다. 단자가 위 판에 100개, 아래 판에 100개 있었다. 이제까지 만들어본 LCD 중 가장 넓은 편이었다. 위 판의 단자와 아래 판의 단자가 교차한 곳에서 사각형의 점이 검은 색깔이 된다. 이 점이 하나의 벽돌을 표시한다.

이 샘플 만들기가 그렇게 쉬운 일은 아니었다. 2×2인치 넓이의 전면全面이 전극電極이기 때문에 오물에 의해서 상·하 전극의 합선이 일어나 누전이 될 확률이 종전에 생산해 본 LCD에 비해 훨씬 높았다. 급하게 샘플을 제작해서 밀턴 브래들리 사로 출장을 갔다. 영업부원과 전기 엔지니어 등 몇 사람과 함께 폭설이 내린 보스턴 공항에 내렸다. 샘플 100개를 제작해서 제일 좋은 것 대여섯 개를 가지고 갔다. 이 누전 현상은 쉽게 눈에 띄지 않아서 전기 회로에 연결해서 작동해 보아야 식별할 수 있다. 모텔 방에서 또 작동해 보았다. 캘리포니아에서 멀쩡했던 샘플이 또 합선 현상을 일으켜 누전이 되지 않는가! 그 다음 샘플을 급하게 전원에 연결해 보았다. 그놈도 또 누전이네! 큰일 났다. 곧 그 회사 회의실에 들어가서 시험해서 보여주고 주문을 받아야 하는데.

나는 실험실에서 쓰는 변압기를 하나 가지고 갔었다. 교류 전원의 전압을 몇 볼트에서 120볼트 이상으로 다이얼을 돌려서 변경시킬 수 있는 기구다. 샘플을 변압기에 걸어놓고 전압을 점차 50~80볼트 이상으로 올려버렸다. 누전이 되는 곳은 불이 번쩍번쩍 보였다. 누전이 심해서 그곳에 있던 눈에 쉽게 보이지 않는 누전 입자(오물)가 열에 의해서 타버렸던 것이다. 전압을 내리고 구동 회로에 연결했더니 누전 현상은 없어지고 정상으로 작동하는 것이 아닌가! 탄 자리에 액정의 빈 공간 또는 까만색의 탄 자국이 보였다. 그래서 가지고 간 샘플 전부를 변압기에 걸어서 태웠다. 그 중에서 제일 정상으로 보이는 샘플을 가지고 회의실로 갔다. 작동이 정상적으로 되어서 그날 주문을 받았다. 우리는 기뻐하면서 보스턴의 비행장으로 향했다. 길바닥에 쌓여 있는 눈도 보이지 않았다.

이 고전압 불태우기 임기응변은 내가 제안한 것이었는데, 다행히 위기를 면해서 이렇게 평생 잊지 못할 추억이 되었다. 그때 영업부 사람들은 말은 많지만 발만 동동 구르며 속수무책이었고, 전기 엔지니어도 반도체나 복잡한 회로가 고장 날까 걱정이지 감히 그 무지막지한 고압 변압기를 쓸 엄두도 내지 못했을 것이다. 나는 RCA에 있을 때 100~150볼트의 고압 전기를 액정에 써본 적도 있어서 '저질러' 버린 것이다. 그 후에 공장에서 양산할 때는 산화규소(절연체)를 실록스Silox 화학기상증착化學氣相蒸着(CVD) 방법으로 전극 유리 표면에 도포해서 합선 누전은 해결되었다.

이때 나의 상사는 뉴욕에서 온 유대계 엔지니어 고든 크레이머 Gordon Kramer 부장이었고, 그 위에는 이사급의 디스플레이 그룹 책임자 댄 쇼트Dan Schott가 있었다. 베크먼 사가 하니웰Honeywell 사에서 본래 스페리랜드의 플라스마 디스플레이Plasma Display를 인수받았을 때 같이 옮겨온 사람이다. 역시 유대인 후손인데 전혀 유대인 같지 않게 행동했다. 위 두 사람과 오래 친하게 지냈다. 특히 밀턴 브래들리의 주문 건이 다 끝나고 내가 댄에게 한 얘기를, 오래 두고 서로 만나면 웃으면서 이야기하곤 했다. 나는 그 장난감 회사 제품 개발하는 게 많이 싫었지만 당신들 입장을 생각해서 어쩔 수 없이 했다고 말했다. 나는 박사 학위를 받고 첨단 기술을 써서 사회에 크게 공헌할 것이라고 생각했었는데 어린애들 장난감이나 만들면서 밥벌이 한다고 생각하니 영 마음이 내키지가 않았다고 했다. 댄은 그 후로 다른 회사에 다닐 때도 나를 만나면 그 이야기를 꺼내면서, 나는 다른 사람에 비해 독특하다고 칭찬해 주었다.

베크먼 사는 그 후로 사내에서 생산하는 오렌지 산도기, 전류-전압-저항 측정기, 다른 기계에 들어가는 LCD를 생산하다가 수요량이 워낙 적어서 드디어 디스플레이 생산은 중단하고 홍콩 같은 데서 OEM으로 수입해다 썼다. 베크먼의 LCD 공장은 캐나다의 ITT에 팔았고, DC 플라스마 디스플레이 공장 라인은 이곳에서 가까운 라미라다La Mirada에 있는 밥콕Bobcock이라는 회사에 넘겨주었다. 붉은 색깔을 내는 두 숫자짜리 플라스마 디스플레이는 니켈 전극을 만들 때 유리를 녹여 뒤판을 만들고 앞판은 인듐주석산화물(ITO) 투명 전극을 밀봉해서 페닝 가스Penning Gas 혼합 기체를 투입하고 밀봉해 만든다. 각종 공업용 기계, 주유소 펌프 디스플레이, 핀볼 오락기 등에 신뢰도가 높은 제품으로 오랫동안 쓰였다. 밥콕 회사에 대해서는 내가 삼성전관 기술 고문으로 있던 시절 이야기를 쓸 때 너 이야기하려 한다.

위에서 쓴 대로 나는 베크먼 사에서 1972년 7월 5일부터 일을 시작했다. 액정물질 합성, 그리고 LCD 제조에 전심을 다해 노력했다. RCA 사에서 그렇게 떠나게 되어 캘리포니아로 밀려나게 된 것 같아서 동부 쪽에 미련이 많았다. 생전을 사계절이 있는 데서 살다가 항상 여름 같은 건조한 기후가 쉽게 적응되지 않았고, 동부에는 처가 쪽 식구들이 살고 있어서 서로 가까이 왕래하면서 살고 싶어졌다. 1974년 여름에 RCA의 서머빌 LCD 공장을 다시 가동하기 때문에 전에 알고 있던 친구들이 다시 돌아오면 좋겠다고 해서 직장을 옮기기로 하고 베크먼 사에 8월 30일자로 사표를 냈다.

RCA 서머빌 공장에 취직이 되었지만 베크먼에서 RCA에 항의를 해서 나는 공장에 들어가서 일할 수가 없었다. 베크먼 사의 기술을 노출할 가능성이 있기 때문에 같은 분야에서 12개월 동안은 일할 수 없다는 것이었다. 1974년 9월 3일부터 10월 중순까지 식구들과 함께 모텔에서 자고 식사는 하루 세 끼를 중국음식 먹었더니 노린내가 날 정도였다. 10월 중순에 집 하나를 세내서(213 Berger St, Somerset, NJ 08873) 들어가 우리 음식도 해 먹고 사람 같이 살았다. 아들은 이제 좀 커서 유치원에 보냈다. 그러다가 할 수 없어서 12월 3일 베크먼의 조지 스미스 씨에게 연락해 RCA를 사직하고 1975년 1월 9일부터 다시 베크먼에 출근하기로 결정했다.

나는 화학자고 액정 일을 많이 했지만, 자기 전문 분야가 아니라도 담담한 마음으로 문제를 들여다보면 그 분야 전문가들이 생각지도 못하는 발명을 할 수 있다는 경험을 베크먼 사에서 했다. 하이브리드 마이크로서킷 제품 생산에 들어가는 고성능 저항체 문제가 바로 그런 것이다.

1972년에 베크먼 사에서 일하기 시작했을 때 레이 리 밑에서 일하다가 헬리포트 사업부의 사업이 증가해서 전자부품 그룹으로 승격

했다. LCD 그룹도 후막 그룹에 속하게 되어서 새 상사 빌 켈리Bill Kelly 밑에서 일하게 되었다.

내 직책은 스태프 사이언티스트Staff Scientist였다. 박사 학위로 처음 시작하면 시니어 사이언티스트Senior Scientist라고 하는데, 여기서 승진한 것이다. 액정 생산 공정을 완료할 때쯤에 매주 같이 있는 그룹 회의에 들어가서 후막 그룹의 기술 문제 토론을 듣고 있었다. 이 그룹에는 요업 전문가 몇이 있었는데, 후막 분야에서 오랜 경험이 있는 노장들이었다. 나는 이제 막 들어온 30대의 젊은 박사였고 이 회사에서도 애송이였기 때문에 후막에 들어가는 소재에 대해서는 전혀 모르는 게 당연한 일이었다. 하여튼 이들이 생산하는 납 루테늄산염Lead Ruthenate이 소각했을 때 소위 피로클로르Pyrochlor 결정이 잘 생성될 때도 있고 잘 안 될 때도 있어서 공장에 필요한 자재를 제대로 공급할 수가 없다고 옥신각신 토론하는 것을 목격했다. 그래서 나는 그들이 가공하는 공정을 견학했다.

요업공학에서 쓰는 볼밀Ball Mill 분쇄기에 산화연酸化鉛, Lead Oxide 가루와 루테늄 스펀지Ruthenium Sponge(금속 가루)를 넣고 여러 시간, 심지어는 밤새도록 기계를 돌린다. 요업 기술자들이 두 가지 분말을 완벽하게 섞기 위해서 쓰는 전통적 방법이다. 그 다음에는 이 혼합물을 노爐에 넣고 고온에서 하소煆燒, Calcine(어떤 물질을 고온으로 가열해 그 휘발 성분의 일부 또는 전부를 제거하는 조작)한다. 윤택이 까만 납 루테늄산염이 생성된다. 엑스레이 회절回折, diffraction 패턴이 결정학적으로 피로클로르 구조를 보여줘야 했다. 이 물질의 전기 저항치가 고온에서도 상온치에서 큰 변동이 없어서 고신뢰성 전자 부품 제작에 쓰인다. 군사용 항공우주 산업에 납품하는 중요한 소재였다. 그런데 그 제조 공정의 반복성에 문제가 있으니 큰일이었다.

나도 화학자인데 하는 생각 끝에, 볼밀로 두 가루를 섞는다는데 분자끼리 고루 섞일 수 없지 않을까 하는 결론에 다다랐다. 무기화학 책을 자세히 파보았다. 루테늄을 용해시키는 방법으로 종전에 쓰던 질산·염산·황산에 아무리 가열해 봐도 끄떡없었다. 오래된 독일 문헌을 보니 탄산칼륨에 혼합해서 석영 튜브 관에 넣고 고온에 처리한 후에 물에 녹을 수 있는 루테늄을 얻을 수 있다고 했다.

베크먼 사는 석영유리를 가공할 수 있는 기술을 보유하고 있었다. 애송이 과학자였지만 그 석영유리 가공 기술 노장에게 석영 튜브를 만들어 달라고 사정해서 노로爐의 규격에 맞는 실험실용 튜브를 만들어 질소를 투입하고 배기할 수 있게 했다. 그 튜브 안에 탄산칼륨 가루와 루테늄 금속 가루를 섞어서 넣고 섭씨 1000도가 넘게 가열했다. 그 석영 튜브를, 거의 오렌지 백색으로 이글거리는 노를 통해 서서히 회전시켰다. 그와 동시에 그 튜브에 질소 가스를 공기 중의 산소를 배제할 정도로 서서히 통과시켜 주었다. 역시 오렌지 백색의 녹아 내려앉은 액체가 석영 튜브 안에 보였다. 그토록 강한 루테늄 가루가 녹아버린 것이다! 노를 꺼 실온이 된 다음에 시꺼먼 고체는 물에 쉽게 용해되었다. 염산을 가해서 수소이온 지수(pH)를 산성으로 조절해 놓고 산화연酸化鉛도 염산에 녹여 그 루테늄 액과 혼합했다. 이제 다시 가성소다(NaOH)를 첨가해서 수소이온 지수를 알칼리성으로 올려주면 흑갈색의 앙금이 생성된다. 소위 납과 루테늄이 공동침전共同沈澱, Co-precipitation한 것이다. 이렇게 해서 두 물질이 분자 대 분자 간격으로 밀접하게 혼합되었다.

다음 문제는 나트륨과 칼륨, 그리고 수소이온 지수가 높은 수산기 이온들을 제거하는 것이었다. 커다란 삼투 자루Dialysis Tube에 넣고 삼투액이 수소이온 지수 중성이 될 때까지 삼투했다. 이 방법도 생화학이나 생명공학에서 쓰는 것이어서, 요업 전문가들이 생각해 보지도 못할 엉뚱한 기술이다.

앙금을 회수해서 그룹의 요업 전문가에게 고온에서 하소煆燒하라고 건네주었다. 엑스레이 회절 패턴이 결정학적으로 100퍼센트 피로클로르 구조를 보여주었다. 문제는 해결되었다. 나는 이렇게 문제를 풀고는 무한한 통쾌감을 경험해 보았다. 생전 들어보지도 못했던 루테늄-납 피로클로르를 만들어 냈으니, 애송이가 밥값은 했다고.

부지런히 특허 출원 초안을 준비해서 사내 특허과에 제출했다. 한 달에 한 번씩 만나는 특허위원회가 검토해서 출원 여부를 결정한다. 몇 달 후에 특허 출원은 하지 않을 것이고 회사 기밀로 쓰도록 결정했다는 통지를 받았고, 그 후로 곧 발명 상여금 150달러를 받았다. 나는 좀 서운했다. 특허를 내고 학술 잡지에 논문도 싣고 학술 회의에 가서 발표도 해서 이름을 올려놓으리라 생각했는데 '회사 기밀'로 영원히 덮어놓아 버렸다. 1980년도 초에 베크먼의 전자제품 그룹이 에머슨Emerson 사에 인계될 때 이 기밀 공정도 회사 자산으로 함께 팔렸다. 아마 지금도 그 소재를 쓰고 있을 것이다.

1979년경에 베크먼 사는 액정 공상을 캐나다의 ITT 사에 넘겨주었고, 플라스마 디스플레이 공장은 밥콕 사에 팔았다. 그래서 나는 사내 임상기기 사업부(CID)에서 일감을 찾아보았다. 윌버 케이 Wilber Kaye 박사가 액정의 전기·광학적 성질과 광학기계에 대한 응용에 관심이 있어서 여러 번 만났다. 케이 박사는 베크먼의 유명한

DU 분광광도계를 만들어 냈던 회사의 노장이었다. 그분의 소개로 짐 스턴버그Jim Sternberg 박사를 만나게 되었다. 이분 밑에서 거의 20년 동안 의약 분야 연구 생활을 하게 되었다.

이때 CID 연구 그룹 책임자인 스턴버그 박사는 강심제 디곡신 Digoxin을 화학적으로 변경해서 단백질 분자에 반응 결합할 수 있게 해달라고 했다. 그래서 계속 풀러턴 공장의 액정 유기 합성 실험실에서 실험을 했다. 그때는 CID가 풀러턴 공장 북쪽 램버트가Lambert Rd를 건너서 현재의 홈디포Home Depot 주차장 자리에 있었다. 그래서 내가 있던 실험실에서 길을 건너 짐 스턴버그와 그 그룹 실험실에 자주 왕래하면서 생물공학을 배우기 시작했다.

처음 손댄 것이 면역학이었다. 위에 설명한 디곡신 유도체는 소위 항원抗原으로서 단백질에 결합시키고, 단백질과 결합하지 못한 과잉 항원과 반응 과정에서 생성된 무기 물질들을 제거해야 했다. 종전에는 투석 튜브에 넣어서 투석하는 방법을 썼는데, 이렇게 하면 단백질 이외의 작은 분자들은 모두 투석액으로 빠져나온다. 더 빠른 방법으로 '사이즈 배제 크로마토그래피'를 사용하면 불과 몇 시간 만에 순수 단백질-항원 결합체(생화학에서는 Conjugate라 불린다)를 얻을 수 있다. 이 결합체를 동물에 주사하면 혈액에 항체가 생성된다. 쥐·토끼·염소 등을 주로 사용한다.

나는 1982년 6월 15일부터 짐 스턴버그 밑에서 일하기 시작했다. 20년 동안 생화학·임상화학·화학분석·기계 등 분야에서 연구 생활을 하다가 2005년에 은퇴했다.

6. 함정

소설 같다고 하겠지만, 이것은 실화다. RCA에서 해고당하고 당황하던 중 직장을 구하려고 〈C&E 뉴스〉에 1971년 12월부터 1972년 1월 중순까지 광고해서 제록스 사와 노렐 사에서 통지가 왔었고, 여기에 쓰려는 마치라는 사람과 연결돼 기술 자문 비슷한 일을 시작했다고 앞에서 말한 바 있다(제2장 'RCA 사'). 내가 실제로 경험했던 아슬아슬한 장면들을 사실대로 정확하게 기술해 보겠다.

마치라는 사람과는 타이멕스 사에 근무하고 있던 1972년 5월 첫주에 퀸스 대로 메이시스 백화점 근처의 하워드 존슨 식당에서 만났다. 그 사람은 뉴욕 시 근처에서 만나기를 원했고 나는 퀸스에서 살았기 때문에 그쪽 지리를 잘 알아 이 장소로 정한 것이다. 시간은 토요일 오후 6시였다. 약속대로 액정에 관한 일반적인 지식을 보고 형식으로 써서 건네줬다. 그도 비용으로 150달러를 나에게 주었다. 나는 또 그에게 최근에 타이멕스 사에 직장을 얻었노라고 얘기해 주었다.

그때쯤에는 그가 MBBA와 EBBA를 알고 있었는데 내게 샘플을 좀 얻어달라고 요청해 왔다. 좀 이상한 일이었다. 그 회사가 액정에 그토록 관심이 있다면 이미 세 개 회사에서 이 물질을 시판하고 있다는 것을 알고 있을 터인데, 굳이 나에게 사서 달라고 할 필요가 없었다(물론 당시 나는 의심할 여유도 없었을 테지만). 나는 그에게 이 물질은 배리라이트Varilight 사나 프린스턴 오개닉스Princeton Organics 사 제품 5그램을 95달러에 살 수 있다고 말해 주었다. 그는 자기 회사 실험실에서 테스트해 볼 수 있게 적은 양이 필요한데 이 회사들에 정식으로 화학물질 구입 청구서를 보내고 하는 절차가 번거롭다면서, 통상 가격을 쳐줄 터이니 나더러 적은 양을 가져다 달라고 한다. 나는 매일같이 몇 킬로그램을 만들고 정제하고 순도와 전기 특성을 측정하고 있고 남은 양은 내개 내기중 습도나 불순물 오염 등으로 전도도傳導度가 높아서 폐기하는데, 샘플 10그램 가져다주는 것은 아주 쉬운 일이라 생각했다. 거기에다 180달러를 쉽게 받을 수 있어서 동의했다. 그래서 새로 액정을 생산할 때 샘플 남은 것을 버리지 않고 MBBA 10그램과 EBBA 10그램을 저장해 뒀다가 6월에 만날 적에 그에게 주어야겠다고 생각했다. 그는 또 액정에 관한 논문과 최근에 발표된 중요한 LCD 논문들을 구해 달라고 요구했다. 그래서 내가 수집해 온 논문들을 복사해 두었다.

6월 중에 그를 타이멕스 사 근처에 있는 하워드 존슨 호텔 음식점에서 만나서 그 액정 샘플과 논문 사본들을 주고 380달러를 받았다.

내가 8월에 켄트 대학에서 열리는 국제 액정학회에 참석하겠다고 했더니, 발표된 학술 논문 중 중요한 것들을 골라서 개요를 10월에 만날 때 달라고 한다. 학술 대회에 가서 새로운 것 배우고, 사람 만나 얘기하고, 좋은 음식 사 먹고, 부수입으로 보고서 써주고 돈도 받고. 너무 쉬운 일은 조심해야 한다는 것도 모르고 동분서주했다. 그 사람이 그냥 일반적으로 중요하다고 생각되는 논문들의 개요를 써 오라고 해서 이번에는 콜레스테릭 액정과 그 응용을 테마로 써서 주기로 했다. 이 특이한 액정에 대해서 이미 출간된 책자에서 찾아볼 수 있는 내용을 상당히 길게 썼다. 그리고 요구한 대로 이 액정학회 때 보게 된 LCD에 관한 논문들을 발췌해 보고서에 추가했다.

나는 마치와 1972년 10월 어느 토요일 초저녁에 퀸스 대로에 있는 하워드 존슨 호텔 식당에서 만나기로 했다. 그래서 금요일 저녁 비행기로 LA를 떠났다(나는 이해 7월 캘리포니아의 베크먼 사에 취직해 그사이 서부로 이사 가 있었다). JFK 비행장에 도착해서 렌터카로 롱아일랜드에 있는 아이들 이모 집에 가서 자고 토요일 저녁 때 만나러 나갔다. 그는 약속대로 비행 여비 300달러와 보고서 값으로 700달러를 건네주었다.

이듬해 1월의 토요일 저녁 8시에 퀸스 대로에 있는 작은 중국음식점에서 만나기로 하고 헤어졌다. 그때는 자기 동료 율Yule이라는 사람이 올 것이라고 했다. 독일 사람 이름치고 어쩐지 동유럽 또는 소련 사람 이름 같다고 느껴졌다. 그길로 비행장으로 달려가 LA 가는 마지막 비행기를 타고 자버렸다. LA 집에 들어가니 밤 12시였다.

1973년 1월의 추운 토요일 저녁 8시, 퀸스 대로에 있는 중국음식점에 갔다. 금발 머리를 한 젊은이가 오더니 당신이 '미스터 오'냐고 묻는다. 그렇다고 했더니 자기는 마치의 친구인데 나를 오늘 만나라고 해서 왔노라고 한다. 저녁 식사 중에 그는 보고서를 가져왔느냐고 확인했다. 그의 영어 발음은 마치보다 훨씬 나빴다. 나는 그의 모국어가 프랑스어인가 했다. 대개 프랑스 사람의 영어가 참으로 알아듣기 어렵기 때문에 그리 생각했다. 그의 생김새도 프랑스 사람 같이 느껴졌다. 또 얘기 중에 그는 자기 회사가 유럽(스위스라고 했던 것 같다)에 있는데, 주로 국제적으로 다양한 기술 분야, 특히 액정 분야의 자문업에 종사한다고 했다. 그 전임자 마치는 자기 회사가 북 뉴저지에 사무실을 둔 유럽 어느 제조 회사인 것 같은 인상을 줬는데, 이 사람의 이야기와 차이가 있었다. 의아하게 생각했지만 무시해 버렸다.

그는 마치가 약속한 대로 자기들이 청구하는 질문에 대해 나의 견해를 보고서 양식으로 써 오고 중요한 논문 자료(나의 의도에 따라서 자유로이 선택할 수 있다) 모은 것을 주면 700달러를 줄 것이고, 왕복 여행 경비도 보상해 준다고 했다. 그들이 가져온 문의 사항은 아래에 더 상세히 나열하겠지만 대부분 일반적 질문으로, 내가 아는 대로 써 가면 되었다.

지금 만나고 있는 사람은 영업부 직원도 아니고 엔지니어도 아닌 그냥 심부름꾼 같았다. 나와 그의 상사 사이에서 의사를 전달하고 물건을 전달하는 사람에 불과한 것으로 보였다. 연신 이야기 중에 자기 상사가 어쩌고저쩌고 하는데, 그 상사가 쉽게 전화할 수 있는 거리에 있는 듯했다. 저녁 식사가 끝나자 그는 화장실에 갔다 오겠다고 양해를 구했는데, 아마 자기 상사에게 전화하러 나간 것 같았다. 그는 또 자기와 내가 만나는 것을 나의 아내에게도 말하지 말고 했다. 이 점에 대해서 특히 염려하는 것이 이상했다. 나는 아내에게 감추는 게 하나도 없는데, 지킬 수 없는 요구였다.

율은 우리가 어떻게 물건을 주고받을 것인지 하는 방법에 대해서 나에게 자세히 설명해 주었다. 그는 나에게 식사를 마치고 음식점을 떠나서 차로 두 블록 가서 어느 가게 앞 주차장에서 기다리고 있으라고 했다. 조금 있으니 그가 내 차에 와서 타더니 나에게 봉투를 건네주고 나에게서 보고서 든 봉투를 받고 뒤적여 보았다. 다시 봉투에 넣고 접어서 허리춤에 쑤셔 넣고 오버코트로 덮어 옷을 여미고 나더러 차를 한 열 블록 운전하고 자기를 내려주라고 한다. 그는 어둠속으로 뚜벅뚜벅 걸어서 사라져 버렸다. 또 음식점에서 그는 말을 하다가 뚝 그치고 급히 밖으로 나가기도 했다. 이 모든 것들이 텔레비전에 나오는 탐정영화 장면 같기도 해서 이것이 사실인가, 착각하고 있나 하는 생각이 들었다.

여하튼 불안했다. 도대체 앞뒤가 맞지 않았다. 저렇게 복잡하고 조심스레 하는 절차를, 많은 사람들이 자주 왕래하는 대중음식점이나 델리카트슨(간편하게 조리된 고기·치즈·샐러드·통조림 등의 조제 식품을 판매하는 식당) 같은 데서 만나 이야기하고 약속하고 다음 절차를 버젓이 지시하느냔 말이다. 또 이해가 안 되는 게, 어떻게 율이 다니는 회사는 내가 써 준 보고서를 받고 내용도 자세히 보지 않으면서 비행기로 대륙 횡단을 두 번씩 시키고 700달러의 현금까지 줘가면서 만나자고 하느냐 말이다. 왜냐하면 내가 써준 보고서 내용은 대개 이미 발표돼서 널리 알려진 사실에 대한 것이기 때문에, 액정을 웬만큼 아는 사람이 읽으면 모두 웃음을 참을 수 없을 정도의 내용이었던 것이다.

나는 캘리포니아서부터 잠도 제대로 자지 못하고 왔는데 만약 무슨 차질이 나서 사람을 못 만나면 연락처도 알지 못하고 명함도 없고 회사 이름도 모르니 여간 곤란한 일이 아니었다. 그래서 이에 대해 물어보니, 그는 이런 질문이 있으리라 준비하고 있었다는 듯 이렇게 설명했다. 빈틈없는 방법이었다. 만약 토요일 밤 8시 약속에 나타나지 않으면 일요일 아침 10시에 같은 장소로 오라고 했다. 그래도 못 만나면 그 다음 주 토요일 밤 8시에 같은 장소로 오라고 한다.

캘리포니아로 돌아갔다가 다시 와야 할망정! 만약 이것도 안 되면 그 다음 날인 일요일 아침 10시에 오라고 했다. 이건 완전히 미친 사람이나 하는 짓이라 생각했다.

만약 병이 나서 서로 연락이 두절되면, 그리고 내가 포기하지 않고 만나고 싶으면 마지막 수단으로 그 다음 해 1월 넷째 토요일 밤 8시에 퀸스 대로에 있는 해피 로빈스Happy Robins라는 음식점으로 가보라고 했다(나는 이 음식점의 정확한 주소를 나중에 FBI 요원들에게 주었다). 처음에는 무슨 소리인가 어리둥절했는데 여러 번 설명을 듣고 이해했다. 넷째 토요일은 내 생일이 7월 4일(넷째 날)이기 때문이라고 했다. 만약 그래도 자기가 못 나오게 되면 우편엽서(내게 준 똑같은 엽서를 나중에 FBI 요원에게 주었다)를 롱아일랜드에 사는 우리 아이들 이모 집으로, 내가 병에서 완쾌하기를 바란다는 내용을 적어서 보낸다고 했다. 이 집 주소는 그가 내게 뉴욕에 오면 어디서 묵느냐고 물어서 써준 적이 있었다. 그 엽서의 우송 날짜로부터 1주일 지나고 오는 토요일 밤 8시에 같은 음식점으로 가보라고 했다. 여하튼 지금까지 약속을 놓쳐본 적은 거의 없었지만, 1973년 4월 약속은 지키지 못해서 그 다음 날 일요일 10시에 만난 적이 있었다.

위에 자세히 설명한 복잡하고 어려운 '지시'는 너무 가상적이고 어린 아이들이 읽을 탐정소설에나 나오는 장면 같아 유치하게 생각되었다. 나는 하도 어처구니없어서 물었다.

"근데, 당신은 누구요? 어느 나라 사람이오? 혹시 소련 사람(간첩) 아니오?"

그는 정색을 하고 "아니오!" 하면서 무슨 농담을 그렇게 하느냐고 항의했다. 그는 자기 회사가 미국 전역에 나와 같은 기술 고문들을 두고 항상 정보를 수집하고 있다고 강조했다. 그들은 이렇게 수집된 자료(정보)를 정리해 유럽에 있는 유료 독자들인 고객 회사들에게 배포하거나 경우에 따라서는 요청해 온 기술 문제에 대해 특별 보고서를 제공한다고 말했다. 각 회사에서 자문을 해올 때 중요한 것은 그 자문 내용이나 의뢰해 온 회사의 정체에 대해서는 기밀을 지켜주는 것이어서 특별히 주의해야 한다고 했다. 나도 그런 직업적 자문에서는 기밀을 지켜주는 것이 중요한 일이라는 데 동의를 하지만, 위에 길게 기술한 것처럼 소설에서나 볼 수 있는 복잡한 절차는 너무 과장된 것이라고 생각했다.

정확하게 날짜까지는 모르지만 1973년에 이 율이라는 사람을 만난 달과 장소는 기억한다. 1월엔 퀸스 대로에 있는 중국음식점, 4월엔 브루클린에 있는 조그마한 바, 7월엔 퀸스 대로에 있는 해피 로빈스라는 식당, 11월엔 유니언 턴파이크Union Turnpike에 있는 자그마한 간이식당이었다. 만난 시각은 모두 토요일 저녁 8시였다.

1973년 한 해 동안 율이 요구한 보고 제목과 내가 쓴 답의 개요를, FBI에게 제출한 자료에서 발췌해 적어 보겠다. 기술적 용어들이 섞여 있지만 당시의 업계 동향을 알 수 있고, 무엇보다도 내가 기록으로 남기고 싶어서다.

첫 번째로, LCD 시장 추세에 대해 일반적으로 기술해 달라는 요구가 있었다. 나는 신문·잡지와 듣는 소문을 기초로 해서 LCD 시장은 1973년에 휴대용 계산기, 시계, 계기용 디스플레이에 시장이 있다고 썼다. 초기에 대량 생산된 것은 다이내믹 스캐터링 모드 LCD였지만, 고장故障 모드가 완전히 알려지지 않았고 그 해결책도 없는 상태였다. 꼬인 네마틱 LCD가 더 유망한 이유는 전류에 의해 가동되는 게 아니고 전장에 의해서만 스위칭되기 때문이었다. 전해電解적 분해가 없기 때문이다. 그때 휴대용 계산기 시장에서는 LED가 LCD를 압도하고 있었으나, 조만간 꼬인 네마틱 LCD가 이를 능가할 것이라고 썼다.

두 번째는 다이내믹 스캐터링 모드 LCD의 개요다. 나는 이미 발표된 보도나 논문을 기술했다. 다이내믹 스캐터링 모드 역시 세척된 투명 전극에 음성유전이방성陰性誘電異方性(NDA) 액정, 예를 들면 시프염기와 아족시계 액정이 쓰인다고 썼다. 그리고 액정에 제사급 암모늄염 같은 소량의 이온 첨가제를 가해서 쓴다고 했다. 또 다이내믹 스캐터링 모드 LCD를 오래 가동하면 전극에 전해된 물질이 축적돼 변색이 되고 전류도 높아진다고, 고장 모드들을 기술했다. 이렇게 고장 모드가 있음에도 불구하고 잘 구동되는 다이내믹 스캐터링 모드 LCD는 시각적으로 상당히 소비자에게 잘 어필한다고 썼다.

세 번째는 꼬인 네마틱 LCD의 개요다. 이 디스플레이의 원리는 1971년 12월에 호프만 라로슈의 헬프리치와 샤트에 의해 발표되었다. 이 새로운 LCD는 획기적이어서 여러 곳에서 실험·개발하고 있었기 때문에 나는 이들이 조만간 문의해 오리라 예상하고 있었다. 그래서 나는 이 보고서에 헬프리치와 샤트의 논문을 쉬운 말로 썼다. 그때는 내가 벌써 여러 번 실험을 해본 뒤였기 때문에 경험에 의해 쉽게 쓸 수 있었다. 꼬인 네마틱을 얻기 위해 두 개의 투명 전극을 입힌 유리를 렌즈 페이퍼나 솜으로 마찰(이 마찰 방법으로 수평 배향을 얻는 법을 Chatalein 방법이라고 하는데, 그 이유는 독일 과학자 Chatalein이 이미 80여 년 전에 발명했기 때문이다)해 준 다음에 양성유전이방성(PDA) 액정을 투입하면 되었다. 나는 이 보고를 쓸 때 꼬인 네마틱 LCD를 두 회사가 특허 출원중에 있다고 썼다. 한 회사는 스위스 바젤의 호프만 라로슈이고, 또 한 회사는 미국 오하이오 주 클리블랜드의 ILIXCO였다. 나는 꼬인 네마틱 LCD는 거의 전류가 흐르지 않고 인가 전압도 낮아서 전력 소비량이 미소하기 때문에 손목시계에 사용하기에 적합하다고 썼다. 오직 단점은 편광판을 두 개 써야 하기 때문에 짙은 색의 숫자가 종이 같이 하얀 배경이 아니고 어두운 배경이어서 콘트라스트가 미약하다고 썼다.

네 번째는 네마틱 상相 온도 범위를 넓히는 방법의 개요다. 내 생각에는 이 질문은 너무 일반적이고 특별히 유용한 비법이 있는 것도 아니어서 다음과 같이 썼다. 제일 일반적으로 사용되는 방법은 혼합물을 쓴다. 두 개의 네마틱 액정을 혼합해서 결정-네마틱 상전이 온도를 측정하면, 단순 네마틱 물질의 결정-네마틱 상전이 온도가 현저하게 낮은 온도인 반면에 혼합물의 NI 점(네마틱 상에서 보통 액체로 전이하는 온도)은 단순 네마틱 물질의 NI 점에 비해 별로 현저히 떨어지지 않는 현상이 알려져 있다. 이런 방식으로 두 개, 세 개, 다섯 개, 열 개의 성분을 혼합해서 결정-네마틱 상전이 온도를 낮추어서 온도 범위가 넓은 액정(혼합물)을 얻는다고 썼다. 예로서 루Lu와 존스Jones의 논문에 실린 MBBA-EBBA 상도相圖, 헬프리치의 PEBAB 혼합물 상도, 그리고 조셉 카스텔라노의 APAPA 혼합물 상도 등을 썼다.

다섯 번째는 LCD의 전기·광학적 특성 측정 방법의 개요다. 내가 직접 전기·광학 측정을 하지도 않았고 그 측정 장치를 제작해 보지도 않아서 권위 있게 대답할 수 없는 질문이었다. 그래도 최선을 다

해서 답을 썼다. 나의 실험실에서는 항상 전기 회로 전문가와 물리 · 광학 전문가들이 흑색상자Black Box를 제작해서 측정해 주면 그 결과를 보고 액정물질 성분을 최적화하는 데 이용했다. 나의 직접 경험에 의하면 그 측정 기계는 자연광 같은 광원이 있어야 하고 광 측정기photo-detector, 커넥터(접속 기구), 가변 전압 발생기 등이 구비되어야 한다고 썼다. 일반 논문이나 전문 서적에 그려진 도형 등을 본떠 블록다이어그램Block Diagram을 그려서 예로 보여주었다. 사실상 같은 물질을 가지고 측성 장치나 연구사에 따라 다른 결과를 보여준 예로 보아서 절대적으로 완벽한 장치나 방법이 있는 것도 아닌 실정이라고 썼다.

여섯 번째는 그 외의 다른 평판 디스플레이에 관한 기술 개요다. 나는 LCD 외에는 다른 평판 디스플레이에 관해서는 경험이 없다고 썼다. 이들은 발광 다이오드(LED), 감전발색感電發色 표시기(ECD), 서스펜디드 다이폴 헤라파타이트(SDH), 전자발광 표시기(ELD)이다. 나는 정보디스플레이학회(SID) 잡지에 실린 논문들을 공부해서 이해할 수 있는 범위 내에서 성심껏 보고서를 써서 주었다.

그 밖에 부수적인 질문들에 대해서도 대답해 주었다.

그들은 나에게 LCD를 생산하는 회사들 목록을 청했다. 그래서 RCA · ILIXCO · 베크먼 · OCLI · AMI · 햄린Hamlin · 브라운보베리 Brown-Boveri · 마르코니Marconi · 세이코 · 시티즌 · 히타치 · 소니 · 엡슨 등을 적어주었다. 투명 전극을 도포한 유리 제조업체들의 목록을 원해서 PPG와 OCLI를 써주었다.

아서 D. 리틀Arthur D. Little 사에 대해 문의하기에, 내가 알기로 이 회사는 보스턴 근교에 있는 국제적으로 잘 알려진 자문 회사라고 했다(내 생각으로는 내가 보고서를 써주는 회사가 유럽에 있는 기술 자문 회사이기 때문에 미국에 있는 자문 회사에 대해 알고 싶어 하는 것은 자연스러운 질문 같았다). 나는 그 보고서에 아서 D. 리틀 사가 최근에 LCD의 장래 전망이 아주 좋다고 평한 기사를 발표했다고 썼다.

한번은 IC 칩에 대해서 잘 알고 있느냐고 묻기에 나는 이 분야에는 경험이 없다고 대답했다.

또 율이 나에게 다른 고문에게서 받아 온 보고서의 신빙성에 대해서 평가를 해달라고 청했다. 그는 이 보고서가 한 20여 쪽의 복사된 서류로서 LCD에 관한 것이라며, 나더러 두어 시간 읽어보고 여기서 몇 블록 안 가서 있는 중국음식점에서 10시에 다시 만나자고 했다. 그래서 나는 저녁 식사를 하면서 그것을 읽어보았다. 그 서류는 캘리포니아 팔로알토Palo Alto에 있는 아메리칸 마이크로일렉트로닉스(AMI) 사와 오스트리아의 보석 및 유리 제조업체인 슈바로프스키 Schwarowsky 사의 공동 사업 계획(1971~72년경)으로, 다이내믹 스캐터링 모드 LCD 생산 계획과 마케팅 계획이었다. 내가 알기로는 이 계약은 이미 실패로 돌아갔고, 다이내믹 스캐터링 모드 LCD는 이미 모두 꼬인 네마틱 LCD로 바뀌어 버렸다고 설명해 줬다. 그래서 그 보고서는 더 이상 가치가 없다고 말해 주었다.

이듬해인 1974년에는 네 번 그를 만났다. 1월 5일 뉴저지 주 패터슨Paterson에서, 5월 30일에 40번 도로에 있는 중국음식점에서, 8월 3일에는 뉴저지 주 해컨섹Hackensack의 길가에서, 그리고 그해 마지막으로 10월 26일에 뉴저지 주 버건카운티Bergen County의 어느 음식점에서 만났다.

1월에 만났을 때 율은 아주 기분이 좋아 보였다. 자기 상사는 내가 하는 일에 대해 만족해한다면서, 내가 영구 자문으로 일할 의향이 있느냐고 물었다. 나는 영구한 직업이 하나 더 생긴다고 생각되어 승낙했다. 그는 나의 현재 직장에 해가 될 일은 절대 요구하지 않을 것이라고 강조했다. 우리가 하는 일은 극비에 부쳐질 것이니 안전하다고 덧붙였다. 그는 또 내가 자기 회사의 다른 기술 고문들과 같이 정규직에 들어가 있고 10년 근무하면 은퇴해서 연금도 받게 된다고 말했다. 그의 말은 매우 친절하고 태도도 진지했다. 그리고 연초 선물로 라이터와 펜셋 007 가방(샘소나이트 서류 가방)을 주었다.

그는 나의 이력서와 개인 수입·지출 및 재산 목록을 요구했다. 뭐 가진 것도 별로 없고 해서 다 가르쳐주었다. 그리고 또 하나 기억나는 것은 1974년 한 해 동안 만날 때마다 돈과 다음에 보고서에 써야 할 질문 목록, 다음 만날 날짜·시간 및 장소를 깨끗하게 타이핑해서 봉투에 넣어서 건네준 일이다. 그래서 만날 때마다 별로 말할 것이 없었고, 가족에 관한 이야기를 나누었다. 아이들은 몇이나 있고, 몇 살 먹었고, 학교 공부는 어떠냐 등등. 그런데 한번은 그의 질문이 심각한 것이어서 내가 대답을 피하려고 노력한 적이 있었다. 나는 이 사람이 일한다는 회사나 그들이 기술 자문을 해주는 회사는 현재 LCD를 생산하고 있다고 믿었다. 그들의 질문이 액정 생산 기술의 상세한 내용을 요구하고 있기 때문이었다. 나는 그들이 틀림없이 스위스의 브라운보베리 사와 관계있으리라 결론을 내려보았다.

10월에 만났을 때 나는 베크먼 사를 사직하고 RCA 사의 서머빌 LCD 공장에 취직했다고 율에게 알려주었다. 그는 하나도 놀라는 기색을 보이지 않고, 그저 새 직책의 직무와 내가 있는 거주지 주소 및 전화번호를 알려달라고 했다. 사실은 내가 이 이야기를 하기 전에 자기 상사가 누구를 LA로 보내 나를 만나게 하려 했다고 하면서, 어쩌면 자기는 유럽으로 가게 되고 다음부터는 다른 사람이 오게 될 것이라고 말했다. 자기를 대신해서 오는 사람을 만날 때는 이렇게 하라고 했다. 지정된 시간에 지정된 장소의 입구에 서 있으면 누군가 와서 시간을 물을 것이고, "예! 식사하러 갑시다" 하고 대답하면 그가 앞장서서 들어갈 테니 따라가 앉아서 이야기를 시작하라고 했다. 그리고 1975년에는 세 번 만날 텐데, 1월과 3월, 그리고 10월로 하고 사례비로 만날 때마다 1300달러에서 1500달러를 지불할 거라고 했다. 나는 보상이 충분하다고 말했다.

역시 이해 동안에 주고받은 문의 사항과 나의 보고서를 요약해 보겠다. 더 상세한 것은 내가 가지고 있던 묵지 사본에 있는데, 1974년 12월 27일에 FBI 요원 데이브 윌리엄스Dave Williams에게 넘겨주었다.

첫 번째는 멀티플렉스Multiplex와 매트릭스Matrix LCD의 현황과 미래 개발 동향에 대해 논해 달라는 요청이었다. 현재 LCD 생산 업체들의 주력 부분은 완벽한 멀티플렉스와 매트릭스 LCD의 개발이 아니고, 신뢰도가 높은 단순 LCD의 개발과 대량 생산이 관건이라고 썼다. 생산 업체들은 이 고신뢰도 단순 LCD가 시장에서 성공해야 고성능 LCD에 주력할 수 있었다. 비록 당시 실험 단계에 있던 멀티플렉스와 매트릭스 LCD가 발표되는 것을 흔히 목격할 수는 있지만 괄목할 만한 돌파구가 생기지 않는 이상 대량 생산은 어렵다고 본다고 적었다.

두 번째는 수평 배향 방법이다. 이 문의는 그때 제조업자들이 가장 많은 연구·개발과 투자를 하고 있던 공정에 관한 것이었다. 그때 제일 많이 생산되고 판매되던 시계용 꼬인 네마틱 LCD에는 수평 배향이 필수적인 공정 기술이있다. 수평 배향 빙법은 여러 가지가 알려져 있었다. 가장 오래된 방법은 섀털레인Chatelain이 처음 발견한 마찰Rubbing 방법이다. 지금은 연구 실험에나 사용한다. 그들은 양산에 사용할 수 있는 마찰 방법과 특히 아족시계 액정을 쓸 수 있는 수평 배향 기술을 찾고 있었다. 나의 생각으로는 그들이 원하는 배향 방법과 액정은 이미 저질의 제품이기 때문에 소용이 없다고 보고에 썼다. 아족시계 액정은 유럽(이머크 사)에서 개발·생산했기 때문에 유럽 LCD 메이커들이 널리 사용했으나 미국 시장에서는 별로 보편화하지 못했다. 그래서 나는 마찰 방법과 아족시 액정 사용을 추천하지 않았다. 대신에 1972년에 〈응용물리학 레터(APL)〉에 발표된 제닝의 논문을 추천했다. 그 방법은 산화규소 진공 증착 공정을 사용했다. 내가 직접 진공 증착기를 가동해 보지는 않았지만, 우리 공장에서 이 배향 방법을 개발하는 데 참여해서 그 경험을 기술했다(내가 보고서를 쓰고 몇 달 있다가 특허가 발표되었다). 나는 이 배향 방법이 아족시계 액정에도 사용할 수 있을 것이라고 보고서에 썼다. 그 외에도 미세홈Micro-Grooving 방법과 다이아몬드 가루 마찰 방법 등이 최근에 발표되었다고 보고에 썼다.

세 번째는 전하이동착물電荷移動錯物, CT Complex을 다이내믹 스캐터링 모드 LCD 첨가물Dopant로 사용하는 방법에 관한 것이다. 필라델피아 대학의 모티머 라베스Mortimer Labes 교수의 논문 몇 편에 대해 나의 의견을 청했다. 특히 전하이동착물이 다이내믹 스캐터링 모드 LCD의 성능과 기판 작동 수명에 끼치는 영향에 대해 문의했다. 또 더욱 중요한 점으로 액정 기판 제조업체들이 이런 첨가물 연구에 얼마나 비중을 기울이는가를 알고 싶어 했다. 나는 제조업자들이 이제는 더 이상 다이내믹 스캐터링 모드 LCD를 생산도 연구도 하지 않는다고 보고서에 써주었다. 그래서 나의 의견으로는 위 라베스 교수의 논문이 흥미롭고 새로운 첨가물이지만, 여러 연구소에서 추가로 연구 발표가 없다고 보고서에 썼다. 나는 그 기술에 관해 일본에서 나온 기사 몇 개를 추가해서 참고 문헌으로 첨부해 주었다.

네 번째는 네마틱 액정의 수직 배향과 수평 배향에 관한 것이다. 이 두 가지 배향 방법에 대해서는 지난 수년 동안 여러 저자들에 의해서 충분히 설명되고 각 LCD 메이커들에서 사용되고 있다고 보고서에 썼다. 율의 회사에서는 구체적인 방법을 원했다. 나는 보고서에 이미 발표된 문헌들과 액정 전문 서적에 실려 있는 것들을 써주었다. 나는 예로서 벨 연구소의 프레드 칸Fred Kahn과 다우코닝Dow Corning의 실리콘 처리 방법에 대해 쉬운 말로 자세하게 기술해 주었다.

다섯 번째로, 전기로 조절할 수 있는 빛 간섭 필터에 관한 설명도 요청받았는데, 이 보고는 내가 쓰기에는 전문 분야 밖이어서 힘들었다. 발표된 논문들은 둘이나 셋 정도였다. 나는 실제 경험이 없었지만 논문을 여러 번 정독해 이해하는 대로 충실히 보고서를 작성해 주었다. 나는 그들이 그 실험을 재확인할 수 있든지 못하든지에 관해서는 상관할 바가 아니라고 생각했다.

그 밖에 톨란Tolan이라는 물질에서 유도된 네마틱 액정에 대한 문의도 있었다. 나는 1973년 시카고에서 열렸던 미국화학회 학회 때 발표됐던 프랑스 연구 그룹의 논문을 소개해 주었다. 그 다음 해에 전 논문이 학회지에 실렸었다. 이 계열의 액정이 발견되었지만 실용화되기에는 온도 범위가 너무 짧고 고온이어서 실용적 가치는 없다고 써주었다. 비페닐이라는 물질에서 유도된 네마틱 액정에 대한 문의에 대해서는 영국 헐 대학의 조지 그레이 교수와 그 지도하에 포스트닥터들이 발표한 논문을 소개해 주었다. 이제까지 알려진 액정 물질에 비해 화학적으로 안정돼서 습기나 자외선에 분해될 가능성이 없을 것으로 기대되며, 앞으로 유망한 물질이 될 것이라고 전망했다. 내가 생각한 대로, 시프염기 · 에스테르 · 아족시계 액정은 곧 시장에서 영원히 사라져 버렸다.

에스테르계 액정과 그 합성 방법에 대한 문의도 있어, 나는 켄트 주립대학의 메리 누버트Mary Neubert 교수의 에스테르 액정 합성에 대한 논문을 소개해 주었다. 물론 그때쯤에는 독일의 이머크 사에서 많은 에스테르계 액정 배합물을 시장에 내놓았다고 보고해 주었다. 아날로그 LCD에 대하여 문의했기에 시장의 반응이 별로 시원찮아서 LCD 회사에서 연구 · 개발을 하지 않는다고 써줬다.

1974년 12월 26일 목요일이었다. 오후 네댓 시경, 누군가 문을 두드리기에 열어주니 두 사람이 FBI에서 왔노라고 배지를 보여주고 물어볼 일이 있다며 자기네 사무실로 가자고 연행하는 것이었다. 그들의 이름은 헨리 크라우스Henry Kraus와 폴 블라스코Paul Blasco였다.

HENRY KRAUS
PAUL BLASCO

FBI OFFICE PISCATAWAY, NJ
981-0550

아내에게 대강 이야기하고 그들을 따라가 밤 10시나 11시까지 조사를 받았다. 그동안 내가 만난 사람은 소련 대사관에서 나온 KGB 요원인데, 그동안 그와 무슨 일을 했느냐고 물었다. 그러면서 자기들과 협력하면 모든 일이 무사할 것이니, 이제부터 자기네 지시를 따르라고 했다.

그 다음날인 27일, 헨리와 함께 어제와는 다른 FBI 요원 데이브 윌리엄스Dave Williams가 우리 집에 왔다. 우리 일기에는 시각이 8시 30분에서 9시 30분 사이로 적혀 있었다. 무엇을 했는지는 기억이 나지 않으나, 그들의 업무 수행에 협조하는 것이었다. 28일과 29일은 주말이어서 조용했지만, 나와 가족은 롱아일랜드 아이들 이모 집으로 갔다. 그때는 장인·장모도 와 계셨는데, 온 가족이 걱정만 하다가 월요일을 맞이했다.

그날 오후 3시 30분에 헨리가 롱아일랜드로 전화를 했는데, 아내는 내가 잠깐 쇼핑 나갔다고 대답했다. 내가 4시 45분에 전화를 했으나 받지 않았다. 그 다음 통화했을 때, 화요일(12월 31일) LA로 출발하기 전에 만나자고 했다. 31일 12시에 세인트존스 대학 주차장으로 헨리와 데이브가 와서 그들 차 안에서 약 30분 동안 이야기했다. 그들은 LA로 가는 날짜와 비행기 편과 시간, LA에 가 있을 주소와 전화번호, 그리고 나의 신원을 조회할 수 있는 사람들 이름(그레코 교수, RCA의 조지 하일마이어, 브라운, 로젠버그 등) 등을 요구해 대답해 주었다. LA에 가면 그쪽 담당 요원이 연락할 것이라고 했다.

새해를 맞은 1975년 1월 8일(수요일), 온 식구가 LA에 도착했다. 풀러턴에 있는 91번 길 하버Harbor 대로 근처 힐튼 호텔에 투숙했다. 이튿날 9시경 뉴욕에서 전화가 왔고, 10일 헨리(이 헨리는 LA에 속하는 FBI 요원인 것 같다)에게서 전화가 와서 모두 아내가 받았다. 11일부터 이삼 일 간격으로 헨리와 찰리Charlie라는 요원이 호텔을 찾아와 서류를 받아 가고 자술서 사본을 주었다. 19일(일) 오전에 요원들이 호텔에 와서 왜 RCA로 돌아갔느냐고 물었다. 나는 서부의 기후가 너무 건조해 불편했고 동부에 친척들이 살고 있어 가까이 모여서 살고 싶어서라고 설명해 주었다. 21일(화) 오후에도 요원들이 호텔로 와서 이야기를 나누었다.

나는 1월 25일(토) 새벽 비행기로 뉴어크Newark로 떠나야 했다. 비행 편은 새벽 12시 10분에 출발하는 아메리칸 항공 비행기였고(AA Flight #196), 일요일에 돌아오도록 돼 있었다(AA Flight #3). 나는 출발 직전인 금요일 밤 10시에 비행장에서 헨리와 만나 이야기를 나누었다. 이때의 일은 내가 FBI에 제출한 '자술서'에 자세히 적혀 있다. 당시 일이 일어난 지 불과 며칠 내에 쓴 내용이기에 정확하고 상세한데, 이를 바탕으로 당시의 상황을 이야기해 보겠다.

나는 비행기에서 잠을 좀 자려고 했지만 조금 눈 붙이는 정도에 그쳤다. 뉴어크 비행장에 도착해서 출구에 나가니 데이브 윌리엄스가 기다리고 있었다. 그는 나더러 그날 저녁 5시 45분 정각에 자기가 있는 모텔에 전화를 하라고 말하면서, 내 렌터카가 무슨 차인지 알려달라고 했다. 나는 뉴욕의 케네디 국제공항에서 버스건 리무진이

건 타고 가려고 했으나, 그 토요일 아침 시간에는 불가능했다. 다행히 허츠Hertz 렌터카에서 뉴욕 번호를 달고 있는 매버릭을 렌트할 수 있었다. 롱아일랜드에 있는 아이들의 이모 집으로 가려고 달리는데, 비가 억수같이 쏟아졌다. 도착하니 낮 12시경이었다. 가자마자 쓰러져 한 두어 시간 잤다. 마음을 느긋이 먹고 좀 쉬려고 노력했다.

5시 45분에 뉴저지 홀리데이인Holiday Inn에 있을 데이비드 윌리엄스에게 전화를 했다. 내가 운전하는 렌터카는 1974년도 매버릭인데 파우더블루 색이라고 그에게 말해 주었다. 그리고 지금 롱아일랜드에서 뉴저지를 향해서 출발한다고 했다. 역시 비가 쏟아지는 어두운 밤길이었다. 다행히 토요일 밤이고 해서 길에 차도 별로 없이 한산했다.

모텔에 도착해 데이브 윌리엄스, 헨리 크라우스, 그리고 얼굴이 눈에 익으나 이름은 기억나지 않는 세 FBI 요원들을 만났다. 아는 친구들처럼 집 이야기, 정원 가꾸는 일, 모기지(집 은행 융자) 이야기를 했다. 곧 만나야 할, 이제는 정체를 다 알게 된 소련 간첩과의 접견을 앞둔 긴장감을 덜어보려는 잠재의식적 노력이었다.

7시 30분에 모텔을 떠나서 리지우드Ridgewood 기차 정거장으로 갔다. 밝은 가로등 아래 주차장에 차를 세우고 한 블록쯤 걸어서 그 음식점에 접근했다. 그때가 7시 45분이었다. 음식점의 입구가 어디에 있나 확인해 보고 다시 차로 돌아왔다. 비는 다시 쏟아지고 있었다. 7시 55분에 우산을 들고 음식점 입구에 도착하자 '그 사람'이 기다리고 있었다. 그 사람은 검은 갈색 점퍼를 입었고 우산을 들고 있었다. 서로 알아보고 악수한 다음에 음식점 안으로 들어갔다.

오늘은 나도 모르게 그를 유심히 관찰하기 시작했다. 이제부터는

FBI를 도와서 이들이 무엇을 원하는가를 자세히 알아내야 하기 때문이었으리라. 유난히 날카로운 그의 눈초리가 느껴졌다. 그 전 같으면 나는 이 사람은 어느 회사의 직원이겠지 하고 별로 생각하지 않았으련만, 오늘 보니 그는 유난히도 주위를 자주 살피곤 했다. 그럼에도 불구하고 나는 계속 미소를 지으면서 자연스럽게 보이려고 무척 노력했다.

우리는 구석 테이블에 앉아 있었다. 그는 안쪽에 앉아서 음식점 내부를 한눈에 볼 수 있었고, 나는 그를 마주보고 앉아 있었다. 오늘 그는 넥타이를 매고 정장을 했다. 왜 이렇게 정장을 하고 왔느냐고 내가 물었다. 지금 우리가 들어온 음식점은 좀 분위기가 있는 고급 음식점이기 때문에 그것에 맞춰 의복도 정장을 했다고 대답했다. 과연 지금까지 만났던 간이음식점들에 비해서 훨씬 고급 음식점이었다.

분위기를 녹이기 위해서 내가 그에게 그 세 살배기 딸은 잘 크느냐고 물었다. 그는 자기 가족들이 얼마 전에 미국에서 유럽으로 이사 갔다고 하면서, 그의 딸은 지금 유치원에 다닌다고 했다. 그래서 그는 미국과 유럽을 자주 왕래하게 되었다고 말했다. 그는 우리 가족들이 지금쯤은 뉴저지에 이사 와 있느냐고 나에게 묻기도 했다.

그는 내가 이미 베크먼 사에 다시 돌아가서 일하다가 자기를 만나려고 일부러 비행기를 타고 오늘 새벽에 뉴욕에 도착한 것을 전혀 모르고 있었다. 그래서 나는 천연덕스럽게 그에게 하나 '뉴스 거리'를 알려준다고 하면서 다음과 같이 설명했다. RCA 사로 직장을 옮겼지만 생각과는 반대로 새 직장에 도착하자마자 예산을 동결하고 일부에서는 감원을 시작하고 내가 일할 실험실도 준비되지 않고 장비 구입도 보류되어 있었다. 일부 임원들은 이대로 가다가는 RCA의 서머빌 액정 공장은 1975년 연말을 못 넘길 것이라는 염려도 하고 있었다. 나는 몇 년 전에 경험해 보았지만 감원에 대해서는 특별히 민감했고, 베크먼 사의 법률 팀에서 내가 베크먼 사의 기술적 기밀을 가지고 있기 때문에 액정 분야에서 12개월 이내에 일을 할 수 없게 해달라고 RCA 사에 항의해 왔다고 말했다. 베크먼 쪽에서는 이일이 잘 처리될 때까지는 RCA 공장에 출근을 하지 말라고 충고했고, 월급은 계속 지불해 주었다. 이삿짐은 벌써 캘리포니아에서 도착해서 임시 저장 창고에 맡겨놓고 있었다. 모텔에서 한 달쯤 살고 하루 세 끼를 사 먹으니 음식에서 노린내가 나서 우리 집에서 끓여 먹은 음식이 얼마나 좋았는지 그때야 느꼈다고 했다. 한편으로는 베크먼 사에서는 내가 원하면 월급을 더 올려줄 테니 캘리포니아로 돌아오라고 편지를 보내줘서 결국엔 3개월 만인 12월 3일에 다시 돌아가겠다고 서신을 보냈고, 12월 10일에 합의서를 받아서 지금은 베크먼 사에서 근무하게 되었다고 말했다. 물론 이런 상황에서 RCA에서도 내가 사직하는 데 별로 이의 없이 동의해 주었다고 말했다. 그는 이 긴 설명에도 별로 관심을 보이지 않고, 그러면 베크먼 사에 돌아가서 무슨 일을 하게 되느냐고 물었다. 나는 서슴지 않고, 액정물질 합성과 LCD 연구·개발이라고 답해 주었다. 그렇다면 우리가 앞으로 만나는 데 들어가는 추가 여비를 지급해 줄 것이라고 말했다.

내화는 이제 일반 경기 상황 이야기로 들어갔다. 현재로서는 경기가 불황이지만 대통령 연두사를 듣고 고무적으로 느꼈다고 나는 말했다. 그도 조만간 경기가 좋아지기를 바란다고 대꾸했다. 나는 그 사람이 소련 정보원이라는 것을 이미 알고 있으면서도 얼굴 표정은 태연하고 진지하게 지은 채, 그가 근무하는 회사의 유럽 경기는 어떻게 되어 가느냐고 물어봤다. 그는 자기 회사가 워낙 넓은 분야의 사업을 하기 때문에 일부 유럽의 경기 변화에 별로 영향은 받지 않는다고 대답했다. 그는 내가 생각하는 것보다 미국 경기가 더 낙관적이라고 보고 있었다. 그 이유로는 갑부이고 훌륭한 기업 경영자이며 정치에 경험을 가진 록펠러 씨가 부통령이 되어서, 농촌에서 자랐고 '단순'해 보이며 운동선수(풋볼)였던 대통령을 잘 보좌할 수 있게 될 것이기 때문이라고 말했다. 나는 그가 미국 정치·경제 현황을 잘 알고 있어서 놀랐다. 이들이 소련 첩자들이라고 생각하지 못했을 때는 이런 정치·경제에 대한 대화를 했어도 그들의 상식의 깊이를 대수롭잖게 생각했는데, 지금은 유심히 관찰하는 내가 느껴졌다.

이때쯤 우리는 샐러드를 거의 다 먹고 저녁 식사 메인 접시를 주문했고, 나는 예전 같이 음료수를 마시고 담배를 한 대 피웠다. 가슴이 답답하고 불안한 두려움을 가라앉히려는 시도였다.

그는 지난번에 요구했던 보고서와 논문·기사 등 사본을 가져왔느냐고 확인했다. 나는 가져왔다고 답했다. 그가 이번에는 1800달러를 가져왔다고 했다. 나는 그 금액이 예상 외로 많은 액수이고 그들이 지난번 약속한 금액보다 많아서 좋기도 했지만 불안하기도 해서 물었다.

"왜 이렇게 많은 돈을 가져왔소?"

"괜찮아요. 뭐가 잘못됐어요?"

"아니오."

나는 속으로 '이자가 무슨 놀랄 만한 것을 말하려나 보다' 생각하며 조용히 있었다. 나는 계속 미소를 지으면서도 그를 유심히 응시하고 있었다. 그는 내가 그동안 세 군데 직장을 가졌었는데 각 회사가 그 기밀을 보호하기 위해 어떤 절차나 방법을 쓰고 있는지 어느 정도는 알고 있지 않느냐고 확인한다. 그래서 이다음에 만날 때에는 내가 가져오는 보고서와 더불어 그 기밀 보호 절차와, 그리고 가능하면 그 책임자의 이름을 알아내서 가져오라고 요청했다. 내가 들은 그의 요구가 얼마나 위험하고 당돌한 것인지 알아차렸을 때, 나는 이렇게 말했다.

"나는 그런 절차나 기밀 보호에 관해서는 잘 모르고 있었고, 항상 기술 연구나 화학 반응에 정신을 쓰기 때문에 그런 것에는 신경 쓰지도 않았소. 그래서 무엇이든지 기밀에 관해서는 내 마음에 떠오르는 대로 써 올 것이오."

"그러면 충분해요. 우리가 그것을 알려고 하는 이유는 단지 당신을 보호하기 위해서요."

나는 이게 무슨 의미인가 하고 생각하면서, 이 요구가 아주 심각한 것이어서 나의 마음속은 의문과 걱정으로 가득 차 있었다. 그래도 겉으로는 연신 미소를 지으면서 대화를 이어갔다. 그는 화제를 돌려서 물었다.

"당신의 취미가 무엇이오?"

그리고 내가 대답할 여유도 주지 않고 말한다.

"사진 찍기 아니오? 그거 참 재미나지요!"

"아니오! 그 취미는 너무 비용이 많이 들어서요."

"당신이 아주 좋아할 거요. 사진 찍는 것이 얼마나 쉽고 간편한지 가르쳐줄게요."

그리고 그는 말을 이었다.

"이 보고서를 타자기로 찍은 8×11인치 종이보다 필름이 훨씬 간편하지요. 이다음 만날 때는 카메라 구입할 돈을 주고 어디서 구입하는지 알려주겠소."

이때쯤 나는 마음속으로 아주 불안했지만 겉으로는 미소를 지으며 그의 대화에 집중하고 있는 것처럼 보이려고 애를 쓰고 있었다. 이런 대화를 하는 중에 그는 자그마한 선물을 주면서 '음력설 선물'이라고 했다. 열어보니 손목시계 줄이었다. 나는 매우 피곤했고, 저녁 식사를 다 마칠 수 없었다. 나는 다 먹지 못해서 미안하다고 하며 이렇게 말했다.

"롱아일랜드에 계시는 장모님이 캘리포니아로 가기 전에 식사를 하고 가라고 하셔서 그리 됐습니다."

항상 하듯이 그는 테이블 위에 놓인 영수증을 가지고 계산대에 가서 지불하고, 우리는 주차장에 둔 차로 갔다. 그는 차 안에 내가 가져온 보고서가 있다는 것을 알고 있었다. 그는 차 안에 들어가서 앉고, 나는 운전석에 앉았다. 그는 좌석에서 보고서를 열어보고 확인한 다음 내게 돈 봉투와 다음에 써 올 보고서 질문 제목과 약속 시간·장소가 적혀 있는 봉투를 주었다. 그는 나에게 왜 그렇게 작은 차를 빌렸느냐고 물었다.

"급히 오느라고 렌터카 예약할 것을 잊고 왔소. 뉴욕 케네디 비행장에서 아무 차나 빌렸는데, 빌릴 수 있는 게 이 차뿐이었소."

그는 나와 같이 밖에서 걷자고 했다. 그와 나는 나란히 보도를 걸었다. 한 블록쯤 갔을 때 그는 나에게 주의를 하라면서, 특히 그와 만나는 것을 누구에게도 알려주지 말라고 했다. 심지어는 아내나 가족·친척에게도 알려주어서는 안 된다고 했다. 이 주의는 만날 때마다 주었다. 그리고 '꼭 기억할 것'을 또 반복했다. 만약 우리가 약속을 못 지킬 경우에는 그가 엽서에 "I missed you"라고 쓰고 우리 아이들 이모 집 주소를 써서 보내줄 것이라고 했다. 그리고 우편엽서 발송 일자로부터 3주 되는 토요일 저녁 8시에 해피로빈Happy Robin 음식 점으로 오라고 했다. 그가 말한 것을 내가 확실히 이해한 다음 우리 는 다시 차로 돌아왔다.

그는 내가 현재 있는 주소와 전화번호를 달라고 해서 지금 머물고 있는 모텔 이름과 동네 이름과 전화번호를 적어주었다. 직접 써달라 고 해서 'Chalet Lodge, Pomona, California'라고 써줬다. 이렇게 매 번 요구할 때마다 자기가 받아쓰지 않고 꼭 내게 쓰도록 한 것이 이 제야 새삼스럽게 느껴졌다. 모든 것이 만족스럽게 되었다고 생각했 는지, 그는 음식점 쪽으로 걸어갔다.

나는 그제야 안심이 되어서 리지우드 가 쪽으로 차를 달렸다. 달 리면서 FBI 요원 헨리가 말한 대로 연신 백미러를 유심히 보았다. 아 니나 다를까, 두 차가 접근해 오고 있었다. 나는 아이스크림 집 앞에 차를 세웠고, 그 동안에 두 차는 계속 질주해 지나가 버렸다. 쓸데없 는 걱정을 한 것이다. 담배 한 갑 사 가지고 곧 홀리데이인으로 들어 갔다.

FBI 요원들이 기다리고 있는 모텔 방에 들어설 때까지 나는 무척 무서웠고 두려웠다. 내가 요원 헨리를 보았을 때 그의 품에 안길 정 도로 안심이 되었다. 방에는 FBI 요원 서너 명이 있었다. 그들에게 방금 만난 소련 사람과 이야기했던 모든 것을 말해 주었고, 받은 돈 봉투, 다음에 써야 할 보고서 제목, 다음 만나는 장소·날짜·시간에 대한 지시, 손목시계 줄 등을 건네주었다.

"그 시곗줄은 볼 때마다 이 무서웠던 비밀 활동을 생각나게 할 테니까 버릴까요?"

내가 그렇게 말했더니 요원 데이브는 버리지 말고 나라를 위해서 노력했던 기념품으로 생각하며 차고 다니라고 말했다.

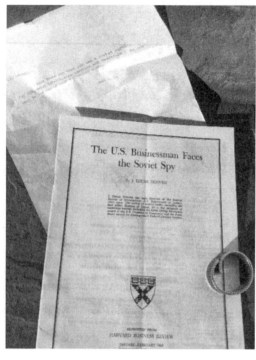

FBI의 조사를 받을 때 얻은 후버의 책자. 소련 간첩에게서 받은 시곗줄과 그 후 FBI가 시킨 대로 내가 소련 대사관에 쓴 편지도 옆에 보인다.

12월 말 FBI의 피스캐터웨이Piscataway 사무실에서 처음 조사받을 때 나는 10년 전에 FBI 국장 에드거 후버 씨가 소련 정보계의 미국 내 공업 기술 분야 정보 수집에 대한 경고용으로 쓴 책자 하나를 받았는데, 이날 일어난 일은 거기에 쓰인 내용과 똑같은 시나리오였음을 알 수 있었다. 나는 그때 방에 있던 FBI 요원들에게 이렇게 말했다.

"오늘 만났을 때 일어난 일이 너무나 노골적으로 첩자 행위를 하라는 것이어서, 한 달 전에 FBI를 만나지 않았더라도 내가 자발적으로 경찰서에나 당국에 연락했을 것이오."

왜냐하면 내가 그동안 유럽에 그저 흔히 있는 기술 정보 자문 회사 정도로 생각했던 그들과 만나서 이야기했던 것과는 전혀 달랐기 때문이다. 카메라 구입, 회사 기밀에 관한 이야기, 시곗줄, 누구에게도 자기들과의 만남에 대해서 발설하지 말라는 주의 등은 이들이 간첩 행위를 하고 있음을 분명히 보여주었고, 심지어는 머리가 둔한 사람도 알아차렸을 것이라고 나는 말했다.

나는 요원 헨리가 준비해 온 진술서에 서명해 주었다. 그때 요원 윌리엄스 씨의 상사가 방에 들어와서 이야기에 합류했다.

"나도 그 음식점 안에서 당신과 그 소련 사람이 대화하는 것을 보고 있었소."

그러면서 "잘했다(Good Job)"고 칭찬했다.

"제일 어려운 일은 이제 고비를 넘겼소. 항상 처음 할 때가 어려운 건데, 당신은 오늘 잘 해 넘겼소."

이 칭찬의 말을 듣고 나는 더욱 안도감을 느꼈다. 이 모든 불안과 걱정과 고통이 헛되지 않고 좋은 결말을 얻게 해주었다고 생각했다.

1975년 1월 28일(화) 다이아몬드바Diamond Bar 새집에 입주했다. 이 난리 통에 베크먼 사에 어떻게 근무했는지, 지금 생각하면 아슬아슬하기만 하다. 여하튼 그해 여름에 결말이 날 때까지 이야기는 계속된다.

어느 목요일 저녁 다섯 시 반 무렵, 요원 찰스 네이걸Charles Nagel 과 존 돌턴John Dalton이 힐튼인에 왔다. 나는 그들에게 소련 사람들이 요구한 보고서의 제목(2장)을 주었다. 가능하면 일주일 내에 내가 쓴 보고서를 가져오라고 했다. 2월 25일(화요일) 만나서는 FBI에 준 보고서에 매 페이지마다 사인하라고 해서 사인해서 주었다. 시곗줄도 달라고 해서 주었다. 샘소나이트 가방과 라이터도 있다고 했더니 달라고 해서 그날 6시 45분경에 다이아몬드바 골프장 주차장에서 만나 건네주었다.

3월 11일(화요일) 다시 만난 찰리와 존은 나의 여비 398.10달러를 현금으로 지불해 주었다. 그리고 나에게 물었다.

"그 소련 사람 율이 다른 사람을 소개해 달라고 한 적이 있었나요?"

나는 "아니오"라고 답했다.

그들은 자기네가 읽어보고 복사해 놓은, 내가 쓴 보고서를 돌려주면서 평상시와 똑같이 3월 29일에 소련 사람을 만나고 오라고 했다. 비행기 표를 구입한 다음에 자기네들에게 비행 번호와 일정을 전화로 알려달라고 했다. 3월 17일 8시 반에 공중전화로 찰리에게 TWA 비행 번호와 일정을 알려주었다.

25일(화요일) 다섯 시 반에 다시 찰리와 존을 만났다. 그들은 007 가방, 시곗줄, 라이터를 돌려주었다. 실험실에 가서 정밀 분석을 해보았을 것이다. 그리고 물었다.

"그 사람이 시곗줄을 항상 차고 다니라고 요구하던가요?"

"아니오."

소련 사람에게 주어야 할 내가 쓴 보고서는 충분히 검토했을 테지만 오늘은 나에게 주지 않고 비행장에서 비행기에 탑승하기 직전에 주겠다고 했다. 그리고 내가 뉴욕에서 떠나오기 전에 헨리를 만나보라고 했다.

소련 사람을 만나기 전날인 3월 28일(금요일) 밤 9시 30분에 LAX

공항 TWA 비행기 탑승 출구에서 만나기로 약속했는데 9시 45분에 도착했다. 그들은 나에게 검토 완료된 보고서(내일 그 소련 사람에게 건네줄)를 돌려주었다. 내가 가지고 가는 가방 안을 보여달라고 해서 보여줬다. 내복과 그레이 교수의 액정 책과 〈다이폴 모멘트 Dipole Moment〉라는 단행본이 들어 있었다. 찰리는 내가 뉴욕에 도착하면 8시에 해리에게 전화(번호 201-225-3739)하고 렌터카에 대해 얘기해 주라고 말했다.

나는 3월 28일 밤 10시 30분에 LAX 공항에서 TWA에 탑승해 그 다음날 아침 7시에 뉴욕 JFK 공항에 도착했다. 찰리가 지시한 대로 8시에 헨리 크라우스에게 전화해서 렌터카는 백색의 그라나다로 뉴욕 차 번호(478ZEY)를 달고 있다고 말해 주었다. 그는 자신을 만나러 6시까지 거버너모리스Governer Morris 호텔로 오라고 말했다.

나는 롱아일랜드에서 오후 5시에 출발해 맨해튼의 홀랜드Holland 터널을 지나고 길이 짧을 것 같은 24번 길로 갔는데, 생각보다 더 오래 시간이 걸렸다. 호텔에 도착한 것은 7시경이었다. 헨리를 다시 보게 되니 이상하게도 오히려 반가웠다. 나는 두 사람을 더 만났다. 한 사람은 이미 안면이 익었고, 또 다른 한 사람은 그날 소개받고 알게 되었다.

잠시 동안 개인적인 가족들의 상황에 대해 대화하다가 헨리가 나의 몸에 녹음기와 송신기를 부착하겠느냐고 문의해서 동의했다. 나도 녹음을 하는 것이 좋을 것이라 생각했다. 왜냐하면 소련 사람과 대화하고 나와서 또 긴 시간 동안 그 대화 내용을 다시 진술할 필요가 없기 때문이다. 나는 그때 헨리에게 농담을 건넸다.

"이건 텔레비전이나 영화의 탐정극 장면 같소."

가슴 두근거리는 불안을 줄여보려는 노력이었다. 녹음기를 겨드랑이 밑에 부착해 놓고 전깃줄에 매달린 스위치를 오른쪽 바지 호주머니에 구멍을 뚫고 손을 넣으면 곧 닿을 수 있게 해놓았다. 겨울철이어서 검은색 런던포그 두루마기를 입고 그 안에는 두꺼운 스포츠 코트를 입고 감색 털 조끼를 입었다. 그 안에 와이셔츠를 입었는데, 러닝셔츠 위로 녹음기를 부착해 주고 어깨에 멜빵을 두르고 허리에 잘 부착이 되게 혁대를 매어주었다. 정말로 손이 부들부들 떨리고 가슴이 두근거렸다. 탐정 소설 아니면 스파이 소설 등에서 나오는 이야기가 실제로 벌어지고 있는 것이다.

7시 30분에 나는 매디슨Madison 가에 있는 기차역까지 초록색 차를 따라갔다. 기차역을 보자마자 나는 앞으로 직진해서 근처 주택지 쪽으로 갔다. 그 초록색 차는 차가 몇 대 없는 주차장 어두운 곳으로 들어갔다. 나는 몇 블록 회전한 다음 가로등이 밝게 켜진 인도 옆 커브에 주차하고 정확하게 8시에 동쪽으로 가는 차선 플랫폼으로 갔다.

아무도 없었다. 적막할 정도로 조용했다. 저쪽 건너편 서쪽 방향 차선의 플랫폼에서 누군가가 손짓을 하는 게 보였다. 내가 그날 밤 만나야 할 사람이었다. 내가 그 사람에게 "헤이!" 하고 소리치고 그쪽으로 건너갈까 망설이고 있는 동안 그가 구름다리를 건너서 왔다. 나는 오른쪽 바지 호주머니에 손을 넣고 녹음기 작동 미니 스위치를 눌렀다. 구름다리를 반쯤 내려오다가 근처 간이식당으로 가자고 했다. 가는 도중 우리는 일반 경기 상황과 정치 등에 대해서 이야기했다. 나는 스웨터에, 양복에, 오버코트에, 옷을 두껍게 입고 있었기 때문에 왼쪽 겨드랑이 허리에 차고 있는 녹음기나 송신기 등이 별로 두드러지게 보이지 않았다. 별로 어색하게 거동하지 않아도 괜찮았다.

여느 때와 마찬가지로 테이블에 앉아서 메뉴를 들여다보고 있었다. 그는 우리 가족이 캘리포니아에 잘 적응이 되어 가는지 물었다. 그리고 현주소와 전화번호를 적어달라고 해서 다 적어주었다. 그는 곧이어 지난번 가져다준 보고서에 대해서 이야기했다. 자기도 그렇게 생각했지만 자기 상사가 말하기를 보고서의 양量이 적어서 실망했다고 한다. 특별히 회사의 공정에 대한 기술이 빈약했다고 불평을 했다. 그들은 공정의 사본과 그에 해당하는 자세한 나의 설명을 기대한 것이었다. 나는 보고서가 빈약하게 쓰인 까닭을 설명해야 했다. 나는 이렇게 주장했다.

"사실 그때 당신들이 요청한 제목을 밀봉된 봉투에 넣어주어서 검토해 볼 시간적 여유가 없었고 나중에 개봉해서야 알게 됐지만, 그 아날로그 LCD는 나의 전문 분야 밖의 기술이었소. 게다가 시장의 수요가 없고 기술적으로 문제가 많은 품목이어서 LCD 제조업에서 크게 개발하지 않기 때문에 소홀하게 될 수밖에 없었소."

그리고 지난 두 달 동안에 나의 가족이 캘리포니아로 이사하느라 바쁘기도 했다고 말했다. 그리고 공정에 대해서는 서로 오해가 있었다고 설명했다. 내가 이해한 것은 공정 즉 사내 비밀 문서 사본을 떠오라는 게 아니고 그 문서 내용을 일반이 읽을 수 있는 글로 정리해 오라는 걸로 생각했다고 설명했다. 더불어, 내가 그 사내 공정 문서를 작성해서 사내 비밀 문서로 저상했기 때문에 그 내용은 동일하게 보고서에 쓸 수 있었다고 그에게 설명했다. 나는 또 말했다.

"1년 전에 설명한 대로 나는 액정 전반에 관한 지식과 경험을 가지고 있는 것이 아니고, 액정물질 합성과 제조가 전문이고 경험을 가지고 있소. 당신들은 그때 액정 기술 개발이 일정 기간 동안 많을 수도 있고 적을 수도 있기 때문에 보고서가 항상 많은 양일 필요가 없다고 말해서 빈약한 보고서를 썼소."

그도 나의 설명을 이해해 줬다. 그래서 이번에는 자기들이 필요한 요구 사항을, 밀봉한 봉투가 아니고 테이블에 펼쳐놓으며 내가 읽고 생각해 본 뒤 이다음에 만날 때 만족할 만한 보고서를 써올 수 있나 결정하라고 요구했다. 이번에는 일렉트로크로믹 디스플레이 Electrochromic Diplay의 최근 개발 현황에 관해서 써오라고 했다. 나는 할 수 있나고 답해 주었다. 최근 문헌이 많이 나와 있기 때문에 이들을 종합해서 충분히 보고서를 쓸 수 있으리라고 나는 생각했다.

그 다음에 그는 내가 작년에 말해 주었던 대여섯 가지 보고서 제목에 대해 추가 보고서를 써주기를 원했다. 그때 나는 액정 분야밖에는 전문지식이 없어서 다른 분야의 자문에 응할 자격이 없다고 했다. 그러나 그가 원하기는 내가 아는 한도 내에서 중요한 발명이나 새 개발, 특히 미래에 큰 영향을 끼칠 항목에 대해서 기술해 달라는 것이었다. 그래서 나는 다음 다섯 가지를 열거해 주었다.

1. 에스테르 액정 합성 방법(내가 그때 막 베크먼 사에서 제조 공정 문서화를 완료했었다.)

2. 수평 배향 방법(나는 프랑스 기용Guyon 등의 최근 연구 논문을 주었다.)

3. 스페리Sperry의 탄산에스테르Carbonato Ester를 가진 시프염기 액정(특수 화학명이기에 그냥 참고로 열거했다.)

4. 인터디지테이티드Interdigitated 디스플레이(공정이 너무 고가였다.)

5. 일렉트로크로믹 디스플레이와 전자발광식Electroluminescent 디스플레이

그러자 그는 자기 회사 사람들과 상의해 보고 알려주겠다고 했다. 그 결과 그들은 1번과 2번을 택했다. 이렇게 해서 그가 만족해하고 다음 화제에 들어갔다. 그는 일반 자문료로 2000달러와 비행료(지난번 왕복과 이번 편도 항공료) 900달러를 지불해 주었다.

다시 화제를 바꾸어서, 그는 우리 회사 내의 도서관에 대해서 설명해 달라고 했다. 나는 최근에는 각 사업부마다 각각 필요한 책과 문헌들을 따로 보관·관리하고 있다고 대답했다. 그는 내가 도서실에서 문헌들을 검토하면서 쓸 만한 자료 특히 '한정 배포Limited Distribution' 서류 같은 것을 복사해 오라고 요구했다. 속으로 섬뜩했다. 그는 그것을 검토해 보고 가치가 있다고 판단되면 보너스를 지급해 주겠노라고 했다. 그는 자기가 대하는 기술 고문들 중에 그렇게 해서 자료를 가져오는 사람들이 자주 있다고 했다. 그가 강력하게 요구하지는 않았지만 고려해 보라고 당부했다. 나는 "물론이죠" 하고 대답했다.

그는 모든 대화를 친밀하고 설득력 있고 능률적으로 진행했다. 이번 대화는 지난 1월 만났을 때 태도와는 아주 대조적이었다. 그때는 내가 그의 제시提示 또는 지시指示와 태도에 많이 놀랐었다. 이번에는 내가 분위기에 많이 느긋해져서 녹음기·송신기를 착용하고 있다는 것을 거의 잊을 뻔했다.

식사를 마치고 그는 급히 돌아가야 한다면서 식대를 지불하고 나의 차를 향해 같이 걸어갔다. 그가 지난번에 말했던 카메라에 대해

서 전혀 언급하지 않아서 은근히 놀랐다. 그래서 나는 엉뚱하게 지난달에 시어스 백화점에서 전기 타자기를 구입해서 보고서 쓰는 데 아주 편리하게 되었다고 했더니 IBM 타자기를 사지 그랬느냐고 했을 뿐이었다.

우리는 차 안으로 들어가서 봉투를 서로 교환하고, 그는 차에서 내려서 걸어갔다. 떠나기 전에 그는 10월 이전에 한 번 더 만나야 하는데 언제가 좋으냐고 물어서 6월 21일이 좋겠다고 합의했다. 만약 토요일 밤에 서로 만나지 못할 경우에는 그 다음 날인 일요일 오전 10시에 만나는 것을 잊어버리지 말라고 확인했다.

나는 24번 길을 따라서 모리스타운Morristown에 있는 호텔을 향해 달려갔다. 화급한 바람에 길을 잘못 들어 조용한 주택가에 접어들었다. 나는 이런 곳으로 들어온 것이 누가 뒤에 따라오는지 검사할 수 있는 좋은 찬스라고 생각하고 차를 180도 회전해서 다시 24번 길로 달렸다.

9시 30분경에 호텔에 들어갔다. 나뿐만이 아니라 헨리와 다른 사람들도 모두 녹음된 것이 크고 선명하게 잘 나와서 매우 기뻐했다. 헨리는 내가 그 소련 사람에게서 받은 2900달러와 다음 만날 장소·날짜·시간과 보고서 쓸 제목 목록에 나의 사인을 받고 가져갔다.

기진맥진해서 287번 길로 해서 롱아일랜드 아이들 이모 집에 도착하니 밤 12시였다. 나는 그 다음 날 낮 12시에 TWA 편으로 LA를 향해 JFK를 이륙했다. 그것이 소련 사람과의 마지막 만남이었다. 나는 그날 기억이 아직도 생생할 때 이를 영문으로 정리해 4월 9일 만난 FBI 요원들에게 전해 주었다.

4월 1일(화요일) 오후 5시 30분에 오렌지페어Orange Fair 음식점에서 찰리와 존을 만났다. 그들은 이틀 전에 뉴욕에서 소련 사람과 만난 얘기를 듣고자 했다. 나는 아는 대로 다 말해 줬다. 그들은 다음 주 수요일에 만날 때 더 질문할 게 있다고 하면서, 그때 3월 29일 있었던 일에 대한 경과 보고서도 달라고 했다. 나는 경비를 청구했다. TWA 항공료 388.73달러, 렌터카 81.11달러, 주차비 3.75달러였다. 그 외에 식사비 3.00달러, 홀랜드 터널 통과비 1.00달러, 90마일 자동차 주행 수당 등은 청구에서 빠뜨렸다. 1974년 연말 정산 세금 보고 사본도 이때 전해 주었다.

4월 7일 아침 찰리와 한 차례 통화한 뒤 4월 9일(수요일) 저녁 7시에 웨스트코비나West Covina에 있던 홀리데이인에서 FBI 요원 찰리 네이걸과 존 돌턴을 만났다. 대화는 매우 다정했다. 나는 정중하고 진지하게 대하려고 노력했다. 내가 받은 인상은, 자발적이건 의무적이건 아무리 그들의 요구를 충족시키려 노력해도 부족하다는 느낌이었다. 심지어는 그들의 '과찬過讚'도 가식 같아서 불쾌한 느낌이 들었다.

찰리는 몇 가지 더 의문 나는 것이 있다고 말했다. 첫째는 소련 사람들이 알고 싶어 하는 5개 항목이 무엇이었나 하는 것이었다. 나는 이미 서면으로 FBI에 제출했다고 답했다. 그리고 더 말하고 싶지만 그것이 나의 기억 전부라고 했다. 그들은 또 내가 소련 사람들을 몇 번 만났는가를 정확하게 기억하는지, 돈은 얼마를 받았는가를 기억하는지 등을 알고 싶어 했다. 나는 몇 번 만난 것은 내가 이미 FBI에 준 보고서에 상세하게 썼고 그 정확함에 대해서도 의심의 여지가 없다고 말했다. 받은 돈도 이미 보고서에 첨부해서 주었고 그 액수도 100달러 이내로 정확하다고 했다. 나의 은행 통장을 조사해 보든지 신용카드 사용 내역을 보면 비행기를 몇 번 탔는지, 렌터카를 몇 번 임대했는지 다 나타날 것이라고 했다. 한 번도 이런 것들을 현금으로 지불하지 않았다고 말했다.

그들은 거짓말 탐지기 검사에 응하겠는지 물었다. 나는 당연히 "예" 하고 대답해 주었다. 그들은 이렇게 여러 가지 질문을 하는 것은 내가 기억할 수 있는 한도 내에서 모든 것을 말했는지 확인하려는 의도에서였다고 했다. 다른 FBI 요원이 거짓말 탐지기 검사를 할 때 내가 생각시 않게 엉뚱한 말을 할까 염려해서라는 것이었다. 이들 두 요원은 내가 진실을 말하고 있음을 의심치 않는다고 했다. 그들이 그렇게 생각하는 이유는 나와 대면해서 서로 대화할 때 오는 느낌으로 알 수 있다고 했다. 그들이 질문한 것들은 예컨대 처음 만났던 소련 사람 마치가 알려준 자기 전화번호가 몇 번이냐 하는 것 같은 것들이다. 나는 914-967-9748이라 대답하고 뉴저지 전화 회사의 통화 내역서 1월 29일자의 해당 번호로 전화한 기록을 보여주었다.

찰리와 존은 다음에 소련 사람을 만날 장소·날짜·시간과 써야 할 보고서 제목을 나에게 돌려주었다. 이들이 내가 녹음해 온 테이프를 들어보았다면서, 내가 역할을 아주 잘했다고 칭찬하고 농담으로 "오스카상도 받을 만하다"고 떠들었다. 이들은 4월 21일 아침 8시 30분에 자기네 사무실에 그저 연락차 전화를 해달라고 요청했다.

4월 28일(월요일), 찰리가 아침 시간에 베크먼 사로 전화를 했다. 12시 30분에 오렌지페어 식당에서 화급하게 만나자고 했다. 실망스럽게도 워싱턴 상부에서 갑자기 지금 하고 있는 수사를 마감하라는 지시가 내려왔다며, 자기가 보여준 대로 뉴욕 주재 소련 대사관으로 편지를 쓰라고 했다(주소는 'USSR United Nations Delegate, 57th Street, New York, NY'였다). 그래서 집에 돌아와서 타이프로 편지 두 장을 쓰고 봉투 두 개에 넣어서 1시 45분경 다이아몬드바 골프장 주차장에서 그들에게 주었다.

그는 곧 나에게 1972년과 1973년 연말 정산을 수정해서 세무서에 보내라고 말하고, 시민권 신청 여부를 알려주겠다고 했다. 그가 이렇게 말했다.

"지금부터 당신은 자유롭게 되었으니, 이제까지 일어난 일에 대해서 모두 잊어버리고 아무 일도 없었던 것 같이 사시오. 정부는 이제까지 있었던 일을 인정하지도 않을 것이오."

나는 드디어 안도의 시간을 가질 수 있었다. 그러나 며칠 있으면 다 잊어버릴 줄 알았는데 40년이 지난 지금도 잊히지 않는 것은 어찌해야 할까.

두어 달이 지난 7월 21일 오후 5시 30분에 57번가 임페리얼 하이웨이에 있는 신디Cindy에서 찰리를 만났다. 1972년과 1973년 수정 연말 정산과 추가 납세 영수증(사본)을 건네주었다. 워싱턴 사무실에서 이민국에 나를 위한 메모를 보냈으니 곧 소식이 오면 연락해주겠다고 했다.

이제 일이 다 끝난 셈이었다. 다이아몬드바에 다시 돌아와서 전에 팔았던 집과 똑같은 모델(Presley Model 102)의 집을 샀다. 거의 다 지어버리고 빈터가 별로 남지 않았으나 내 맘에 든 부지가 하나 있었다. 기다란 드라이브웨이가 있고 집 뒤쪽은 동북쪽으로 마운트볼디 산이 보인다. 아래쪽으로는 프리웨이 60번, 57번, 71번 등이 내려다보이고 거의 180도 전망이 트여 보였다.

집의 발코니에서 앞쪽 드라이브웨이를 내려다볼 수 있었다. 그 소련 간첩들이 무장을 하고 드라이브웨이로 올라오는 상상을 하며 여러 해를 살았다. 아이들이 초등학교 6년을 다니고 바로 집에서 가까운 로비어 중학교를 졸업하고 고등학교를 졸업하고 대학교에 갈 때까지, 소련 무장간첩이 그 드라이브웨이에 올라오면 뒷마당 수영장 건너편 담을 넘어서 도망갈 수 있는 여유를 줄 것이라고, 그 긴 드라이브웨이를 갖춘 땅을 사게 된 것을 다행으로 생각했다. 밤마다 그 집 둘레에 약 백여 미터 정도 되는 울타리를, 사 온 철을 잘라서 용접해 벽돌담에 쇠막대 담을 쌓았다. 옆 철문에 지금(2015년)도 1975년

이라고 용접봉으로 써놓은 것이 보인다. 그 집을 팔지 않은 이유는
이러한 무서운 일을 치렀기 때문이었다.

7. 기업 내 과학자

　베크먼 시절 이야기를 마감하면서 '기업 내에서의 과학 연구'에 일생을 보내고 느낀 바를 적어보고 싶다.

　나는 베크먼이라는 남캘리포니아에 있는 중소 규모의 회사에 입사해서 회사로부터 월급 외에 상도 받고 인정도 받아서 만족스럽게 은퇴했는데, 내가 경험한 바에 따라 회사가 성숙해 가는 과정에 어떻게 기업 내에서의 과학 연구가 회사의 장래 성장에 기여할 수 있는가를 여러 예를 들어 써보겠다.

　기업도 한 생명체와 같이 나고 자라고 성숙한다. 성장하는 회사는 새로운 중요 제품을 플랫폼이라고도 부른다. 베크먼에서 미세관 전기영동기(CE)를 생산해서 팔았는데, 그저 기계 판매만 하는 게 아니다. 그 기계를 써서 많은 문제를 해결하도록 시약을 써야만 한다. 그리고 그 기계를 계속 작동시키려면 부품 외에 소모품이 필요하다. 그래서 시약과 소모품 수입이 큰 몫을 차지한다. 그래서 새 플랫폼을 자체 내에서 개발했거나 다른 회사에서 매입했거나, 그 시약과 소모품 개발에 많은 투자를 한다.

　회사마다 연구소가 있다. 연구 분야는 소프트웨어와 하드웨어, 화학약품 등으로 나뉘어 있다. 각 분야마다 위에 말한 플랫폼의 성능 상승과 응용, 확장에 부단히 노력하고 회사 경영진에서도 투자를 결정한다. 이렇게 노력해 기업의 실적이 올라가기도 하겠지만, 더욱 중요한 것은 연구하는 도중 새로운 발명을 하게 된다. 필요가 발명을 낳는다는 말과 같이 기업이 필요를 감지, 예견 또는 발견하면 위 연구에서 새롭고 이로운 발명을 한다. 그렇게 해서 기업은 부단히 새로운 것을 써서 개선해 나가야 성장한다.

그래서 어느 회사에고 입사하면, 특히 기술계나 전문가들은 입사 계약서에 사인하는데, 그 내용 가운데 이런 조항이 있다. 이 회사에서 보상 즉 월급과 기타 상여금을 받는 동안에 이 피고용인이 발명한 모든 것은 고용인 즉 회사의 소유라는 것이다. 그 이로운 발명은 회사의 사업에 관련이 있어야 한다. 그래서 내가 기업에서 일하면서 발명하려고 언제 어디서나 부단히 노력한 결과로 얻은 발명과 발견은 모두 회사 것이라고 생각했다. 고용 계약서에 그렇게 돼 있다.

이 발명들이 회사의 자산(재산)이며, 이것이 지적재산 Intellectual Property 즉 IP다. 다른 회사들도 마찬가지지만 베크먼 사에서는 회사가 특허 출원을 결정하면 출원인이 상여금을 받는다. 회사의 법률 부서에는 특허 전문 변호사가 여럿 있다. 발명자 또는 발견자가 제출한 소위 발명 공개Invention disclosure를 토대로 특허자문위원회가 특허 출원 여부를 결정하고, 특허 변호사들이 특허국에 출원을 준비해서 접수시킨다. 이 준비 과정에 발명자와 수차례 면담 끝에 특허 출원서를 완료해서 특허국에 접수되면 발명인이 상여금 500달러를 받는다. 특허국 검사관과 회사 법률부와의 여러 번 '절충' 끝에 드디어는 특허가 허용되면 발명인은 1500달러의 상여금을 받는다.

베크먼 사에서는 사원의 특허 출원을 장려하기 위해서 특허를 8건 이상 취득하면 회사의 발명가 명예의 전당에 발탁하고 특허 소유자들을 위한 부부 동반 만찬회에 초대해 상을 준다. 나도 1993년에 그 상을 받는 호강을 누려보았다. 그날 밤에 베크먼 사 창설자 아놀드 베크먼 씨와 사진도 찍고 축하와 격려의 말을 들었다. 이 사진이 그때 미주 〈중앙일보〉에 기사와 함께 실렸다. 상여금은 5000달러였다.

회사내 본부와 몇몇 중요한 곳에 회사 창설 이후 명예의 전당에 들어온 21명과 함께 동판으로 만든 초상 사진도 걸어놓았었다. 헌액 패에는 명예의 전당에 들어간 사원의 이름이 실려 있다. 나를 지도해 주었던 과학자 윌버 케이와 짐(제임스) 스턴버그, 회사 창시자 아놀드 베크먼 씨 등이 포함돼 있다.

이때쯤 베크먼 사의 법률 부서에서 오랫동안 책임자로 근무하던 스타인마이어Steinmeyer씨가 은퇴했는데, 부사장 자리의 법률가를 외부에서 초청하지 않고 사내에서 승진시켜 나온 새 부사장이 나와 오래 같이 일했던 특허 변호사 빌 메이Bill May였다. 그래서 내가 이분의 덕을 보게 되었는지 모르나, 1995년 7월 회사 특허자문위원회가 나를 베크먼 사의 우수 기업 발명가Distinguished Corporate Inventor로 추천해서 오하이오의 애크론Akron 시에 있는 전국 발명가 명예의 전당 National Inventor's Hall of Fame에 등록하고 표창장 수여식에 부부가 함께 참석하도록 보내주었다.

　이 특허자문위원회에는 나와 내 상사 짐 오스본Jim Osborne도 속해 있었다. 내가 추천 대상자 후보이기도 해서 자리를 좀 비켜달라고 해서 나가 있었더니 얼마 후에 빌 메이가 나와서 축하한다면서 위원회에서 나를 뽑았다고 알려주었다.

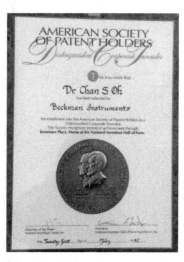

한 일주일간 우리 부부는 회사 경비로 애크론에 가서 호강을 했다. 그 발명가 명예의 전당은 미국의 발명가협회 건물로, 미국의 유명한 발명가 에디슨과 폴라로이드의 랜드, 아놀드 베크먼 등의 유물과 수많은 전시물이 있는 박물관과 같은 곳이었다. 표창장(위 사진) 수여식이 있던 날 만찬식도 있었고, 그날 낮에는 굿이어Good Year 비행선에 그날 표창장 받은 사람들의 이름을 표시해 모두 볼 수 있게 전시해 주었다(위 사진 참조).

특허 이야기를 정리하면서 내가 30여 년 동안에 받아낸 미국 특허를 꼽아보니 모두 27건에 달했다.

구글 검색에 내 이름 'Chan S Oh' 또는 'Chan Oh'를 넣으면 지금도 찾아 볼 수 있다. 그래도 이렇게 기록으로 남아 있으니 내가 너무 헛되게 시간을 보내지는 않았다고 자위해 본다.

	Company	Patent Number	Issue Dates	Title
1	RCA	3792915	12/19/1974	Novel Liquid Crystal Electro-Optic Devices
2	RCA	3923685	12/2/1975	Liquid crystal Compositions
3	Beckman	3956167	5/11/1976	Liquid crystal Compositions and Devices
4	Beckman	3975286	8/17/1976	Low voltage actuated field effect liquid crystals compositions and method of synthesis
5	Beckman	4020002	4/26/1977	Non-schiff base field effect liquid crystal composition
6	Beckman	4083797	4/11/1978	Nematic liquid crystal compositions
7	Beckman	4147651	4/3/1979	Biphenyl based liquid crystal compositions

8	Beckman	4208106	6/17/1980	Fluorescent display
9	Beckman	4451122	5/29/1984	Multicompartment electo-optic display device
10	Xtalite	4824215	4/25/1989	Liquid crystal display apparatus
11	Beckman	5168057	12/1/1992	Trifunctional conjugates
12	Beckman	5196351	3/23/1993	Bidentate conjugate and method of use thereof
13	Beckman	5371021	12/6/1994	Initial rate photometric method for immunoassay
14	Beckman	5422281	6/6/1995	Bidentate conjugate and method of use thereof
15	Beckman	5534620	7/9/1996	Method of heterogeneous purification using a bidentate conjugate
16	Beckman	5583055	12/10/1996	Initial rate photometric method for immunoassay
17	Beckman	5627080	5/6/1997	Detergent-facilitated immunoassay for the rapid and quantitative assay of pharmacological agents
18	Beckman	5661019	8/26/1997	Trifunctional conjugates
19	Beckman	5705353	1/6/1998	Method of reducing interferences in assays
20	Beckman	5747352	5/5/1998	Reagents and methods for the rapid and quantitative assay of pharmacological agents
21	Beckman	5849599	12/15/1998	Method for making a preconjugate
22	Beckman	5851778	12/22/1998	Analyte assay using trifunctionl conjugate
23	Beckman	5904824	5/18/1999	Microfluidic electophoresis device
24	Beckman	6316613	11/13/2001	Chiral separation of pharmaceutical compounds with charged cylodextrins using capillary eletophoresis
25	Beckman	6534637	3/18/2003	Synthesis of Chlorophenol Red Glucuronic Acid
26	Beckman	7179658	2/20/2007	Particle Bases Homogeneous Assays Using Capillary Electrophoresis laser-induced fluorescence detection
27	Beckman	7556932	7/7/2009	Particle Bases Homogeneous Assays Using Capillary Electrophoresis laser-induced fluorescence detection

특허와 함께 논문도 정리해 두고자 한다.

1	Synthesis of isoacronycine and its pyranone analog; Chan Soo Oh, Claude V. Greco; Journal of Heterocyclic Chemistry; Volume 7, Issue 2, pages 261-267, April 1970
2	Optically Active Smectic Liquid Crystal; W. Helfrich, Chan S. Oh ; Molecular Crystals and Liquid Crystals; vol. 14, no. 3-4, pp. 289-292, 1971
3	The Effect of aminopHeterocyclic Nitrogen on the Mesomorphic Behavior of 4-Alkoxybenzylidene-2'-alkoxy-5'-yridines; Chan S. Oh; Molecular Crystals and Liquid Crystals; Volume 19, Issue 2, 1972, pages 95-109
4	Liquid Crystals VIII. The Mesomorphic Behavior of Some Optically Active Aromatic Schiff's Bases; Joseph A. Castellano, Chan S. Oh & Michael T. McCaffrey; Molecular Crystals and Liquid Crystals; Volume 27, Issue 3-4, 1974, pages 417-429
5	Induced Smectic Mesomorphism by Incompatible Nematogens; Chan S. Oh; Molecular Crystals and Liquid Crystals; Volume 42, Issue 1, 1977, pages 1-14
6	Nonisotopic Immunoassay, ed. TT. Ngo, Plenum Press, New York, 1988; Chan S. Oh, James C. Sternberg; Nephelometric Inhibition Immunoassay for Small Molecules, pages 457-476.
7	Particle loaded monolithic sol-gel columns for capillary electrochromatography: A new dimension for high performance liquid chromatography; Ratnayake CK, Oh CS, Henry MP: HRC-Journal of High Resolution Chromatography; Vol. 23, No. 1, 2000, pages 81-88
8	Characteristics of particle-loaded monolithic sol-gel columns for capillary electrochromatography- 1. Structural, electrical and band-broadening properties; Ratnayake CK, Oh CS, Henry MP; Journal of Chromatography A; Vol. 887, No. 1-2, 2000, pages 277-285
9	'Tailored' polymers for supported synthesis using boronic acids; Arimori S, Hartley JH, Bell ML, Oh CS, James TD; Tetrahedron Letters; Vol. 41, No. 52, 2000, pages 10291-10294
10	Molecular fluorescence sensors for saccharides; Arimori S, Bell ML, Oh CS, Frimat KA, James TD; Chemical Communications, No. 18, Sept. 21, 2001, pages 1836-1837
11	Molecular fluorescence sensors for saccharides; Arimori S, Bell ML, Oh CS, Frimat KA, James TD; Journal of the Chemical Society-Perkin Transactions 1, No. 2, 2002, pages 803-808

다음 그림은 2013년에 내가 베크먼에서 은퇴할 때 선물로 받은 것이다. 나를 잘 아는 동료들이 나에 대한 기억을 해학화한 것이다.

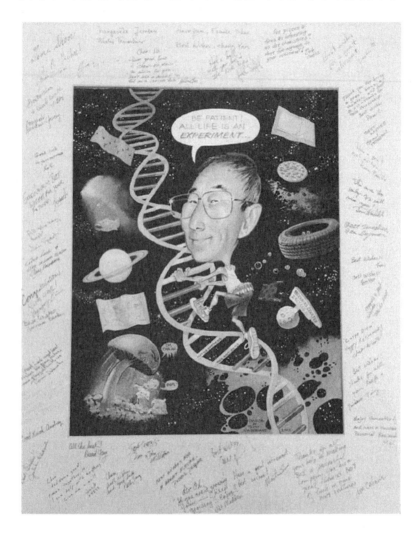

인내하라! 인생은 모두 실험이다.

(Be Patient! All Life is an Experiment.)

그림에 쓰인 이 구절이 이제 와서야 나의 세계관을 잘 표현했다고 뒤늦게 느낀다. 내가 약간 웃으면서 DNA 이중나선의 염기수소결합 사닥다리를 올라가는 그림은 액정 이후 내가 마지막으로 연구 개발했던 핵산서열 결정 기술을 표현했다.

그 외에 발명한 바이덴테이트Bidentate, 형광체, 화학·생화학 발광체도 잊지 않고 그려 넣어 주었다. 내가 개인적으로 감탄하고 이야기했던 버섯, 그리고 내가 관여했던 타이어와 피자 장사도 그려져 있어서 미소를 짓게 한다. 무엇보다도 동료들이 따뜻한 인간의 정을 전해 주어서 평생 잊지 못할 것이다.

8. 삼성전관

베크먼 사가 1979년경에 액정 사업을 캐나다의 ITT 사에 매각하고 DC 플라스마 공장은 밥콕 사에 넘겨줌으로써 디스플레이 사업에서 손을 떼었다. 나는 임상진단·생명공학·분석화학 분야로 바꾸어서 베크먼 사에 계속 근무하고 있었다. 그래서 내가 액정 기술에 대해서 베크먼 사에 구애받지 않고 자유롭게 타사에 기술 고문을 할 수 있었다.

나는 1984년이나 1985년 여름철에 캘리포니아 산호세San Jose에서 열린 정보디스플레이학회(SID) 첫날 회의와 전시회 등에 참석하고 그 다음날 베크먼에 출근하러 LA로 돌아왔다. 10년 이상이나 심혈을 기울였던 분야여서 최근에 일어나는 기술 개발과 그 분야의 미래 방향을 알고 싶었고 그동안 사귀었던 사람들도 만나보고 싶어서 자비를 들여가면서 참석했었다. 1982년부터 베크먼 사는 전자제품 생산 라인들을 모두 다른 회사에 넘겨주고 나는 진단시스템 사업부로 전문 분야를 옮겨 의학·진단시약·분석화학·기계 등의 연구 생활을 시작하고 있었다.

학회에서 집으로 돌아온 그 다음 날 휴즈Hughes 사의 말리부Malibu 연구소에 근무하고 있는 박찬수 박사에게서 전화가 왔다. 자기가 학회에서 삼성전관 사람들을 만났는데, 그들이 한국인 액정 전문가를 찾는다고 소개해 달라고 청해서 내 이름과 전화번호를 주었다고 한다. 박찬수 박사는 그때 휴즈의 데이비드 마거룸David Margerum 박사 밑에서 액정 연구를 시작한 지 얼마 되지 않았다. 휴즈에 오기 전에는 템플Temple 대학의 모티머 라베스 교수 밑에서 박사후 연구로 액정을 연구했다. 내가 마거룸 박사나 라베스 교수를 잘 알고 있는 사이여서 박찬수 씨도 자연히 알게 되었던 것이다.

학회가 끝난 지 1주일 정도 지나서 삼성전관 연구소의 평판디스플레이 연구팀장이라는 사람이 연락해 LA에서 만나보았으면 좋겠다고 했다. 그래서 곧 그 팀장과 그의 상사인 연구소장(상무이사)을 함께 만나게 되었다. 인사를 나누고 액정 연구와 동향에 대해서 이야기하고 또 삼성전관의 평판 디스플레이 연구·개발 의도를 이야기하면서 한국에 초대했다. 얼떨떨하기도 하고, 감개무량한 순간이었다. 이제까지 외국인만 대하다가 한국 기업들은 뭘 하고 있나 의아하던 중이었는데, 내가 아는 지식을 내 나라에 내 나라 말로 소개해 줄 수 있다니.

얼마 안 되어서 한국에 가게 되었다. 그것도 이번에는 초청을 받아서! 공항에 갔더니 비행기 표는 벌써 비즈니스석으로 준비되어 있었다. 세상에! 호강하면서 서울에 도착하니 그 팀장하고 선임연구원 김 씨가 마중 나와 있었다. 까만색의 회사 차가 기다렸다가 우리를 싣고 서울을 향해 질주했다.

도착한 곳이 신라호텔이었다. 고궁을 모티프로 조경을 하고 최신식 고층 건물에 사방이 수입한 붉은 쑥돌 아니면 대리석이었다. 삼성에서 연구해야 할 팀장, 선임연구원 김 씨, 그리고 또 한 명 더, 고급 연구원들이 내 손가방을 들고 차에서 방에까지 안내해 주어서, 그 호강에 감사하기는 하지만 거북하고 부자연스러웠다. 방에서 혼자 큰 창을 내려다보니 서울시가 한눈에 들어오는 것 같은 느낌이었다. 왼쪽으로는 남산이 보이고 그 뾰족한 탑이 보였다. 길가에나 호텔에 들고 나가는 검은색 차들이 작은 장난감 같아 보였다.

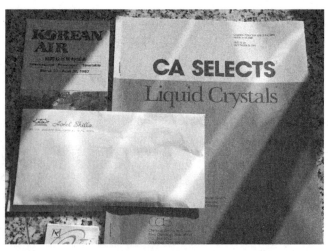

그 다음날 아침 식사는 미국식 식당에서 뷔페 음식으로 베이컨과 계란 프라이를 잔뜩 먹었다. 지정한 시각에 호텔 입구에 나가니, 또 검은색 차들이 연신 손님들을 모시고 빠져 나간다. 나도 어떻게 해서였는지 삼성전관 운전수를 찾을 수 있었고, 호텔 안내원이 차 문을 열어주고 닫아주었다.

차는 곧바로 호텔을 빠져나가서 한남동 쪽을 지나고 한강 다리를 건너 수원 쪽으로 가는 국도로 들어선다. 국도 양쪽으로 우리나라의 야산이 보인다. 산봉우리들이 뾰족하지 않고 옹기종기 시골 마을의 초가집 지붕들 같고 보성 아버지 산소 가는 길 옆 동네 같아서 마음이 차분해졌다. 얼마만인가. 그렇게 다르게만 보이던 이국땅에서 기약 없이 앞만 보고 살았었는데, 내 고향산천이 손닿을 지척에서 지나간다.

이런 생각에 잠겨 있었는데, 벌써 차는 경기도 화성군이라는 시골길로 들어간다. 더 샛길로 들어가자, 논바닥 중간에 삼성 공장 터가 끝이 보이지 않게 늘어서 있다. 공장 주위에는 경비를 위한 담이 쌓여 있었다. 한없이 긴 담. 파란 조선식 기와에 흰색 회를 바른 담 또한 이국이 아니고 '내' 나라 내 고향에 온 것을 피부로 느끼게 해주었다.

이곳에 액정을 전해 달라고? 이제 와서야? 1980년대 중반에 접어들어서? 1970년대 초에 미국의 큰 회사들이 다 액정 연구 · 생산에 나섰다가 1980년까지는 다 손 떼고 수입하고 있었고, 일본 회사들은 1970년대 중반에 연구 · 개발 · 양산했고, 홍콩 · 싱가포르 등지에서는 하청 받아서 완제품을 만들어 수출하는데, 이제야 액정을 하겠다니. 내 생각으로는 늦어도 너무 늦었다고 의문을 품었다.

그 담이 끝나는 곳에 정문이 있고 수위가 거수경례를 한다. 으레 차 안에 있는 사람이 고개를 약간 숙여 답례하고 지나간다. 들어가는 길 양쪽으로 2~3층 공장 건물들이 끝없이 이어져 있다. 왼쪽 어느 건물 앞에 섰다. 삼성전관 종합연구소라고 쓰여 있다. 곧바로 누가 와서 차 문을 열어주고, 내 손가방은 김 수석연구원이 벌써 내 손에서 받아들고 앞서 가면서 안내한다. 모두들 사내에서 입는 청색 · 회색의 복장을 하고 명찰을 달고 있는 게 군대에 온 것 같은 느낌을 주었다.

나는 곧바로 이층 응접실로 안내되었다. 연구소장실과 회의실 근처였을 것이다. 팀장, 연구소장, 김 수석연구원 외에 몇 사람이 더 들

어와 앉았다. 한국 회사의 응접실은 모두 비슷했다. ㄷ 자 모양으로
안락의자가 놓여 있는데, 터진 부분이 들어오는 문 쪽에 있다. 상석
은 입구에서 제일 반대쪽에 있고 대개 창을 등지고 앉는다. 나는 소
장 오른쪽에 앉았고 팀장은 내 건너편에, 그리고 항상 노트북을 가
지고 다니는 김 선임연구원은 내 오른편에 앉았다. 첫날 무슨 이야
기를 주고받았는지는 기억에 없다. 그 다음은 5~8명쯤 되는 연구원
들과 두루 인사를 했다. 모두 공대 화공과·전기과·물리과 학사 학
위가 있었다. 한 사람은 과학기술원(KAIST)에서 석사 과정에 있다
고 했다. 다들 머리 좋고 공부도 잘했던 것 같았다.

　회사에 대해 소개를 받았다. 현재 삼성전관은 모니터 생산을 주로
하는데, 기술은 NEC의 '섀도마스크Shadow Mask' 방법을 쓰고 있다
고 한다. NEC는 이 기술을 RCA 사에서 제휴 받았다. 삼성전관은
NEC와 합작 회사로 만들어져(이 점은 내가 그들에게서 들어 알고
있는 것이지 물적 증거에 의한 것이 아니다) 이제는 그 합작 계약의
끝에 이른 것 같았다.

　도착하는 날 나는 모니터 공장을 견학했다. 바로 연구소 앞 길 건
너편에 있었다. 인상적인 것은 전자총 조립하는, 그들이 부르는 소위
'꽃밭'이었다. 먼지 없는 클린룸Clean Room 안에 젊은 여종업원들이
하얀 가운을 입고 머리에는 파랑색 모자를 쓰고 길고 긴 작업 테이
블에 한 줄로 앉아서 열심히 조립하고 있었다. 그 줄이 끝없이 길었
다. 유리 튜브 제작(삼성/코닝 합작), 섀도마스크 제작, 전자총 투입,
밀봉, 모니터 테스트 등을 모두 이 공장에서 했다. 심지어 형광체도
이곳에서 생산했다. 화학 공장이어서 근처에서 유화수소 냄새를 뚜
렷하게 느낄 수 있었다. 요사이 같으면 인체에 유독한 가스라고 공

장을 닫으라며 소란을 피웠을 것이다. 그 다음은 연구소 옆에 있는 삼성전자 공장을 견학했다.

이어 삼성전관 사장실로 안내되었다. 사장은 키도 크고 60대쯤으로 보였다. 공군사관학교를 졸업하고 서울대 공대를 졸업해 나보다 10년 선배였다(나는 서울대 약대 졸업생이다). 연구소장도 역시 서울대 공대 출신으로 나보다 4~5년 후배였다. 그래서 우리 셋은 금방 한 학교 선후배임을 알게 됐다. 사장이 말했다.

"뭐 여러 말 할 것 없고, 오 박사는 미국으로 돌아가기 전에 삼성전관 기술 고문으로 일할 계약서에 사인하고 가시오."

나도 두말할 것 없이 사인해 버렸다. 이하 내용은 내가 거의 10여년을 활동한 크고 작은 일들에 관한 것이다.

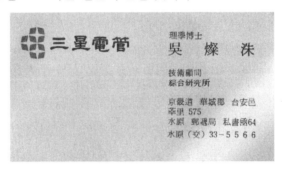

내가 해야 할 일은 액정 전반의 기술과 평판 디스플레이, 즉 LCD, 일렉트로크로믹스, 전자발광 표시기(ELD), 발광 다이오드(LED), 플라스마 디스플레이패널(PDP), 진공형광표시관(VFD), 박막트랜지스터(TFT) LCD에 관한 기술과 정보를 제공하는 것이었다. 그때 사장이 나에게 의미 깊은 말을 해준 것이 또렷이 기억난다.

"지금 생산하는 모니터들은 조만간 평판 디스플레이에 밀려나게 됩니다."

그러니 위에 말한 평판 디스플레이 기술 전부를 삼성이 개발할 것이라며 내게 도와 달라고 요청한 것이었다. 그것이 1985년에 한 말이다. 그 말을 한 사장과 그 밑에 있던 연구소장 두 사람의 꿈이 2015년에 현실로 이루어졌고, 삼성이 지금과 같은 세계적 회사가 된 것은 그들과 같은 큰 꿈을 가졌던 지도자를 덕분이라고 믿는다. 그분들이 지금은 무얼 하는지 알 수 없으나, 나의 경의를 표한다.

또 하나 기억나는 것은 공장 종업원 기숙사였다. 공장 후문으로 나가면 2~3층 건물인 종업원 기숙사가 끝이 안 보이도록 길게 늘어서 있었다. 아직 결혼하지 않은 남녀가 학교 기숙사 같이 따로따로 건물에서 기거한다고 했다. 기숙사 후문으로 또 걸어서 나가면 공장 주변 음식점 상가들이 군대 막사 주변에 있는 술집·음식점·잡화상 같이 줄지어 서 있었다.

첫날 나는 연구소장 이하 연구소원들과 함께 공장 후문 밖 음식점에 몰려갔다. 입당식 같이 그들과 함께 국밥과 아귀찜을 먹고 막걸리인지 소주인지 마셨다. 생전 처음으로 그 무섭게 생긴 음식 이름을 듣고 매운 생선을 땀을 뻘뻘 흘리면서 먹었던 것이 생각난다. 저녁이 되어서야 나는 또 그 까만 차를 타고 서울행, 그리고 호텔에 돌아왔다. 운전수는 어디서 사는지, 내일 아침 8시에 호텔에 올 것이다.

기술적인 내용을 쓰기 전에 내가 처음으로 한국 회사의 공장이나 연구소 등에 들어가서 보고 느낀 것을 써보고 싶다.

때는 1984~85년이었으니, 지금으로부터 30년 전 일이었다. 한국에 컬러 텔레비전이 대중화되었고 흑백 컴퓨터 모니터가 유행하고 12~14인치 컬러 모니터 시장이 한참 커나가고 있을 때였다. 광주 학살 사태도 몇 년 전 일이었다. 삼성전관 기술 고문으로 두 달에 한 번씩 LA에서 서울에 와서 수원에 출근하곤 했다. 고문이 쓰는 사무실이 따로 있고, 그 크기는 이사급이나 쓰는 정도였다. 사무실에 들어오자마자 양복 윗도리는 벗고 와이셔츠·타이 위에 사원 정복을 입는다. 모든 사원이 다 그 제복을 입는다. 색깔은 푸른색에 가까운 군복 점퍼 비슷하다. 왼쪽 가슴에 이름표가 있다. 하얀 바탕에 검은 실로 기계로 수놓은 것이다. 멀리서 보면 다 똑같이 보이는 사원들이다.

점심시간이면 구내 확성기에서 회사 중요 지시 사항이 방송된다. 나머지 시간에는 그때 대중가요(유행가)를 들려준다. '노란 샤쓰 입은 사나이' '그대 그리고 나' '멀리서 기적이 울리네' '장밋빛 스카프' '우린 너무 쉽게 헤어졌어요' 등 연가들을 듣던 기억이 난다. 식당에 식사하러 들어갔다. 물론 팀장과 김 수석연구원 등이 같이 가서 그들이 하는 대로만 하면 됐다. 웬만한 학교 강당보다 더 큰 식당이었다. 식사는 회사에서 제공한 무료 식사였다. 평생 내 돈 주고 사 먹기만 하다가, 이건 또 새로운 경험이다. 멀리 보니 사장도 이사도 중역도 운전수도 사무실 비서도 다 같은 음식을 거의 같은 시간에 먹는 것이다. 아주 질서정연하고 효율적이었다. 군대 같았다. 들어가면서 오른쪽 창문 쪽에 한 줄로 서서 트레이를 들고 배식구로 가면 반찬·김치·국·밥을 덜어서 준다. 조금 가다가 컵에 물을 따라서 비어 있는 자리에 앉아 식사를 마친다. 식사 도중 기술에 관한 토의나 개인적 이야기도 한다.

겨울에는 어느 정도 난방이 되어서 사무실이나 회의실은 괜찮으나 화장실은 추웠다. 화장실에 들어가면 창문들을 열어놓았기 때문에 밖의 찬 공기가 들어와서 불편함을 지나서 아주 고통스러웠다.

아직 수세식이 되지 않아서 생기는 그 독특한 변소 암모니아 냄새는 잊을 수 없다.

'이런 데서 어떻게 연구를 하나? 아직도 멀었다!'

그렇게 생각했다.

출근하면 연구원 그룹 비서가 와서 커피나 생강차를 따라 놓고 간다. 아침 시간 약 두어 시간 강의하고 점심 식사 하러 간다.

나는 강의를 옆방 연구원 회의실에서 했다. 학생은 6~10명 정도의 전기공학·화학·기계공학 전공으로 대학 졸업하고 회사에 수년씩 경험 있는 사람들이었다.

나는 액정의 개념부터 소개하는 것으로 시작했다. 액정은 결정체인 고체와 등방성等方性, Isotropic인 액체의 중간 상태이기 때문에 액정 분자들 간의 상호 배열에 따라 여러 가지 상相, Phase이 있다고 설명했다. 제일 어려움을 겪은 것은 한국말에 없는 단어들이었다. 쓰긴 써야 하는데 난감했다. 그래서 영어 발음 나오는 대로 한국말 단어로 만들어 썼다. Nematic은 네마틱(Nema는 그리스어로 실을 의미한다), Smectic은 스멕틱(Smecto는 그리스어로 비누를 의미한다), Cholesteric은 콜레스테릭(화학물질 Cholesterol의 유도체들이기 때문이다)이라 불러서 어원이나 의미를 상실하는 단점이 있었다. 그리고 물리학·전기학·기계공학에서 쓰는 용어들도 아예 없거나 몇 개는 일본 사람들이 한자어를 써서 만들어 놓은 단어였다. 상전이 온도Phase Transition Temperature 같은 것은 내 맘대로 만들어 쓰기도 했다. 여하튼 어색하고 어려운 표현들이었다.

액정은 크게 분류해서 두 가지가 있는데, 하나는 서모트로픽

Thermotropic 액정, 또 하나는 리오트로픽Lyotropic 액정이다. 오늘날에도 역시 발음 나오는 대로 그대로 사용하고 있는 것을 본다. 서모트로픽 액정은 결정을 가열했을 때 생기는 액정이고, 리오트로픽 액정은 용매에 녹였을 때 생기는 액정이다. 우리가 LCD에 쓰는 액정은 서모트로픽 액정이다. 서모트로픽 액정에는 대별해서 세 가지의 액정이 있다. 스멕틱 액정, 네마틱 액정, 콜레스테릭 액정이다.

나는 그때까지 알려져 있던 모든 서모트로픽 액정을 설명하고 그 구조식과 합성 방법에 대해서 소개했다. LCD에 쓰이는 액정들, 즉 시프염기Schiffs Base 액정과 방향족 에스테르Aromatic Ester 액정, 콜레스테릭 에스테르Cholesteric Ester 액정, 아조Azo와 아족시Azoxy 액정, 비페닐Biphenyl 액정, 페닐시클로헥산Phenyl-Cyclohexane 액정, 바이시클로헥산Bicyclohexane 액정, 그리고 여러 가지 키랄네마틱Chiral Nematic 액정 등을 보여주고 설명해 주었다. 나는 여러 가지 액정 상相의 광학적 특성, 유전성誘電性, 전기·광학적 성질에 대해서 설명해 주었다. 액정을 디스플레이에 쓰기 위해서는 광학적으로 흠이 없는 균일한 배향이 되어야 한다. 나는 어떻게 해서 마찰 방법으로 수평 배향을 얻고 레시틴Lecithin이나 트리메톡시실란Trimethoxysilane 처리를 해서 수직 배향을 얻게 되는지 설명하고 보여주었다. 그리고 꼬인 네마틱(TN) LCD의 원리와 제조 방법이 얼마나 간단한지 설명해 주었다.

나는 다양한 액정 상의 분별을 토머스 후버Thomas Hoover 융점 측정기를 써서 모세 유리관 내의 시료의 물리적 변형을 통해서 식별하는 방법을 설명해 주고 실험도 해주었다. 시료를 메틀러Mettler 사의 온도를 조절할 수 있는 편광 현미경 발열기Hot Stage에 시료를 넣어서 그 상전이를 관찰하고 식별하는 방법을 가르쳐 주었다. 나는 듀폰 사의 열 분석기(990 Thermal Analyzer)를 이용해 액정 상전이 온도를 측정하고 여러 가지 상전이열相轉移熱을 측정해 상을 식별하는 것도 설명했다. 기계를 구입하고 설치하고 가동하는 것도 보여주었다.

나는 많은 시간을 보내면서 액정의 여러 가지 응용을 설명해 주었고, 당시에 연구·개발된 여러 제품들에 대해서도 설명해 주었다. 그리고 액정의 화학적·물리적·전기광학적 성질에 관한 문헌과 논문들, 조지 그레이George Gray의 초록색 커버 〈액정〉과 드젠de Gennes의 노랑색 커버 〈액정물리〉 등 액정에 관한 중요한 참고 서적들을 구해서 전해 주었다.

삼성전관 연구원들은 일본의 고바야시 슌스케가 쓴 액정에 관한 단행본을 열심히 공부하면서 나의 설명을 비교 공부했다. 아무래도 일본말이 이해하기가 쉬운 듯했다. 불과 몇 년 전 내가 RCA 중앙연구소에 있을 때 고바야시, 우치타, 칫소의 이노우에, 시티즌 및 샤프 사람들이 카메라를 들고 방문했었는데, 일본의 기술자들이 알기 쉬운 책으로 낸 것이 인상적이었다. 고바야시의 책에서 눈에 띈 것은 APAPA·PEBAB·MBBA·EBBA·아족시 액정들의 화학 구조식과 두 네마틱 액정 혼합물 성분율, 상전이 온도 그래프 등이었다.

나는 삼성전관 연구소 내에 유기 합성을 할 수 있는 실험실을 만들려 했다. 그러나 그들이 화학 공장을 시작하지 않을 게 명백했다. 그래서 나는 삼성에 독일의 이머크 사, 영국의 BDH 사와 스위스의 호프만 라로슈 사를 소개해 주었다. 이들 회사는 내가 베크먼 사에서 액정물질을 구입했던 곳들이었다.

이머크 사는 곧 일본에 현지 응용 실험실을 설치하고 액정 전문가들을 독일서도 파견하고 일본 현지에서도 채용해서 액정 혼합물 판매에 박차를 가했다. 나와도 오래 잘 아는 베커Becker 박사라는 액정 화학자를 소장으로 보냈고, 한국에 자주 들러서 삼성에 샘플을 많이 공급했다. 내가 그곳에서 자문을 받고 있으니 자기들 제품을 추천해 주기를 바란 것이었다. 그 후 하인리히존Heinrichsohn이 한국에 상주하면서 여러 해 동안 삼성전관·LG·오라이온과 서울통상 등 회사에 액정을 공급했다.

곧 BDH, 호프만 라로슈, 일본의 칫소도 한국 시장에 뛰어들었다. 한국에서는 그때 서울통상이 이미 액정 시계 디스플레이를 생산해서 홍콩 시장에 공급하고 있었고, 대우의 오라이온, 현대전자, 금성 대구 공장에서들 LCD 생산에 나서고 있었다. 나는 서통의 사장과 이미 잘 알고 있는 사이였고, 금성의 대구 모니터 공장 액정 연구팀도 방문해 자문에 응했다. KAIST 반도체 그룹에서도 이제야 액정 연구를 시작하고 있었다.

나는 꼬인 네마틱(TN) 디스플레이와 STN(Super TN) 디스플레이 등 디스플레이 기본 원리는 그동안 충분히 설명해 줬고, 이제는 생산을 하기 위해 공장을 세워야 했다. 배향막으로 폴리이미드를 입히고 마찰한 다음에 상·하판을 90도로 회전해서 밀봉하면 꼬인 네마틱 LCD 기판이 된다. 액정은 이머크 사 물질을 쓰면 유기 합성 공장을 지을 필요도 없었다.

삼성전관은 일본에 현지 연구소 겸 기술사무소를 운영하고 있었다. 거기에서 하는 주요 업무는 기술 정보를 수집하고 일본 현지 기술자(중요 회사에서 은퇴한 핵심 기술자들)를 채용해 자문을 하는 것이었다. 그래서 이들을 이용해서 LCD 생산에 필요한 기계 및 장비를 구입해 오고 있었다. 나는 미국에서 쓰는 장비 및 기계를 추천했다. 자재도 일본에서 구입했다. 투명 전극용 유리판은 아사히유리旭硝子에서, 편광판은 닛토日東電工와 산리츠三立化成의 제품을 썼다. 배향막용 폴리이미드와 마찰기Rubbing Machine와 에폭시 밀봉제는 다이닛폰잉크DNI에서 매입했다. 유리 절단기는 내가 추천한 애리조나에 있는 빌라 프리시즌Villa Precision 기계를 매입했다. 일본의 시티즌 사에서는 자체 개발한 갱스크라이버Gang Scriber로 여러 선을 한꺼번에 그어서 분리하는 방법을 썼는데, 실제 공장에 가보니 더욱 효율적으로 느껴졌다.

삼성전관이 NEC와 합작 회사를 세운 뒤 처음에는 일본에 비해 저임금인 삼성에서 주로 후공정을 맡았다. 그러다가 한국에서 RCA 원천 기술인 섀도마스크 식 텔레비전과 모니터를 양산해서 성공한 예를 따라, 점차 LCD 생산도(내 생각으로는 늦었지만) 어느 회사와 제휴를 해서 기술 도입을 하고자 했다.

그래서 나는 연구소장, 팀장, 김 수석연구원, 법률 사무원, 일본 현지 소장, 영업부장 등을 동반해 일본 후지산 근처에 있는 시티즌 사 LCD 공장과 샤프 사를 방문했다. 나의 경험에 비추어 공장 내의 시설 공정을 자세히 관찰할 수 있었고, 회의실에서 그들의 기술자들과 문답 토론할 때에도 내가 수집할 수 있는 정보를 삼성 팀에게 자세히 전달해 주었다.

그리고 그날 밤, 그 회사 중역들과 삼성 중역들이 술 마시기 겨루기를 하는데 나도 양사의 기술자들과 함께 어울려 나가떨어질 때까지 마셨다. 나는 생전 처음으로 그런 경험을 해보았다. 후지산 밑의

하코네라고 불리는 온천장이 많은 관광 도시에 있는 요정이었을 것이다. 중역들이 뭐라고 말들을 했는지 일본말로들 해서 나는 알아들을 수 없었다. 연구소장의 유창한 일본말 솜씨가 부러웠다. NEC 합작 회사에서 일본 내왕에 잔뼈가 굵은 사람의 일본말이었으니 그럴 만도 했다.

여하튼 며칠 후에 알려졌지만 시티즌이나 샤프 사 등은 기술 제휴나 합작 회사 설립에 동의할 수 없다고 전해 왔다. 히타치 사는 금성과 오랫동안 여러 분야에서 기술 제휴 관계에 있어서 삼성이 LCD 기술에 대해서도 접근할 수가 없었다. NEC는 삼성과 기술 제휴를 할 만한 LCD 기술이 없었다. 그래서 나는 삼성전관 경영진에게 LCD는 삼성 독자적으로 개발해야겠다고 말했다.

이때쯤 연구팀은 현대자동차에 납품할 만한 LCD를 만들어 보고자 했다. 자동차에는 세 개의 후면을 볼 수 있는 거울이 쓰인다. 하나는 운전석(왼쪽) 밖에 있고, 하나는 조수석(오른쪽) 밖에 있고, 세 번째 거울은 차 안의 중앙 앞쪽 위에 부착되어 있다. 밤에 운전할 때 뒤에 오는 차의 헤드라이트(전조등)가 너무 밝아서 눈을 부시게 하고 시각에 마비가 생기기 때문에, 자동적으로 그 빛의 강도를 낮춰주는 장치를 LCD로 만들어 보고자 했다. 백미러에 광소자光素子를 설치하고 뒤에서 비춰주는 빛의 강도가 어느 정도에 이르면 전기를 LCD에 인가해서 그 빛의 눈부심을 줄여줄 수 있게 해주는 장치를 개발하려는 것이었다. 우선 시제품을 제작해서 사장 차에 달아 시험한다고 애를 써서 만들어 갔다. 나도 하나 소장하고 있는데(사진), 아마 삼성전관의 최초 시제품으로 역사적 가치가 있으리라 생각되어서 아직도 버리지 않고 있다. 때가 되면 기꺼이 돌려보내 줄 생각이다.

   삼성전관에서 고문으로 일하기로 계약서에 사인하고 나오자, 좋은 일이니 축하해야 한다고 팀장과 김 수석연구원은 나를 동반해서 저녁 식사 대접한다고 어느 요정(종로에 있었는지 이태원에 있었는지)으로 데리고 갔다. 물론 회사에서 내준 검은 차와 운전수가 우리를 태우고 갔다.

   사장과 연구원 서너 명이 와 있었다. 큰 방의 음식상에 음식이 가득 차 있었다. 상 둘레에는 여러 가지 색깔로 수놓은 꽃무늬 방석들이 놓여 있었다. 사장이 상석에 앉고 우리는 양쪽으로 둘러앉았다. 그리고 마담이 들어와서 인사를 하고 그 뒤로 젊은 여인들이 고운 한복을 입고 들어와서 인사를 한 뒤 각 남자의 오른쪽에 앉는다. 나는 처음 보는 일이라 어리둥절했다. 사장이 마담과 잠깐 이야기를 주고받는 것으로 보아서 자주 오는 곳인 듯했다. 마담은 반가이 맞고 농담도 쉽게 해서 분위기를 만들어 가고 있었다.

마담이 나가고 여인들은 옆의 손님에게 죽을 먹으라고 숟가락을 주면서 권했다. 하루 종일 일과에 신경 쓰다가 출출하던 차에 맛있게 먹었다. 사장은 오 박사가 전관(삼성전관의 약칭)에 오는 기쁜 일이 생겨 오늘 이렇게 파티를 하게 됐으니 마음껏 먹고 마시라고, 소위 영어로 펩토크Pep Talk(직역하자면 '격려의 말'이다)를 했다.

우리들은 그저 먹고 마셨다. 나는 술을 조금만 마셔도 손발이 더워지고 온몸이 홍당무 같이 되어 자게 된다. 많이 마실 수 없어서 엉거주춤 마시다 밑에 놓인 그릇에 비워버리고 또 잔이 돌아오면 받고 해야 했다. 옆에 있는 파트너가 눈치껏 잘 처리해 주었다. 사장이 모두에게 한 잔씩 들고 옆의 파트너가 잔에 술(야간 노란 갈색인 양주)을 따라주게 하고 축하의 건배를 시작한다. 모두들 한숨에 들이키고 "크으!" 소리를 내고 옆에서 집어 주는 안주를 먹으면서 웃음을 터뜨리고 왁자지껄한다.

"오 박사! 이 잔 받으시오!"

그러면서 가득 따른 자기 잔을 내민다. 한 번에 마시고 답례로 술을 따른 잔을 사장에게 보낸다. 우리는 그때 무슨 말을 주고받았는지 기억이 나지 않는다. 사장은 흥을 돋우느라고 심한 농담도 하면서 파트너들이 좀 더 바짝 다가앉아서 술도 권하고 안주도 먹이라고 '명'한다. 그러는 동안에 파트너가 젊은 여인이고 깨끗하게 에나멜 칠한 손가락들이 아름답구나 하는 느낌을 피할 수가 없었다.

연구소장이 술을 권하고, 받아 마시고 답례하고, 여러 사람들이 서로 주고받고 화기애애한 웃음이 터졌다. 파티는 이렇게 앉아서 하는 것이었다. 그래서 '방석집'이라고 부르는 것이리라(노래방이나 룸살롱 같은 건 그 다음 세대에 나타난 것일 테다). 모두들 곤드레만드레 취했을 때 밴드가 들어와서 블루스·지르박·차차차를 부른다. 우리는 모두 일어서서 옆의 파트너와 같이 춤을 추었다. 스텝도 잘 모르고 파트너 발도 밟으면서 젊은 여인 허리를 휘어잡고 난무를 했다. 그 다음은 어떻게 호텔 방에 돌아갔는지 알 수가 없다. 회사에 중요한 사람을 이렇게 접대하는 것이 옛날부터 내려온 관습이었다.

나는 전관 연구원들하고 일본·미국에서 액정 공장에 들어가는 설비 및 자료를 구입하는 데 통역 겸 자문 역할을 하느라 바빴다. 설계된 공장 구조는 두 개의 평행 일직선 라인이었다. 물론 둘 다 청정실 시설이 되어 있고 밖에서 안쪽을 들여다볼 수 있는 큰 창들이 설치되어 있다. 한 라인은 12×12인치, 다른 라인은 14×14인치 유리를 취급한다.

유리는 투명 전극 막이 입혀진 것으로, 청정실에 투입하기 전에 충분히 세척하고 먼지 필터한 물로 헹군 다음에 건조한다. 그 다음 공정은 투명 전극 패턴의 포토리소그래피photolithography로, 청정실에서 시작된다. 감광 수지를 도포하고 현상하고 수세 건조한 기판에 오프셋 프린팅 방법으로 배향막을 입히고 열처리한다. B스테이지 에폭시 실Epoxy Seal(고분자 경화 반응 하기 전의 에폭시 수지여서 실크 프린트Silk Print 해서 건조할 수 있다)을 프린트한 다음 건조시킨다. 마찰기에서 배향막 처리하고 먼지를 제거하기 위해 세척 건조한다. 격리 입자粒子를 가하고 상·하판을 맞추어 밀봉 공구에 잰 다음에 가열 처리해 밀봉을 완료한다. 이 시점에서 기판들은 청정실에서 나와 유리 절단기로 낱개 디스플레이를 격리시킨다. 그 다음 공정에서 액정 투입, 투입구 밀봉 등 후공정을 완료시켜 완제품이 만들어진다. 공장 안에서는 기술자 몇 사람만 특별한 가운으로 몸 전체를 싸고 일하는 것이 보였고, 모두 기계가 하는 자동 공정이었다.

삼성전자는 가전제품·전자제품을 생산해서 국내외에 판매하는 큰 회사였다. 오늘날 세계적인 회사가 됐지만 삼성전자의 그때 매출액은 약 250억 달러였고 삼성전관은 9억 달러였다. 전관의 사장과 연구소장은 NEC와 합작 회사를 시작할 때부터 전관에 들어와서 회사를 발전시켰다. 소위 '브라운관'을 대량 생산해서 모니터뿐만 아니라 삼성전자의 컬러텔레비전에 필요한 것을 전부 조달했다. 이때가 삼성전관의 브라운관 생산이 급성장할 때였다. 브라운관에 들어가는 형광체는 대개 희토류稀土類 화학물질을 쓰는데, 세계 각지에서 조달하기 때문에 인도나 중국의 광산에 투자를 많이 했고, 판매 지역에서 후공정을 처리하기 위해 아일랜드·포르투갈·멕시코 등지에 현지 공장을 두었다. 그 당시 첨단으로 꼽히는 19인치짜리 모니터는 그 크기와 해상도가 전관의 자랑거리였다. 19인치 모니터는 지금도 쓰고 있는 사이즈다. 전관의 사장과 연구소장은 19인치 브라운관 모니터의 큰 부피와 무게(들어간 유리 무게를 상상해 보라!) 때문에 평판 디스플레이의 개발이 피할 수 없는 추세임을 확신했던 것이다.

삼성전자는 이때 삼성반도체를 세워 약 1억 달러 내지 1.5억 달러를 들여 공장을 설치하고 한국 최초로 64K 디램 칩을 개발해 양산에 성공했다. 그 후로 256K, 64M 칩 생산은 삼성을 세계 수준의 반도체 회사로 도약시켰다. 이 기술을 발판으로 삼성반도체는 일본에서의 수입에 의존해 오던 LCD 구동 반도체 칩을 국내에서 양산하기 시작했다. 이렇게 자매 회사가 서로 필요한 제품을 개발해서 공급함으로써 경쟁에서 이겨낼 수 있는 체제는 일본이나 미국에서도 보기 힘들었다. 예로 RCA·TI·페어차일드·록웰·하니웰 사 등이 모두 LCD를 일찍 시작했지만 계속 투자를 하지 못하고 중단해 버렸다. 심지어는 회사가 없어지기도 했다. 코닥 사가 디지털카메라에 밀리고 제록스 사가 일본 회사들에 밀려서 팩시밀리, 스캐너, 소형 복사기, 프린터에서 결국 성공하지 못한 예를 볼 수 있다.

사상과 연구소장은 기술 제휴를 해서라도 컬러 LCD를 빨리 개발해야 한다면서, 나에게 대상을 물색해서 추천하기를 원했다. 나는 그동안 계속해서 액정과 다른 평판 디스플레이 학술 회의에 참석했는데, 하루는 미시간 주에 있는 오보닉스(OIS)Ovonics라는 작은 반도체 연구 회사에서 발표한 논문을 접하게 됐다. 그때 첨단 기술인 액티브 매트릭스Active Matrix LCD에 관한 것이었다. 그 회사 사장 즈비 야니브Zvi Yaniv 박사가 논문 발표자였다.

이 회사는 유대인 연구 회사였다. 그 사람에게 접근하려면 유대계 과학자가 필요했다. 마침 그 회의에 참석한 댄 샤트Dan Schatt는 베크먼 사에서 나의 상사로 근무했기 때문에 잘 아는 사이여서 혹시 즈비 야니브와 그 회사에 대해 아느냐고 물어보았다. 천만 다행으로 자기와 잘 아는 사람이라고 한다(댄도 유대계였다). 그렇게 해서 소개를 받고 즈비와 나는 서로 알게 되었다. 이 회사와 전관은 3인치 컬러 텔레비전을 공동 개발하게 되었다. 한국 최초의 액정 텔레비전이었다.

나는 이 회사와 핵심 기술에 대해 알아보았다. 스탠 오브신스키 Stan Ovshinski라는 유대인 과학자이자 발명가가 비결정질 실리콘

Amorphous Silicon 반도체를 이용해서 태양전기 발전을 할 수 있는 박막 기술을 발명해 특허를 받아냈다. 제품을 개발하려고 에너지 컨버전 디바이시스Energy Conversion Devices를 창설했다. 그런데 이 비결정질 규소로 다이오드Diode를 만들 수 있었다. 그래서 오보닉스라는 회사가 생겼다.

그때 마침 즈비 야니브가 켄트 주립대학에 있는 액정연구소에서 박사 학위를 받고 오보닉스에 들어오게 되었다. 나와 알게 되었을 적에는 여러 가지 제품 개발을 해놓고 샘플도 전시해 놓았었다. 그래서 전관에 소개해 주었다. 곧이어 연구소장과 팀장은 연구원 몇 사람과 함께 미시간주의 트로이Troy 시에 있는 오보닉스 디스플레이사를 방문했다. 그들은 액티브 매트릭스 LCD로 미 공군 연구소의 지원을 받아 전투 헬리콥터 조종실에서 쓰는 40~100줄짜리 단색 매트릭스 디스플레이Simple Matrix Display를 개발 완료해서 샘플을 볼 수 있었고, 그들의 박막 기술 시설과 기계설비 장비들을 자세히 관찰하고 검토할 수 있는 기회를 주었다. 오보닉스는 삼성 같은 큰 회사가 관심을 가져준 데 대해 매우 호감을 가졌다.

곧이어 즈비와 박막 기술 담당 부사장을 동반해서 수원의 삼성전관을 방문했다. 미시간 촌놈들이 전관 공장을 보고 더욱 호감을 가졌다. 나도 한국에 출장을 갔다. 오보닉스 간부들을 낮에는 공장, 연구소, 삼성전자 공장 등을 돌아보게 하고 밤에는 그 이태원 요정에 초청해서 파티를 해주었다. 여자들 파트너도 들여오고 양주도 먹이고 악단 음악도 틀어주고 다 했다. 손님들도 얼떨떨한 채 술에 취해 버렸다. 나는 전에 보았던 파트너를 또 보게 되어 반가웠다. 이제는 내게 술잔이 오면 그 술은 아래 그릇에 잘 안 보이게 비우고 보리차를 따라서 주곤

해서 만취하는 위기를 넘기게 도와주었다. 즈비도 파트너랑 이차 파
티 가겠다고 해서 운전수를 딸려 보냈다.

그래서 삼성은 소형 컬러 LCD를 개발하고 아울러 기술을 습득하
기 위해 삼성 연구원을 오보닉스에 12개월 연수시키는 연수·개발 계
약을 맺었다. 계약 처리할 때 나는 양쪽 회사 법률 담당자(대개는 변
호사)들 사이의 의사소통을 위해 통역하는 데 애를 썼다. 쌍방이 충분
히 이해해서 각자 자기 나라 말로 계약서를 작성하느라 시간을 많이
보냈나. 그 연수·개발하는 동인 나는 오보닉스에 여러 차례 출장을
가서 프로젝트 진행 현황을 검토하고 기술 토론을 했다. 드디어 3인치
컬러 텔레비전 개발 프로젝트가 1988년에 완료됐다.

이 프로젝트가 끝날 무렵 삼성전자에서는 박막 트랜지스터(TFT)
LCD에 착수하고 있었다. 그들은 여러 차례에 걸쳐서 다이오드 방식
이냐 TFT 방식이냐 고민해 왔다. 지금 끝난 오보닉스 방식은 다이오
드 식이었다. 일본 회사들은 TFT 식에 메리트가 있다고 엄청난 투자

를 시작했다. 그래서 삼성전자는 TFT 식에 투자를 한 것이다. 이것이 1980년대 말엽이었다. 꿈이었던 액정 평판 텔레비전에 경쟁 시대가 열린 것이다. 미국과 유럽 회사들이 엄두도 내지 못할 정도의 대규모 투자를, 일본과 특히 한국 기업들이 해낸 것이다.

전관의 사장과 연구소장은 삼성그룹 안에서 그때까지 알려진 모든 평판 디스플레이 개발에 착수해야겠다고 했다. 내가 아는 모든 연줄을 동원해서 이 기술 도입에 협력해 달라고 했다. 삼성은 이때 벌써 파란 글자가 나오는 진공 형광 디스플레이(VFD)Vacuum Fluorescent Disply를 제조하는 회사를 매입해 부산 공장에서 생산을 시작했다.

나는 팀장과 동반해서 핀란드에 있는 핀룩스Finlux라는 전계발광(EL)電界發光, Electro-Luminescence 기기 공장을 방문했다. 그때까지만 해도 랩톱 컴퓨터에 쓸 만한 노랑과 오렌지 단색 디스플레이로 제일 평이 좋은 제품이었다. 핀룩스는 미국 오리건주 코밸리스Corvalis에 있는 EL 기기 회사 플레이나Planar 사를 몇 년 후에 흡수했다. 나는 팀장과 핀룩스를 방문해서 삼성과의 기술 제휴 가능성을 문의했지만 거부당했다.

그 다음으론 전날에 웨스팅하우스Westing House 사에서 개발한 박막 EL의 발명자 피터 브로디Peter Brody의 회사 패널비전Panelvision을 방문하고 기술 제휴를 문의해 보았다. 피터는 나와 잘 알고 있는 사이여서 한국에 초청해 세미나도 가졌었다. 그 회사는 아직 샘플도 만들지 못하고 연구 단계여서 기술 제휴 전에 운영 자금을 구하고 있었기 때문에 전관에서 포기했다.

이에 전관은 전관 일본 사무실을 통해 샤프 사와 접촉했고, 샤프의 자그마한 EL 공장을 나도 함께 방문했다. 공정에서 자세한 과정은 별로 볼 수 없었고, 완제품(랩톱 컴퓨터 사이즈)을 버닝 랙Burning Rack에 수십 개씩 가동해서 켜놓고 있는 것만 보여주었다. 이 버닝을 해야 정상적으로 가동이 된다고 했다. 전관에서는 더 이상 추구하지 않았다.

전관은 플라스마 디스플레이(PDP)도 개발하겠다고 해서 내가 몇 년 동안 잘 알고 있는 밥콕 사를 소개해 주었다. 내가 베크먼 사에 근무할 동안 스페리 사의 DC 플라스마 디스플레이 생산 라인을 매입해서 애리조나주 스코츠데일Scottsdale에서 공장을 운영하다가 밥콕 사에 넘겨주었다. 그래서 이 회사의 PDP 기술자와 중역들은 과거에 나와 동료 사이였고, 쉽게 접촉해 전관의 PDP 개발 의도를 설명할 수 있었다. 부사장 댄 보이드Dan Boyd와 기술부장 폴 스미스Paul Smith는 기꺼이 사장 딕슨Dixon 씨를 소개해 주어서 전관과 플라스마 디스플레이 랩톱 컴퓨터를 공동 개발하기로 계약이 이루어졌다.

1988년 전관연구원들이 Bobcock 사에서 공동개발 할 무렵 전관연구소장과 법률변호사가 동사 방문할 때 사진이다. 좌측으로부터 삼성 변호사, 전관연구소장, Paul Smith, 저자, Dan Boyd 씨이다.

전관은 연구원 6명을 라미라다 시에 있는 밥콕 공장 연구실에 파견해 1개월 동안 공동 개발 연수를 했다. 내가 일하는 풀러턴 시에서 자동차로 15분 거리였다. 전관 사람들과 나는 밥콕 사를 여러 번 방문했고, 밥콕의 부사장 댄 보이드와 폴 스미스는 계약 전후로 여러 차례 한국을 방문했다. 전관은 밥콕 사에 연구비와 기술비를 계약금의 일부로 지불했다. 프로젝트가 끝나고 양사 팀은 처음으로 오늘날 랩톱 컴퓨터의 전신인 휴대용 컴퓨터를 제작하는 데 성공했다.

위에서 기술한 EL 디스플레이나 VFD, 오보닉스와 공동 개발한 소형 컬러 텔레비전, 박막 트랜지스터 LCD 등은 모두가 브라운관과 부피 크고 무거운 CRT를 밀어내서, 들고 다니는 컴퓨터 시대를 열어준 것들이었다. 물론 그 뒤에 오는 벽걸이 텔레비전이나 초대형 텔레비전은 더 이상 말할 필요도 없다.

내가 전관에서 끝으로 한 일은 전관 사장을 모시고 유럽 여러 나라의 전자관(CRT 혹은 Electron Device) 생산 회사들을 방문하고 토론한 것이었다. 가는 나라마다 현지 전관 직원이나 삼성물산 직원들이 있어서 회사들 방문 일정을 잡거나 여행하는 데 불편이 없었다. 내가 이 여행에 참여한 이유는 영어로 대화하기 때문에 사장 옆에 있으면서 통역 역할을 하고 사장에게 기술적 설명을 해주기가 편해서였다. 방문하는 회사 중역들 및 기술 담당자들과 브라운관이나 평판 디스플레이에 대해 토론을 할 때 옆에서 기술 고문 역할도 할 겸 간 것이다.

프랑스에서는 톰슨Thomson CSF 사를 방문했다. 이 회사는 삼성전자와 같은 프랑스의 가전제품 회사로 제일 큰 회사다. 전관과 모니터 사업에 관계가 있으나 LCD나 평판 디스플레이 개발 또는 생산에 별로 보여줄 게 없었다.

그 다음 방문한 곳이 네덜란드 에인트호번에 있는 그 유명한 필립스 Phillips 사였다. 오래된 회사로, 텔레비전 등 가전제품·전자제품 메이커다. 삼성과 유럽 시장에서 텔레비전 모니터 제품의 경쟁사이기도 하다. 내가 아는 과학자들 두어 명이 중앙연구소에서 LCD 등 평판 디스플레이 개발을 하고 있었다. 그들의 STN(Super TN) 디스플레이는 그때 활발히 연구·개발되던 박막 트랜지스터 LCD나 진계발광에 비금기는 기술이었다. 본래 테리 섀퍼Terry Schaffer는 뉴저지에 있는 벨 중앙연구소에서 일하던 물리학자였는데, 인포커스Infocus 사에 있다가 필립스 사로 가서 STN을 발명했다. 견본을 구경했는데, 색깔이 보는 각도에 따라서 달라지기 때문에 별로였다.

그 다음 간 곳이 독일 프랑크푸르트였다. 현지 직원들이 사장단을 모시느라 애썼다. 여독도 풀 겸 근처 골프장에 예약해서 나도 같이 가게 되었다. 나는 골프를 치지 못해서 카트를 타고 다니면서 구경만 했다. 하나 잊히지 않는 것은 사장이 친 공이 우리 눈높이에서 수평으로 일직선으로 날아가는데, 땅에 떨어진 것이 보이지 않도록 멀리 갔다.

'노인이 힘도 세다!'

그렇게 생각하면서 나는 골프공 날아가는 기분을 느낄 것 같았다. 지금 생각하니 아마 3번 아니면 5번 우드로 친 것이 한 150~200야드쯤 날아갔던 모양이다. 이곳에는 어여쁜 캐디도 없고 휴게소 우동집도 없었다. 저녁 식사는 그 도시 한국음식점에서 잘 먹었다. 그때는 유럽 큰 도시마다 한인 유학생들이 아르바이트로 한국서 온 손님들 운전수도 하고 그 도시 근처 관광도 시켜주었다.

독일에서는 큰 회사 지멘스 사를 방문했다. 삼성전자·삼성반도체·삼성전관을 모두 합친 것 같은 국제적 대형 회사였다. 가전제품·반도체·컴퓨터·대형기계·중공업 등 없는 게 없는 유명한 회사 구경도 하게 되었다.

영국 손Thorn EMI 사를 거쳐 돌아온 것이 사장과의 만남의 마지막이었다. 서울대 선배이자 한국에 나의 발자국을 남길 수 있게 해준 잊을 수 없는 분이다.

끝으로 액정에 관한 외무 사원과 기술자·연구자·학자들의 이름을 열거하고 싶다. 이들과 여러 해 만났고 이야기했다. 기술 토론을 하고 과학 이론을 따지고 사업 정보와 기술 정보를 서로 주고받았다. 필요하면 서로 소개도 해주었다. 이들은 친구이자 동료들이었다. 이 수많은 사람들도 우리가 지금 누리는 아이패드와 갤럭시, GPS, 대형 텔레비전, 눈부시게 보이는 동영상 광고판의 현실화를 위해 여러 해 전에 기초를 닦는 데 한몫을 했던 사람들이다. 나는 이들을 잊을 수 없다.

이머크 사의 헴펠 박사는 나보다 10년 연상인데, 항상 웃는 얼굴로 리크리스털Licristal IV·V·VI(아족시-에스테르) 단계 샘플을 건네주면시 일본 메이커들의 동향에 대해서 얘기해 주었다. 같은 회사의 베커 박사는 베크먼에 있을 때부터 일본에 상주하면서, 젊은 화학자 아이덴싱크Eidenshink 박사가 합성한 획기적인 액정인 페닐시클로헥산(PCH) 액정을 가져왔다.

BDH 사의 롭 윌콕스 박사는 헐 대학의 조지 그레이 교수 지도하에 켄 해리슨 박사(화학) 및 피터 라이언 박사(물리)와 함께 내수성耐水性 액정 시아노비페닐Cyanobiphenyl을 발표한 것을 잊을 수 없다. 롭은 그 E7 배합 액정을 여러 해 소개·판매했다.

프랭크 앨런 박사는 스코틀랜드식 영어 발음을 해서 처음에는 알아듣기 힘들었는데, 사귀고 보니 구수하고 순한 사람이었다. 본래 올리베티 사 연구소에서 액정을 익혔는데, 나와 오래 사귀면서 많은 도움을 주고받았던 사람이다. 북 뉴저지에 살면서 이머크 사의 외무사원을 했다. 그가 나중에 한국에 상주하는 이머크 외무 사원 하인리히존을 소개해 주었고 나는 전관에 소개해 주어서 여러 해 동안 삼성에 액정을 공급했다.

호프만 라로슈 사의 허브 뮬러도 잊을 수 없는 사람이다. 그 회사의 시아노비페닐 배합 액정 570번은 BDH의 E7과 같은 물질로서 베크먼 사에서부터 계속 썼던 액정이다. 허브는 키가 크고 바리톤 목소리로 걸걸한 사람이었다. 나와 친한 꼬인 네마틱(TN)의 시조 마르틴 샤트와 같이 캘리포니아를 여러 번 방문했는데, 옛날 액정 초창기인 1970년대 초 이야기를 나누면서 즐거워했던 때가 아쉽기만 하다. 샤트 박사는 로슈 사에서 오래 근무한 물리화학자로서 꼬인 네마틱 발명 후에도 피리미딘Pirimidine 액정을 발명해서 여러 해 동안 LCD 메이커에 공급했다. 내가 스위스를 방문할 때 그렇게 가보고 싶었던 외시넨제Oeschinensee 호수를 찾아내서 전차를 여러 번 갈아타고 가는 길을 가르쳐 주었다.

끝으로 일본 칫소 액정 회사의 이노우에 씨는 옛날 RCA 중앙연구소에 있을 때부터 알아온 사람으로, 만날 때마다 일본 LCD 메이커의 동향에 대해서 이야기를 나누곤 했다.

아래 사진은 이들이 여러 해 동안 내게 주고 간 액정 샘플들이다.

삼성전관과 일하면서 경험했던 일 가운데 원적외선 이야기도 기억에 남는다.

내 생각으로는 1990년대 중반쯤 되었을 때인 것 같다. 삼성전관에서 집으로 전화를 했다. 내가 그 회사의 기술 고문이니 전관의 누구든지 기술에 관한 자문을 하면 이에 응하고 있었는데, 전화를 한 사람은 내가 한국에 가면 항상 나를 안내해 주었던 이李 선임연구원이었다. 원적외선이 모든 생물에 대해 좋은 영향을 주기 때문에 회사에서 생물 실험을 했고 그 결과를 자기 회사 제품에 응용하려는데, 미국의 유명 대학에서 인정을 받을 수 있도록 지도(사실은 주선)해 달라는 요청이었다.

나는 좀 황당했다. 이 일을 어떻게 접근해야 할지 생각해 봤다. 모든 생명체는 오랫동안 원적외선을 조사照射받으면 그 생명체에 더욱 많은 생기를 불어넣어 준다는 것을 실험을 통해 증명하려는 것이다. 와아! 나는 약제사이고 유기화학자이고 액정 전문가이고 평판 디스플레이 전문가인데, 이건 터무니없는 일거리를 준 것이다. 수입이 있는 일이니 내 능력껏 해야겠다고 생각했다.

생각난 게 볼더Boulder 시에 있는 콜로라도 주립대학의 공과대학이었다. 미국 정부에서 알아주는 우수 공과대학이었다. 내가 근무하던 베크먼 사에서 연구비로 연간 얼마씩 기부한 대학이었고, 나도 그 대학에서 열리는 학회에 간 적이 있었다. 내가 근무한 회사의 연구 센터에서 나도 그룹 리더로서 그 회사의 장래를 위해 이 대학에 위탁 연구를 맡길 수 있었다. 액정 연구를 하면서 그 대학 전자학과의 존슨Christina Johnson 교수를 잘 알고 있는 터여서 그에게 이 삼성전관 연구를 검토하고 추천해 줄 수 있는 교수 한 분을 소개해 달라고 했다.

그렇게 해서 프랭크 반스Frank Barns 교수를 추천받았다. 이분의 연구는 주로 여러 가지 전자파가 인체에 미치는 영향에 대한 것이라고 했다. 고압선에서 발산되는 전자파에 장기 노출되었을 경우에 암 발생률이 보통보다 높다는 등의 연구를 했다. 우리가 접하는 각종 가전제품 공장이나 사업체에서 보는 전기기구 일체, 최근에는 각종 무선 통신기(컴퓨터·텔레비전·모니터·핸드폰·아이튠·아이폰) 등에서 계속 전자파가 누출되어 인체에 흡수되는데, 이것이 인체에 해로운 영향을 준다는 것이다. 여하튼 반스 교수는 잘 만난 셈이었다.

반스 교수를 만나서 자초지종을 이야기하고, 교수님의 관심이 있을 만한 연구 결과라고 설득하려고 했다. 여기에서 중요한 점은 그 교수에게 그 연구 결과를 확인해 달라고 부탁할 수는 없고(미국인들 특히 자연과학계 교수에게는 통할 수 없는 얘기였다), 그 논문을 잘 검토해서 실험들이 제대로 설계되었고 그 결과의 분석과 결론이 수긍이 갈 만하게 되었나를 글로 써 주었으면 한다고 부탁했다. 그 결과가 삼성전관에 긍정적으로 받아들여지면 그 회사에서 추가 연구 형태로 프로젝트를 얻을 수 있게 해보자고 말했다. 당시에도 각 대학교 연구실에서는 외부에서 들여오는 연구비로 대학원생 연구비를 충당하는 것을 값지게 여겼다. 외국 회사와 공동 연구를 하는 것이 유럽 여러 나라와는 벌써 보편화되어 있어서, 삼성전관과 공동 연구를 하는 것에 별로 거부감을 갖지 않았다. 그래서 어느 날 전관의 그 선임연구원이 그 연구 결과 논문을 가지고 나와 동행해서 콜로라도 대학의 반스 교수를 만나러 갔다.

원적외선이란 무엇인가? 전자파라고 하면 사실은 그 의미가 아주 광범위하나. 선자파라면 파장을 의미한다. X레이는 파장이 아주 짧아서 그 에너지 강도(조사照射 강도)가 높다. 우리가 눈으로 감지할 수 있는 가시광선은 그 파장이 길고 따라서 조사 강도도 낮다. 자외선은 파장이 가시선보다 좀 짧아서 강도가 좀 높고 인체의 피부에 손상을 준다(선바이저나 색안경은 눈을 보호하기 위한 것이다). 반면에 적외선은 가시광선보다 그 강도가 더 낮다. 원적외선은 파장이 더욱 길어서 조사 강도가 더욱 낮다. 그보다 더 낮은 것은 우리가 쓰는 무선통신용 파장으로, 라디오·텔레비전·핸드폰 등이다. 긴 파장으로는 군사용 레이더, 그 다음으론 파장이 몇백 미터짜리도 있다. 그 조사 강도는 생물에 거의 영향을 미치지 않는 것으로 생각된다. 위의 모든 것이 우리가 매일 쓰는 전자파 등이다.

내가 들은 바에 의하면(희미한 기억이지만) 일본 어느 지역에 사는 사람들이 건강하게 장수한다고 해서 알아보니 그 지역의 바위나 흙에서 원적외선이 나와서 그렇다는 것이다. 내가 그곳에 가서 직접 확인(또는 측정)해 보지 못하니 그런가보다 하고 있었다. 그저 들어두는 것에 불과했다. 흔히 듣는 애리조나주 세도나Sedona의 '기氣' 같은 것이려니 하고 있었다.

원적외선을 발산하는 돌(石)이 있는데, 이것을 술에 넣어서 그 술을 마시면 술이 개운하게 깨고 두통 같은 후유증이 없다는 것이다. 그래서 일본의 애주가들이 그 돌을 호주머니에 가지고 다니다가 술 마실 때는 잊지 않고 꼭 쓴다고 했다. 치통 때문에 입 냄새가 많은 사람은 이 돌멩이를 입에 넣고 다니면 입 냄새가 없어진다고, 추잉껌 대신에 이 원적외선 발사하는 자갈을 물고 다닌다는 얘기도 있었다. 입 냄새는 부식해 가는 치아의 박테리아가 발산하는 신진대사 폐기물metabolite 때문인데, 요새 같으면 치과의사가 제거해야 할 것을 원적외선 발산하는 조약돌이 제거해 준다니 믿기 어려운 이야기다.

우리나라에서는 원적외선을 발산하는 돌과 흙이 지리산 어느 곳과 강원도 어느 곳에서만 나온다는 말이 있었다. 요사이도 원적외선 상품들이 있다. 자동차 좌석에 까는 시트커버나 집에서 쓰는 침대

깔개에 원적외선 돌을 박고, 침대를 돌로 만든다. 텔레비전 광고에 의하면 우리 선조들이 온돌방 바닥을 흙으로 만들고 벽도 흙으로 만들었는데, 모두 원적외선을 발산하는 물질들이란다. 특히 부인들은 하루 일과 중에 부엌의 아궁이에서 불을 때서 밥 짓는 데 시간을 많이 보내기 때문에 원적외선을 많이 조사 받아서 그때는 지금에 비해 자궁암이 별로 없었다고 한다. 그래서 원적외선을 발산하는 침대를 쓰라는 것이다. 몇 개나 팔았는지 모르지만, 요사이는 그런 텔레비전 광고가 없어졌다.

80년대 중반에는 우리나라에서 브라운관이 많이 생산되고 있었다. 컴퓨터 모니터까지 합하면 세계에서 제일 많이 생산되는 우수 수출품이었다. 전관만 해도 해외 공장이 포르투갈·아일랜드·멕시코 등지에 있었다. 브라운관의 전기자석(코일에 전류가 많이 흐른다)에서와 주변 회로에서는 물론이고 텔레비전의 경우에는 더욱 많은 전류가 흘러서 발산되는 전자파가 상당했다. 오랫동안 브라운관을 보고 일하는 사람들이 눈에 피로를 많이 느껴 전자파가 인체에 끼치는 영향이 주목을 많이 끌었다. 그래서 원적외선을 발산하는 흙이나 자갈 가루를 텔레비전이나 브라운관 제조할 때 넣으면 인체에 해로운 영향을 최소한으로 줄일 수 있다는 가설이었던 것이다. 그뿐이랴! 냉장고 만들 때 냉장고 내부 벽이나 어류·육류는 물론이고 채소 넣는 칸의 벽에 원적외선을 발산하는 흙을 넣어서 만들면 그 식품의 신선도가 오랫동안 유지될 수 있다고 광고들을 했다.

그러면 프랭크 반스 교수에게 검토 청탁을 했던 논문에는 어떻게 쓰여 있었을까? 기억나는 대로 적어보겠다.

양파 실험: 사진에 두 개의 양파가 물컵에 담겨 있고, 뿌리가 나

와 있는 부분은 물에 잠겨 있다. 한쪽 컵의 양파 위로 솟아나온 파란 잎이 그 옆에 있는 컵의 양파 잎의 크기보다 훨씬 높이 자라나 있었다. 그리고 물속으로 자라난 잔뿌리들도 첫 번째 컵의 양파가 두 번째 컵에 있는 양파보다 더 많고 길이도 더 길었다. 그 사진 밑에 설명이 붙었다. 첫 번째 컵은 원적외선을 계속 조사받으면서 큰 데 반해서 그 옆에 있는 잎이 작은 양파는 보통 일광만 조사받았다고 쓰여 있었다. 내 인상으론 그 결과를 정확하게 사진으로 볼 수 있었다.

금붕어 실험: 어항 두 개에 빨간 금붕어들이 들어 있는 사진을 보여주었다. 한 어항에는 대여섯 마리의 금붕어가 있었는데 원적외선 조사를 받아서 금붕어가 크게 보였고, 그 옆에 있는 원적외선을 조사받지 못한 어항의 금붕어는 좀 작았으며 몇 마리는 옆으로 누워서 헤엄치고 있는 모습이었다. 물도 원적외선을 조사받은 어항은 투명하고 맑았으나, 그 옆 어항의 물은 약간 흐려져 있었다. 결론은 원적외선이 생명체에 좋은 영향을 주었다고 쓰여 있다.

쥐 수영장: 원적외선을 조사받은 쥐와 보통 실내 광선을 받고 자란 쥐들을 물 담은 양푼에 넣었다. 물론 쥐들은 물에 익사하지 않으려고 사력을 다해 수영을 해서 숨을 쉬려고 한다. 그 모습을 사진으로 보여주었다. 실험하는 사람은 시계를 가지고 어느 편의 쥐들이 더 오랫동안 수영을 하는지 측정을 했다. 원적외선을 조사받은 쥐 그룹이 오랫동안 익사하지 않고 수영하고 있었다는 결론이었다. 원적외선이 쥐에게 '스태미나'를 넣어주었다는 것이다.

반스 교수에게 논문을 보여주고 실험은 신중하게 잘했는지, 그리고 그 얻은 결론도 교수님의 의견에 결함이 없는지 평가를 해주십사고 부탁했다. 또한 반스 교수님의 오랜 연구 분야인 전자파가 인체에 끼치는 영향과 함께 원적외선이 인체에(또는 생물 전반에) 미치는 영향에 대해서 삼성전관의 연구비를 이용해 대학원생 연구를 시켜달라고 부탁했다. 그리고 자문비로 받으시라고 만 달러가 들어 있는 흰 봉투를 건네주었다. 교수는 기꺼이 받아 넣었다. 그날 저녁 식사는 반스 교수와 존슨 교수, 전관 선임연구원과 나도 같이 그곳 유명 스테이크 집에 가서 잘 먹었다.

그 후로 반스 교수는 논문 평가서를 좋게 써서 전관에 건네주었고, 반스 교수는 연구비로 10여만 달러를 학교를 통해서 받았다고 한다.

원적외선이 인체에 대해 좋은 영향을 미친다는 논문이 미국 유명 대학에서 대거 추천을 받았고, 그래서 삼성전자에서 생산·판매하는 텔레비전과 냉장고는 물론 삼성전관에서 생산·판매하는 모니터 전반이 원적외선을 발산하는 물질을 써서 인체에 해가 되는 전자파의 영향을 감소(또는 상쇄)시킨다는 것이었다. 이렇게 해서 세계 일류로 향하는 회사 발전에 한 발짝 더 도움이 되었을 것이다.

9. 액정이란 무엇인가

　내가 박사 학위를 받고 처음 직장에 들어가서 한 것이 액정 연구였다. 전혀 들어보지도 못했던 새 분야에서 일하다 보니 그야말로 좌충우돌에 천방지축이었다. 그래서 내가 경험해 보았고 이해하는 한도 내에서 독자들께 '액정'을 소개해 보려고 한다.

　먼저 액정 분자가 어떻게 생겼기에 액정 상태를 유지할 수 있는지를 설명하고, 액정 분자가 온도에 따라 어떻게 진동하거나 움직이는가에 따라서 등방성과 이방성을 보여주는 것을 설명한다. 그 다음엔 액정 관찰·측정 기구와 기계에 대해서 좀 자세하게, 독자들이 실험실에 가지 않고도 액정을 느낄 수 있도록 설명해 보았다. 나는 액정을 써서 액정 표시판(LCD)을 개발하고 양산하는 데 경험이 있기에 1970년대에 알려졌던 액정물질들을 소개하고, 화학도들을 위해서 화학 구조식도 보여주도록 하겠다. 실험실에서 제조했던 LCD 샘플에 관해 설명하고 예들을 보여주고, 액정 배향에 대해 자세하게 보여준다. 수평 배향에서 시작해서 저 유명한 꼬인 네마틱(TN) LCD를 만드는 방법과 자세한 내부의 액정 구조를 묘사해 보았다.

　부산 항구에 쌓여 있는 컨테이너의 절반 이상이 액정으로 만든 수출품이라고 한다. 오늘날의 액정 제품은 거의 다 꼬인 네마틱 LCD

에 기초한 빛을 조절할 수 있는 광 밸브다. 그래서 마지막 부분에서는 이 중요한 개념을 기술했다.

액정이란 무엇인가

액정液晶이란 한자를 통해 알 수 있듯이 액체이면서 광학적으로 결정結晶 같은 특성을 지닌 상태다. 고체와 액체의 중간적 상태여서 중간상中間相, Meso-Phase, Mesomorphic State이라고 불린다. 액정을 처음 발견했던 독일 과학자들은 결정 같은 무지갯빛(보는 각도에 따라 달라지는 빛을 반사하는) 물질을 여러 번 정제하고 여과해도 똑같이 결정체의 성질을 보여주고 액체 상태로 있어서 액체 결정Flüssigkeit Kristall이라고 불렀다. 이 처음 발견된 액정은 사실은 콜레스테롤 에스테르 유도체였고, 이것을 콜레스테릭 액정Cholesteric Liquid Crystals이라고 한다. 그 후에 네마틱 액정Nematic Liquid Crystals과 스멕틱 액정Smectic Liquid Crystals이 발견되었다.

내가 국민학교·중학교 다닐 때 알게 된 바로는 세상의 물질은 고체·액체·기체의 세 가지로 분류된다고 했다. 고체는 돌이나 바위같이 단단하고, 액체는 물과 같이 흐르고 손을 넣어도 저항이 없고, 기체는 보이지 않은 공기와 같은 것인데 있다고 믿었다. 기체 역시 손을 넣어도 저항이 없다. 그때의 기억으로는 이것이 진실이고 내가 아는 세계의 전부였다.

이러한 관념은 고등학교를 졸업하고 대학교를 졸업할 때까지 별로 변함이 없이 가지고 있었다. 조금 더 알게 됐다면 액체나 기체에도 저항이 있다는 것 정도다. 액체의 경우에는 점도粘度가 있고, 기체

165

의 경우에도 약하지만 저항이 있다. 이 저항은 모두 그 안에 분자들이 있기 때문이고, 이 분자들은 항상 움직이고 있다. 전후·좌우·상하, 그리고 회전 운동을 한다. 사실 이 분자들은 그보다 더 작은 원자들이 결합해서 형성되고, 움직일 때에는 원자들도 함께 움직인다. 자동차가 달릴 때 그 안에 있는 모든 부품들이 함께 움직이는 것처럼.

원자들은 다른 혹은 같은 원자들과 화학적 결합을 할 수 있는 원자가原子價, Valence가 있다. 예를 들면 탄소는 네 개, 수소는 한 개, 산소는 두 개 있다. 탄소는 나른 원사와 화학결합을 힐 수 있는 '손'이 네 개 있는 셈이고, 산소는 두 개, 수소는 한 개 있는 셈이다.

또 하나 재미있는 것은 원자가 세 개 이상 결합을 하게 될 경우에는 중간에 있는 원자와 양쪽에 있는 두 원자와의 화학결합대化學結合帶, Chemical Bonding에 일정한 각도가 있다는 점이다. 예를 들면 우리가 아는 물 분자는 소위 H_2O로서 두 개의 수소 원자가 한 개의 산소 원자를 가운데 두고 결합하고 있다. 수소 원자들이 산소 원자와 일직선에 있는 것이 아니고 약 108도의 각도를 가지고 있다. 다시 말해서 물 분자는 가운데가 구부러진 모양을 가지고 있다. 이 각도를 화학결합 각도

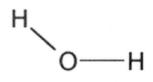

Bond Angle라고 한다. 그러니까 모든 분자는 그 분자 특유의 모양을 가지고 있다. 원자는 구형球形이지만 분자는 모양이 여러 가지다.

액정 분자의 모양은 작대기 같이(Rod Shaped) 길쭉하다. 이것이 내가 처음으로 액정에 관해서 읽었을 때 받은 인상이다. 작대기 같은 것. 예를 들면 액정 MBBA 분자는 물 분자보다 더 복잡하다. 모양

이 작대기 같이 길쭉한데, 연필처럼 한쪽은 지우개 부분이고 반대쪽은 뾰족한 부분이 있다.

아래 그림 (1)의 구조식은 화학 하는 사람들이 쓰는, 세계 어디를 가든지 알아볼 수 있는 언어다. 위에서 설명한 것처럼 '분자'는 각 물질 특유의 '모양'이 있다는 것을 보여준다. 액정 물질은 '기다랗게' 생긴 모양이 작대기 같다. 사실 아래 화학 구조식을 입체적 모델로 보면 (2)와 같다. 여기서는 액정 분자가 길고 납작하게 생겼고, 연필처럼 왼쪽 끝과 오른쪽 끝이 다르다는 것이 뚜렷이 보인다. 액정 분자의 이 특별한 모양 때문에 고체에서 가열해 녹으면 보통 액체로 되지 않고 중간 상태인 액정으로 되는 것이다.

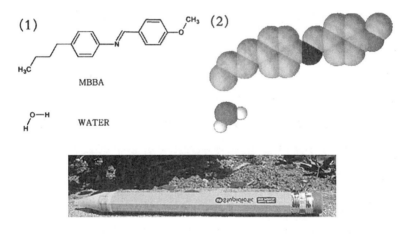

액정의 이방성異方性

내가 RCA 중앙연구소 실험실에서 일을 시작한 지 며칠 되지 않았을 때의 일이다. 액정이 등방성等方性, Isotropic 상태로 변했다고 토론들을 하는데, 누구한테 물어보기도 창피했지만 이론물리학자인 월프강 헬프리치 박사에게 물어보았다. 이 사람은 독일에서 박사 학위를 받고 이 연구소에서 일하게 되었는데, 내가 그 사람하고 사무실을 함께 쓰고 있었다. 아침에 출근하면 둘이서 서로 인사하고 그는 곧장 도서관에 가서 하루 종일 있다가 집으로 퇴근할 시간에 사무실에 잠간 들러 "See you tomorrow!" 하고 나간다. 나는 옆방에 있는 실험실로 들어가서 합성 실험을 하다가 저녁때 집에 가곤 했다.

여하튼 월프강하고 그동안 좀 친해져서 허물없이 토론을 할 수 있게 된 사이였다(지금 생각하니 전공이 전혀 다른 학자들을 한방에 있게 하는 이유를 알 수 있다). 그에게도 내가 편안한 사람이었다. 서로 전문 분야가 달라서 그도 유기화학에 관해서는 내게 허물없이 물어보곤 했다. 그래서 나도 이 창피한 질문을 그에게 했다. 등방성은 무엇을 말하는 것이며 이방성異方性, Anisotropic은 무엇을 가리키는 것이냐고. 이 이야기를 길게 하는 것은 이 말이 액정의 특성을 잘 설명해주고 있기 때문이다. 월프강은 허공을 보면서 이렇게 말해 주었다.

"우리가 저 공중에 올라가서 관찰(측정)할 때 우리 머리 위쪽이나 발 아래쪽, 눈 앞쪽이나 뒤쪽, 오른쪽이나 왼쪽이 모든 광학적 특성(예를 들면 굴절률)과 전기적 특성(예컨대 유전율誘電率), 물리적 특성(예를 들면 비중)에서 다 구분할 수 없이(방향에 관계없이) 똑같죠. 그래서 등방성이라고 하는 겁니다. 물속에 들어가서 위의 특성들을 측정해도 등방성이에요."

우리가 보통 가지고 있는 경험에 의하면 고체를 가열해 주면 초가 녹는 것 같이 투명한 액체가 된다. 순수한 유기 물질이나 약품을 가열하면 각 물질의 특정한 온도에서 융해한다. 이 녹는점은 그 물질을 식별하는 데 쓰인다. 상온에서 고체인 액정물질을 가열해 주면 어느 온도에서는 그 결정체가 녹아서 투명한 액체가 되는 대신 뿌옇고 불투명한 액체 즉 액정이 된다. 이 액정은 이방성이다. 온도를 더 높여주면 분자들이 열에 의해 진동하고 빠른 속도로 움직여서 보통 액체 즉 등방성 액체가 된다. 육안으로 보면 투명하다. 이방성 액체인 액정은 두유나 우유 같이 불투명하다. 복굴절複屈折, Birefringence은 이방성 물질의 특성이다. 액정도 이 복굴절 때문에 뿌옇고 불투명하다. 유전율도 이방성 물질에는 수직 성분과 수평 성분이 달라서 액정이 전장電場의 유무에 의해 스위치가 가능하다. 이 부분, 액정의 유전율에 대해서는 나중에 더 이야기하겠다.

우리가 매일 보는 물체들은 고체냐 액체냐 기체냐 하는 그 상태가 주위 온도에 따라서 변하는 상대적 상태다. 우리가 보통 경험한 바로는 낮은 온도에서 고체를 가열하면 액체가 된다. 그리고 액체를 더 높은 온도로 가열하면 기체가 된다.

고체 상태에서는 분자들이 집합해서 서로 일정한 위치를 가지고 응고되어 있다. 낮은 온도에서는 분자들이 진동이나 회전 운동이 거의 없어지게 되거나 정지되어 서로 응고할 수 있는 조건이 된다. 분자들이 집합해서 결정結晶, Crystals이 된다.

액체가 고체로 변할 때는 에너지가 발산돼 열이 밖으로 나온다(사실 결정을 형성하고 있는 액체를 담고 있는 용기를 손으로 만져보면 열이 발산되는 것을 느낄 수 있다). 반대로 고체 즉 결정을 가열해 주면(밖에서 고체를 담은 용기를 가열해 주면) 고체는 열(에너지)을 흡수해서 액체로 변한다. 이를 '융해'된다고 표현한다. 그래서 같은 물질(분자)이라도 주위의 온도에 따라서 상전이相轉移, Phase Transition를 하게 된다(나는 편의상 결정이 액정으로 변하고 액정이 보통 등방성 액체로 변하는 것을 '상전이'라고 주로 표현하고 있다). 상전이 때는 상전이 에너지가 들어가거나 나오게 된다. 물이 얼음으로 되는 것이나 얼음이 녹아 물이 되는 것이 상전이의 예다. 상전이 에너지는 몰 mole당 킬로칼로리(kcal/mole)로 표현한다. 그러니까 쉽게 말하자면 1킬로그램당 열(칼로리)이 얼마나 들어가야 결정이 녹느냐(용해되어 액체가 되느냐)의 척도다. 킬로그램 대신에 화학자들은 몰(10^{23}개의 분자가 1몰이다) 단위를 쓴 것에 불과하다.

위에서 말한 기체를 너욱 가열하면 화학 결합대를 절단할 수 있다. 보통 유기 물질, 예컨대 벤젠의 탄소-수소 결합대를 분리 또는 파괴하려면 몰당 100킬로칼로리가 들어간다고 한다. 이에 비해서 유기물질의 결정-액체 상전이 에너지는 불과 몇 킬로칼로리에서 몇십 킬로칼로리 정도 들어간다.

그러면 상전이를 측정해 보자. 미량의 결정 시료를 가는 유리관에 넣고 확대경으로 관찰하면 결정 특유의 모양이 보인다. 설탕이나 소금 같은 고체다. 점점 가열하면서 관찰하면 어느 온도에서(0.5도나 1도 사이에서) 그 고체가 액체로 변하는 것을 관찰할 수가 있다. 유리관 내의 액체는 '메니스커스Meniscus'를 형성한다. 액체의 위쪽 표면을 보면 유리관 벽 쪽이 중간 부분보다 높다(아래 그림 참조).

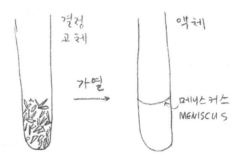

액체는 투명하기 때문에 쉽게 녹는점(융점)을 식별할 수가 있다. 순수물질은 언제나 측정할 수 있는 물리적 상수여서 녹는점은 그 물질의 진위를 가리는 데 이용되고 있다. 그런데 액정물질은 낮은 온도(결정에서 액정으로의 상전이 이하 온도)에서 가열해 주면 보통 등방성인 액체로 상전이(융해)되지 않고 이방성인 액정으로 상전이된다.

액정 상 중에서 제일 낮은 온도에서 나타나는 액정이 스멕틱 액정이다. 액정 분자들이 반쯤 녹아서 층을 이루고 있다. 이 층들은 서로 미끄러져서 유동성을 보인다. 분자들은 층 안에서 이동할 수 있고, 층 안의 각 분자가 그 장축長軸을 회전축으로 해서 회전할 수 있다. 위의 융점 측정 유리관에서 보면 메니스커스가 생기지 않고 반응고半凝固된 비누 또는 치즈 같은 물질이 된다(아래 그림 참조).

온도를 조금 더 높여주면 그 반응고된 물질이 녹아내려서 메니스커스를 형성하며 뿌옇고 불투명한 '액체'가 된다. 네마틱 액정이 된 것이다. 많은 액정은 결정체가 스멕틱 상을 거치지 않고 곧바로 네마틱 상으로 전이된다.

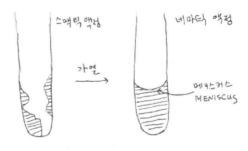

위 그림은 융점 측정 유리관에서 보이는 스멕틱 상과 네마틱 상이다. 둘 다 투명하지 않지만 스멕틱 액정은 액체 같이 흘러내리지 않

고 유리벽에 붙어 있으며, 네마틱 액정은 보통 액체 같이 흘러서 소위 액체의 특성인 메니스커스를 형성한다. 새 액정물질을 측정할 때는 이와 같이 융점 측정기에 넣어 상전이 온도도 잴 수 있고, 네마틱 액정인지 스멕틱 액정인지 쉽게 알아낼 수 있다.

액정 분자는 독특한 분자 모양을 가지고 있는데 연필 같이 생겼다고 했다. 액정물질이 순수할 때는 보통 유기 물질 결정체로서 무색의 바늘 모양, 비늘 모양, 또는 소금 모양의 고체다. 액정 분자들은 이 결정체 안에서 차곡차곡 쌓여 있어서 움직이지 못한다. 그런데 가열해 주면 분자들이 진동하기 시작해서 결정 구조를 깨뜨리고 상전이가 일어난다. 일반적인 물질은 융점을 넘기면 보통 액체로 녹아 버리지만 액정물질은 스멕틱 상으로 녹는다. 액정 분자들이 서로 평행해서 층을 이룬다.

편광 현미경으로 검토하면 스멕틱도 여러 상을 식별할 수 있으나 편광 현미경에서 보이는 구조는 여기서는 생략한다.

스멕틱 C 상부터 검토해 보자. 이 장을 시작할 때 말한 대로 액정 분자는 연필이나 납작한 작대기 같이 생겼다. 이 연필의 지우개와 뾰족한 부분을 잇는 연필 중심의 장축長軸을 상상해 볼 수 있다. 그와 마찬가지로 작대기 같이 생긴 액정 분자의 장축을 상상해 볼 수 있다. 그리고 연필의 무게중심과 액정 분자의 무게중심을 쉽게 발견할 수 있다. 스멕틱 액정에서는 그 각 분자들의 무게중심이 한 평면에 배치되어 있어서 층을 형성한다. 스멕틱 C 상에서는 그 나열된 분자들의 축이 그 층의 평면에 수직으로 되지 않고 기울어져 있다. 좀 더 가열하면 이 기울어져 있는 축이 그 층의 평면에 수직이 되어 스멕틱 A 상이 된다. 이것도 스멕틱 C에서 스멕틱 A로의 상전이인데, 상전이 에너지가 너무 적어서 측정하지 못하고 있다. 조금 더 가열해 주면 네마틱 상이 되는데, 상전이 에너지가 수십 칼로리여서 쉽게 측정된다. 네마틱 상에서는 분자들이 더 이상 층을 유지하지 못하고 층 수직 방향으로 상하로 움직인다. 분자 장축을 축으로 해서 회전 도 하고, 장축의 수직면에서 쉽게 움직인다. 더 가열하면 분자들이 사방으로 진동을 해서 보통 액체로 변해 버린다(아래 그림 참조).

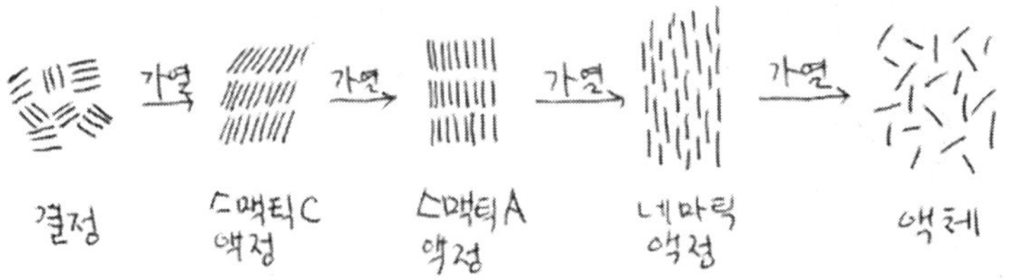

측정 장비

위에 언급한 여러 가지 액정 상의 상전이 측정을 위해 내가 연구할 때 썼던 측정 기계를 살펴보자.

첫째로, 융점 측정 장치다. 물질의 녹는점을 측정하는 장치로, 미량의 시료試料를 가는 유리관에 채워서 황산 중탕 등에 넣어 가열하면서 녹는점을 눈으로 관찰해 그때의 중탕 온도를 온도계로 측정한다. 또는 금속 블록의 온도를 높이면서 그 위에 놓인 시료를 현미경으로 관찰하기도 한다. 최근에는 자동적으로 브리지에 연결한 전열 조절기thermistor의 한쪽 위에 미량의 시료를 놓고 온도를 상승시켜 갈 때의 온도의 비평형을 검출하는 자동 융점 측정 장치와 광학적인 반사 또는 투과를 이용한 장치 등이 있다. 아래 사진은 내가 애용했던 기계(Thomas Hoover Uni-Melt 6427- H10)다.

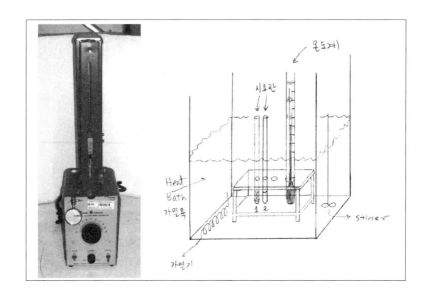

그 오른쪽 그림은 이 기계의 내부를 그린 것이다. 실리콘 기름을 넣은 유리그릇(비커) 안에 온도계와 시료 놓는 테이블 등이 있다. 기름을 가열하는 니크롬 코일을 넣고, 기름을 계속 섞어주는 장치가 있다. 기름을 섞어야 열이 균등하게 퍼져서 시료와 온도계 벌브가 같은 온도가 된다. 시료관 1에는 고체인 결정이 보이고 그 온도에서 액체는 시료관 2에 보인다. 가열용 액체는 쉽게 열에 분해되거나 증발하지 않는 투명한 액체가 좋다. 전에는 황산을 썼는데 너무 위험하기 때문에 실리콘 기름을 쓰게 되었다. 가열해도 산화되지 않고 오랫동안 써도 안전하다.

온도계의 수은주 높이(온도치)와 시료의 상전이 상태를 동시에 볼 수 있게 되어 있다. 아래 왼쪽 그림과 같이 수은주 높이에 맞게 거울이 풀리에 부착되어 풀리를 조정해서 수은주 높이를 온도 숫자판에서 읽을 수 있게 되어 있다. 위쪽 영상이 아래쪽 거울에 투영되어 관찰자의 눈으로 관찰할 수 있다. 시료관에 있는 고체가 상전이되는 것을 렌즈를 통해 확대해서 동시에 관찰할 수 있다.

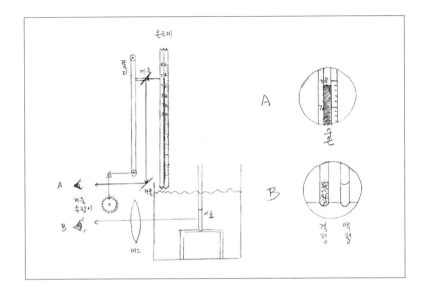

이렇게 해서 A와 B를 동시에 관찰해서 상전이 온도를 측정한다. 온도를 일정한 속도로 상승시킬 수도 있고 내릴 수도 있어서 보통 액체와 액정 사이의 상전이 가역성도 확인할 수 있다. 내가 새로운 액정물질을 합성·정제한 후에 위에 기술한 융점 측정기에서 수많은 시간을 보냈던 기억이 난다.

내가 액정 연구 때 많이 썼던 또 하나의 기구는 '가열판 편광 현미경 측정기Hot Stage Polarizing Microscope'다. 아래 그림과 같이 작은 노 爐에 유리창이 있고 현미경 깔유리slide glass와 덮개유리cover glass 사이에 시료를 넣고 외부로부터 컨트롤러로 온도 상승을 조절한다. 이 노에 있는 시료를 편광 현미경으로 관찰한다.

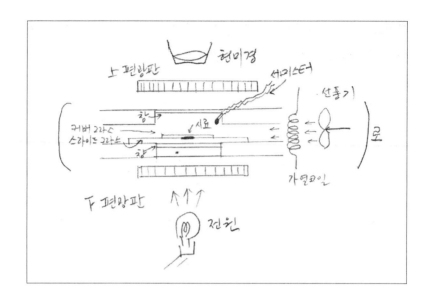

편광판偏光板을 90도로 교차하게 조정하고 관찰하면 고체인 결정은 여러 가지 색깔로 보인다. 왜냐하면 작은 결정들의 편광에 대한 방향이 각각 다르기 때문이다. 가열을 시작해서 계속 상승시키면 보통 물질의 경우 녹는점에 다다랐을 때 녹아서 액체로 변한다. 액체는 등방성이기 때문에 아래 편광판을 통과한 빛은 편광 방향이 바뀌지 않고 액체를 통과한 다음 교차된 위 편광판에 완전히 차단된다. 액정물질을 가열하면 스멕틱 다음으로 네마틱 액정으로 전이되는 것을 편광 현미경으로 자세히 관찰할 수 있다. 아래 사진에서 네마틱과 두 스멕틱 상의 특수 조직 무늬들을 볼 수 있다. 네마틱 액정은 실이 서로 엉켜 있는 조직 무늬를 보여준다. 스멕틱 A는 부채꼴 조직 무늬를, 그리고 스멕틱 C는 소위 '부서진 부채Broken Fan' 꼴을 보여준다. 이 편광 현미경으로 보이는 조직 무늬를 보고 각종 액정 상을 식별한다.

Nematic   Smetic A   Smectic C

또 하나는 시차 주사 열량계(DSC)Differential Scanning Calorimeter다. 몇 밀리그램의 시료로 상전이 열에너지를 잴 수 있다. 이 기계 (Thermal Analyzer Model 990)는 듀폰에서 개발·판매한 과학 측정 기로서, 1970~80년대에는 첨단 기계 중의 하나였고 액정 연구에 필 수품이었다.

종전 융점 측정기들은 오랫동안 유기화학자들의 연구실에서 쓰던 기구였는데, 온도계 눈금을 시각으로 감지해서 상전이를 측정한다. 시각을 판단의 표준으로 하기 때문에 착오를 초래할 수도 있고, 기 록이 남아 있지 않기 때문에 더욱 정확하고 표준이 될 수 있는 기계 가 필요했다. 그래서 모델 990이 좋은 선택이었다.

이 기계는 세 부분으로 되어 있다.

하나는 흑색상자다. 우리는 기계 내용, 특히 전자 회로판과 계기 다이얼 등이 어떻게 작동하는지 모르기 때문에 흑색상자Black Box라 고 했다.

또 한 부분은 DSC 셀Cell이다(아래 그림 참조).

그리고 나머지는 그래프 기록기Chart Recorder인데, 휼릿패커드 제 품을 가장 많이 썼다.

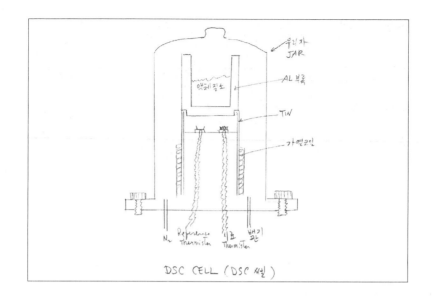

DSC CELL (DSC 셀)

　　흑색상자에서 전압을 점진적으로 높여서 가열 코일을 통해 DSC
셀 내부의 온도를 높인다. 그 온도 상승 속도는 실험하는 사람이 1분
에 0.1도에서 10도로 조정할 수 있다(더 빨리 할 수도 있었다). DSC
안에는 두 개의 서미스터Thermistor(온도의 변화에 따라 현저하게 저
항치가 변하는 반도체 회로 소자)가 있는데, 하나는 표준 소자고 또
하나는 시료 소자다. 표준 소자의 온도는 우리가 측정하는 온도 범
위 내에서는 하등의 상전이가 없기 때문에 가열 코일이 올려주는 온
도와 직선 관계가 있을 뿐이다. 이에 반해서 시료 소자의 온도는 상
전이가 있기 전까지는 가열 코일이 올려주는 온도와 직선 관계에 있
다가 상전이 때에는 시료가 열에너지를 시료 소자에서 흡수하기 때
문에 그 시료 전부가 상전이할 때까지(녹을 때까지) 온도가 직선 관
계에서 떨어지게 된다. 상전이가 완료되었을 때부터는 여전히 가열
코일의 온도 상승과 직선 관계를 유지하게 된다. 흑색상자에서 시료

소자 값에서 표준 소자 값을 빼서 그 결과를 그래프 기록기의 y축에 입력한다. 표준 소자의 실시간 온도는 x축에 입력한다.

다음 그림에서 보이는 것은 네마틱 액정물질의 DSC 측정 결과다. 각 상이 다음 상으로 전이되는 온도(전이점)에서 위에서 설명한 표준 소자와 시료 소자의 온도 차이를 y축에 기록한다. 온도를 높이면 제일 먼저 일어나는 상전이가 고체에서 액정으로 되는 융점으로서, 피크peak의 폭이 제일 크다. 또 피크들이 아래쪽 즉 마이너스 y치를 보여준다. 열에너지가 시료에 의해서 흡수되었음을 보여준다. 그 다음 더 높은 온도에서는 네마틱 액정 상에서 일반 액체로 변이하는 융점이다(Nematic-Isotropic Point; NI-Point). 여기서도 피크가 작지만 마이너스 y치여서 열에너지가 시료에 의해서 흡수되었음을 보여준다. 열용량은 이 커브의 시그널 면적을 재서 쉽게 산출할 수 있다(시그널 높이×밑넓이÷2). 위에서도 언급했지만 액정에서 일반 액체로 변이하는 융점의 열용량 변화는 불과 몇십 칼로리에 불과하지만, 결정에서 액정으로 전이하는 융점에서 일어나는 열용량 변화는 몇천 칼로리다.

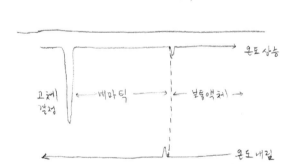

DSC 스캔 결과

그림의 아래쪽에 보이는 '온도 내림' 커브는 보통 액체에서 네마틱 액정으로 전이되는 열용량 변화를 보여준다.

첫째로 눈에 띄는 것은 피크가 플러스 y치를 보여준다는 점이다. 즉 열에너지가 시료에서 발산했다는 것을 보여준다.

그 다음으로 눈에 띄는 것은 점선으로 위-아래 커브에 연결해서 보이는 내용이다. 온도 상승 커브의 경우 액정에서 보통 액체로 전이하기 시작하는 온도고, 아래 커브인 냉각 커브의 경우에는 보통 액체가 막 네마틱 액정으로 전이되기 시작하는 온도다. 이 두 온도는 거의 동일한 온도다. 온도 차이가 거의 0.1도 이내다. 순도가 높은 액정물질일수록 이 두 온도의 차이가 없다. 이 전이를 가역성可逆性 전이라고 부른다. 액정을 확인할 수 있는 물리적 특성 중의 하나가 이 가열-냉각 전이점 가역성이다. 위에 기술한 융점 측정기의 유리관에서 보는 액정-액체 전이점의 가역성, 그리고 편광 현미경에서 볼 수 있는 액정-액체 전이점에서 확인할 수 있는 조직 무늬의 가역성을 종합해서 액정 상을 확인한다. 이 NI 전이 온도가 거의 동일하다는 말은 과냉각過冷却, Supercooling이 없다는 것이다. 전이 에너지가 아주 작기 때문에 가역성 전이가 가능하다. 나중에 설명하겠지만 스멕틱-네마틱 전이도 과냉각이 없다. 역시 전이 에너지가 작기 때문이다.

마지막으로 눈에 띄는 것은 물이 얼음이 되는 것처럼 액정 상에서 결정으로 상전이하는 열에너지 피크가 그래프에 보이지 않는다. 상전이 에너지가 커서 과냉각하기 때문이다. 이 과냉각한 액정을 결정-액정 전이 온도(쉽게 말해서 녹는점) 이하의 온도에 방치해 두면 돌연히 결정으로 생성되는 것을 볼 수 있다.

액정 분자간의 상호작용과 장거리질서

액정이 결정 같은 특성을 가지게 된 것은 액정 분자들이 모이면 장거리질서長距離秩序, Long Range Order를 유지하기 때문이다. 이론물리학자들은 보통 사람들이 알기 힘든 이론으로 벌써 다 설명해 놓았지만, 나는 나대로 이해할 수 있는 설명을 하고자 한다.

위에서 여러 번 기술한 바와 같이 액정 분자의 모양이 연필이나 작대기 같아서 여러 개의 연필을 상자에 넣어놓으면 상자 벽에 나란히 놓여 있거나 그 위 연필은 첫 번째 연필과 90도 아니면 제멋대로의 각도로 놓이게 된다. 그런데 그 상자를 조금 흔들어주면 연필이 나란히 정렬된다. 우리가 상식으로 생각하더라도 상자 속에 연필이 흐트러져 쌓여 있는 상태가 불안정하다고 느껴진다. 그래서 기회만 있으면 안정된 상태로 돌아가려는 게 자연현상이다. 이론물리학자들은 이 현상을 에너지가 높은 불안정 상태에서 에너지가 낮은 안정 상태로 돌아가려 한다고 말한다.

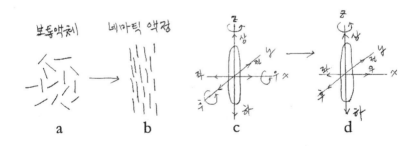

보통 액체에서는 분자들이 계속 사방으로 움직이고 있다. 위 그림의 a에서 보이는 바와 같이 분자들이 전후·좌우·상하·회전 운동을 한다. 그림의 c를 검토해 보면 작대기 같은 액정 분자가 z축과 나란히 상하 운동을 하고 회전을 할 수 있다. 같은 분자가 y축을 중심으로 회전할 수 있고, 전후로 움직일 수 있다. 또 x축을 중심으로 회전할 수 있고 좌우로 이동할 수 있다. 그리고 xy평면상에서 이동할 수 있다.

그러다가 온도가 내려가면 네마틱 액정으로 상전이가 일어난다. b에서 보는 바와 같이 액정 분자들이 한 방향으로 향하게 된다. 그러면 d에서 보이는 바와 같이 z축을 중심으로 회전·상하 운동, 그리고 xy평면상 이동만 가능하다. 이렇게 보통 액체 상태에서보다 운동의 자유가 제한되었다. 즉 x축 회전이 없어졌고, y축 회전도 없어졌다. 네마틱 액정이 되면서 이 운동을 제한하는 에너지가 이 NI 전이(네마틱 액정에서 등방성 보통 액체로 전이하는) 에너지다. 1몰당 수십에서 수백 칼로리의 에너지가 네마틱 액정에 들어 있다는 것이다.

c 상태에서 d 상태로 된 것이 위에 말한 상자 속의 연필 같이 연필대 방향으로 모두 나란히 눕게 되었다. 이 방향이 네마틱 액정의 장축長軸이다. 액정 분자들은 이 장축을 축으로 회전할 수 있고, 이 장축에 평행하게 움직일 수 있다. 그렇게 마음대로 움직이던 액정 분자들이 밖의 온도가 낮아질 때 장축에 평행하게 정돈되는 이유는 액정 분자 모양에 의해 생긴 '장거리질서 경향'이라고 볼 수밖에 없다.

왜 층이 생겼을까? 생각해 보면 액정 분자의 꼬리에 붙은 지방족 치환기가 서로 끌어당겨 집착해서 층이 생길 수 있다. 즉 지방족 치환기끼리 서로 용해했다고 보는 것이 수긍할 만하다. 운동의 제한에 들어가는 에너지가 위에서 DSC로 측정할 수 있는 바와 같이 수십에서 수백 칼로리에 해당하는 네마틱-스멕틱 상전이 에너지다. 이 전이도 역시 가역적이다. 에너지가 작기 때문에 과냉각 현상이 없다.

스멕틱 A에서 온도를 더 낮추어 주면 스멕틱 C 상을 얻게 되는데, 여기에서는 각층의 액정 축이 기울어져 있다. 사향斜向, Tilted 스멕틱 이라고도 불린다. 이 사향 각도는 온도가 네마틱 상에 가까울수록 수직으로 된다. 이 사향 각도 변화는 광학적으로밖에 측정할 수 없 다. 열용량으로 감지 또는 측정할 수 있는 것이 아니다.

액정의 종류

이제까지 이야기한 것에서 알게 되었겠지만 액정은 고체와 보통 액체의 중간에 위치한 상相, Phase이다. 고체를 가열해 주면 액정이 되 고, 더욱 가열하면 보통 액체가 된다. 그래서 지금까지 얘기한 액정 은 서모트로픽Thermotropic 액정이라고 한다. 우리나라 말로 부르는 단어가 없어서 이렇게 썼다. 열을 가해서 생겨나는 상이기 때문에 Thermo-라는 말을 붙인 것이다.

또 한 가지 액정은 리오트로픽Lyotropic 액정이다. 이 액정은 유기 물질이 용매에 녹아서 용액으로 있다가 용매가 서서히 증발해서 농 축이 되면 어느 점(용질/용매 비례에서)에서 액정이 된다. 편광 현미 경으로 관찰하면 복굴절로 인한 색깔의 변화를 볼 수 있다. 이 액정 은 아직까지 별로 응용한 예가 없어서 개발되지 않고 있는 실정이다.

스멕틱 액정

액정물질 고체를 가열하면 제일 먼저 나타나는 상이 스멕틱 액정이다. 스멕틱Smectic은 Smecto라는 그리스어에서 나온 단어인데, '비누'라는 뜻이다. 융점 측정기에서 관찰하면 하얀 결정체가 상전이 점에서 액체가 되지 않고 꿀이나 버터 같이 녹는다. 흐르지는 않고 유리관 벽에 부착한다.

편광 현미경으로 관찰하면 그 특유의 소위 부채꼴Fan Texture; Focal Conic; Confocal Texture 모양의 조식 또는 짜임새를 보인다. 사실은 부채꼴 모양의 짜임새는 스멕틱 A와 C 상뿐이다. 그 밖에 스멕틱 B · D · E · F 상들이 있긴 한데, 이들은 응용한 예가 거의 없기 때문에 개발되지 않고 있는 실정이다.

네마틱 액정

네마틱Nematic이라는 이름은 그리스어 Nemato에서 나왔는데, 우리나라 말로는 '실'이라는 뜻이다. 현미경 깔유리에 놓고 편광판을 통해서 보면 무슨 실 아니면 지렁이들이 엉켜 있는 것 같은 모양이 보인다. 스멕틱 액정을 더 가열하면 스멕틱 액정의 각 층에만 갇혀 있던 액정 분자들이 층을 통과해서 상하(z축)로 분자 운동을 하기 시작한다. 이 상전이가 에너지는 작지만 흡수한다. 이 상전이는 가역성可逆性이다.

여러 개 분자들이 어떻게 서로 상호 관계를, 즉 3차원적 위치를 유지하고 있을까? 내가 아는 대로 분자의 배열을 설명해 보겠다. 네마틱 상을 가지고 있는 물질의 분자 구조를 보면 몇 가지 특수한 점을 볼 수 있다.

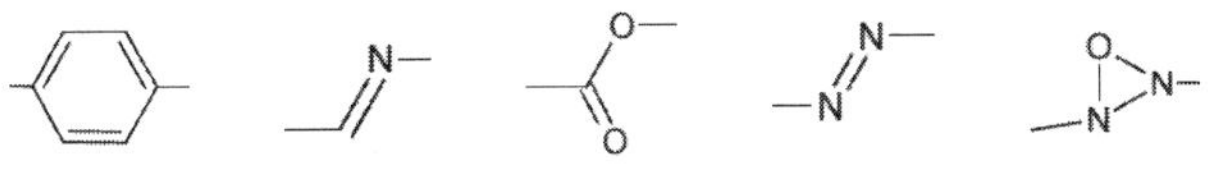

(1)   (2)   (3)   (4)   (5)

　(1)은 벤젠 환環인데, 내가 말하는 방향족 환Aromatic Ring이 아래에 보여주는 화학 구조는 내가 액정에 관해서 설명을 할 때 자주 예로 들었던 이름들이다. 더 설명하기 전에 우선 참고로 열거했다. (2)에서 (5)까지는 차례로 시프염기의 중간족, 에스테르 중간족, 아조Azo 중간족, 아족시 중간족이다. 방향족 환을 시프염기·에스테르·아조·아족시 같은 중간족이 연결해 주고 있다. 비페닐과 페닐시클로헥산 (PCH) 액정의 경우엔 중간족이 없다(아래 그림).

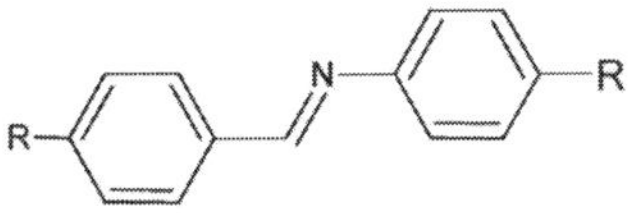

Schiff's Base

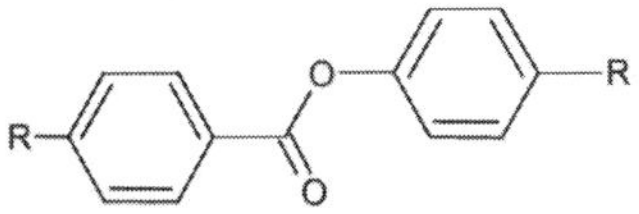

Ester

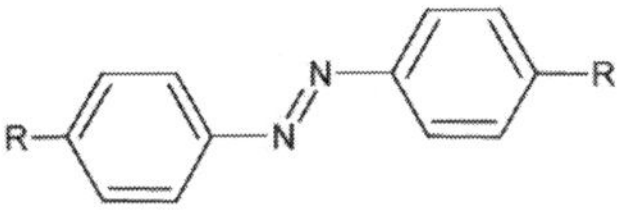

Azo

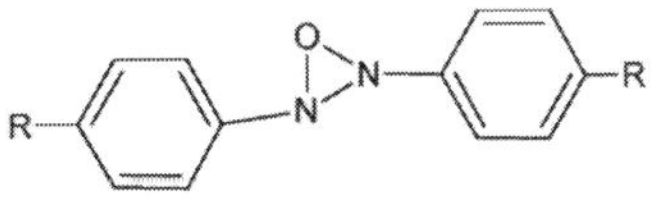

Azoxy

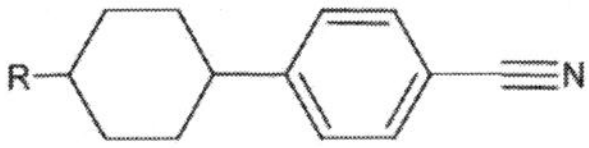

Phenylcyclohexane

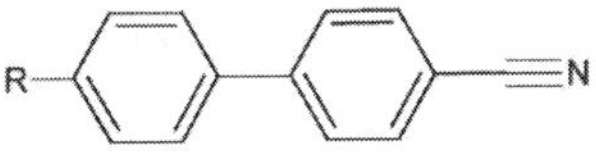

Biphenyls

185

두 개의 방향족 환이 중간족에 결합되어 있을 때 이 부분이 비교적 단단하다. 연필의 작대기 같은 부분이다. 아래 그림에 보이는 것처럼 두 화살표로 표시된 방향족 환이 액정 분자의 등뼈 역할을 한다. 이웃 분자들이 서로 나란히 쟁여질 수 있게 하는 모양새를 주고 방향족 환에 비국소 전자非局所電子, Delocalized Electrons 구름이 분자들끼리 서로 끌어당기게 한다.

열에너지에 의한 분자의 진동 때문에 이 당기는 힘이 분자의 장축과 평행하게 움직이는 것과 그 축을 중심으로 회진하는 것을 멈추게 할 수는 없다. 또 나란히 있으면서 분자들끼리 서로 '자리바꿈'을 하는 것도 보통 액체에서 분자들이 사방으로 자유자재로 다니는 것과 유사하게 움직인다.

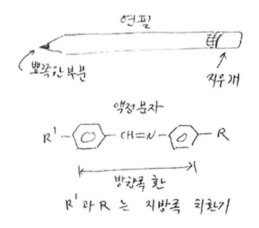

이 장축을 위에서 내려다보면 액정은 지우개 또는 뾰족한 부분만 보이고 연필대는 보이지 않는다. 실온의 열에너지에 의해 액정 분자들은 끊임없이 서로 자리를 바꾸되 장축은 그대로 상하를 유지한다. 이 장축들이 이루고 있는 축을 영어로는 Easy Axis 또는 Director라고 부른다. 이 축 방향으로 액정을 내려다보면 등방성이다. 장축의 직각인 면으로 옆에서 관찰하면 연필 지우개들은 나란히 있지 않고 등방성을 이루고 있다. 즉 액정 분자의 중심점이 있다고 상상하면 이 중점들은 측면에서 볼 때 등방성이다. 그래서 이 액정 분자들은 상온에서 끊임없이 장축에 평행하게 진동하고 있음을 보여준다.

두 방향족 환의 끝부분(중간족이 결합된 위치에서 제일 먼 쪽)에 있는 R와 R'는 알킬alkyl(지방족 포화 탄화수소에서 수소 원자 1개를 제거한 나머지의 원자단. 1가의 치환기인데 일반식 $C_nH_{2n+1}-$로 표시된다) 또는 알콕시alkoxy(알킬 기가 산소와 결합된 형의 1가의 원자단. $C_nH_{2n+1}O-$), 아실옥시acyloxy(카르복시산의 관능기에서 수소가 탈리해서 생기는 잔기 RCOO-의 명칭. 아실기 RCO-) 기 등이다. 이 지방족 기들은 소수성疏水性, Hydrophobic이어서 인접해 있는 분자의 지방족 기와 쉽게 용해할 수 있는 경향이 있기 때문에 액정 분자들이 서로 끌어당겨서 소위 장거리질서를 이루는 데 보탬이된다.

그러나 이 액정을 더 가열하면 액정 분자들이 더욱 진동한다. 처음에는 상하로 진동하다가 더 가열하면 장축도 회전하게 된다. 열에너지가 너무 커져서 위의 장거리질서로 인한 액정의 배열을 더

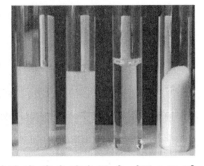

이상 유지할 수 없게 된다. 다시 말하면 열에 의한 분자 진동으로 방향족 환들이나 지방족 기 접착도 유지할 수 없어 완전히 등방성 액체가 되고 마는 것이다. 얼음이 녹아서 물이 되는 것과 같다. 사진에

보이는 왼쪽 두 시험관이 네마틱 액정, 그 다음은 물, 제일 오른쪽은 설탕이다.

액정 표시판

액정, 특히 네마틱 액정이 가장 많이 이용되는 제품은 액정 표시판(LCD)일 것이다. 지금 가장 많이 생산되고 팔리고 있는 전자제품은 액성 텔레비전, 스마트폰, 모니터, 아이패드 등이다. 그 외에 여러 가지 표시판displays이 있다. 이 제품들이 나오기 전에 수많은 기술 개발이 필요했다. 사실은 위의 제품들이 만들어질 수 있었던 것은 꼬인 네마틱(TN) 디스플레이가 발명됐기 때문이었다. 발명이란 말을 쓴 것은 TN이 자연에서 볼 수는 없고 순전히 인위적으로 제작된 전기·광학적 기구였기 때문이다. 이 TN이 탄생하기 전에 액정 연구자들(여러 기업 연구소에서 일하던 물리학자·화학자·전기공학자들)은 액정에는 두 가지가 있다고 알고 있었다.

PDA 액정

액정의 주축主軸 유도성이 그 수직축 유도성보다 클 경우 양성유전이방성Positive Dielectric Anisotropic(PDA) 액정이라고 불렀다. 주로 시안 기(Cyano-)가 있는 액정들이 대표적이다.

예를 들면, PEBAB(p-ethylbenzylideneamino-p'-cyanobenzene), 시아노비페닐(p-n-pentyl-p'-cyanobiphenyl), 시아노페닐시클로헥산(PCH) 등이었다. 내가 든 예들은 1980년부터 1990년대에 쓰였던 액정물질들이다. 그 화학 구조식은 다음과 같다.

PDA 액정을 한때는 필드이펙트Field Effect 액정이라고도 불렀다. 왜냐하면 이 액정을 두 투명 전극 사이에 넣고 전압을 가하면 액정의 주축이 전장電場과 평행하게 된다. 이때 위의 액정을 포함하고 있는 투명 전극 판을 가로질러 놓은 편광판 사이에 놓고 보면 빛이 완전히 차단돼서 어둡게 보인다. 전압을 제거하면 액정 분자들은 원래 위치로 돌아간다. 전장에 의해서 스위치되기 때문에 필드이펙트 액정이라 했다.

NDA 액정

1960년 말경, 실리콘(규소) 반도체(P-MOS)에서 나오는 전압은 25볼트 정도는 가능했다. 그래서 액정 표시판을 P-MOS로 가동할 수 있으리라 생각돼서 각 회사마다 연구를 하고 있었다. 사실은 필드이펙트 액정이 쓰이기 전에 다이내믹 스캐터링 모드(DSM)가 먼저 연구 대상이었다. 투명 전극 사이에 액정을 삽입하고 전압을 가하면 투명하던 액정이 광을 분산해서 우유 같이 뽀얗게(하얗게) 된다. 보통 사무실에는 유리 칸막이들이 있다. 소리를 차단할 수 있지만 투명해서 밖에서 안이 보이고 안에서 밖을 내다볼 수 있다. 그래서 한때는 DSM 액정을 삽입한 유리창을 투명 전극으로 만들면 25

볼트 전압으로 즉각 젖빛유리로 변화시켜서 프라이버시를 줄 수 있었다. 그 후에 다이내믹 스캐터링 모드를 써서 LCD를 이용한 손목시계(Gruen)와 전탁기(Rockwell International)가 잠깐 시판되기도 했다. 그때 그루엔 손목시계는 400~500달러에, 록웰 전탁기는 250달러 정도에 시판되었다.

이러한 다이내믹 스캐터링 모드에 쓰는 액정들은 음성유전이방성 Negative Dielectric Anisotropy(NDA) 액정들이고 한때 널리 사용되었다. 액정의 수직축 유도성이 그 주축 유도성보다 클 경우 NDA 액정이라고 불렸고, 아래에 화학 구조식과 약자 속명만 열거해 놓았다.

1970년대 초반쯤에 상보형 금속산화막 반도체(C-MOS) 집적회로(IC)가 개발되었다. 가동 전압이 10볼트 이하여서 저전압 LCD가 필요하게 되었다. 위에서 언급한 필드이펙트 LCD가 가동될 수 있게 되어서 각 연구소에서 연구에 집중 노력하게 되었다.

나의 RCA 연구소 룸메이트였던 월프강 헬프리치가 호프만 라로슈 사의 액정 연구팀에 합류하자마자 저 유명한 꼬인 네마틱(TN) LCD 논문이 〈피지컬 리뷰 레터Physical Review Letter〉에 발표되었다. 널리 알려진 대로, 스위스의 응용물리학자로 로슈 사 연구소에서 주로 액정 화학물질을 써서 실험을 하던 마르틴 샤트Martin Schadt가 논문의 공동저자였다. 나중에 이 두 사람과 이야기하면서, 2~3볼트에 가동이 될 수 있을까 하고 많이 걱정들을 했다고 한 것이 인상적이었다. 아래에서 꼬인 네마틱 LCD(약칭 TN-LCD)에 대해 설명하겠지만, '세상이 바뀌어 버리게 된 분수령'이 이때 이루어지고 있었다. 이 글을 쓰게 된 동기도 그 과정에서 내가 보고 경험한 것을 한마디 써놓지 못하고 눈을 감아버릴 수가 없어서다.

액정의 배향

지금도 쓰고 있지만 LCD는 유리를 써서 액정을 투입하고 전압을 가하며 조절해서 우리 눈으로 감지한다. 그래서 액정이 유리 표면에 균일하게 배열되어야 한다. 이 액정 분자가 유리판에 부착되는 모양은 수직형과 수평형의 두 가지가 있다.

수직 배향

수직 배향Homeotrpic Alignment; Vertical Alignment은 액정 분자가 유리 평면 위에 수직으로 부착되어 있다. 액정 분자가 연필 또는 작대기 모양이라고 상상했을 때, 한 액정 분자의 지우개 쪽이 유리 표면에 부착될 수도 있고 뾰족한 쪽이 유리 표면에 수직으로 부착될 수도 있다.

첫 번째 액정 분자가 유리 표면에 부착되면 그 다음 액정 분자는 첫 번째 부착된 액정 분자와 나란히(첫 번째 액정 분자의 장축과 두 번째 액정 분자의 장축이 나란히) 부착된다. 이렇게 서로 나란히 부착되는 것은 에너지가 낮은(안정) 상태이기 때문이다.

사실 유리 표면이라고 쉽게 말했시만 유리 표면 위에 투명 전극을 입혔다. 투명 전극은 인듐산화물 또는 주석산화물이다. 이 투명 전극 판을 섭씨 50~60도 정도의 약간 가열된 크롬산에 10~20초 동안 담갔다가 곧바로 탈이온수에 세척하고 표면에 있는 물방울을 여과된 순수 질소로 불어서 건조한다. 이와 같이 산酸 처리된 유리는 수산화규소, 그리고 투명 전극은 수산화인듐 내지 수산화주석이다. 표면은 완전히 수산 기水酸基, Hydroxy Radical로 덮여 있다. 보통 액정 분자는 친수성親水性이 아니기 때문에 수산 기 표면에 특정한 것을 부착할 수 없다.

수산 기를 가진 액정유사물질 아파파 페놀Apapa Phenol(아래 왼쪽 화학 구조식 참조)을 위의 수산 기로 덮인 투명 전극을 입힌 유리에 가해 주면 이 수산 기(이 물질은 페놀이기 때문에 방향족 수산 기를 가지고 있다)가 위의 투명 전극 표면에 있는 수산 기와 수소결합 Hydrogen Bonding으로 부착 · 결합하게 된다.

아래 우측 그림은 투명 전극 위에 아파파 페놀이 수소결합한 것을 보여준다. 액정 분자의 방향족 작대기 말단에 있는 지방족 곁사슬Side Chain과 아파파 페놀의 지방족 곁사슬이 평행으로 부착하게 된다.

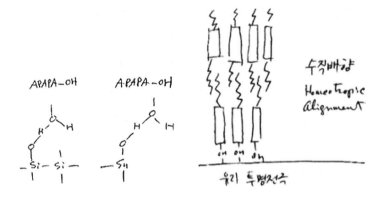

수직 배향을 얻는 방법이 그 후로 더 많이 발달했다. 하나는 다우 Dow 사에서 개발한 것이다. 알킬알콕시 실란Alkyl-Alkoxy Silane을 가수분해해서 유리나 인듐주석산화물 판에 도포한 다음에 약간 가열해 주면 알킬 실록산Alkyl Siloxane이 도포되어서 그 유리 또는 인듐주석산화물 표면은 완전히 포화 탄수화물로 되어버린다. 액정 분자가 그런 표면에 접촉하게 되면 표면의 탄수화물 기와 액정 탄수화물 기가 서로 잘 접촉하고 방향족 환은 표면에서 멀리 떨어지려는 경향이 있다. 그렇게 해서 아래 우측 그림과 같이 수직 배향을 얻게 된다.

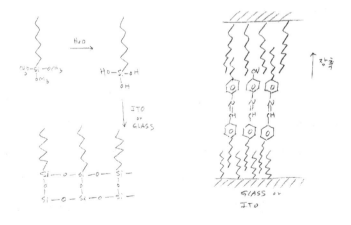

또 한 가지 수직 배향하는 방법은 레시틴Lecithin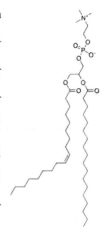
을 알코올에 용해해서 유리나 인듐주석산화물 판
을 처리하고 액정을 접촉시키면 수직 배향을 얻을
수 있다. 옆에 보인 바와 같이 레시틴 분자의 이온
기가 있는 인산 기와 암모늄 기가 유리나 인듐주석
산화물 판에 접착되고 탄수화물 기는 표면에서 멀
리 떨어지게 되고 액정의 탄수화물 기와 접착해서
(탄수화물 기들끼리 서로 용해되어) 수직 배향을
얻게 된다.

유리의 표면을 위에서 기술한 바와 같이 수직 배향 되게 처리한
다음에 상판과 하판의 간격을 12.5마이크론이 되게 하면 그 간격에
들어가 있는 액정 분자들은 모두 수직 배향이 된다(아래 그림 참조).

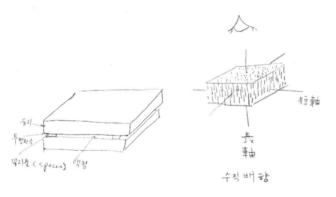

사실 이것은 넓이가 몇 평방센티미터에 이르고 두께가 12.5마이
크론인 거대한 단결정單結晶, Single Crystal이다. 결정은 축이 여러 개
있다. 액정은 광학적으로 이방성 물질이기 때문에 장축과 단축이 있
다. 장축은 수직 방향과 같고 분자의 장축과 일치한다. 위의 우측 그
림에 보인 대로 관찰 방향에서 내려다보면 액정 분자의 끝만 보인다.

연필이라면 지우개 끝과 뾰족한 부분만이 보이는 것이다. 그래서 액정이 등방성等方性으로 보인다. 그러나 사실은 액정 분자들은 끊임없이 움직이고 있다. 액정 분자들은 서로 상하로 미끄러지거나 서로 자리를 바꿀 수 있다. 수직 배향된 액정 셀을 옆 그림 같이 가로놓인 편광판 사이에 넣고 관

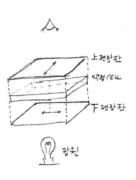

찰하면 빛이 완전히 차단되어 마치 액정 셀이 없는 것처럼 투명한 공기를 보는 것과 같다. 그래서 가로놓인 편광판 검사로 수직 배향을 확인한다. 수정 결정quartz crystal을 광축光軸, optical axis 방향에서 가로놓인 편광판을 통해서 관찰하면 빛이 완전히 차단된다.

수평 배향

액정 분자들이 유리나 인듐주석산화물 판에 수평으로 부착되어 있는 상태를 수평 배향Homogeneous Alignment; Parallel Alignment이라 한다. 즉 액정 분자들이 누워 있다.

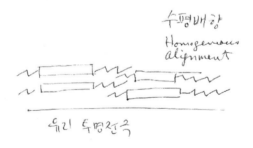

아래 그림 A에서 보이는 것 같이 액정 축이 유리판 위에 평행으로 되어 있다. 실제로는 액정 축이 약간 표면에서 떠 있다. 다시 말해서

195

액정 축이 표면 위에서 사향 각도 θ를 유지하고 있다(아래 그림 B 참조).

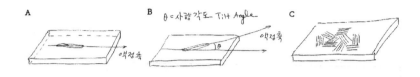

유리 표면에 배향 처리가 돼 있지 않으면 액정은 위 그림 C에서 보는 것과 같이 액정 축이 평판 위에서 여러 방향으로 향하게 된다.

액정을 현미경 깔유리에 떨어뜨리고 덮개유리를 덮은 다음에 편광 현미경에서 관찰하면 빛이 여러 방향으로 투과되어 광학적 검사가 어렵게 된다. 그래서 실험실에서 쉽게 수평 배향하려면 현미경 깔유리를 렌즈 페이퍼나 면봉으로 마찰한 다음에 액정을 가해 주면 액정 축이 마찰한 방향으로 접착이 된다.

아래 그림 D에서 보는 것과 같이 면봉으로 마찰할 때 한쪽 방향으로만 마찰해야 한다. 이 그림에서는 왼쪽에서 오른쪽으로 한 번 마찰하고 표면에서 면봉을 위로 올렸다가 왼쪽으로 가서 다시 표면에 접촉하고 처음 했던 것과 동일하게 마찰한다. 이런 동작(마찰)을 여러 번(4~10번) 반복한다. 그림 E에서는 액정 분자들의 배향을 보여 준다.

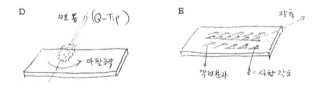

단일 수평 배향

위의 B처럼 표면 처리된 유리판 두 개를 상하로 겹칠 때 마찰한 표면이 서로 마주볼 수 있게 한 다음에 액정을 그 사이에 투입하면 수평 배향을 얻을 수 있다.

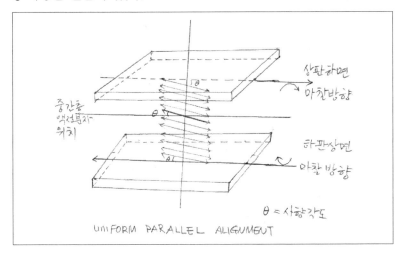

UNIFORM PARALLEL ALIGNMENT

위에 보인 바와 같이 상판 하면의 마찰 방향은 좌에서 우로 하고 하판 상면의 마찰 방향은 우에서 좌로 하면 우리가 원하는 단일 수평 배향Uniform Parallel Alignment을 얻게 된다. 주목해야 할 점은 액정의 사향 각도가 상판 하면에서부터 하판 상면에까지 균일하게 Uniform 각도를 유지하고 있다는 점이다. 편광 현미경 아래서 관찰하면 거대한 단일 결정의 액정을 얻게 되었음을 볼 수 있다. 액정의 사향 각도는 상판 하면에서부터 중간층을 지나고 하면 상층에 이르기까지 똑같은 각도를 유지한다. 이 상태가 액정으로서는 제일 안정된 상태다. 이른바 최저 에너지 상태다.

분산 수평 배향

그와 반대로 상판 하면 마찰 방향과 하판 상면 마찰 방향이 똑같을 경우에는 좀 더 높은 에너지 상태로 된다. 아래 그림에 보이는 바와 같이, 분산 수평 배향Splayed Parallel Alignment이 얻어지게 된다.

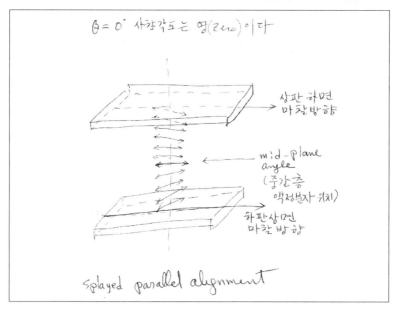

상판의 배향 각도가 점점 줄어들어서 중간층에 가면 0이 되고, 하판 상면에 가면 마이너스 사향 각도가 된다. 이러한 액정의 상태는 에너지가 많은 상태다. 주어진 상·하층의 표면 배향에 따라서 액정이 취할 수 있는 최적 상태다. 나중에 나오겠지만 이러한 액정 판에 전압을 가해 주면 제일 먼저 움직이는 층이 중간층 액정인데, 배향 각도가 0이면 액정 일부는 머리를 먼저 들고 일어나려 하고 그 옆 부분에서는 꼬리가 먼저 일어나려고 해서 액정이 여러 개 조각으로 산

산이 부서져(Break Up) 보이게 된다. 우리는 액정 표시판에 전압을 가했을 때 전 부분이 동시에 균일하게 스위치되기를 원한다. 그래서 위에 보는 바와 같이 단일 수평 배향을 가지고 있으면 액정 전면이 균일하게 스위칭할 수가 있다.

꼬인 네마틱 LCD

위에서 기술한 대로 단일 수평 배향 액정 시험기(Cell)에서 상판을 그대로 두고 하판을 z축을 회전축으로 해서 시계 방향으로 90도 회전시켜 액정을 투입하면 그 유명한 꼬인 네마틱(TN) LCD가 얻어진다.

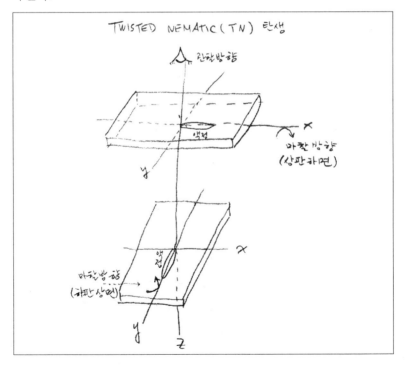

액정 분자는 상판 하면에는 x축 방향으로 부착되어 있고, 하판 상면에는 y축으로 향해 있다. 상판과 하판의 중간에 있는 액정 분자들은 상판에서 하판으로 내려갈수록 점진적으로 90도로 회전을 하게된다. 이 간단한 발명이 LCD를 완전히 바꾸어 놓게 했다. 이것이 발표된 때가 1971년이었다. 월프강 헬프리치와 마르틴 샤트가 발명의 주인공이었다. 그렇지만 그때 이 발명이 나올 수 있는 지식과 경험은 벌써 사방에 쌓여 있었다.

아래 그림에서는 액성의 축이 상판에서는 x축을 향해 있는데, 하판으로 가면서 점차 우회전해서 하판에 도달해서는 y축을 향하고 있다.

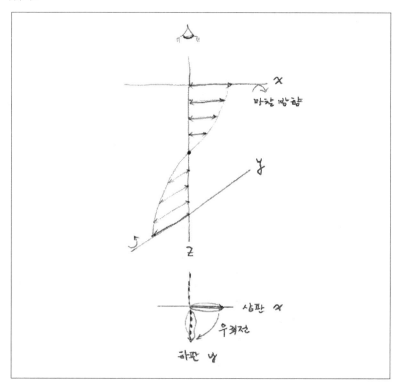

다음 그림에서는 액정을 상면에서 하면까지 9층으로 잘라서 단면을 보여주고 있다.

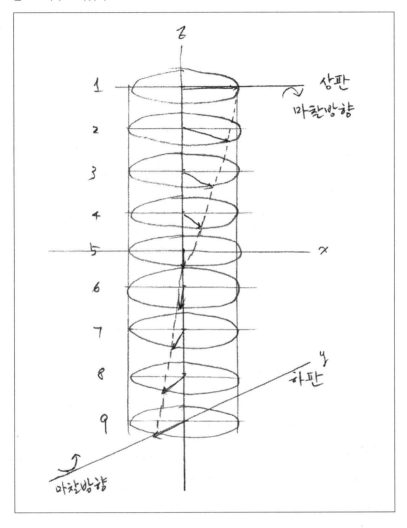

1층부터 9층까지 더 상세하게 배향 각도를 포함해서 아래의 9개 그림을 검토해 볼 수 있다.

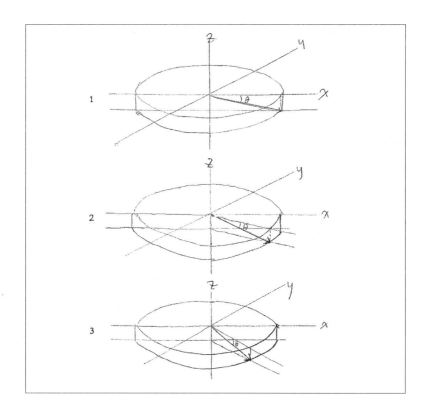

1. 상판 하면에서는 액정 축이 x축을 향하고 있는데, 회전 각도는 0도이다. 마찰 방향을 x축상 좌에서 우로 했기 때문에 사향 각도가 하판 쪽으로 xy평면에서 θ도 기울어져 있다.

2. 액정 축은 $1 \times 90/8$도 오른쪽으로(상판에서 하판으로 내려다보면서) 회전해 있다. 역시 사향 각도는 xy평면에서 하판 쪽으로 θ도 기울어져 있다.

3. 액정 축은 $2 \times 90/8$도 오른쪽으로(상판에서 하판으로 내려다보면서) 회전해 있다. 역시 사향 각도는 xy평면에서 하판 쪽으로 θ도 기울어져 있다.

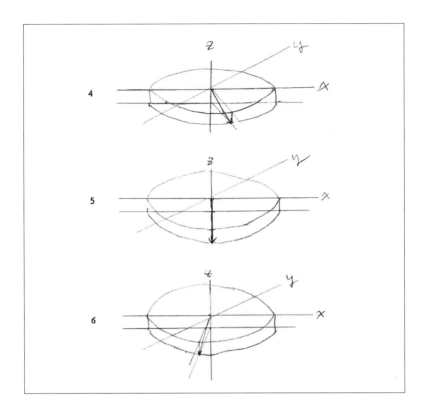

4. 액정 축은 3×90/8도 오른쪽으로(상판에서 하판으로 내려다보면서) 회전해 있다. 역시 사향 각도는 xy평면에서 하판 쪽으로 θ도 기울어져 있다.

5. 이 층은 중간층mid-plane이다. 액정 축은 4×90/8도 즉 45도 오른쪽으로(상판에서 하판으로 내려다보면시) 회진해 있다. 역시 사향 각도는 xy평면에서 하판 쪽으로 θ도 기울어져 있다.

6. 액정 축은 5×90/8도 오른쪽으로(상판에서 하판으로 내려다보면서) 회전해 있다. 역시 사향 각도는 xy평면에서 하판 쪽으로 θ도 기울어져 있다.

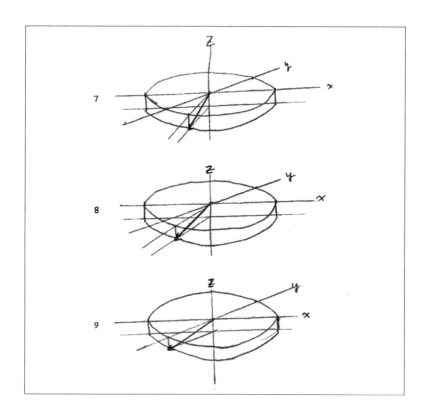

7. 액정 축은 6×90/8도 오른쪽으로(상판에서 하판으로 내려다보면서) 회전해 있다. 역시 사향 각도는 xy 평면에서 하판 쪽으로 θ도 기울어져 있다.

8. 액정 축은 7×90/8도 오른쪽으로(상판에서 하판으로 내려다보면서) 회전해 있다. 역시 사향 각도는 xy 평면에서 하판 쪽으로 θ도 기울어져 있다.

9. 액정 축은 8×90/8도 오른쪽으로(상판에서 하판으로 내려다보면서) 회전해 있다. 역시 사향 각도는 xy 평면에서 하판 쪽으로 θ도 기울어져 있다.

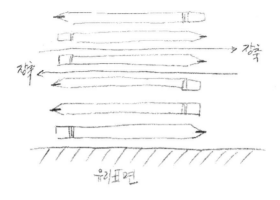

여기에서는 액정 축이 하면 이하로 더 내려갈 수가 없으나 가상치 imaginary value이다. 사실은 액정 축은 화살표로 표현해서는 안 된다. 왜냐하면 액정 축은 상하가 다 같은 일직선이고, 모든 물리적 성질이 양쪽이 동등하기 때문이다. 사실 액정 분자 배열에 있어서도 연필의 지우개 쪽이나 뾰족한 쪽이 동등하게 분포되어 있기 때문이다.

액정 실험기 만들기

RCA 연구소에서 일할 때 배운 방법이다. 실온에서 쓸 수 있는 네마틱 액정을 얻기 위해서 여러 액정물질을 배합한다. 배합물은 녹는점이 낮아져서 실온에서 실험을 할 수 있었다. 네마틱 액정을 우선 편광 현미경(보통 20배·100배 확대할 수 있는 양안용兩眼用 현미경에 편광판을 부착한다)에서 검사하고, 전기·광학적 변화노 측성하기 위해 액정 실험기(Cell)를 만들었다. 아래에 구체적으로 설명한다.

투명 전극을 위아래로 서로 대치해서 접착시킨다. 위아래에 위치한 투명 전극이 합선이 되면 안 되기 때문에 보통 12.5~25마이크론 두께의 마일라 절연물Mylar Spacer(Mylar는 1960년대에 듀폰에서 개발한 폴리에스터계의 투명하고 두께가 고른 플라스틱으로, 절연체로 널리 쓰이고 있다)을 써서 아래 그림과 같이 실험기를 만든다. 이 실험기를 우리는 그때 셀Cell이라고 불렀다.

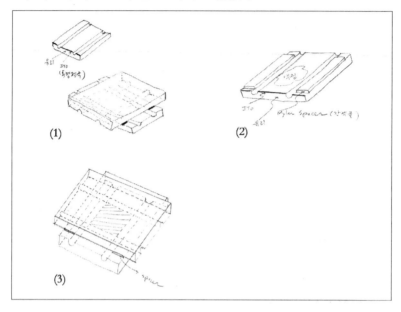

(1)　(2)　(3)

액정은 액체다. 그래서 그 전기적·광학적 특성을 관찰 내지 측정하려면 액정을 두 개의 투명 전극 사이에 투입해서 편광 현미경으로 관찰·측정한다. 보통 유리에다 전극을 입히려면 진공 상태에서 주석 또는 인듐을 박막으로 증착시키고 산화하면 불투명한 금속 박막이 투명하게 되고 그 표면은 전도체가 된다(보통 50~200Ω/Cm). 내가 처음 RCA 연구소에서 썼던 유리는 두께가 1/4인치이고 길이는 약 1.5인치, 그리고 폭은 1.0인치였고, 위 그림 (1)과 같이 1/16인치 깊이의 홈이 파여 있다. 이 파인 홈으로 과잉 액정이 흘러들어갈 수 있도록 한 것이었다. (2)와 같이 절연물을 부착하고 액정을 첨가한

다. 그 다음에 상판 투명 전극을 부착하면 (3)과 같은 액정 셀이 얻어
진다.

　이런 액정 셀을 두 개의 편광판에 배치시킨다(아래 그림 참조). 이
것이 꼬인 네마틱 LCD 셀이다. 광원에서 나온 빛이 하면 편광판에
서 화살표 방향으로 편광되고 꼬인 네마틱 LCD를 통과할 때 90도
회전해서 상면 편광판의 화살표 방향으로 상면 편광판을 완전히 통
과하게 된다. 꼬인 네마틱 LCD가 없었더라면 광원에서 나온 빛이
하면 편광판에서 편광되어 상면 편광판에 도달하면 완전히 차단되
어 투과되지 못하게 된다. 왜냐하면 두 편광판 사이에는 등방성인
공기만 있기 때문이다. 하면 편광판에서 편광된 빛은 등방성 물질을
그대로 하등의 영향을 받지 않고 통과해서 상면 편광판에 도달하나
편광판이 90도로 회전되어 있기 때문에 통과하지 못하게 되었던 것
이다.

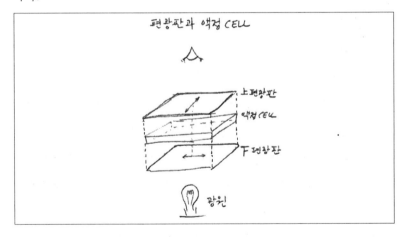

　아래에 전개되겠지만 두 개의 90도로 회전된 편광판 사이에 끼어
있는 꼬인 네마틱 LCD에 전압을 인가하면 액정 분자들이 투명 전극

표면에 수직으로 서게 되어 수직 방향에서 관찰하면 액정 분자들의 끝만 보이는 등방성 물질(또는 매체Medium)에 불과하다. 그러므로 전원에서 나오는 빛이 수직으로 서 있는 액정을 그대로 통과해서 상면 편광판에서 완전히 차단된다. 그래서 전압이 없을 때는 광원의 빛이 완전히 투과되고 전압을 가했을 때는 광원의 빛이 차단된다. 결과적으로 꼬인 네마틱 LCD는 빛을 켰다 껐다 할 수 있는 스위치(Light Valve)가 되었다.

90도 회전된 꼬인 네마틱의 득이한 광학적 싱질은 편광을 그대로 90도 회전시켜 준다는 사실이다. 그 논문이 발표되고 얼마 되지 않아 편광이 어떻게 돼서 90도 회전하는지를 이론물리학자들이 수학적으로 증명했다. 하나 재미있는 것은, 이론물리학자들이 계산을 먼저 한 뒤에 꼬인 네마틱 LCD를 발명하고 실험으로 증명한 것이 아니라는 사실이다. 응용물리학자들이 먼저 구상(상상)하고 실험을 해서 편광이 조금도 흐트러지지 않고 90도 회전해 나왔다는 사실을 발견한 것이다. 우리들(그때 액정 표시판을 연구하고 있던 각 회사 연구소 과학자들)은 곧바로 실험을 하고 확인했다.

위에서 설명한 대로 유리판 두 개를 면봉으로 마찰하고 마찰된 표면을 서로 맞보이게 합치고, 0.5밀(1mil은 1/1000인치) 마일라 절연물을 써서 액정을 투입해서 제작했다. 상·하 투명 전극에 전압을 가하면 두 전극 사이에 있는 액정의 축이 전극 표면에 수직으로 일어선다. 왜냐하면 상·하 전극에서 생겨나는 전장Electric Field이 전극 평면으로부터 수직이기 때문이다. 이 액정은 비전율Dielectric Anisotropy이 양성Positive이어서 액정 장축이 전장과 평행하게 된 것이다.

위에서 말한 대로 상·하의 투명 전극에 전압을 가하려면 투명 전극에 전선을 붙일 수 있는 단자가 필요하다. 대부분의 전자·전기·물리 실험실에서 쓰는 것이 악어 클립Alligator Clip이다. 아래 보이는 것 같이 아주 편리한 소모품이다. 구리나 알루미늄 같은 전도체 금속으로 만들어진 집게다. 집게의 한쪽 다리에 전선을 용접해서 전원에 연결시켜 주면 전압을 가해 줄 수 있다. 우리가 만든 액정 셀에도 이렇게 해서 전압을 가해 줄 수 있었다.

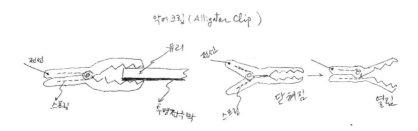

악어크립 (Alligator Clip)

전선   유리   전선

스프링   투명전극막   스프링   닫혀짐   열림

아래 그림에서 보이는 것 같이 전장은 a×b로 한정된 넓이다(사선이 그어져 있는 부분). a×b 면적 안에 있는 모든 액정들은 전원에서 오는 전압에 전장의 영향을 받게 된다. 절연물의 두께가 0.5밀이니까 약12.5미크론(0.00125센티미터)이다. 그러니까 액정은 1센티미터당 1200~2000볼트를 받게 되는 셈이다. 그래서 이 정도 전압이라도 구동 전압이 특히 낮아서 그렇게 큰 반향을 불러일으켰던 것이다. 전자 연구 계통에서 혁명이 일어난 것이었다. 그때 막 개발돼 판매되던 발광 다이오드(LED), 진공형광디스플레이(VFD), 플라스마 디스플레이 등은 모두 구동 전압으로 12~150볼트를 가해 줘야 했는데, 꼬인 네마틱 LCD는 불과 1.5~2.5볼트면 풀가동이 가능했으니 모두 얼마나 흥분했겠는가? 그때 마침 개발된 반도체의 C-MOS와 안성맞춤이었다. 물론 요사이는 LED와 플라스마 텔레비전이 시판

되고 있으니 문제가 해결되었지만, 내가 이야기하고 있는 시기는 30~40년 전이다. 우리가 지금 누리고 있는 성공은 수많은 과학자들의 노력을 통해 30~40년간 끊임없는 발전이 이루어진 결과임을 생각해야 할 것이다.

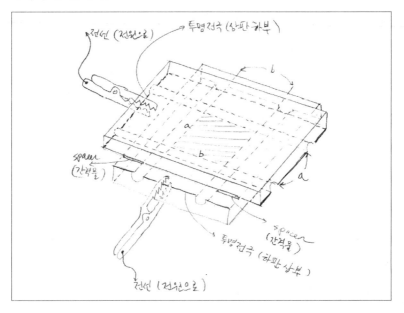

이야기를 좀 바꾸자면, 위에서 기술한 꼬인 네마틱 LCD에 1.5볼트를 인가하면 위의 a×b(위 액정 셀의 a와 b) 하에 있는 모든 액정은 투명 전극 평면에 수직으로 서게 되어 액정의 장축은 투명 전극에 수직으로 동향同向, Orientate한다. 아래 그림 (1)에서 보는 바와 같이, z축은 투명 전극에 수직인 축이고 a·b·c는 액정 층을 3면으로 절단한 면이고 $x\,y$평면에 평행하다. a면과 c면에서 보면 액정의 그 면과 닿는 곳에 진한 색깔로 원형 점이 표시돼 있다. 수많은 액정들이 z축과 평행해서 투명 전극에 수직으로 동향해 있다. z축에서 내려다보면(액정 셀의 상판에서 하판으로 내려다보면) 액정의 끝인 점만 보일 것이다(그림 (2)). 이 방향에서는 액정이 점으로만 보이고, 그 분포가 등방형이다. 그래서 투명 전극 평면에 수직으로 들어가는 편광은 그대로 액정 셀의 하판 하면으로 투과한다. 액정은 여느 등방성 물질을 통과하는 것처럼 투과한다. 마치 물이나 공기나 알코올을 투과하는 것과 같다.

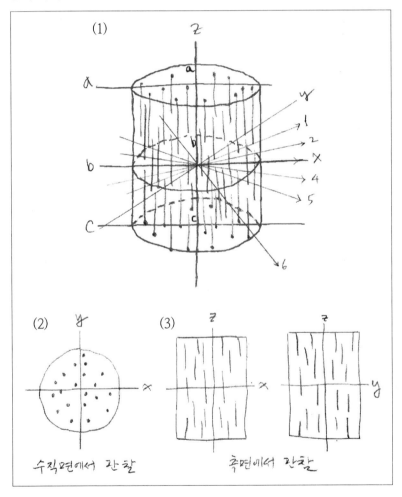

그러나 b면 위에서 액정 장축에 수직 방향으로 관찰하면 $1 \cdot 2 \cdot x$ $\cdot y \cdot 4 \cdot 5$ 방향을 따라서 볼 수 있다. $1 \cdot 2 \cdot x \cdot y \cdot 4 \cdot 5$ 방향 전부 다 액정의 장축을 90도 측면에서 보는 것에 불과하고, 다 같은 액정 분포를 볼 것이다. 그림 (3)과 같이 보일 것이다. 다시 말해서 모든 물리적 성질이 $1 \cdot 2 \cdot x \cdot y \cdot 4 \cdot 5$ 방향에서는 모두 같다.

물리적 성질은 전기적·광학적 성질을 말한다. 예를 들면 물리적 성질로는 복굴절률Refractive Index이 $1 \cdot 2 \cdot 4 \cdot 5 \cdot x$축·$y$축 방향에서의 값이 모두 같다. 또한 점도Viscosity도 같은 값을 가진다. 또 하나 중요한 물리적 성질은 전기적 성질이다. 유전율誘電率, Dielectric Constant이 그 중의 하나다. z축의 유전 항수치와 x, y축의 치와는 다른 값이어서, 소위 유전 이방성Dielectric Anisotropy이다. 보통 꼬인 네마틱 LCD에 쓰이는 액정에서는 장축(z축)의 값이 그 수직 성분의 값(x, y축)에 비해 더 큰 값을 가지고 있다. 그래서 그 차이 값을 델타 엡실론(그리스어 기호로 $\Delta \varepsilon$) 치로 표시한다. 장축의 유전율은 $\varepsilon \|$로 표시하고, 그 수직 성분치를 $\varepsilon \perp$로 표시한다. 위에서 설명한 바와 같이 z축의 수직 성분인 $1 \cdot 2 \cdot x \cdot y \cdot 3 \cdot 4$ 치는 모두 같은 값의 $\varepsilon \perp$를 가지게 된다.

위키피디아에서 검색해 보니 아래와 같이 자세하게 잘 표현된 꼬인 네마틱 LCD 삽화를 볼 수 있었다. 왼쪽은 전기가 없고 오른쪽은 전압을 가했을 때의 그림이다. I는 LCD의 영상이고, $P_1 \cdot P_2$는 각각 상면과 하면 편광판이고, G는 유리판이고, $E_1 \cdot E_2$는 각각 상면과 하면 투명 전극이고, LC는 액정이고, S는 전원 스위치다. 화살표의 모양새가 편광이 어떻게 꼬인 네마틱 LCD를 통과하는지 또는 통과하지 못하는지를 뚜렷하게 보여준다.

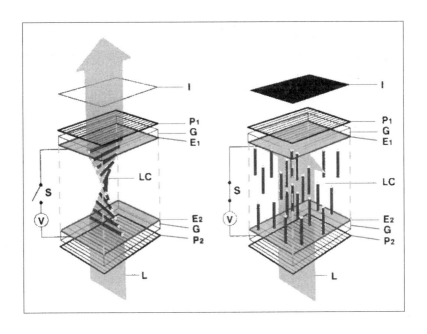

액정 이야기는 여기서 마치려 하거니와, 위에 기술한 액정에 관한 모든 이야기의 제일 마지막에 꼬인 네마틱 LCD를 언급한 것은 이것이 그 기술의 분수령이었기 때문이다. 양성 유전율의 네마틱 액정을 전장으로 조정해서 빛을 차단했다가 통과시켜서 우리 눈으로 기계에서 나오는 정보를 식별할 수 있게 한 발명이었다.

지금 생각해 보면 꼬인 네마틱 LCD의 발명은 증기기관·전구電球·내연기관의 발명에 비길 만하다고 생각한다. 이것은 우리 생활에 없어서는 안 될 필수품이 되어버렸다.

내가 오늘 아침에 주유소에서 주유할 때 본 계기판이나, 옆에 있던 사람이 핸드폰으로 전화할 때 들여다본 기판, 비행기 좌석 앞에 있는 기내 개인용 컬러텔레비전 동영상, 은행 자동 환전기, 스마트폰, 텔레비전, 각종 오락, 게임, 휴대 비디오, 자동차 계기판 등은 매일 수도 없이 보는 물건이 되었다.

여기까지의 글이 액정이 무엇이고 어떻게 발전해 왔는지에 대한 궁금증을 다소나마 푸는 데 도움이 되길 바란다.

2부

작은 시작

1. 대내 방죽

내가 열 살 무렵 즉 국민학교(초등학교) 3~4학년 때부터 대학 입학할 때까지 약 10년간은 내가 성인이 되어 인생을 살아가는 과정에서의 내 성격이 형성된 시기였다. 성격이 형성되었다기보다는 처세하는 태도를 아예 바꾸어서 습관이 되어버렸다. 겸손해야 한다, 머리 숙이고 살아야 한다, 사회과학은 피해야 한다, 아버지가 그 '사상' 때문에 총살당했다, 그래서 사람을 피하고 자연과학을 해야 한다, 자연과학에서는 진실은 하나밖에 없고 그것은 변치 않는다, 사람들을 상대하다 보면 중상모략이 있다… 이런 사고 습관을 형성한 그 시기에 내가 보고 경험한 것을 기록해 보고자 한다.

지금도 한국에 가면 광주에 가고, 광주에 가면 화순과 득량을 보고 싶고 꼭 보성을 들른다. 보성에 가면 대내 방죽을 한번 둘러보고 온다. 그 근처의 산을 둘러보고 돌아서서 넓게 펼쳐진 평야(논)를 내려다본다.

대내 방죽에 가려면 윗동네를 지나고 논을 지나서 조그마한 고개(재)를 넘어가야 한다. 고개를 넘으면 방죽이 보인다. 그 고개에서 약간 왼쪽으로 야산을 올라가면 묘지들이 있었다. 비석도 없고, 뭐 벌초도 해놓은 것 같지도 않고, 그저 이름 모를 사람들의 무덤이다. 그곳은 아주 조용하다. 차가 다니는 길에서 멀고 인가에서도 상당히 떨어져 있어서 아무 소리도 들리지 않는다. 물론 인기척도 없다. 여름 낮이면 저 아래 상수리나무에서 매미 우는 소리가 요란하다. 산 귀뚜라미 소리가 요란하다. 사람이 움직이면 이 소리들이 약속이나 한 듯이 뚝 그친다. 그리고는 다시 그 적막이 온다. 밤에는 밤에 우는 새 소리, 그리고 갖가지 곤충들, 땅속에 있는 것들 노랫소리가 또 요란하다.

그 묘지들에서 약간 왼쪽으로 올라가면 산의 정상이다. 대내 방죽이 왼쪽 아래로 넓게 보인다. 수면은 아주 잔잔하다. 그 방죽 건너편에는 광주로 가는 기찻길이 보인다. 내려다보이는 평야를 통해서 광주로 가는 도로가 있다. 그 길은 자동차길 또는 신작로라 불렀다. 일제 시대 새로 만든 길이라서 '신작로新作路'라고 했을까? 나하고 대내 방죽하고는 특별한 인연이 있다. 어쩌면 내 생의 출발점이 아니었을까? 혼자서 많은 생각과 계획과 결심을 다진 곳이 이 대내 방죽이다.

여순 사건으로 아버지를 잃다

1945년에 해방이 되고 1950년에 6·25가 일어났으니, 여순 반란 사건은 1947년 아니면 1948년경이었을 것이다. 내 나이가 열 살 정도 되었을 때다. 국민학교 3~4학년이었고. 그런데 〈사랑의 원자탄〉이라는 책을 읽다가 정확한 여순 반란 사건 날짜를 알았다.

그 사건은 1948년 10월 19일 여수에서 총성을 신호로 시작되었다. 그 반란군의 일부는 10월 20일 기차로 순천에 도착해서 경찰서를 습격해 함락시켰다. 순천에 있는 중·고등학생들 중에 좌익 사상의 학생들이 반란군과 합류하고, 경찰서에서 나온 무기로 무장을 했다. 이 '어린' 아이들 손에 살상할 수 있는 무기가 주어졌다. 이성을 쓸 사이도 없이 수많은 사람들을 경찰서 앞에서나 길가 어느 곳에서든지 손을 뒤로 묶어놓거나 전봇대에 묶어놓고, 그것도 여러 놈이 가까운 거리에서 총살을 감행했다. 죽은 사람이 어느 놈의 총탄에 맞아서 숨지게 되었는지도 분간할 수 없게 되었다. 어린 아이들이 이데올로기가 무언지도 아직 모르는 상태에서 막연하게 '노동자·농민을 위한 혁명,' '프롤레타리아' 민중의 '의거'라고 생각했다.

위의 책에 의하면 10월 24일까지 순천은 반란군의 손에 있었다. 그때 이미 여수 쪽에서 오는 대한민국 육군이 순천시 40리 밖에서 포위하고 있었고, 소수의 양민들이 도보로 순천에 들어가서 죽은 사람을 확인하는 등 식구들 찾으러 갔었다고 한다. 반란군들이 어느 날 보성에 도착해서 경찰서를 점령하고 사람들을 죽였는지는 찾아보아야겠지만, 10월 20일 이후가 될 것 같다. 1948년 10월이면 내 나이도 열 살이었는데, 어린아이로밖에 전혀 기억이 나지 않는다.

수도 경찰대가 보성에 도착했을 때, 아침에 동네 사람들 전부가 경찰서 운동장(뒷마당)으로 가서 쪼그리고 앉아 있어야 했다. 아이들·노인들·부인들 모두 다. 저쪽으로 사람들 사이로 지나는 통로를 통해서 대부분 하얀 바지저고리를 입은 남자들이 경찰서 사무실로 들어가고 있었다.

"저그 간다, 느가부지(저기 간다, 너의 아버지)."

누가 말한다. 아버지 얼굴 표정을 볼 수 있기에는 너무나 먼 거리였다. 그 '거동'으로 아버지구나 하고 생각했다. 아버지 제삿날이 음력으로 9월 27일이었으니, 양력으로 1948년 10월 29일이다.

그 다음 날 아침나절에 여러 사람들이 집에 있었다. 박 영감, 철수 형님 내외, 그리고 다른 사람들은 누구인지 알 수가 없다. 안방 윗목에 누우신 아버지는 눈을 뜨고 계셨다. 누가 나더러 감겨주라고 해서야 눈을 뜨고 계셨구나 알게 되었고, 내 '작은' 손으로 감겨드리려고 아래로 쓰다듬었다. 처음으로 시신이 차다 하는 감각을 느꼈다. 눈은 감겨졌고, 더 이상 뜨지 않으셨다. 어젯밤에 경찰서 운동장 뒤 산에서 총살당한 시신을 철수 형하고 박 영감이 집으로 모셔 왔다고 어른들이 말들 하는 것을 들은 것 같다. 하여튼 나의 아버지는 '죽었다,' '총살당했다'로 나의 머릿속에 영원히 박히고 말았다. 나는 울지도 않았고, 집안에 통곡 소리가 들리지도 않았다. 그 다음날 나는 여전히 동네 아이들과 같이, 아니 아마 나 혼자서 집 앞길 그리고 텃밭 울타리에 있는 호박에 나뭇가지로 만든 침을 주고 다녔다고 한다.

얼굴에는 상처가 별로 없었고 목 밑에 약간 상처가 보였는데, 집에서 사람들이 깨끗이 씻겼을 것이다. 대개 총상은 들어가는 곳은 상처가 작고 몸에서 나가는 곳은 훨씬 큰 구멍이 생긴다. 아마 골 내부의 절반은 다 엉망이 되어버렸을 것이다. 그 순간 아버지는 의식을 잃어버렸을 것이다. 그리고 영원히!

총성이 들리는 순간 무슨 생각을 하고 계셨을까? 눈이 떠져 있는 걸로 보아 자기가 총살을 당하는 것을 못 믿으셨던 것일까? 저놈이 진짜 쏘는 모양이네? 믿기 어려운 현실 때문에 눈을 뜨고 총을 쏘는 사람 쪽을 뚫어져라 쏘아보았던 것일까? 아니면 자식(나)을 한 번 더 보고 싶으셔서 그랬던 것일까? 이내 못 잊어 눈을 뜨고 계셨을 것이리라.

여하튼 눈앞에서 보는 데서, 가까운 데서 총구를 들고 겨냥해서 방아쇠를 당기는 사람의 마음을 생각해 본다. 지난 60년 동안 여러 번 생각해 보았다. 그 사람이 누구였을까? 아버지가 그 사람에게 무슨 잘못을 저질렀기에 눈앞에서 그렇게 잔인하게 방아쇠를, 그것도 가까이서, 아마 죽은 사람의 피가 튀어서 쏘는 사람의 얼굴에 옷에 피비린내 나게 묻을 정도로 가까운 데서 쏘았을까? 아마 방아쇠를 당기는 사람은 어린 나이에 방금 징집되어 총 몇 번 쏘아보고 훈련받은 군인이 아니었을까? 반란군 진압대에 편입돼 보성까지 왔는데 새벽에 해야 할 일이 사형 집행 명령이 아니었을까? 아니다. 그 상관(소대장? 경찰서장? 진압대장?)이 피살자가 보는 앞에서 정면으로 서서 가까운 거리에서 형 집행하고 틀림없이, 실수 없이, 완전히(도저히 살아날 가능성도 없게) 죽여야 한다고 '명령'을 엄하게 내렸을 것이다.

더러는 총살형을 집행할 때는 죄수에게 무슨 할 말이 있느냐고 물어보고, 담배 한 개비 권하고, 형을 당하는 사람이 깊게 숨을 들이쉬게 하고 마음이 준비되게 한 다음에, 얼굴에 검은 헝겊을 씌우고 앞에서 직접 사살을 하거나 뒤로 돌아앉혀서 뒤통수나 가슴 심장 부분에 총을 쏘는 것인데, 어째서 이렇게 잔인하게 형을 집행했을까?

전쟁터에서 적군을 나포했을 때, 첫째로 무장을 완전히 제거하고, 손을 움직이지 못하게 뒤로 묶어서 다른 나포된 포로들과 함께 묶어놓는다. 전투 사정이 허락하면 후송을 해서 필요한 정보 채취도 하고 고문도 하고 최소한 연명할 수 있는 먹을 것을 준다. 그런 다음 감옥 아니면 수용소에 안전하게 가두어두고, 그런 다음 군사재판을 하든지 하는 것이 상례이거늘! 반란군이 진압되고 수도 육군 병력(토벌대라고도 한다)이 계속 보성·벌교·순천·여수에 투입되고 있는데, 그렇게 체포된 그 다음 날 처형한다는 '군법'이 어디서 생긴 것일까? 이건 '복수'의 일환이었다. 그저 '빨갱이'의 '빨' 자 붙을 만한 용의자면 그 다음 날 새벽에 총살이었다. 그래야 그 다음 탈이 없을 것이라고 생각했을 것이다.

여기까지는 나의 상상이었고, 아흔이 되신 어머님께 어느 날 저녁에 물어보았다. 60년 동안 어머니에게 이것에 대해 한 번도 물어본 적이 없다가 처음으로 대화를 해본 것이다. 어머니의 기억은 얼마나 생생하셨을까? 경찰 부대가 보성에 진입했을 때 자기들이 알고 있는, 그리고 누가 알려주어서든지 체포 대상이 될 만한 모든 사람들을 체포했다. 아버지는 그때 '개거리'라는 곳 번화가 상가에서 순천으로 가는 길목에 사는 박 씨라는 사람의 집에 있었는데, 갑자기 아버지가 길 밖 무장된 경찰 부대원 앞에 두 손을 번쩍 들고 귀순(항복)한다는 표시를 하면서 나가는 바람에 체포되었다는 것이다.

박 씨 집에 그냥 계셨다가 광주나 담양으로나 혹은 산으로나 달아났더라면 그 위기를 피하셨을 것이고, 더군다나 박 씨는 경찰 부대에 아는 친척 관계의 사람이 있었으니 그 집 안에 계셨더라면 체포는 되지 않으셨을 것 아닌가? 아버지는 무장을 해보지도 않으셨고 반란군에 가담하지도 않으셨으니 별일이 없을 것이라고 생각하셨을까? 그래서 자발적으로 귀순을 하셨다는 것인가? 보성 근처에서는 오랫동안 운영해 오셨던 미광美光 사진관 주인이 아닌가? 동네에 안면도 많은 분이셨다. 경찰서에서 어느 정도 취조(조사)를 받고는 석방될 것이라고 생각들을 하고 있었다.

여하튼 며칠 사이에 수도 육군 토벌대가 도착해서 경찰 부대와 같이 치안을 유지하고 소위 빨갱이 적발 소탕을 했다. 이러기를 며칠 더 지나다가 토벌대의 결정으로 갑자기 새벽에 처형을 했다는 것이다.

"죽지 않아야 할 사람이 죽었네."

"웨만(엉뚱한) 사람 죽였네."

사람들이 그렇게들 말했다고 한다. 이렇게 해서 나는 '아버지'를 영원히 잃어버렸다. 그때부터 '호로자식', 애비도 없이 막 큰 놈이 되어버렸다. 나의 어머니와 나는 모진 세상에 던져지고 말았다. 어디에, 누구에게 의지해야 할까. 버림받은 우리는 그 후로 오랜 세월 동안 그 사회를 많이 원망하고 등지고 싶어 하지 않았는가?

그 다음은 하얀 소나무 관에 아버지의 시신을 넣어서, 내 기억으론 조그마한 사닥다리에 얹어서 박 영감하고 철수 형하고 이름 모를 인부들 몇 사람만이 메고 윗동네 쪽으로 가던 것이 기억난다. 산에 묻었다는 것이다. 상여도 없었고, 곡하고 따라가는 사람들도 없었고, 그저 사람들은 무서워서(용의자로 지목될까봐, 또는 빨갱이 집에 관계있다고 고발당해서 고문 받을까봐), 대내 방죽 옆에 있는 공동묘지에 묻으러 가는 그 상여나 우리 집에 가까이 오지도 않았을 것이

223

다. 이 얼마나 살벌하고 무서운 일인가? 나는 그것도 알지 못했다!

지금 이란·이라크·아프가니스탄·파키스탄·시리아 등지에서 매일 일어나고 있는 인간 비극이다. 서로 다른 '파'(종교의 파, 민족의 파, 사상의 파, 정치적인 파당)들이 시리아, 그리고 얼마 전 리비아·이집트 등지에서 일으킨 학살 사건을 매일 보고 듣고 있다. 그저 그러려니 하고, 말들은 많은데 보고들만 있는 것이다. 우리 여순 사건도 이것과 같은 일(내란)이었을 것이다.

아버지가 이렇게 난리에 휘말려서 서른여덟 살 나이에 죽게 된 이유를 나는 크면서 여러 번 생각해 보았다. 누가 모략했을까? 누가 밀고를 했을까? 개인적으로 아버지에게 원한이 있어서 이런 기회에 빨갱이로 몰아서 아주 없애버리려 한 것인가? 강○○이라는 사람의 이름이 지금까지 내 머릿속에 담겨 있다. 이 사람이 아버지를 죽게 한 장본인이리라. 해방됐을 때 일본 사람들의 재산(땅과 건물과 사업 등등)을, 재빠르게 적산국인지 적산청인지에 가서 신청하면 가질 수 있었다. 처음에는 관리하는 식으로 가지고 있다가 쉽게 소유할 수 있었다. 우리 집 건너편에 있는 집에 일본 사람들이 살고 있었는데 그것을, 거기에 따르는 텃밭(땅)까지 우리 집에 붙어 있기 때문에 아버지가 신청해서 얻게 되었나? 강○○이란 사람이 자기가 얻지 못하게 되어 앙심을 품고 있다가 이번 차에 해치우자 했는가?

최근에 어머니에게 처음으로 내가 물어보았는데 강○○이란 사람은 아예 들어보지도 못한 사람이라고 하신다. 나 혼자서 어렸을 때 들었던 이름을 60년이 넘도록 잘못 기억하고 있었던 것이리라. 아버지에게 적산 문제로 앙심 가진 사람도 없었다고 하신다. 어머니는 그때 스물여덟 살의 젊은 나이에 청상과부가 되었다. 아흔이 되시도록 저렇게 혼자 사시는 건 누구의 힘이었을까?

살아야 한다, 살아남아야 한다!

치안을 유지하려면 증명이 필요하다. 이른바 신분증(주민등록증)에 사진이 붙어 있어야 확인을 할 수 있다. 보성에 사진관이 둘 있었는데, 우리 집 사진관이 더 크고 오래된 곳이어서 당장에 증명사진을 찍는 주문이 들어왔다. 방금 빨갱이라고 미광 사진관 주인을 총살시켜 놓고서 그 사진관에 증명사진 찍으라고 큰 주문을 준 것도 이해할 수 없었다. 이야기가 좀 길어지는데, 우리 집안의 종손인 상수 형네 형수가 보성의 부자 집안 임씨였는데, 그분의 일가 되는 사람이 경찰서의 높은 자리에 있었다. 이분의 주선으로 우리 사진관으로 주문이 오게 되었다는 것이다(아흔 살의 어머님의 회고). 보성 읍내뿐만 아니라 그 근처 각 면에까지 사진기를 자전거에 싣고 가서 찍어야 하기 때문에 우리 사진관 기사 한 사람 가지고는 도저히 감당할 수 없는 일이었다.

강진에 사시는 우리 둘째 큰아버지가 당장 식구들을 데리고 보성으로 이사 오셨다. 이분도 일본에 건너가 사진 기술을 배워서 강진에서 개업하고 계셨다. 자기 동생이 갑자기 난리 통에 죽었으니 그 젊은 제수와 아들이 당장 살길이 막연했다. 그리고 지금 말한 증명사진 주문 때문에 당장 보성으로 이사 올 수밖에 없었다. 이 집 식구들은 샘(우물) 건너편에 있는 일본 사람이 살았던 그 적산 집에 살게 되었다.

그 큰아버지는 우리 아버지 사형제 중 둘째로서 자식들이 많았다.

딸 넷에 아들 셋, 칠남매였다. 내가 어렸을 때 모두 같이 자랐다. 이 집 식구들과는 거의 친형제 같이 지냈다. 그렇게 많은 추억들이 얽혀 있다. 제일 큰 누이 정자는 사진관 일에는 전혀 관심이 없고, 그 밑의 큰아들 인수는 순천 매산고등학교에 다녔는데 사진관에 와서 잠깐 도와주었다고 한다. 그 밑으로는 작은누이 정옥이 누님이 있었다. 머리가 좋고 공부도 잘하고, 내가 좋아하는 지성적이고도 감성적인 여성이었다. 아직 보성중학교 다녔는데, 사진관 일에 많이 도움이 되었다. 그 밑으로 딸 둘이 있었고(지금 다 살아 있다), 막내 동생 강수가 있었다. 강수는 나보다 서너 살 아래인데, 공부도 잘했고 나를 무척 따라다녔고 좋아했다.

순천에 사시는 작은아버지도 일본에 가서 사진 기술을 배워 와서 순천에서 개업하고 계셨는데, 그곳에서 기사 한 사람을 당장 보성에 보내주어서 우선 증명사진 찍으러 출장을 다녔다. 당시에 출장 다니면서 쓸 수 있는 사진기는 삼각대에 붙여놓은 상자인데, 크기는 높이·넓이·두께가 각각 30센티미터 정도 되었을 것이다. 사진기의 앞면에는 렌즈가 부착되어 있고, 수동으로 렌즈의 초점을 맞출 수 있었다. 사진사는 사진기 위에 검은 천을 덮고 사진사도 그 천을 뒤집어쓴 뒤 사진 찍히는 대상을 보고 초점을 맞춘다. 사진기 뒷면에 부착된 원판은 1.5밀리미터 정도 두께의 판유리에 소위 감광막 젤라틴이 입혀져 있었다.

어머님의 회상으로는 가로·세로 각각 10센티미터 정도 크기의 원판 하나에 네 사람 사진을 찍을 수 있도록 장치되어 있었다고 한다. 감광판 앞에 4분의 1만 열어줄 수 있는 장치가 되어 있어서 사진사가 찍을 때 네 구획 중 어느 것이 누구의 사진이라는 것을 알 수 있게 되어 있다는 것이다. 그러니까 한 사람 사진이 가로·세로 각각 5센티미터쯤 된 것 같다. 네 사람의 사진이 다 찍힌 다음엔 그 원판을 감광이 되지 않게 닫고 사진기에서 분리시키며, 다시 그 다음 원판을 사진기에 부착해 네 사람 사진을 찍는다.

출장 간 기사는 그날 찍은 원판들을 자전거에 싣고 사진관으로 돌아온다. 이웃 동네도 있었지만 몇십 리 거리의 다른 마을에 갔다 오면 하루 종일 또는 며칠 걸리기도 했다. 사진관으로 가져온 원판들을 암실에 들어가서 현상現像해야 한다. 그렇게 해서 소위 음화陰畵, Negative를 얻게 된다. 이 음화는 오랫동안 사진관에 보관해 둔다. 혹시 다시 인화를 하게 되면 꺼내 쓸 수 있기 때문이다. 중요한 초상화 사진을 찍을 경우에는 이 음화를 연필로 수정한다. 아버지가 밤늦도록 수정을 하고 계시는 것을 보곤 했다. 수정을 해서 얼굴에 흉터나 점이나 기타 좋지 않은 것을 제거(수정)할 수 있다.

그 다음 단계가 인화印畵다. 암실에서 인화기 위에 음화를 놓고 그 위에 인화지를 놓고 커버를 덮은 다음에 광으로 조사照射하고 현상을 하면 사진이 나오게 된다. 조사는 위에 말한 조사기를 써서도 할 수 있고, 암실의 창문을 몇 초 동안 열었다 닫아도 천연광으로 조사할 수가 있다. 이렇게 조사한 인화지를 현상액에 넣고 핀셋으로 뒤적뒤적하면 사진이 나온다. 암실에서 어렸을 때 이 인화·현상을 여러 번 보았고, 볼 때마다 인상적이었다. 현상이 만족하게 되었을 때 정착액에 넣었다가 보통 물로 헹구고 얼마 동안 담가 놓는다. 화학 물질이 다 제거될 때까지 넣어둔다. 어떤 때는 밤새도록 담가두기도 한다. 이렇게 해서 다 씻은 뒤에 인화지를 말린다. 실온에서 건조하든지 건조기를 써서 말렸다.

어머니 혼자서 사진관을 떠맡게 되었고, 매일매일 일을 처리하셨다. 그때 나이 스물여덟이었다. 열여섯 살에 시집을 오셨으니 이 사진관에서 12년을 사셨고, 그동안 사진관 일들을 많이 보아서 익숙하셨겠지만 갑자기 많은 증명사진을 찍어서 제공해야 했기에 벅찬 일이었을 것이다. 우리 기사가 한 사람 있고 순천에서 온 기사는 날마다 출장 가야 했고, 어머니는 밤낮으로 사진 원판 현상에 인화해서 사진 만들기에 눈코 뜰 사이 없으셨을 것이다. 현상액이라든지 정착액을 준비하려면 화학약품을 처방에 따라서 제대로 조제해야 했을 텐데, 기사들이 어느 정도 알고 있었을 것이다. 셋이서 같이(두 기사와 기술자인 어머님) 아는 대로 하셨을 것이다. 여하튼 이렇게 해서 엄청나게 많은 사진들을 찍어 어머니가 상당히 큰돈을 만지게 되었다.

이 난리 중에 '발랑군'(반란군)들이 밤이면 경찰서에 습격해 와서 총격전이 벌어지곤 했다. 우리 집 앞에서 경찰서까지는 불과 100미터도 안 되는 거리였다. 경찰대들은 모래·흙 가마니로 쌓여 있는 벙커 속에 들어 있고 '발랑군'들은 우리 집 본채와 적산 집 뒤 골목에 숨어서 총격을 가했다. 사진관 앞 현관 밖에는 밝은 외등이 밤새도록 켜져 있었는데, 그것 때문에 발랑군들이 경찰서 가까이 가서 공격할 수 없었다. 그래서 그 외등을 끄려고 갔다가 몇 명이 집 앞에서 죽어가고 있었다. 집 현관 앞에서 총상을 당한 사람들의 신음 소리가 우리 방에까지 들려왔다. 그날 밤 적산 집에 누워 계시던 둘째 큰아버지가 유탄이 들어와서 골반 뼈에 관통상을 입으시고 그 다음 날 광주 병원으로 치료 받으러 가시자 또 집안에 남자가 없어져버렸다.

어머니는 그 사진 값 받은 것을 움켜쥐고 적산 집에 사는 큰집에는 생활비만 대주고 있었다. 하루는 경찰서에서 어머니를 호출해서 취조하는데, 그 윗집에 사는 형수의 친척 되는 책임자가 나와서 어머님에게 하는 말이, 자기가 경찰서 내에서 다른 사람들의 눈총을 받고 '밀리게' 되는 형편이니 빨리 사진 값에서 경찰서에 '바치는 지분'을 지불해야 자기 면목이 서게 된다고 독촉했다고 하셨다. 곧 그 돈들을 다 지불하셨다.

광주로 이사

어머니는 나머지 돈은 움켜쥐고 가구 몇 가지를 챙겨 광주로 이사를 강행하셨다. 나는 그때 국민학교 4학년이었는데, 고모의 딸 선순이 누님 남편(도청에 관료로 있었던 것 같다)의 알선으로 보성 북국민학교에서 광주의 제일 좋은 국민학교라는 서석학교에 편입이 되었다. 공부를 잘하는 편이었는지, 2년 후에 광주서중학교에 입학하는 데 지장이 없었다. 그때 중학교 입학하는 데 국가시험 제도를 처음 시작했다. LA 북쪽에 살고 있어서 가끔 만나 얘기하는 서중·일고 동기 동창 김계남이 얼마 전에 나의 국가시험 점수를 기억해 주었다. 500점 가까웠다고 했다. 여하튼 좋은 성적으로 서중학교에 합격이 된 것이었다.

하느님의 이끄심이 이때부터였을까? 우선 광주에 와서 정착한 곳이 양림동 선교사들이 사는 '뒷동산' 아래 동네였다. 그곳 한 셋집에 들었다. 방 한 칸이었다. 양림동은 우리 셋째 고모가 사시는 동네이고, 그 첫딸 숙자 누님이 자기 집 가까운 곳을 소개한 것이다. 양림교회(장로교회)와 숭일학교가 있었고, 미국 선교사들의 저택들이 있고 전도사들을 교육·양성했던 이일학교가 있는 뒷동산, 제중병원, 수

피아여중 등이 있는 동네였다. 그러니까 양림동에서도 선교 시설들이 모여 있는 교회 동네 중심에 셋방을 든 것이다. 선교사들은 먼저 뒷동산을 사서 현지 전도사들을 뽑아 교육·양성하고, 병원을 세우고, 남자 중·고등학교와 여자 중·고등학교, 그리고 서양 사람들의 (자기들 고향에 있는 교회와 똑같은 모양으로) 석조 건물 교회를 지었다.

나는 어머니와 그곳을 알선해 준 숙자 누님 내외의 인도로 양림교회에 나가게 되었다. 새벽이면 새벽 기도 시간 전에 교회의 종소리가 온 동네에 들린다. 그 종소리가 끝나자마자 새벽 기도 예배를 드린다. 무엇을 간구하시는지 어른들은 간절하게 기도들을 하셨다. 숙자 누님의 남편은 선교사들의 자동차 운전사였다. 몇 번 보았을 뿐 별로 이야기를 해보지 못했던 분인데, 얼마 후에 돌아가셨다. 누님과 그 삼남매 자식들은 지금 LA 근처에서 살고 있다. 숙자 누님은 지금도 가끔 만나 뵙는다.

그때의 양림교회가 내 생전 전형적인 '교회'의 이미지로 남아 있다. 예를 들면 〈신약〉에 나오는, 예수님이 처음 예루살렘 성전에 가셨을 때 교회 근처에서 장사하는 상인들의 상을 엎으며 노하셨다고 하는 대목을 보면 이 양림교회가 떠오른다. 언덕 높은 곳에 세워져서 그 근처에서는 어디서나 잘 보이는 뾰족한 종탑 위에 십자가가 있는 아름다운 교회였다. 나중에 본 미국 시골에 있는 교회나 특히 유럽에 동네마다 있는 뾰족한 십자가 있는 종탑은 우리 양림교회에서 본 그대로였다. 아마 1900년대 초에 선교사들의 힘으로 세워진 훌륭한 석조 건물이었다. 몇 년 전에 광주에 갔을 때 그 교회가 아직도 서 있던 것을 보고 왔다.

그 후 얼마 되지 않아서 양림동보다 더 외곽지로 나가 있는 학동鶴洞으로 이사했다. 단층집에 시멘트 기와지붕을 얹었고, 방 둘에 부엌방을 다 합해서 방이 셋이었다. 두 방은 셋방으로 내주고 어머니와 나는 큰방 하나만 썼다. 학동 이구二區에 있는 우리 집은 광주천 옆에 인접해 있었다. 광주천의 여름 홍수를 막기 위해 개천 옆으로 높이 둑을 쌓았고, 그 둑 위로 도로가 생겼다. 우리 집 동네는 그 둑 뒤쪽으로, 낮은 지대였음에도 불구하고 홍수가 나지 않는 안전한 동네였다. 이 개천은 광주에서 제일 높은 산인 무등산에서 흘러내려오는 물로 항상 물고기가 서식했고 깨끗했다. 여름밤에는 시원하게 수영을 했는데, 키가 넘게 깊은 곳이 없었다.

그 강변도로를 따라서 물 내려가는 쪽으로 내려가면 남광주역이 나오고, 보성으로 가는 기차 철교(광주천을 건너는) 밑을 지나서 양림동이 나오고, 다리 네 개쯤 지나면 서중학교가 나온다. 반대 방향 무등산 쪽으로 강변도로를 따라 올라가면 곧바로 일제 시대부터 있었던 옛날 기마대 마장馬場이 나오고, 그 다음이 소위 갱생 부락이었다. 내 생각으론 해방 직후 타지에서 몰려든 피난민이나 저소득 가족들을 위해 지어놓은 연립 주택으로 이루어진 동네였다.

그곳에 가면 동네 한가운데에 우물이 하나 크게 파여 있는데, 이 동네에는 수돗물이 없기 때문에 날마다 이 우물물을 길어다가 식수와 기타 수세용으로 썼다. 이 우물을 중심으로 골목길이 여섯 개 내지 여덟 개쯤 있었고, 그 골목에 방이 두세 개쯤 되고 부엌 하나에 조그마한 마당이 있는 집들이 있었다. 집집마다 판자로 만든 울타리가 있어서 길에서 그 집 안을 빤히 들여다보지 못하게 되어 있었다. 판자 울타리에 판자로 만든 대문이 있었다. 밤이면 이 대문을 잠그면 비교적 안전했다. 집들이 가까이 지어져 있어서 옆집에서 약간 큰 소리를 지르면 동네에 다 들리곤 했다.

이 우물 가까운 곳에 소위 개척 교회인 학동교회가 생겼다. 어머니와 나는 이 교회에 다니게 되었다. 매주 일요일에는 아침부터 새벽 예배 보고, 아침 주일학교 공부 예배 보고, 낮 주일 예배 보고, 집에 갔다가 주일 저녁 예배를 보았다. 수요일 밤에 또 예배 보고, 그리고 매일 새벽 기도회가 있었다. 교회라고는 방 하나에 마룻바닥에 꿇고 앉아서 기도하고 찬송하고 또 기도하고 성경 보고 설교 듣고 헌금하고 또 찬송하고 기도했다. '최 장로'라고만 기억되는 장로님의 기도는 간절했고 무척 길었다. 그분의 '믿음'은 절대적이었다. 우리 모든 신도들의 신앙의 모범이었다. 그분은 성경을 다 꿰뚫어 알고 계셨다. 나는 그분의 믿음에는 한 톨의 모래알만 한 의심도 없다고 생각했다.

그곳의 박 목사님은 키가 크셨고, 그렇게 부드럽고 성스럽게 보였다. 위에서 말한 대로 선교회에서 보조를 받아서 이 갱생 부락 빈민촌의 개척 교회로 오신 것이다. 사실은 이 박 목사님은 어머님이 처녀 때 우리 외가가 있는 옥과玉果에서 주일학교 전도사 선생님이었다고 한다. 그 일제 시대에 우리나라 말과 한글로 성경 공부를 가르치셨다고 한다.

어머니가 결혼해서 불교를 믿는 아버지와 살면서 신앙생활을 10여 년 동안 못 하셨다가 이 박 목사가 하는 개척 교회에 가서서 다시 신앙생활을 하셨다. 이 세상에서 믿고 의지할 데가 없었던 청상과부가 믿음을 찾으신 것이었다. 밤낮 기도를 하셨고, 새벽 기도도 수없이 가셨을 것이다.

6·25 사변

국민학교 5~6학년 때 6·25 사변을 겪게 되었다.

어느새 광주도 인민군에게 점령돼 버렸다. 호주 제트기가 쌩쌩거리며 기관포를 어디다가 쏘곤 했다. 우리 집 근처를 지나서 건너편 '차 고약' 별장 있는 산에서 U턴을 해서 남광주역과 광주역에 폭격을 가하고 기관총을 쏘아댔다. 우리는 차 고약 별장 뒷산에 올라가서 그 쌕쌕이 호주 제트기 날아가는 것과 폭격하는 것을 구경하고 있었다. 그 비행기의 조종사들이 거의 보일 정도로 낮게 떠서 지나갔다. 우리가 아이들임을 알아서인지 기관포 사격은 하지 않았다. 그래서 비교적 안전하다고 생각해서 날마다 밖에 나가서 노는 데 바빴다.

옥과로 피난을 갔다. 옥과는 광주와 곡성 중간쯤 되는 곳에 있는 동네인데, 우리 외가가 있었다. 외할머니가 아직 살아 계셨고, 외삼촌 내외가 외할머님을 모시고 살고 있었다. 그 '외삼촌' 추 씨는 내 나이 비슷한 딸 경자가 있었고, 그 밑으로 여동생과 남동생이 있었다. 추 씨는 외할머니가 재혼하셨을 때 데리고 온 아들이었고, 우리 외가는 남평 문씨 집안이었다. 어머니가 제일 큰 딸이고, 그 밑으로 둘째 이모와 셋째인 작은이모, 막둥이 아들인 외삼촌이 있었다. 이모는 출가하셨고, 작은이모는 강원도 철원에 사셨는데 6·25 때 폭격에 가족을 다 잃고 혼자 몸으로 고향에 돌아왔다. 믹둥이 삼촌은 내가 대학교 다닐 때 결혼을 하신 것으로 기억한다.

여하튼 광주에서 옥과로 피난길을 나섰다. 서방면을 지나서 삼거리가 나오면 담양 쪽이 아니라 곡성 쪽으로 계속 가야 했다. 물론 하루 종일 걷고 걸어서 옥과 가기 전의 높은 재를 넘어간 뒤 계속 내려가면 옥과가 나왔다. 백 리 길은 된다고 했다. 아군은 곡성 쪽에서 올라왔고 후퇴하는 인민군은 광주 쪽으로 가는 재에 있었던 것 같은데, 밤새도록 총격전이 벌어져 새벽에 인민군 여러 명이 사살되었다고들 했다.

옥과에서 얼마 동안 있었는지 기억은 없으나, 피난을 끝내고 광주로 다시 돌아왔다. 어머니는 경찰서에 몇 번이나 불려가서 취조를 받으셨다고 한다. 고문을 당하고 감금을 당한 것은 어머님이 말씀하시지 않으셨고, 겉으로 보이게 멍이 들었거나 상처가 보이지는 않았던 걸로 보아 고문을 당하지는 않으셨던 것 같다.

남광주역에서 보성과 순천으로 가는 기찻길 다리가 광주천을 건너서 간다. 우리들은 기차가 오지 않을 때는 그 철다리를 건너가고 오면서 놀았다. 아래로 광주천이 저 밑에 까마득하게 내려다보이는 것이 스릴이 있었다. 아슬아슬하고 어지러울 때는 눈을 들어 하늘을 쳐다보면 괜찮아지곤 했다.

여름철 장맛비가 내린 후에, 연합군 비행기들의 폭격으로 패어 있는 구덩이가 물로 가득 차 있었다. 흙탕물이 다 가라앉자 파란 수영장이 되었다. 구덩이가 두 개 정도는 있었다. 하나는 철다리에서 무등산 쪽(우리 집도 다리에서 무등산 쪽으로 100미터 내지 150미터 정도여서 가자면 그렇게 멀지 않았다)에 있었고, 또 하나는 그 반대쪽 양림동 쪽에 패어 있었다. 우리는 한여름 더위를 이 수영장에서 물놀이를 하면서 식혔다.

우리 집은 광주천 강변 둑에 만들어진 신작로(강변도로) 가에 지어진 시멘트 기와 지붕을 한 집이었다. 양림동에서 남광주역 쪽으로 가다가 위에 말한 기차 철다리 밑을 지나서 신작로로 100미터 정도 가면 시장통 길 조금 지난 곳에 있었다. 집 앞마당은 신작로에서 푹

꺼진 곳에 있었다. 물론 광주 전체가 흙으로 된 비포장 도로였기 때문에, 혹시 트럭이나 지프차 같은 차들이 지나가면 황토색 노랑 먼지가 일어나서 한참 동안 눈을 감고 코도 막고 있어야 했다. 물론 차가 지나간 지 한참 된 후에야 길을 볼 수 있게 된다. 아래 그림이 광주 학동에 있던 우리 집 모양이다. 여기에서 내가 서석국민학교 4학년 때부터 대학에 입학한 1957년까지 10년 동안 살았다. 아마도 이곳에서 살면서 나의 성격이 형성되었을 것이다.

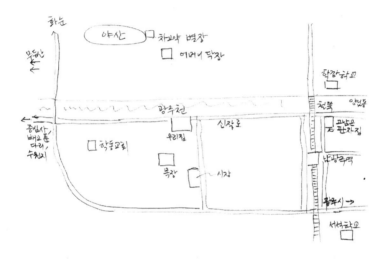

신작로 쪽에서 집을 보면 집의 긴 쪽이 신작로에 나란하고 폭은 물론 짧다(아래 그림 참조). 마당은 직사각형으로 신작로에 나란히 가는 쪽이 길다. 마당을 내려다볼 수 있는 마루에서 보면 그 신작로 강변도로가 조금 높이 보인다(그 도로 둑이 약 5미터 정도였을 것이다). 대문이라지만 싸리문에 가까운 문은 왼쪽에 있고, 들어오자마자 오른쪽에는 우물이 있고 장독대는 없이 바로 집이 있었다. 우물에 제일 가까운 쪽에 부엌방이 있고, 그 왼쪽의 큰방이 어머니와 내

235

가 사는 방이었다. 그 왼쪽으로 똑같은 방이 있었는데, 부엌방과 이 왼쪽 방은 셋방으로 항상 남이 살고 있었다. 누가 살았는지 만나보지도, 이야기해 보지도 않아서 전혀 기억이 나지 않는다. 나한테는 거기서 사는 그들이 아무런 상관이 없는 사람들이었다.

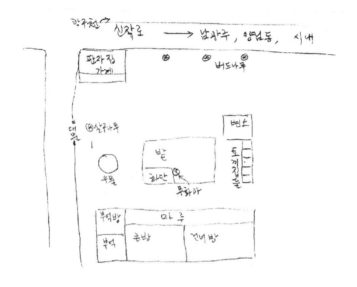

그만큼 나는 나 혼자에 열중했다. 학교 갔다가 와서 공부하고, 혼자서 무엇을 하고, 누구하고 얘기할 사람도 없이 살았다. 그래도 아무 적적함이나 무료함을 전혀 느껴보지 못했다. 근처 야산에 올라가서 산에서 나는 작은 나무, 이름 모를 풀들, 바위에서 나는 부채처럼 생긴 이끼·고사리 같은 것들을 가져와서 뜰 앞의 조그마한 채소밭 앞쪽에 자그마한 정원을 만들고 심고 물주고 날마다 들여다보는 재미로 시간 가는 줄 몰랐다. 새순이 나오거나 새싹이 나오거나 새 가지가 자라나면 그렇게 신기하고 소중했다.

산에 가서 여치(우리는 '연치'라고 불렀다)·귀뚜라미 등 소리 내는 곤충의 소리를 듣고 있다가 가까이 가면 소리가 뚝 그쳐버린다. 그래도 가만히 몇 분 동안 있으면 또 소리를 낸다. 또 한 두어 발짝 그 소리 나는 데로 가까이 간다. 그렇게 해서 몇 번 만에 결국 나뭇가지나 풀잎이나 줄거리에 있는 그 곤충을 본다. 색깔이 갈색이고 그 나뭇가지나 풀 색깔로 되어 있어서 여간 분별하기가 힘들지 않았다. 어떤 놈은 초록색으로 나뭇잎이나 새로 나온 풀잎 색을 닮아서 분별하기가 힘이 들었다. 두 손으로 잡았는지 잠자리채로 잡았는지 기억이 없는데, 집으로 조심스레 가져와서 보릿대로 여치 장을 엮어서 그 속에 넣어두고 처마 밑에 달아둔다. 수박 먹다 남은 것, 오이, 또는 풀잎도 넣어주었다. 그것을 먹고, 조용한 낮이면 노래를 부른다! 등 뒤에 붙어 있는 두 날개를 어떻게 해선지 빠른 속도로 떨어서(진동해서) 소리를 낸다. 눈을 감고 있으면 꼭 산비탈 엉겅퀴 속에서 나는 소리와 똑같아서 산속에 들어와 있는 느낌을 주었다. 그 고요하고 신비한 순간이 즐거웠다.

자연의 일부분을 집에 갖다 놓고 '혼자서' 조용히 즐기기도 했던 것 같다. 뜰 앞의 조그마한 화단에 꽃이 아니라 조그마한 바위를 갖다 놓고 그 사이사이에 이끼부채 같은 바위에 자라는 고사리류 등을 붙여놓고 물을 주면 산에서 보는 것 같이 회색·초록색 잎을 편다. 장미꽃 가지 또는 버드나무 가지를 흙에 묻어놓고 물을 주어서 날마다 들여다보다가 새 뿌리가, 또는 새 연초록색 이파리가 나오면 그렇게 흡족했다. 자연의 일부가 내 손에서 생명을 유지했다! 이 얼마나 뿌듯한 만족감 또는 성취감이었을까? 어린 마음에 나도 모르게 위로가 되었을 것이다.

위 그림에 보이는 우리 집 마당에 있는 버드나무와 무화과나무는 꺾은 나뭇가지를 땅에 묻어두었다가 뿌리가 나온 다음에 옮겨 심어서 큰 나무가 되었다. 우물 옆에 있는 울타리에 나 있는 살구나무는 살구 씨를 땅에 심어서 싹이 나온 다음에 옮겨 심은 것이었다. 해마다 많은 살구를 따 먹곤 했다. 나는 이렇게 해서 어려서부터 집 둘레에 나무를 심고 가꾸고 했다. 조용하게 나만이 즐길 수 있는 습관이었다.

어머니는 우리 집 앞 신작로 가에 지어놓은 판잣집 가게에서 무슨 물건들을 파셨다. 지금 기억나는 것은 오징어가 있고, 또 다른 식품 또는 잡화를 팔았을 것이다. 나는 그 오징어(그때는 일본말로 '스루메'라고 불렀다)를 먹고 싶어 했다. 다리를 떼서 먹으면 상품 가치가 떨어질 것 같고 그 눈알(지금 알기로는 오징어 이빨)을 떼서 먹으면 괜찮을까 해서 그것을 훔쳐 먹은 기억이 난다.

그리고 어머니는 가게 한구석에서 바느질을 하셨다. 거기에 보성에서 어릴 때부터 보았던 싱거 미싱으로 누더기(얇은 솜)를 두 천 사이에 넣고 재봉틀로 박는다. 약 1센티미터 간격으로 큰 이불이 되도록 박는다. 어린아이들 이불로도 쓰이고, 아이를 등에 업고 갈 때 그걸로 덮어서 띠를 매고 다닌다. 돈이 많은 집에서는 색깔과 꽃무늬 있는 천(또는 비단)으로 만든다. 이렇게 해서 어머니는 저고리·치마 외에 누비이불 등 삯바느질을 많이 하셨다. 이런 것이 모두 우리 집 수입의 전부였다.

태규 이모, 용기 이모, 외삼촌

그 가게는 신작로와 같은 높이에 있었고, 그 가게에서 서너 계단 층계를 내려오면 아래 방이 있다. 그 방도 아궁이가 있고 솥이 아궁이에 걸려 있어서 밥을 지을 수가 있었다. 이 가게 아랫방은 내가 중학교·고등학교 졸업하고 서울 갈 때까지 어머니의 바로 손아래 여동생인 태규 이모(그 아들 이름이 박태규였다) 식구가 살았다. 이 불쌍한 아이들이 다 자라서 지금은 자식·손주들 거느리고 잘살고 있다.

태규 이모는 그 키 큰 이모부가 다른 여자를 데리고 집을 나가고 식구는 당장 갈 데가 없어서 아들 태규와 그 아래 동생 은숙이를 데리고 우리 집에 와서 가게 아랫방에서 살게 되었다. 이모는 그 추운 겨울에도 양림동 노천 시장에서 고춧가루 등 양념을 팔아서 먹고살았다. 그런데 그 이모부가 여기까지 가끔 찾아오더니 태규와 그 여동생 밑으로 딸 둘을 더 낳아주고 자취를 감춰버렸다고 한다. 태규가 국민학교 1~2학년 되고 그 밑의 은숙이는 어린아이였을 때 나는 한국을 떠나서 그 밑의 아이들은 내가 외국에 있을 때 태어났다.

그 후 얼마 되지 않아서 그 태규 이모도 돌아가셨다. 어머니는 또 그 사남매를 거두어 키우셨다. 나는 어떻게 그 사남매가 학동 그 집에서 자라고 학교들을 다녔는지 알 수가 없다. 몇 년 전 한국에 갔을 때 그 아이들, 그리고 그 자식들을 만나서 서로 말도 못하고 붙들고 울음을 터뜨렸다. 그걸로 이야기를 다 한 셈이었다.

태규 이모 밑으로 또 그 손아래 여동생인 작은이모가 있었다. 용기 이모라고 불렀다. 나보다 한 열 살 위의 젊은 이모였다. 6·25 때 이북 철원에서 사셨는데, 미군의 폭격으로 집이 다 무너지고 두 아이들도 집에 묻혀서 잃은 뒤 단신으로 옥과에 있는 외가로 왔다가 우리와 같이 광주로 와서 우리 집에 얼마 동안 사셨다. 이마에 폭격 때 입은 상처의 흉이 눈에 띌 만큼 남아 있었다. 그래서 그런지 행동이나 생각하시는 게 좀 불안하게만 느껴지는 인상이었다. 그러나 언제나 상냥하시고 친절하시고 잘 웃으시는 편이었다. 편물 하는 학원에 다니며 기술을 익혀 편물을 짜서 팔곤 하셨다.

그런데 얼마 있다가 어느 고아원 보모로 취직이 되어서 거기서 아이들 돌보고 성경 가르치고 숙식도 거기서 하시고, 주말엔 우리 집에 와 계셨다. 미국서 고아원에 보내는 구제품 식품도 집에 가져오셨다. 지금 기억하기로는 계란 가루와 우유 가루, 버터(아니면 마가린) 등이었을 것이다. 계란 가루는 그냥 맨입으로 먹어보았다. 우유 가루는 그렇게 맛이 있지 않았는데, 그 버틴가 마가린은 뜨거운 밥에 비벼 먹으면 그렇게 맛이 있었다.

그 고아원 원장님은 가족이 있는 신앙심 깊으신 장로님이기도 하셨다. 그런데 얼마 후에 그 이모가 임신이 되었고, 쉽게 아들을 출산해서 우리 집으로 오게 되었다. 그 아이 이름이 용기였다. 성은 그 고아원 원장의 성 강씨였다. 용기는 소위 사생아였다. 어머니는 그 작은이모와 용기를 같이 거두어주었다. 그 후론 이모는 그 고아원에서 일을 할 수 없었다. 그리고 그 강 씨는 아이 보육비도 주지 않았고, 한 번도 나타나지 않았다. 아마 그 사람은 계속 그 고아원을 운영했을 것이다. 그리고 존경받고 신앙심 깊은 장로님으로 살았을 것이다.

용기가 열 살 정도나 되었을 때(나는 벌써 외국으로 나간 뒤였다) 그 작은 이모는 병이 나서 돌아가셨다. 고아가 된 용기는 어머님이 학교 보내고 어른이 되어서 결혼할 때까지 친자식처럼 키우셨다.

그 이모 밑으로 외삼촌이 있었다. 나이는 나보다 일곱 살 정도 위였다. 내가 한국에 있을 때 외삼촌은 군에 입대했고, 전방에서 근무하다가 제대해서 옥과 옆의 마을에서 신부를 맞아 결혼했다. 내가 대학 다닐 때의 일이었다. 그 외삼촌도 어머님이 우리 동네로 데리고 와서 정착을 하셨다. 자녀는 아들 셋에 딸 둘, 오남매를 낳아서 기르셨다. 옥과의 외갓집이 다 흩어져 살게 되었고, 외할머니 돌아가신 후 그 자식들인 우리 어머니의 형제들은 우리 어머니 곁으로 다 모여서 살게 되었다.

내가 대학교 다니면서, 그리고 군에 가고 외국에 나간 사이에 어머니는 학동시장이 생기자 시장 입구 쪽에 점포 자리를 잡으시고 포목점을 하셨다. 광주천 길가의 '하꼬방' 가게에 비하면 훨씬 크고 잘 나가는 셈이었다.

산에서 나무 해다 땔감으로 쓰다

6·25 난리 나고 모두 가난하게 겨우겨우 살고들 있었다. 겨울에 부엌 아궁이에 땔 나무(연료 땔감)를 사서 쓰기에는 우리 집은 돈이 부족했다. 그래서 동네 사람들이 산에 나무하러 가는 것이 보통이었다(나무하러 간다는 말은 연료를 채집해서 집에 가져온다는 뜻이다).

하루는 어머니하고 나하고 아침 일찍 나서서 동네 나무하러 가는 사람들을 따라서 무등산 쪽으로 갔다. 화순 가는 길 쪽으로 얼마쯤 가다가 우리는 더 이상 멀리 가지 않고, 길에서 좀 떨어진 산비탈에 상수리나무 잎이 많이 쌓여 있는 것을 갈퀴로 긁어모았다. 그 무더기를 어떻게 밧줄로 묶었는지, 나는 등에 멜빵으로 메고 어머니는 큰 덩어리로 만들어서 머리에 이고 산비탈을 내려왔다. 화순 너릿재에서 내려오는 신작로는 광주로 가는 길이었다. 다른 사람들은 아침 일찍 일어나서 더 깊은 산에 올라가 마른 소나무 가지를 묶어서 메고들 내려와서 리어카에 싣고 가고 있었다. 어떻게 했던지 우리 짐 두 덩이도 그 위에 실어주어서 같이 밀고 해서 쉽게 집에 오게 되었다.

부엌에 풀어놓으니 가득 차게 되었다. 한 달은 밥을 지어 먹을 수 있었고, 방도 아랫목은 따뜻했다. 잊히지 않는 일이었다. 그 상수리 나무 잎이 타서 그 열로 밥도 할 수 있고 방도 따스하게 해주었는데, 비싸게 살 수 있는 소나무 가지 같지는 않지만 제법 연료 역할을 해준 것이었다. 잘사는 사람들은 양림동 시장에 가서 사면 나무꾼이 지게에 마른 소나무 가지 한 짐을 지고 집에까지 와서 부엌에나 헛간에 내려주고 간다. 우리와 우리 동네 사람들은 그렇게 나무를 살수 없어서 손수 산에 나무하러 간 것이었다.

어느 날 나는 큰 아이들을 따라서 깊은 산에 나무하러 갔다. 이 또한 잊을 수 없는 기억이다. 우리는 먼동이 트기 전 컴컴한 새벽에 집을 떠났다. 산 아래서 오르기 시작할 때 먼동이 터서 산길이 보여 넘어지지 않고 오를 수 있었다. 무등산 중턱에 올라서 산 뒤쪽으로 올라갔다. 소나무들의 아래쪽 가지는 말라 있었다. 이것을 낫으로 찍어 베어냈다. 내가 지고 내려올 만큼 모은 다음에 밧줄로 묶어서 멜빵을 해서 준비했다. 다른 사람들도 다 나무를 해서 각기 등에 메고 같이 산을 내려오기 시작했다.

추운 겨울이었다. 눈은 녹아서 다시 얼어붙어 발밑에서 자각자각 얼음 밟는 소리가 난다. 내가 밟는 소리와 다른 사람이 밟는 소리를 듣고 서로를 느끼면서 내려오고 있었다. 몸에 열이 나서 그 추운 산 공기에도 땀을 흘리면서 내려왔다. 앞에 가는 사람들이 중턱으로 내려가기 전에 "점심 먹자!" 하고 모두들 짐을 내려놓는다. 집에서 가져온 도시락의 뚜껑을 열어보니 밥이 꽁꽁 얼어서 한 덩어리가 되어 있었다. 지금 먹는 아이스케이크 같이 입에 들어가면 자근자근 씹히고 시원했다. 그렇게 맛이 좋은 도시락은 생전 처음이고 마지막이었다. 나는 그 후로도 가끔 그 도시락을 생각하면서 누구에게도 이야기할 수도 없고 하지도 않고 혼자만 쓸쓸하게 빙그레 웃곤 했다.

우리는 지게질을 할 줄 모르기 때문에 그저 밧줄로 나무를 동여매서 멜빵을 만들어 어깨에 메고 내려왔다. 집에 내려오니 어두움이 깃든 초저녁이었다. 어머니가 따뜻하게 저녁을 해주셨다. 시장에서 사 오는 나무를 나도 해 왔다고 은근히 흡족했다. '나도 큰 사람들이 하는 걸 했다!'고 만족했다.

토끼 기르기

이것도 아마 중학교 다닐 때였을 것이다. 어떻게 해서 토끼 새끼를 구했는지 모르겠는데, 회색 빛깔 나는 두 마리를 키웠다. 우선 토끼집을 짜줘야 했다. 그때부터 나는 못질 하기를 좋아했다. 남광주역 못미처 광주천 철다리 가기 전에 오른쪽에 있던 재목점에서 판자를 구해다가 내 손으로 짰다(우리 하꼬방 가게도 그렇게 인부들이 와서 지었다).

토끼가 쉽게 움직일 수 있는 크기의 공간을 만들고, 쉽게 뛰어 나올 수 없는 높이에 못을 박지 않은 판자 조각으로 덮어놓았다. 토끼를 꺼내려면 그 덮개 판자를 열고 손을 넣어서 귀를 잡고 끌어내며 왼손으로 토끼 꼬리 쪽을 받쳐준다. 그런 토끼 방을 여섯 개쯤 만들고 뒤쪽은 판자로 못질을 해서 막아놓고 바닥은 판자와 판자 사이에 조금 틈을 두고 막는다. 이 판자 사이로 토끼 배설물이 땅바닥으로 떨어지면 제거해 줄 수 있다.

앞쪽은 잘 보이게 철사 줄로 엮었다. 시장에 가면 군용 전화 줄을 살 수 있었다(군대가 철수하면 전화 줄 등을 다 버리고 간다). 이 전화 줄은 겉은 짙은 갈색이 나는 고분자 물질을 입혔다. 물이 침투하지 않는 테플론 같은 것이었다. 나중에 알게 된 것이지만 방탄복에 쓰는 듀폰의 케블라Kevlar 폴리이미드 같은 것이었다. 케블라는 듀폰사가 2차 대전 때 발명한 유명한 고분자 물질로, 금속 위에 입히면 녹이 슬지 않고 오랫동안 보존할 수 있어서 안전용 전화 줄이나 전기 부속품에 들어가는 코일에 입히며 절연용으로도 많이 쓰인다. 그래서 내가 만드는 토끼장의 앞 창을 만드는 데 안성맞춤이었다. 물론 그 어릴 적에 케블라가 뭔지도 모르고 철사니까 사 온 것이다.

토끼장의 앞 창에 우선 수평으로 줄을 엮을 수 있게 못질을 하고 전화 줄을 못에 감아서 양쪽 못에 부착시키고, 아래쪽에 지금 생각으로는 약 5센티미터 정도 간격을 두고 또 양쪽에 못질을 하고 수평으로 전화 줄을 고정시켰다. 이렇게 해서 토끼장의 앞이 다 막힐 때까지 전화 줄로 엮어준다(5센티미터 간격을 유지하면서). 그 다음에는 위아래로 전화 줄을 못에 고정시킨 후에 첫 번째 수평 줄에 엮은 (아래 그림 참조) 다음 수직으로 줄을 엮고 계속해서 앞 창의 아래까지 도착하면 그 전화 줄을 못에 감아서 고정시켜 준다. 그 다음 수직으로 가는 선은 첫 번째 수직 선에서 약 5센티미터쯤 간격을 두고 짜 나갔다. 그렇게 해서 토끼장의 앞을 막을 수 있었다. 그 장 안에 있는 토끼는 멀리 방 앞 마루에 나와서 보아도 잘 보이게 되었다. 토끼장은 여섯 개쯤 짜 놓았었다.

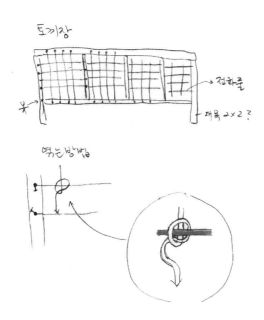

토끼가 먹을 풀은 매일 생생하고 연한 것으로 구해 와야 했다. 토끼가 잘 먹는 풀은 토끼풀, 아카시아나무 잎, 씀바귀(잎이나 가지를 꺾으면 그 꺾인 곳에서 하얀 진액이 나온다)를 잘 먹었다. 나중에 알게 됐지만 자운영·당근·상추·질경이도 잘 먹는다. 학교에 갔다 오면 제일 먼저 하는 일이 낫을 들고 꼴망태를 메고 토끼 풀 베러 나가는 것이다. 집에서 나와서 학동시장 가는 길(지금은 시내가 되어버렸지만 당시는 논밭들이었다)을 가다가 풀을 베어서 꼴망태에 넣고 집에 와서 토끼집에 넣어주면 소리 없이 그 작은 입에 넣고 코를 움직이면서 오물오물 씹어 먹는 것이 그렇게 귀엽게 보였다. 토끼는 아무 소리도 내지 않고 산다. 자는지 깨어 있는지, 가만히 앉아 있거나 풀을 오물거리며 먹는 것뿐이다. 그리고는 아주 조용하다. 하루 종일 아무 소리가 없다.

소리 내는 때가 딱 한 번 있다. 6개월 길렀나, 1년을 길렀나? 토끼가 컸을 때 수놈 토끼를 암놈 토끼장에 넣어주면 교접을 한다. 우리가 보고 있는 줄도 모르고 교접을 한다. 한참 있다가 "찍!" 하는 외마디 소리 하고 끝이 난다. 그러면 수놈을 꺼내서 자기 방으로 옮겨 놓는다. 얼마 있으면 암놈 토끼의 배가 불러 오른다. 새끼 낳을 때는 절대로 들여다보아서는 안 된다. 사람이 보면 낳아놓은 새끼들을 어미 토끼가 물어서 죽여버린다는 것이다. 그래서 거적이나 헝겊으로 토끼장 앞을 가려주어야 했다. 그 다음날 들여다보면 네 마리에서 여섯 마리 정도의 귀여운 새끼들이 있다. 아주 작은 토끼가 오물오물 모여서 어미젖을 먹는지 뭘 하는지, 어쨌든 어린 마음에 그렇게 흡족했다. 돈을 많이 벌어놓기라도 한 것 같았다. 자연의 법칙에 따라서 한 생명체가 똑같이 생긴 다음 생명체를 생산한 것을 목격한 것이었다.

한여름에는 가까운 논밭에는 연한 풀이 없어서 화순 가는 큰길을 건너고 언덕을 넘어서 조선대학교가 보이는 밭쪽으로 내려가야 했다. 그곳에는 자운영·토끼풀이 많이 있었다. 풀을 베다가 풀밭에 누워서 푸른 하늘을 쳐다보기도 하고, 떠다니는 구름을 유심히 바라보기도 했다. 지금 생각하니 종달새가 그렇게 지지배배 하면서 하늘로 올라갔다간 쏜살같이 풀밭으로 내려오곤 했다. 아무도 함께 이야기하는 사람이 없이 묵묵히 풀을 베어서 꼴망태에 넣고 다시 언덕을 넘어서 집으로 오곤 했다.

토끼를 몇 년을 길렀는지 기억이 잘 나지 않지만, '앙골라'라는 종류의 토끼는 털이 눈 같이 하얗고 길어서 그 가죽이 값이 나간다고 해서 길러보기도 했다. 그 토끼풀 구하러 다니느라 공부에 시간을 뺏긴다고 생각해서였는지, 어느 날 어머니께서 토끼를 모조리 광주리에 넣어서 시장에 팔러 가신 것이 기억난다. 그 뒤로는 토끼풀 구하러 다닐 필요가 없었다.

며칠 전에 아파트에 계신 아흔이 넘으신 어머니에게 그 토끼를 어디서 구해 주셨느냐고 물어보았는데, 어머니 자신도 기억이 나지 않는다고 하셨다. 그러나 토끼를 팔 때는 어머님께서 광주리에 이고 양림동 노천 시장에 쭈그리고 앉아 계셨다고 하셨다. 그때는 양림동이나 어느 길가에서나 무엇이든지 팔고 살 수 있었다고 하셨다. 그것이 우리 서민들이 사는 방법이었다. 그 '서민'들이라고 하시는 말씀이 내 마음에 그렇게 서럽고 한이 된 말이었는데, 또 마음에 평안을 주는 느낌도 있었다. 태규 이모가 아이들을 데리고 학동 하꼬방 노점 아랫방에서 살면서 고춧가루와 볶은 깨, 그리고 다른 양념들을 머리에 이고 양림동 노점에서 하루 종일 팔다가 돌아오시면 머리는 흐트러지고 그 고운 이모 얼굴이 지금 아프리카 난민들 얼굴마냥 검게 그을려 있었다. 그래도 '산다'는 게 그리 소중하고 귀한 것이었다. 도망갔다는 그 키 큰 이모부가 그리도 사무치게 미웠다.

여하튼 어머님 말씀은 지나가던 어느 사람이 그 토끼 얼마냐고 값을 물어서 사고팔기로 홍정이 되었는데, 그 사람이 자기 집까지 가져다 달라고 해서 어머님이 그 토끼 광주리를 머리에 이고 그 사람을 따라서 전남방직 공장, 서중학교를 지나서 버스 종점 부근까지 따라가셨다. 그렇다면 아마 세 시간 정도 걸어가셨을 것이다. '서민'이니까 그저 불평도 못하고 으레 그러는 거지 하고 '감사한' 마음으로 배달을 해드렸다고 하신다. 그 집이 무슨 큰 사택(공장의 임원 사택이면 부자이고 사회적으로 높은 사람 집이었다) 같은데, 앞뜰 넓

247

은 풀밭에 토끼를 풀어놓자 이리 뛰고 저리 뛰는 것이 아름답고 평화스럽게 보였던 것 같다고 말씀하셨다.

오리 키우기

우리 동네에서 개천을 따라 화순 방향으로(무등산 쪽으로) 가다가 보면 삼거리가 나온다. 오른쪽으로 가면 화순 너릿재를 향하고 왼쪽으로 가면 배고픈다리를 넘어서 증심사 쪽 무등산 기슭으로 들어간다. 이 삼거리에 위치한 삼각지, 두 갈래 냇물이 합쳐 광주천이 되는 곳에 과수원이 있었는데, 그곳이 내 친구 천희원이 사는 곳이었다. 국민학교는 어느 학교를 다녔는지 모르겠는데 중학교(서중) 다닐 때부터 친했던 동무였다. 위로 형이 한 분 계시고 아래로 여동생과 남동생 하나씩이 있었다. 그 형님은 공부를 잘해서 의과대학을 나와 의사가 되어서 부러워했던 수재였다. 아버지는 일제 시대에 비행기 조종사였고 어머니는 학교 선생으로(아마도 이화대학을 나오셨던 것 같다) 인텔리 집안이었다. 본정통 들어가기 직전에 종이 상점을 하고 있었다.

희원이하고 나하고 하루는 그 배고픈다리 가기 전에 있던 부화장에다 시장에서 오리 알을 구해다가 오리 새끼를 부화해 달라고 부탁했다. 얼마 후에 희원이도 나도 오리 새끼 열 마리씩을 얻어 들고 집에 왔다. 토끼장이 있던 곳에 닭장을 만들고 거기에 오리들을 넣어두었다. 먹이도 주고 물도 주고 날마다 들여다보는 재미가 있었다.

조금씩 커져서 이제는 집 앞의 강변도로를 넘어서 광주천 냇가에다 놓아주었다. 이 오리들은 하루 종일 물속에서 무엇을 먹는지 주둥이를 물에 넣었다 내놓았다 바쁘기만 했다. 바라볼수록 신기하게 보였다. 집에서 나갈 때는 내가 앞장서서 가면 졸졸 따라온다. 그 중 한 마리가 앞장서고 나머지는 한 줄로 서서 따라온다. 고개를 두리 번거리고 꽥꽥 시끄럽게 소리를 내면서 몸은 왼쪽·오른쪽으로 뒤뚱 거리면서 걸어간다. 그 좋은 냇물가로! 토끼는 조용한데 오리는 시 끄러운 동물이었다. 바라보기만 해도 웃음이 저절로 나온다. 학교 갔 다 와서 해가 져 어두워지기 시작하면 오리를 데리러 냇가에 간다. 그놈들이 주인을 알아보는지 또 일렬로 뒤뚱거리며 따라온다. 신작 로를 건너서 집으로 들어와서 자기들 장으로 고스란히 들어간다. 컴 컴해지면 고개를 몸뚱이와 날개 사이에 파묻고 눈을 감고 서 있거나 앉아서 잔다.

이놈들은 알을 낳는데, 몇은 밤 사이에 장 안에서 땅바닥에 낳아놓 기도 하고 어떤 놈은 아침에 물가로 가다가 길에서 그냥 땅에다 낳는 다(아니, 땅에 떨어지게 싸놓고 그냥 간다). 그때마다 알을 챙겨야 한 다. 그 알은 보통 달걀보다 조금 크고 껍질도 좀 더 튼튼해서 쉽게 깨 지지 않는다. 삶아서 달걀 같이 먹는데, 약간 비릿한 냄새가 났다.

얼마 정도 키웠는지 기억이 나지 않는데, 한두 해는 되었을 것 같 다. 어머니가 또 바구니에 이고 양림동 시장 길가에서 파셨다고 했 다. 이 오리를 키운 경험도 지금까지 잊히지 않는 일이다.

중학생이 되다

국민학교 5~6학년을 어떻게 보냈는지 기억이 희미하나, 남광주역 으로 가서 광주역으로 가는 철길을 따라서 조선대학교를 오른쪽으로 보고 또 오른쪽에 높이 솟아 있는 무등산의 세 바위 정상을 보면서 왼쪽으로 내려가면 내가 다녔던 서석국민학교가 나온다. 나는 조용한 편이었고, 담임 선생님이 공부 잘한다고 잘 대해 주셨다. 어떻게 했는지는 모르지만 국가고시 점수가 좋아서 그 유명한 광주서중에 입학하게 되었다. 큰고모의 딸 선순이 누나 남편의 '빽'으로 서석학교에 편입된 것이 서중에 입학할 수 있는 발판이 되었는지 모르겠다. 서중은 호남에서 수재들이 모이는 전통 있는 학교였다.

중학생이 되었으니 그 교복을 입고 다녀야 한다. 까만 바지에 주름이 쫘악 서게 다려야 한다. 서지(우리는 '사지'라고 발음했다) 옷감이 제일 좋은 것이었지만, 나는 그런 교복을 입을 집안 형편이 아니었다. 아비도 없이 편모 밑에서 하꼬방 가게 하고 삯바느질해서 생활하는 집에서 '사지'는 무슨 '사지'야? 시장에 가면 군복을 까맣게 물들여 판다. 겨울에는 두터운 감의 군복 아니면 담요를 김이 무럭무럭 나오는 큰 가마솥에서 까맣게 물들인 감들이 많았다. 이 군복 물들인 감으로 어머님이 싱거 재봉틀로 박아서 서중학교 교복을 만들어 주셨다. 군복으로 만든 것이다 보니 살아 있는 군인의 옷일까 아니면 죽은 송장에서 벗긴 옷이었을까 하는 상상도 해보았다. 윗옷은 육군사관학교 교복 같이 목에 칼라가 똑바로 세워져서 목 닿는 안쪽 부분은 땀에 젖지 않도록 하얀색의 셀룰로이드를 달아 주었다. 앞쪽은 목에서부터 허리 부분까지 금색 버튼을 달았다. 그리고 왼쪽 가슴에는 내 이름을 쓴 하얀색 명찰이 달려 있었다.

그리고 모자(교모)가 있다. 이것도 검은 색깔의 담요 감으로 요사이 보는 육군사관학교 모자 같이 만들었고, 챙은 검은 색깔 입힌 가죽 아니면 윤택이 있는 셀룰로이드로 만들어져 있었다. 어머니가 웬

만한 것은 다 만드시는데, 이 교모는 부잣집 아이들이 쓰는 그런 멋진 모양은 아니었다. 위에 말한 대로 검은 색깔의 군대 담요 아니면 코트 감으로 만드신 모자였다. 위가 주름살 없이 빳빳하게 세워진 '사지' 감이 아니어서 쭈글쭈글하고 챙도 비싼 가죽이 아니어서 '창피'하다고 느끼기도 했다. 그 모자의 앞 중간에는 자랑스럽게 금빛 나는 별 가운데 서중이라고 쓰여 있는 교표를 달고 다녔다. 좀 어색하기는 했어도 그 모자를 열심히 쓰고 다녔고, 한 번도 어머니에게 불평하고 싶은 마음이 없었다. 우리는 으레 그렇게 살아야 하는, 불평도 할 수 없는 서민들이라고 체념해 버렸을 것이다.

하여튼 빈민들이 사는 학동 2구, 갱생 부락 동네에서 매일 양림동을 지나고 금남로를 지나서 광주시 충장로를 다 지나고 상가가 좀 드물어진 곳에 있는 서중학교에 등교했다. 여기에서 6년을 공부하고 집을 떠난 것이었다.

순천 가는 막차가 남광주에서 떠나면 보성에 저녁 먹을 때쯤 도착한다. 으레 큰집에 들어간다. 인사동에 있는 미광 사진관이다. 큰아버지께 인사하고 큰어머님께 인사하면 "아이고, 내 새끼 왔냐!" 하고 반겨주신다. 인수 형은 6·25 때 입산했다가 돌아가셨고, 그 남은 사촌 누나·형·동생들이 모두 반겨주었다. 나에게는 모두 친형제나 마찬가지였다. 정자 누님, 정옥이 누님, 봉수 형님, 그 밑으로 정숙이, 동생 강수, 막내 정희였다. 정자 누님은 세상을 떠나셨고, 봉수 형님도 일생 동안 노동하시며 형편이 어렵게 사시다가 좋은 세상 못 보시고 몇 년 전에 돌아가셨다. 몇 년 전에 서울 갔을 때 일부러 형님을 찾아서 용돈 쓰시라고 얼마 드린 것뿐, 그렇게 가깝지만 머셨던 형님마저도 이제는 볼 수 없이 되어버렸다.

나는 어머님이 해주신 중학교 교복을 입은, 이제는 의젓한 중학생이었다. 이때부터 아버지의 산소를 혼자 찾아가곤 했다. 저녁때 윗동네를 지나고 논들을 지나서 여기저기 몇 채의 초가집들을 멀리 바라보면서 혼자서 고개를 숙이고 묵묵히 걷는다. 아버지 산소에 가보고 싶은 것이다. 초저녁이지만 야산 공동묘지는 으스스하다. 대내 방죽 도착하기 전에 약간 왼쪽 오솔길로 오르면 양쪽에 묘들이 보인다. 민둥산이어서 나무라고는 잡목 아니면 작은 소나무·잣나무·향나무 들이었다. 이 묘들을 지나 오르면 또 다른 묘들이 위에도 있다. 수많은 영혼들 아니면 귀신들이 있을 것만 같아서 신경을 곤두세우고 아버지의 묘를 찾는다.

아버지의 묘는 정상에 오르기 조금 전에 있었다. 좌우 옆에도 다른 묘들이 있었다. 누가 가르쳐주었는지 그 묏자리를 나는 확실히 기억하고 있었다. 언젠가 하루는 동생 강수를 데리고 아버지의 묘에 갔었다. 삽도 하나 들고 묏자리를 잃어버리지 않게 묘 근처에 무슨 표적을 남겨놓아야 했다. 둘러보니 향나무 한 그루가 있었다. 삽으로 파서 아버지의 묘 오른쪽에 심어놓았다. 그리고 상당히 큰, 한 아름 될 정도 크기의 차돌 하나를 묘 앞 제단 중간 아래쪽에 절반이 보이도록 묻어두었다. 아버지의 묘에 갈 때마다 그 향나무와 차돌을 찾으면 쉽게 찾을 수 있었다.

그로부터 몇십 년 후에 아버지를 담양 우리 집안 산소에 이장하려할 때 동생 강수가 같이 올라가서 이제는 나무들이 하늘 높이 자라난 숲속에 있는 아버지의 묘를 찾았는데, 그 향나무와 차돌을 보고틀림없는 아버지의 묘라고 확인하고 이장을 할 수 있었다고 한다. 지금도 강수가 똑똑히 기억하고 있다.

최근에 찍은 대내 방죽. 옛 산소는 왼쪽에 보이는, 지금은 깊은 숲으로 덮인 곳에 있었다.

초가을이었을까. 밤공기가 제법 쌀쌀했다. 사방은 컴컴한 초저녁 이어서 잘 보이지 않았다. 그래도 어렴풋이 무덤이 보이고, 잡목들이 보이고, 멀리 있는 초가집의 불은 보였다. 나는 아버지 무덤 앞에 엎 드려 말해 본다.

"아버지, 자식이 왔습니다. 얼마나 아프셨어요? 그 총상! 자식이 어떤 사람이 되기를 기대하셨습니까? 아버지, 약속합니다. 아버지가 기대하셨던 자식보다 더 훌륭한 사람이 되고, 아비지의 기대보다 더 잘되겠습니다."

간절하게 말했다. 아무 말씀도 없었다. 사방은 적막뿐이었다. 산속 의 새소리도 들리지 않고 벌레 소리도 들리지 않았다. 영령(靈)이 거기 계신다면 무슨 반응이 있어야 하지 않을까?

이렇게 아버지와 대화를 하고 인사를 한 뒤에 산을 내려오기 시작한다. 온몸이 오싹해지고, 머리가 쭈뼛쭈뼛 서는 것 같고, 수많은 영들이 사방에서 나를 노려보고 있는 것 같고, 도무지 무서워서 몸에 땀이 밴다. 걸어 내려오다가 달려 내려오기 시작한다. 무언가 내 바지를 잡아당기는 것을 느낀다. 아니, 자그마한 나뭇가지에 약간 걸려 있었다. 귀신이 잡아당기는 것이 아니었다! 몸은 땀범벅이다. 숨도 가쁘다. 귀신이 있는 것이 아닌데! 이런 것 때문에 밤중에 공동묘지에 가는 것이 아닌데, 귀신이 정말 있나 알아보려고 혼자 가본 것이었다. 어린 마음에 초자연적 존재를 경험해 보지 못하고 산을 내려왔다. 그 다음날 새벽 기차로 광주에 도착했다.

학동교회

아직 일제 시대, 해방 전이었을 것이다. 보성에서 국민학교도 다니기 전에 동네 아이들과 어울려서 윗동네로 가다가 왼쪽으로 오르막 언덕 황토 길을 오르면 교회가 있었다. 교회 마당도 황토 흙이었다. 교회는 조그마한 마루방 하나였다. 그리고 입구 꼭대기에는 십자가가 붙어 있었다.

우리들은 아이들이어서 주일학교 선생이 우리들에게 이야기를 들려주었다. 삭개오라는 사람이 예수를 보려고 뽕나무 위에 올라갔다는 이야기 등등이 어렴풋이 기억난다. '예수'라는 사람이 있었다고 들려주었다. '막달라 마리아' 옥합이 어쩌고 하는 얘기도 기억이 난다. 폭풍을 꾸짖으면서 바다 위를 걸으셨다는 기적도 들려주었다. 십자가에 못 박히셨다고 처음 들었을 때 그 '아픔'이 얼마나 컸을까, 모질고 소름이 끼치게 무서움을 느꼈다. 바울이 눈이 멀었다가 눈 뜨임을 받았다는 얘기도 생각난다. 예수님이 성전에 들어가실 때 그 주위에 몰려 있는 장사치들 판을 엎으며 노하셨다는 얘기도 듣고 눈에 생생하게 그려보았다. 이 이야기들이 다 그때 주일학교에서 들었던 것이다.

제대로 교회를 다니기 시작한 것은 광주에 이사 와서 학동에 살게 될 때부터였다. 국민학교 4학년 때부터 위에서 말한 학동에 있는 갱생 부락 빈촌 한가운데 있는 개척 교회 학동교회를 다니게 되었다. 학습 세례도 거기서 받았다. 어머님의 주일학교 선생이었던 박 목사가 그 개척 교회 담임목사였다. 나는 그저 어머님이 가시는 교회를 따라가서 교회 생활을 하게 되었다. 주일학교에서 배운 모든 것이 다 자연스럽고 당연한 것이었다. 찬송하고 성경 공부하고 기도하고. 학습 세례를 받으려면 '주기도문'을 암송해야 했다. 그리고 더 어려운 것은 '사도신경'을 외워야 했다. 그때는 깊은 뜻을 모르고 입으로 외웠다.

"… 동정녀 마리아에게서 나시고 … 십자가에 못 박혀 죽으시고 … 다시 살아나시고 … 하늘에 오르사 …를 믿고 … 죄를 사하여 주시는 것과 … 영원히 사는 것…"

이 '사도신경'은 사도의 신앙 고백이었다. 우리 어린아이들은 따질 것 없이 당연히 믿어야 했다. 왜냐하면 어른들이 다 믿고 있기 때문이고, 최 장로님, 이승모 집사님, 목사님, 홍대집 전도사님 들이 믿고 계시기 때문에 의심을 가질 수가 없었다.

학동교회는 중심사 가기 전 삼거리 못미처 갱생 부락 빈민촌 한가운데에 있었다. 모두 같이 빈민이기 때문에 그저 하루 벌어서 하루

255

먹고 사는 사람들이었다. 아니, 무엇들을 해서 먹고살았는지 난 몰랐고 관심도 없었다. 그저 아이들 중의 하나였다. 그런 곳에 선교사들은 개척 교회를 세우곤 했다.

마룻바닥에 무릎을 꿇고 앉았다. 또는 시간이 길 때는 다리를 부처가 하시는 것 같이 가부좌로 앉았다. 그러다가 기도할 때는 다시 무릎을 꿇고 앉아서 눈을 감고 고개를 숙이고 있었다. 감히 눈을 뜰 수는 없었다. 하느님이 내려다보고 계신 것 같았다. 이마를 마루에 대고 기도하기도 했다. 대부분의 기도의 내용은 우리가 '죄'를 많이 짓고 살았기 때문에 회개하는 마음으로 '애통'(교회에서 배운 단어다)하오니 용서해 주시고 십자가의 보혈로 죄 사해 주시고 구원해 달라는 내용이었다.

목사님의 기도는 그렇게 길지는 않았지만, 최 장로님이 기도하시면 아주 길고, 다 알 수는 없지만 그렇게 간절하게 기도하셨다. 나는 그분은 믿음이 거의 완벽하셔서 성스러운 사람으로 여겼다. 그 후부터는 교회의 장로는 최 장로님 같이 믿음이 깊으셔야 하고 교인의 모범이 되고 절대적인 신앙의, 그리고 우리의 영적 지도자여야 한다고 생각했다. 지금까지도 그러한 장로님을 만나보지 못했다.

우리 집에 가까운 곳에 사시는 이승모 집사님도 그렇게 경건하고 친절하셨다. 그분은 집에서 자개농이나 가구들을 만드셨다. 조개나 전복 껍질을 정교하게 칼이나 끌로 조각해 좋은 장롱·교자상·보배함에 검은 칠과 함께 붙인다. 공작새·원앙새·국화·모란 등을 정교하게 디자인해서 제작한다. 부잣집 안방에 가면 가구들을 이런 자개로 장식해 자랑스럽게 보여준다.

중학교 시절에 학동교회 다닐 때는 키가 좀 작으신 나 목사님이 교회를 인도하셨다. 그의 아들은 우리보다 나이가 서너 살 위로 고등학교쯤 다녔던 것 같은데, 학생회장 같은 일을 맡아 보았다. 특히 학생들 찬양을 많이 가르쳤다. 그 사람 밑에서 합창 찬양할 때 테너·소프라노·알토·베이스가 어떻게 부르는지 하는 것을 배웠다. 이 4부가 각 파트의 음에 따라 소리를 낼 때 그 화음이 아름답게 들리는 것을 처음으로 체험해 보았다. 나는 그 후로부터 계속 테너 파트를 불렀다.

특히 성탄절 때는 찬양 연습을 많이 했다. '고요한 밤' '노엘 노엘' '기쁘다, 구주 오셨네' 같은 찬양은 지금도 내 테너 파트를 부르면 그 옛날 어렸을 때 기분으로 돌아갈 수가 있다. 크리스마스 전야는 교회에서 밤샘을 한다. 여학생들이랑 있어서 게임도 하고 찬양도 부르고 그렇게 즐겁기만 했다. 성탄일 12월 25일 새벽에는 새벽 한 시부터 출발해서 교인들 집집마다 찾아가서 아주 조용조용히 찬양을 한다.

"기쁘다, 구주 오셨네!"

"저 들 밖에 한밤중에 … 노엘, 노엘, 노엘!"

노엘Noel이 무슨 뜻인지도 모르는 단어였지만 그렇게 좋게 느껴졌다. 그 아주 먼 2천 년 전의 유대 땅, 지금 이스라엘의 조그마한 사막의 땅덩이. 그렇게 멀리 있는 곳을 상상하게 하는 단어였다. 그 추운 12월 25일 새벽은 땅에 눈이 와서 녹으려다 다시 얼어 있어 바삭바삭 소리 나게, 그리고 조심조심 미끄러지지 않게 걸어 나녔다. 우리들은 두꺼운 옷에 목도리를 두르고 장갑을 끼고 입과 코에서는 하얀 김이 무럭무럭 나왔다.

"기쁘다, 구주 오셨네!"

첫 노래 첫 줄이 들리자마자 그 집 사람들은 불을 켜고 방문을 열고 기뻐하며 나온다. 일년 내내 조용하기만 하던 새벽 미명에 들려오는 성탄절 찬양은 놀랍기도 하고 즐거운 소식이었다. 진짜 이 세상을 구하시러 가난한 사람이나 누구나 모두에게 구주가 오신 날이었다. 정말 기쁜 소식이었으리라! 교인 집에서는 찬양이 끝나자마자 박수를 치면서 나와 손을 잡고, 추운데 와서 찬양해 주어서 감사하다고 인사를 나누고, 누가 왔나 하나하나씩 들여다본다. 과자를 주기도 하고 따스한 팥죽을 준비해 놨다가 한 사람에 한 그릇씩 건네주었나. 그렇게 옹기종기들 서서 그 팥죽을 다 맛있게 먹고 그 집을 떠나서 다른 교인 집으로 갔다. 이 경험이 그렇게 아름답고 추억에 남는다. 지금도 그 찬송이 나오면 들릴락 말락 하게 테너나 베이스 파트를 조용한 목소리로 따라서 해보고 화음이 맞게 되면 그렇게 애틋하게 옛날 생각에 젖어보게 된다.

그리고 부활절을 위해서 찬양 연습도 많이 했다.

"예수 부활하셨네에. 아하하하할렐루이야!"

이 찬송도 지금 들으면 어쩐지 그 옛날을 기억나게 해준다. 아름다운 기억이 나게 한다. 마음이 차분해지고 봄에 들에 가서 들꽃 밭에 누워 있는 것 같은 느낌을 준다. 푸른 하늘이 보이는 조용한 들을 느끼게 한다. 부활절이 화창한 봄날이기에 그렇게 머리에 남게 된 모양이다.

여학생 고 씨

내가 중학교 3학년 때부터 고등학교 2학년 될 때쯤이었을 것이다. 몸과 마음이 자라나서 감수성이 높아지고 팔다리도 굵어지고 운동을 하게 되고, 특히 집 토끼장 있던 곳에 철봉·평행봉을 달아놓고 매달려 운동을 하곤 했다. 아령은 몇 번 해봤지만 그렇게 마음에 들지 않았다. 평행봉에서 운동을 해봤지만 거꾸로 서는 물구나무는 무서워서 할 수 없었다.

주말이면 위에서 말한 나 목사의 아들이 이끄는 학생회에 자주 가게 된다. 여학생들이 있어서기도 했다. 그렇게 보기만 해도 아름답게 보이고, 가까이 있기만 해도 좋았다. 물끄러미 쳐다볼 수도 없었다. 그들이 보지 않을 때 살짝 그들을 훔쳐보곤 했다. 행여나 눈이 마주치면 얼굴이 홍당무 같이 붉어지고 땅을 내려다보든지 다른 곳으로 시선을 돌려버렸다. 학생회 찬양 연습, 그리고 성탄 새벽 찬양 하느라 같이 다니면 그렇게 좋았다. 그들의 뒤편에 서서 찬양을 하기 때문에 그들의 체온을 느낄 정도로 가까이 서 있어서 좋았을 것이다.

그리고 우리는 교회나 들판에 나가서 모두 같이 모여서 오락 시간을 가졌다. 둥그렇게 둘러앉아서 수건 돌리기 게임을 한다. 수건이 내 뒤에 떨어져 있으면 '벌'로 가운데 나가 서서 노래를 해야 했다. 여학생들이 빤히 보고 있어 또 얼굴이 벌개지고, 어찌어찌 무슨 노래를 하고 눈을 떨어뜨린 채 내 자리로 돌아와 앉았다. '삿치기 삿치기 삿뽀뽀' '내 모자 세모났네' '목련꽃' '봉선화' '내 고향 남쪽 바다' '해는 져서 어두운데' 등 아련하고 슬픈 노래들을 부르면서 시간을 보냈다. 그렇게 아름다운 시절이었다. 지금도 교회에서 가끔 옛날 부르던 찬송가를 부르게 되면 마음은 옛날로 돌아가곤 한다.

"올라가, 올라가, 독수리 같이…"

그 옛날 기독교인들이 박해를 받을 때 감옥에 갇혀서 손바닥만 한 창으로 푸른 하늘을 내다보면서 부른 슬픈 찬송이었을까? 독수리 같이 자유롭게 날아가는 기적을 갈망하면서? 나에게는 이 찬송이 특별한 느낌을 가져다준다. 그 찬송을 부를 때 고씨 성을 가진 한 여학생이 생각난다.

키가 크지 않고, 마르지도 않고 좀 살이 찐 것 같기도 한 여학생. 말도 별로 없고, 쉽게 웃지도 않고, 슬픔을 머금고 있을 것 같은 인상을 주었다. 얼굴이나 조금씩 노출되었던 팔다리의 피부 색깔은 하얬다. 대리석 같이 찬 하얀색이 아니고, 우윳빛 같이 뽀얗고 부드러운 하얀색이었다. 어쩌다가 눈을 마주치게 되면 무슨 얘기를 할까 하는 착각도 주었다. 그녀가 가까이 있으면 그렇게 좋았다.

그녀에게 관심이 있은 후로부터 그녀에 관해서 알고 싶어졌다. 집이 부요하지 못해서 장학금을 받으면서 간호학교를 다닌다고 했다. 우선 이 사실이 나의 관심을 불러일으켰다. 가난하고 슬픈 환경? 나와 비슷한 환경이어서 그녀에 대한 관심이 생겼고 그녀에게 그토록 강하게 끌렸을까?

그래서 어느 날 밤에 교회에서 끝나고 그녀를 미행했다. 그녀의 집은 남광주역에서 화순 가는 기차 철교 밑에 있는 판잣집이었다. 그 집은 기찻길에서 양림동 쪽으로 있었고, 학강학교 건너편 남광주역 쪽이었다. 길을 향한 쪽은 집 앞이고, 유리창이 달린 현관이 있었다. 집 둘레는 판자 울타리였고, 그 높이가 내 키보다 높아서 집안을 볼 수는 없었으나 판자 사이로 집안의 전등 불빛이 새어나왔다. 판자 사이로 안쪽을 들여다보았다. 행여나 그녀가 보일까? 그 어렸을 때 그런 집념이 있었나 싶다. 그냥 집으로 돌아왔다.

학교에서 국어 시간에 새로운 단어들을 배웠다. 대부분 한자가 한글 단어 뒤 괄호 속에 쓰여 있어서 눈으로 익히고 또 그 획 쓰는 법을 연습했다. 그때의 신문·잡지나 문서·편지에 한자를 쓰고 있어서 성인이 되든지 교육을 받은 사람은 한자를 많이 알아야 사람 구실을 할 수 있었다.

그런데 '戀'(사모할 련)이라는 글자를 국어책에서 배웠다. 그 뜻을 어렴풋이 알게 되었다. 어른들이나 지식인들이 '사랑'한다는 것을 의미하는 것이었을까? 우리가 흔히 말하는 '연애戀愛'에도 그 글자가 들어 있지 않은가. 여하튼 그 획이 많은 '戀'은 쓰기 어렵지만 어쩐지 그녀에게 전해 주고 싶은 글자였다. 그래서 여러 번 그 획을 연습하다가 조그마한 쪽지에 '戀戀' 하고 그 글자를 두 번 써서 어느 날 밤에 그녀가 집에 가는데 따라가서 그저 전해 주었다. 소위 사랑 고백을 한 셈이었다. 그 뒤 그녀와 마주쳤을 때 그녀는 아무런 표정의 변화도 보여주지 않았다. 그녀가 그것을 보고 어떻게 생각했는지는 지금도 알 수가 없다.

그 후로 많은 고민 끝에 어느 날 밤에 그녀가 집에 들어간 것을 확인하고 그 집 현관문을 두드려 그 아버지와 대면하기를 청했다(아마 그녀의 어머니가 문을 열어주었던 것 같다). 아버지가 의아하게 보시면서 문간방에서 나를 대면해 주셨다. 그로부터 5분 동안의 대화가 나를 '전환'시켜 주었다. 내 일생의 전환점이었을 것이다. 아마 내 이름을 밝히고, 이 초저녁에 찾아온 이유를 말했을 것이다.

"댁의 따님을 좋아하니('사랑'이라고 했는지도 모르겠다) 사귈 수 있도록 허락해 주십시오!"

그렇게 말했던 것 같다. 지금도 그렇지만 내 일생 동안 '그분이 어떻게 생각하셨을까?' 하고 생각해 보곤 했다. 그분의 말씀이 더욱 중요했다. 나를 바꿔준 계기가 되었다. 미소를 띄우시면서 하시는 말씀이 이랬다.

"젊은이(학생)! 그대는 열심히 공부해야 할 땐데, 이렇게 시간과 정열을 허비하고 다니시오? 공부 잘 해서 성공하면 그때 찾아오시오."

마지막 말은 하지 않으셨지만, 내가 그렇게 알아들었다. 나중에 생각해 보았지만, 그녀 아버지의 허락이 문제가 아니었다. 그 딸의 마음부터 설득을 해야지 말이 되지!

나는 그때 참으로 비참한 생각이 들었다. 오냐! '저 빈민촌의 홀어머니 밑에서 자라는 보잘 것 없는 놈이 내 딸을 달라고 하다니!' 하고 호통을 쳐서 내쫓지 않고 그렇게 말씀해 주신 그분의 말을 조롱과 경멸과 저주로 받아들였다. 복수를 한다고 비장한 마음을 가졌던 것 같다. 먼 훗날 내가 잘되어서 그분 그리고 그녀 앞에 서서 이렇게 잘되었노라고 증명해 주고 싶은 마음을 내 평생 가지고 살았다.

그래, 우리 집에 가진 것도 없었고, 나는 약하디약한 중학생이었다. 홀어머니 밑에서 자라나는 독자, 형제도 누이도 없는 놈. 나는 공부밖에 잘할 수 있는 것이 없었다. 아니, 죽도록 코피가 나오게 밤샘을 해서라도 잘해야 했다. 그리고 다른 아이들 같이 아령도 하고 철봉도 하고 기계체조도 해서 근육을 자랑할 정도로 키워 볼품 있게 해야겠다고 마음을 먹었다. 토끼장 있던 곳에 나무 기둥을 세우고 평행봉도 만들어놓고 철봉도 만들어놓고 아령도 사다놓고 열심히 운동을 했다. 그러나 남 같이 근육이 불거지거나 선수들 같이 몸이 변하지는 않았다. 학교 공부에서는 수학, 특히 방정식을 푸는 것이 재미있었다. 남보다 더 잘하는 것 같아서 더욱 열심히 방정식 풀이하는 데 시간을 많이 보냈다. 특히 연립방정식이 제일 어려운 것이었고, 나의 도전 대상이었다. $x \cdot y \cdot z$ 값을 얻으려면 세 개의 방정식만 주어지면 아무리 어려워도 풀 수 있었고, 혼자서 뿌듯한 성취감을 맛보곤 했다.

이렇게 해서 서중학교를 마치고 광주일고에 들어갔다. 일고 제2회생이었다. 영산포에서 통학하던 이우원이라는 친구는 서울고등학교에 입학하게 되어 서울로 갔는데, 방학 때 돌아와서 만나게 되면 그의 모자에 달린 서울고등학교 배지와 왼쪽 가슴에 달린 이름표가 그렇게 부럽게만 보였다. 말투도 전라도 사투리는 버리고 서울 말씨를 쓰는 것이 아니꼬우면서도 세련되게 보였다. 그런데 이우원은 나를 좋게 보아주었다. 방학 때 올 때마다 만나곤 했다. 몇 년 후에 내가 처음으로 서울에 발을 디뎠을 때 이우원이 여러모로 나를 도와주었다.

태권도

이때쯤에 배영민이라는 선배(일고 1회였을 것이다)가 학교 끝나고 강당에서 태권도(일본말로 '가라테'라고도 했다)를 가르친다는 이야기를 들었다. 이 가라테는 주먹질, 특히 손끝으로 상대방의 눈을 찌르면 상대방을 눈먼 봉사로 만들고 급소를 찌르면 죽을 수도 있는 무서운 무술이라는 것이나. 그리고 나중에 알게 되었시만 옆발차기가 제일 무서운 무술이었다. 내 몸에서 제일 멀리까지 칠 수 있는 것이 옆발차기였다. 상대방의 머리까지 차서 넘어뜨릴 수 있는 기술이었다. 그래서 가라테반에 들어서 매일같이 학교 수업이 끝나면 강당에 가서 연습을 했다.

그는 우리들 앞에 서서 인사하는 것부터 가르쳤다. 두 발은 어깨 넓이만큼 벌리고, 허리는 척추가 수직이 되게 세우며, 배에 힘을 주고 상대를 똑바로 보는 것이 중요했다. 두 손은 불끈 쥐고 양쪽 허리에 붙인 채 고개와 허리를 숙이고 예(절하는 것)를 하는 것이 아주 중요했다. 수련이나 대련을 하기 전에 예를 하고 끝이 나서도 예를 해야 했다.

제일 먼저 배운 것이 기마자세인데, 말 타고 있는 자세였다. 두 발은 어깨 넓이만큼 벌리고 발끝은 식신 방향으로 앞으로 똑바로 향하게 하고 두 무릎은 약간 구부려야 기마자세가 된다. 그리고 허리는 수직으로 해야 했다. 그러면 배에 힘을 주게 된다.

그 다음엔 주먹 쥐는 방법이었다. 네 손가락은 손바닥에 말아 쥐고 엄지손가락을 제일 나중에 그 쥐어진 손가락 위에 힘을 주어 말아 쥔다. 그 쥐어진 주먹의 등은 뻗쳐 있는 팔목과 수평을 이루어야 한다. 그리고 말아 쥔 손가락은 주먹 등과 팔목 수평선에 수직을 이루어야 했다. 이 각도가 수직이 아니면 주먹을 쳤을 때 팔목을 상하게 되기 때문이다. 왼쪽 주먹은 왼쪽 허리에 붙이고 말아 쥔 주먹 등이 땅을 향하게 하며, 오른쪽 주먹은 앞 정면으로 힘 있게 뻗는다. 다시 말해서 힘 있게 친다. 허공에 있는 앞의 상대방을 치는 연습이다. 이때 오른쪽 주먹 손등이 하늘을 향해 있어야 하고, 앞으로 뻗쳐 있는 팔의 오른쪽 어깨가 몸의 위치에서 앞으로 나가서도 안 된다. 다시 말해서 손이 뻗쳐 있을 때 나의 상체의 각도가 상대방과 나 사이의 일직선과 90도를 이루어야 한다. 그러니 주먹을 힘껏 앞으로 던지지만 상체가 수직 각도에서 더 나가지 않도록 앞으로 던지는 힘과 같은 힘으로 몸 쪽으로 잡아당겨서 제지해야 한다. 그 뻗쳐 있는 팔은 오른쪽 어깨에서 수평을 유지해서 상대방을 공격해야 한다.

사범이 "하나!" 하고 외치면 오른쪽 주먹으로 공격하고, "둘!" 하면 오른쪽 주먹은 오른쪽 허리에 가져와 부착시키는데 주먹의 손등이 땅을 향해 있어야 한다. 그와 동시에 왼쪽 주먹은 왼쪽 허리에서 올려서 주먹의 손등이 하늘로 향하게 하고 앞에 있는 상대방에게로 뻗친다(친다). 오른쪽 어깨가 몸의 각도가 삐뚤어지지 않게 하듯이 왼쪽 어깨 역시 나와 상대방 일직선과 90도를 이룬 상체에 변함이 없어야 한다. 다시 말해서 상체가 움직이지 않고 90도를 유지하려면 왼쪽 주먹이 날아가는 동시에 잡아당겨야 했다. 이런 방법으로 몇십 번이고 되풀이하고 있노라면 몸이 땀에 흠뻑 젖어버린다.

그 다음은 앞발차기다. 기마자세를 하고 있으면서 사범이 "하나!" 하고 고함을 지르면 우선 오른쪽 발을 들어서 무릎을 완전히 개고 치켜든 다음 무릎을 펴서 상대방 얼굴 아니면 턱을 겨냥해서 찬다. 발가락들은 발바닥에서 90도가 되게 뒤로 위로 당기면 발바닥과 발가락이 만든 90도 꺾인 부분이 상대방의 얼굴을 차게 된다. 발가락을 뒤로 젖히지 않고 찼다가는 발가락을 상하게 된다. 무릎을 펴서 차고 바로 다시 빠른 속도로 뻗쳤던 무릎을 개고 치켜들었던 무릎을 내린 다음 다시 기마자세로 발의 원위치 즉 오른쪽 어깨와 같은 위치에 있게 한다. 사범이 "둘!" 하고 고함을 지르면 이번에는 왼쪽 다리를 추켜올리는 동시에 무릎을 개고 상대방의 얼굴을 향해서 발의 무릎을 펴면서 찬다. 왼쪽 발가락도 물론 위에 말한 대로 위로 젖힌 상태에서 각도 진 발바닥으로 상대방을 공격한다. 이번에도 빠른 속도로 차고 무릎을 개고 내려와서 왼쪽 어깨와 나란히 기마자세로 돌아온다. 몇십 번을 반복했는지 모르나 몸이 땀에 흠뻑 젖게 발질을 했다.

그 다음은 옆발차기다. 인상에 남은 것은 사범이 자주 하는 말대로 이 옆발을 뻗치면 내 몸에서 제일 멀리 있는 물체에 닿을 수 있어서(찰 수 있고 공격할 수 있다는 말이다) 아주 무서운 무기라고 했다. 기마자세에 있다가 사범이 "하나!" 하고 고함을 지르면 몸을 왼쪽으로 회전하면서 오른쪽 발을 번쩍 들고 무릎을 갰다가 즉시 기마자세 때 앞에 있던 상대방을 향해서 뻗친다(찬다). 뻗쳤을 때 발꿈치와 발가락은 수평을 이루고 우리 몸 중심에서 먼 쪽(바깥쪽)을 칼날 같이 만들고 그 부분이 상대방에 충격이 되도록 차야 한다. 주먹으로 공격했을 때 충격을 주고 곧바로 주먹을 회수하는 것 같이, 발질도 충격을 주자마자 동시에 무릎을 개고 번쩍 들었던 위치에서 정상 위치로 내려오고 몸도 상대방과 정면을 보게 되도록 기마자세로 돌아온다. 사범이 "둘!" 하고 고함을 지르면 몸을 오른쪽으로 돌리고 왼쪽 발을 번쩍 치켜들고 오른쪽 발로 했던 것과 같이 상대방을 공격한다.

그 다음 가르치는 것이 '형形'이다. 지금까지는 한자리에 서서 팔다리를 쓰는 법을 배웠는데, 형을 할 때는 몸을 이동한다. 몸을 이동하면서 팔다리를 쓰는 법을 배운다. 제일 기본적인 이동법은 앞으로 전진하는 것이다. 기마자세를 하고 있으면서 오른쪽 발을 앞으로 내디딘다. 그와 동시에 오른쪽 주먹으로 앞의 허공(가상의 적)을 친다. 그 다음은 왼쪽 발을 앞으로 내디디고 왼쪽 주먹으로 앞의 허공을 찌른다. 이렇게 해서 앞으로 전진한다. 모든 몸의 움직임은 사범이 고함으로 내뱉는 숫자에 맞춰서 한다. 몇 발짝을 옮긴 다음에 뒤로 돌아선다. 왼쪽 발이 앞으로 전진하는 대신에 뒤로 돌아서서 왼쪽을 디딘다. 그리고 오른쪽 발은 180도 회전을 한다. 돌아서는 동안 왼쪽 팔을 오른쪽 팔꿈치 위를 스치고 하복부를 스치며 왼쪽 다리를 지나서 왼쪽 밖으로 휘젓는다. 순식간에 회전과 동시에 하는 자기 방어법이다. 이 휘저은 팔은 나의 복부와 그 아래의 급소에 들어오는 적의 발이나 무기를 밀어내는 방법이다. 이 연습을 하루에도 수백 번을 해서 나도 모르게 방어를 하는 것이다.

그 다음에는 앞발차기를 하면서 앞으로 전진한다. 오른쪽 발로 앞의 상상의 적을 차고 발을 내릴 때 일보 앞으로 내려디딘다. 그 다음에는 왼쪽 발로 앞을 차고 일보 앞으로 내려디딘다. 이런 형식으로 앞으로 전진한다. 뒤로 돌아서는 방법은 위에 말한 주먹치기를 하면서 전진하다가 180도 회전하는 방법과 동일하게 돌아서면서 손으로 복부 하부를 방어한다. 다시 앞발차기를 하면서 원점에 도달한다.

그 다음 방어 방법은 팔뚝을 나의 복부·흉부, 그리고 얼굴·머리를 스쳐서 위로 올린다. 처음에는 오른손으로 하고 한 발짝 더 나가서는 왼쪽 팔뚝으로 복부·흉부·얼굴·머리를 스쳐서 위로 올린다. 이 연습은 복부·흉부·얼굴·머리를 겨냥하고 들어오는 적의 주먹(손)이나 발이나 다른 무기 등의 공격을 막기 위한 연습이다.

내가 기억하는 '형'은 위에서 기술한 손·발, 그리고 이동하는 동작과 좌회전·우회전 및 180도 회전하는 동작을 모두 하는 훈련이다. 영문 알파벳의 H 자를 수평으로 누이면 한자의 工(장인 공) 자가 되는데, 이동하는 코스는 이를 이용한다. 기마 자세를 하고 이 工 자의 아래 부분 중앙에 선다. 수평의 선이 수직의 선을 만나는 점에서 시작한다. 이 출발점에서 왼쪽으로 3보 가고 180도 회전해서 3보 직진해 출발점을 지나서 3보 더 전진한 다음에 180도 회전해서 3보 직진하고 우측으로 돌면 출발점에 도착한다. 그 다음엔 工 자의 중앙에 있는 수직선을 따라서 3보 직진한다. 그 중앙의 수직선이 위쪽의 수평선에 도착하면 좌측으로 돌아서 3보 직진한다. 그리고 180도 회전해서 3보 직진하고 중앙 수직선과 만나는 점을 지나서 3보 더 직진한다. 그 다음에는 180도 회전해서 3보 직진해서 중앙 수직선과 만나는 점에서 좌회전한다. 중앙선을 따라서 3보 직진하면 출발점에 도달한다. 여기서 180도 회전하면 원위치에 도착한다. 이 형을 하루에도 수십 번을 한다.

대련對鍊은 위에 기술한 기본 동작 등에 익숙해져 청靑띠를 맬 정도는 됐을 때 한다. 백白띠는 시작하는 사람들이 맨다. 청띠는 심사를 받은 후 승진돼서 찰 수 있는 띠다. 청띠를 두를 정도면 가상의 적과 싸움(격투)을 연습하는 대련을 한다. 중요한 것은 예를 지키면서 격투를 하는 것이다.

상대(가상의 적)와 약 3보 떨어진 곳에 서서 상대방을 향해서 허리를 반듯이 세우고 똑바로 쳐다본다(응시한다). 얼굴도 평범한 표정을 한다. 웃거나 상을 찌푸려서도 안 된다. 서로 절을 한다(예를 한다고 한다). 그리고 곧바로 격투를 시작한다. 권투를 하는 것 같이 상대방을 공격하고 방어한다. 제일 위험하고 무서운 것이 앞발이나 옆발질이다. 재빠르게 옆으로 돌면서 들어오는 발을 피하고 주먹(拳)이나 손칼(手刀)로 상대방의 얼굴·목의 급소를 향해서 던진다. 사실은 사정을 보아가면서 막상 타격은 자제한다(치는 흉내만 내지 막상 상처를 주지는 않는다). 그렇게 해서 15분 내지 30분 대련을 하고 나면 온몸이 땀에 범벅이 된다. 생수 두어 병쯤은 들이켜야 한다. 아름다운 추억이다.

태권도의 '권拳'은 주먹을 의미한다. 사실은 주먹이 나에게는 가장

빠르고 정확하게 쓸 수 있는 무기다. 그래서 주먹치기 연습을 많이 해서 주먹의 마디에 발바닥 같이 두꺼운 가죽이 생기면 그만큼 힘 있는 무기가 되는 것이다. 그 주먹으로 무엇이든지 치고 싶어서 간질간질할 정도다. 치고 나면 좀 시원해진다. 두꺼운 판자를 우리 허리 정도 높이에 수직으로 고정시켜 놓고 그 판자 윗부분은 천으로 몇 번 감아서 싸고 그 위에 고운 새끼줄을 감아놓으면 주먹치기 연습에 알맞다. 집에서도 토끼집 있던 곳에 똑같은 주먹 치개를 만들 어놓고 아침저녁으로 간질간질한 주먹을 시원하게 풀어주었다.

학교 강당은 벽돌로 쌓은 큰 건물이었다. 서중학교 다닐 때 지은 건물로, 우리가 태권도 연습 할 때쯤엔 새 건물이었다. 비올 때 조회 를 하거나 학교 행사 할 때 쓰는 건물이었다. 반쯤은 일본말로 다다 미를 깔아놓고 유도반에서 유도 연습을 하고, 나머지 반은 그냥 마 룻바닥으로 태권도 연습에 썼다. 강당 뒤쪽 건물과 학교와 밖의 울 타리 쪽에 여분으로 남아 있던 벽돌이 많았다. 벽돌 두 개를 세로로 놓고 그 위에 세 번째 벽돌을 가로로 올려놓고 그 위를 위에서 말한 간질거리는 주먹으로 내려치든지 수도로 내려쳐서 올려놓은 벽돌들 을 깨곤 했다. 그때 우리들이 벽돌을 거의 다 깨버렸을 것이다. 학교 물건을 손상했으니 처벌을 받았어야 했을 텐데, 아무도 우리를 꾸중 하거나 나무라는 사람이 없었다. 지금 생각하면 철없는 짓을 했다고 후회해 본다.

도시락을 두 개씩 싸 가지고 다니면서 공부하고 태권도도 했다. 학교에서 점심시간이 되면 교실 안에서 책상 위에 도시락을 꺼내놓 고 먹는다. 흰밥이나 보리밥을 넣고 한쪽에 김치를 잘게 썰어서 넣 어주신다. 볶은 멸치나 삶은 달걀이 있으면 부잣집 아이들이나 먹는

점심이다. 검은콩을 장에 담갔다가 만든 콩자반도 좋은 반찬이었다. 장조림은 생각도 못했다. 부잣집 아이들의 반찬이었다. 급하고 반찬이 없으면 주먹밥에 깨소금을 뿌려서 주기도 한다. 밥을 먹고는 밖에 나가서 수도꼭지에서 나오는 물을 마시면 식사가 끝난다. 오후 서너 시면 학업이 끝나고 집에 가는 시간이다. 태권도반·유도반·축구반 등 우리 특수반에 들어 있는 학생들은 해가 뉘엿뉘엿 서산에 걸려 있을 때 끝이 나서 집에 가게 된다. 학동까지 걸어가려면 배가 고파서 두 번째 도시락을 꺼내서 맛있게 먹곤 했다. 이때가 한창때였기에 이렇게 음식을 맛있게 많이 먹을 때였다.

한번은 지금 나와 제일 가까이 친한 벗 한정일과 대련을 하는데, 이 친구가 공중에 붕 떠서 옆발치기로 공격해 들어왔다. 피하면서 손으로 막았더니 그가 중심을 잃고 바닥에 떨어질 때 팔을 짚으면서 넘어졌다. 엉덩이로 바닥에 떨어졌는데 팔에 충격이 너무 커서 부러졌다. 이 일이 생전 잊히지 않았다. 지금 한정일 교수에게 물어보니 본인은 기억을 못하고 있었다.

이 태권도반에 같이 들어 있던 친구들은 생전 잊히지 않는다. 천희원·안재순·김정후와 같이 청띠·자紫띠까지 승진되었을 때 고등학교 3학년이 되어서 대학 입학시험 준비하느라 태권도를 잠시 그만두었다.

배 선배의 사범 선생으로 박철희 사범이라는 분이 계셨다. 나는 몇 번밖에 보지 못했지만 그분이 '형'을 할 때의 자세로부터 태권도의 정신을 배웠다. 내가 한국을 떠나서 가끔 생각해 보고 마음에 특히 어려움을 당하고 있을 때 또는 답답하게 일이 잘 풀리지 않을 때 그분의 꿋꿋한 자세의 영상에서 어려움을 극복하는 데 도움을 많이 얻었다.

작년에 박 사범이 LA에 오셔서 만나뵐 기회가 있었다. 한정일 교수가 연락해 주어서 스승을 대접할 수 있었다. 그분은 나를 특별히 알고 있지는 않았지만 아마 한 교수가 이야기를 해주어서 기꺼이 만나게 되었다. 이틀 동안 식사 대접도 할 겸 그분의 이야기를 들을 수 있는 기회가 있었다.

그분이 30대였을 때 광주 포병학교에서 장교로 근무하면서 광주 일고에 와서 태권도를 가르치셨다. 송정리에서 퇴근하고 광주 시내로 오는 군 수송편을 이용해서 일주일에 몇 차례씩 와서 가르친 것을 본인도 자랑스럽게 기억하고 계셨다(지금 생각하니 1955~57년 무렵에 광주에서 살 때 매일같이 송정리에서 포탄 터지는 소리가 쿵쿵거리곤 했는데, 박 사범도 귀가 많이 상해서 청각이 좋지 않다고 하셨다).

사실 그때만 해도 태권도가 정립된 무술이 아니고 주먹질 잘하는 깡패나 양성하는, 불량배들이 하는 것이라고 서중학교에서 반발이 있었다고 한다. 일고·서중 교장이었던 강봉우 선생이 하나의 건전한 무술 훈련으로 학생들의 심신 연마에 도움이 되리라고 해서 자신의 보장하에 박 사범의 훈련을 허락하게 되었다고 한다. 나는 이 사실을 모르고 있다가 작년에야 알게 되었고, 내가 그토록 오랜 세월 동안 동경해 왔던 사범의 이야기가 마음 깊이 새겨졌다.

사범은 자신이 일본군에서 나온 사범에게서 지도를 받았다고 했다. 그래서 소위 청도관 계통인지 창무관 계통인지는 알 수가 없다. 나는 서울의 대학 1~2학년 때 서대문 로터리 근처의 청도관에서 흑黑띠 즉 유단자가 되었다. 한정일은 건국대학교에 가서 태권도부를 창설해 사범이 되었고, 그 후 4단의 고수가 되었다. 안재순은 군 장교로 들어가서 태권도를 가르치면서 베트남까지 파견된 유능한 사범으로, 4~5단은 되었을 것이다.

2. 금산, 지리산, 한라산

금산

고등학교 3학년쯤 여름 방학 때 최진태의 고향인 금산에 갔었다. 소록도에서 배를 타고 조금 더 남쪽으로 가면 나오는 섬이다. 친구들이 누구누구였는지는 다 기억이 나지 않지만, 천희원이 같이 갔고 그 외에 송준·황광수 등 서너 명이 더 같이 갔다.

광주서 버스를 타고 녹동까지 갔다. 소록도가 건너다보이는 남쪽 끝이었다. 배를 타고 남쪽 바다의 지나는 섬들을 보면서 한두 시간쯤 갔다. 금산에 도착해 물어물어 최진태의 집을 찾아갔다. 부잣집으로 마당도 큰 초가집이었다. 부모님께 인사도 하고 식사를 대접해주어서 잘 먹고 그날은 그 집에서 지냈던 것 같다.

그 다음 날부터 모험의 시작이었다. 부잡한 놈들이었다. 한창때였으니 무서울 게 없던 시절이었다. 바닷가 그늘 밑에서 밥을 지어놓고 된장국을 끓이는데, 풋고추·호박은 그 근처 논두렁이나 밭가에 심어놓은 남의 채소밭에 가서 따다가 국에 넣고 끓였다. 그 맛이 일품이었다. 밤도 아닌 대낮에, 아무도 보지 않는다고 그런 짓을 했다. 아마 주인이 보고도 그냥 두었을지도 모를 일이다.

낮에 최진태에게 부탁해서 그 동네 사는 사람들의 작은 배를 한 척 빌려오게 했다(밤에 시원하게 배 위에서 잠을 잘 생각이었다). 그 배의 노를 저어서 육지에서 50~100미터 떨어진 그렇게 깊지 않은 곳에 닻을 내려놓고 수영도 하고 물장난들을 하고 놀았다. 밤이 되어서 배가 물에 떠내려가지 않게 닻줄을 아주 단단하게 매어놓고 모두 잠들이 들어버렸다. 낮에 그렇게 물놀이에 수영들을 했으니 쉽게 곯아떨어졌다. 바람이 솔솔 부니 육지와 달리 모기도 없어서 더욱이나 잠이 잘 들었을 것이다. 달도 없이 컴컴한 밤이었다.

몇 시간을 잤는지 모르나 자정은 넘었을 것 같은데, 어느 놈이 소리쳐서 모두 깨어보니 앞에 어렴풋이 보이던 섬이 보이지 않고 동네 초가집 등불도 전혀 보이지 않았다. 우리는 즉각적으로 표류되었음을 느꼈다. 남해 바다로 표류된 것이다. 닻줄을 팽팽하게 매어놓은 것이 문제였다. 초저녁엔 썰물이었다가 밤중에 밀물이 들어왔는데, 배가 물속으로 침몰하는 대신에 그 닻을 바다 바닥에서 들고 일어나 물이 나갈 적에 같이 큰 바다로 떠내려간 것이었다.

누가 말을 했는지 모르나, 북두칠성 끝을 보고 밝은 별이 북극성이라는 것을 우리는 어렸을 때부터 밤하늘을 보고 익히 알고 있었다. 북쪽으로 노를 저어서 배를 움직여야 살아날 수 있다는 생각이 들었다. 얼마나 노를 저었는지 알 수 없으나, 먼동이 트기 전에 멀리 어느 섬에 있는 초가집의 등불 빛을 보게 되었다. 아하, 우리가 북쪽으로 가자고 생각했던 게 바른 생각이었다고 알게 되었다. 새벽이 되어서야 여러 섬이 보이고, 한참 가다가 어느 배를 만나게 되어서 물었다.

"여기가 어디요?"

"우리는 금산을 가야 합니다. 어느 쪽으로 가야 합니까?"

저쪽 섬을 지나서 그쪽 동네에 물어보면 가르쳐줄 것이라고 했다. 이렇게 저어서 얼마 동안 걸리겠느냐고 물었다. 오늘 해질 무렵이나 되어야 금산에 도착할 수 있을 것이라고 했다.

밤이 되어서야 최진태네 집에 들어가서 자초지종을 이야기했더니, 그 동네 사람들은 우리가 틀림없이 썰물에 떠내려가 남해 바다로 흘러가서 큰 바다로 실종됐을 거라고 포기하고 있었다고 했다. 운 좋게 살아나려고 밤중에 깨어 북쪽으로 노를 저은 게 너희들을 살려주었다고 했다. 그놈들이 모두 서울로 가서 성공해서 잘들 살게 되었다. 죽을 고비를 함께 한 번 넘겼고, 살려주신 하느님의 은혜를 뒤늦게 알게 되었다. 이것이 뜻하지 않게 우리나라 남해의 다도해에서 노를 저어서 헤매던 경험이다.

지리산

고등학교 3학년 때인지 대학교 입학해서 처음 여름 방학 때였는지 기억이 희미하지만, 천희원이랑 송준이랑 그 외에 서너 명이 같이 지리산을 등반했다.

남원까지 버스를 타고 구례 화엄사까지 가서 사찰 밖 야산에 텐트를 치고 저녁밥을 지어서 먹고 잤다. 군인들이 쓰는 등고선이 있는 지리산 근처의 야전용 지도를 구했고, 미군이 쓰던 나침반도 구했다. 한 보름 먹을 쌀을 지고 고추장·간장·소금·고춧가루·깨소금·참기름 등을 싸서 짊어지고, 군대용 천막·삽에 냄비·물통·도끼·톱·손칼·라이터·붕대·설사약·아스피린 등을 준비해서 서로 나누어서 지고 산을 올랐다.

화엄사를 뒤로 하면서 산길이 이끄는 대로 올라갔다. 연신 지도를 보고 나침판을 보면서 올라갔다. 길은 능선을 타고 오르고 있었다. 내가 길을 잡으면서 앞장서 갔다. 이때부터인지 그렇게 모험을 좋아했다. 천희원이가 일행의 제일 마지막에 따라오고 있었다. 낙오자가 없도록 뒤를 지키게 했다. 지금 같으면 워키토키 같은 무전기가 있었으면 편리했을 것이다.

산등성이 조금 아래 평평한 곳에 천막을 치고 저녁을 해 먹고 밤하늘을 보았다. 산에서만 들려오는 빌레 소리와 멀리서 들려오는 밤새 소리 등만이 적막을 깨는 소리였을 뿐이다. 우리들은 무슨 이야기를 했는지 모르겠다. 그저 같이 밤을 지내는 것이 그렇게 흐뭇하고 만족스러웠다. 도시의 소음이나 복잡한 사회 문제들은 저만치 아주 멀리 떨어져 있어서 까마득했다. 아니, 이 산 위까지 올 수 없는 것들이었다.

산 위 능선에도 나무들이 하늘을 찌르게 높이 자라 있어서 방향을 잡을 수가 없었다. 지도와 나침판에 틀림없이 어느 한 방향에 지리산에서 제일 높은 봉우리인 천왕봉이 보이게 되어 있는데, 나무에 가려 있기 때문에 확인을 하기 위해 나무에 올랐다. 그 높은 나무 위에서 겨우 우뚝 솟아 있는 천왕봉을 확인했다. 진짜 모험을 하는 즐거움을 만끽했다. 아래 친구들에게 이쪽 방향으로 천왕봉이 있다, 이 길이 맞는 길이다 하면서 걷기 시작했다. 그날 밤에도 또 능선에서 해가 저물고 그 다음날 새벽에 저 아래 보이는 평야는 온통 구름에 덮여 있었다. 우리는 구름 훨씬 위에서 자고 있었다. 고산을 만끽할 수 있는 순간들이었다.

며칠을 더 갔는지 모르겠다. 이삼 일 지났을까. 천왕봉 오르는 길이 가팔랐다. 이제는 눈앞에 우뚝 솟아 있는 정상을 오르기만 하면 되었다. 그 고산에도 독사가 보였다. 삼각형의 머리 모양이 틀림없는 독사였다. 바위 색을 가진 그 뱀은 바위 사이로 들어가 버린다. 드디어 정상에 올랐다. 이쪽은 남원 쪽 전라북도고, 이쪽은 화엄사 쪽 전라남도 땅이고, 이쪽은 경상도 하동·진주 쪽이었다.

그 정상을 만끽하고 하산하기 시작했다. 나침판과 지도가 경상도 하동으로 내려가는 길을 잡을 수 있게 해주었다. 이삼 일 더 하산해서 드디어 하동에 도착했다. 진주까지 또 걸어서 갔던 기억이 난다. 열흘 내지 보름 동안 산에서 보내 수염도 깎지 못하고 거지꼴을 하고 진주에서 광주로 가는 버스를 타고 무사히들 집에 돌아왔다. 우리들은 즐겁게 여행을 하고 왔지만 집의 부모님들은 걱정을 하셨을 것이라고 지금 뒤늦게 느끼게 된다. 쌀만 메고 떠난 놈들이 무슨 일이 나지 않았나 하고 보름 동안 걱정하셨을 것이다.

한라산

또 그 다음 해쯤 여름 방학 때 배낭과 천막과 양식을 메고 제주도로 떠났다. 지리산 갔을 때와 같은 친구들이었다.

광주서 목포까지 기차로 여행하고 목포 항구에서 배를 탔다. 석유나 휘발유를 태우는 모터를 사용한 정규 여객선이었던 것 같다. 밤새도록 갔다. 제주에 도착했을 때는 잠도 별로 자지 못하고 뱃멀미를 많이 해서 토하고 어지럽고 기진맥진했다. 질질 끌고 제주시를 가로질러 한라산 오르는 길목에서 첫날 밤 천막을 치고 누웠을 때 안도의 한숨을 쉬었다.

한라산은 제주 어느 곳에 가든지 보이는, 밑이 넓어 완만한 삼각형의 산이어서 길 잃을 염려가 없는 산이었다. 바람이 많고 햇빛이 강해서 높이 자란 나무도 별로 없기 때문에 항상 정상을 보고 확인할 수 있었다. 산 아래쪽에 있는 집들은 돌담들을 쌓아놓았다. 그 검은 돌로 새겨진 석상 '하루방'들이 인상적이었다.

동네를 지나서 서서히 오르는 산길을 따라서 이틀은 간 것 같다. 정상에 오르니 '흰 사슴이 다니는 못' 백록담白鹿潭이 보인다. 옛날 아주 먼 옛날 화산의 분화구에 물이 차서 호수가 된 것이다. 여름 7월경이었을 것이다. 무척 덥고 습한 날이었다. 사슴 대신에 방목하는 소들이 마시고 배설한 악취가 날 뿐이었다. 그렇게 바라고 한번 꼭 올라가 보고 싶었던 백록담이 겨우 그것이었다. 실망했다. 그 분화구 둘레를 한 바퀴 돌아보았다. 제주 섬의 동서남북이 다 보였다. 서서히 내려가다가 보니 그 너머 파란 바다가 사면에 다 보였다. 남쪽으로는 서귀포라는 동네가 보이는 것 같았다. 아마 백록담 근처에서 야영을 하고 그 다음 날 아침 하산하기 시작했을 것이다. 서귀포까지 내려가는 데 별로 기억나는 일이 없다.

서귀포 근처에서 정방폭포를 보았다. 논에서 내려오는 물이 개울물이 되었다가 벼랑에 이르러 떨어지는 것이 정방폭포였다. 그 다음에 서귀포 바닷가에 또 하나 폭포가 있었다. 그 이름은 기억나지 않는다. 몇 년 전에 가보았을 때는 관광객으로 꽉 차 있었다. 물도 몇십 년 전보다 훨씬 많았다. 서귀포에서 버스를 타고 동쪽으로 섬을 돌다가 성산 일출봉에서 야영하고 새벽에 성산 일출봉을 올라서 일출을 보았다. 가파른 오르막길이 험하고 힘들었다. 일출봉 근처에서 무슨 동굴에 들어가 보았다. 옛날에 큰 용이 살다가 나간 후에 생긴 얕은 동굴인데, 끝없이 길어서 다 들어가 보지는 못했다. 제주시를 통해서 다시 목포로 돌아가서 집으로 돌아왔다.

이 여행도 10여 일은 넘어 걸렸을 것이다. 사내새끼가 나서 백두산·금강산은 가보지 못했지만 남한에 있는 두 명산 중의 두 번째인 한라산은 답사해 보았다.

3. 서울로

　보성에 게시는 둘째 큰아버지께 대학에서는 무슨 공부를 해야 하는지 여쭤본 적이 있었다. 약학을 공부하라고 하셨다. 약사는 직장이 안전해서 언제 어디서나 직업을 얻을 수 있고 생전 먹고살기에는 걱정이 없을 것이라고 하셨다. 조선대학교에 장학생으로 들어가면 화공과에 쉽게 들어갈 수 있었고, 남자가 할 수 있는 멋진 직업일 것 같기도 했다. 그래도 서울대학교에 응시해 보겠다는 도전이 더욱 강했다. 그래서 서울로 가기로 마음을 먹었다.

　서울! 말만 들었지 한 번도 가보지 못한 놈이 어떻게 어디서 시작해야 할지 막연하기만 했다. 친척도 없고 도무지 기댈 사람도 없었다. 큰집의 둘째 딸 복희 누님네가 서울 어디에 살고 있다고 어렴풋이 알고 있을 뿐이었다(누님은 돌아가셨고 매형이 살아 계신데, 딸하나는 내 나이 비슷했고 그 남동생 상만이가 있었다).

　결국엔 이우원에게 도움을 얻어서 북아현동에 발을 디디게 되었다. 광주서 기차를 타고 북쪽으로 북쪽으로 갔다. 전주를 지났다. 이곳도 말만 들었지 처음 보는 곳이었다. 밤이 되었다. 기차는 밤새도록 달렸다. 자정이 넘고 새벽녘에 대전에 도착했다. 뜨거운 우동 파는 장사들이 바쁘다. 다음이 조치원, 그 다음이 천안, 그리고 수원,

그 다음에 서울역이었다. 아침 시간에 닿은 것 같다. 서울역에 도착하면 쓰리꾼과 깡패들 조심해야 한다고 주의를 받은 기억이 나서 은근히 걱정도 되었는데, 그래도 태권도 자띠를 가졌기 때문에 그런대로 겁이 나지는 않았다.

우원이가 마중을 나왔었는지 택시를 타고 갔는지 기억이 가물가물하지만, 아현동 시장 입구로 들어갔다. 조금 들어가다가 오른쪽 골목으로 들어가면 시장의 와자지껄하는 소음이 없어지고 주택지가 나온다. 하숙집을 정해서 짐을 풀었다. 추운 겨울이었다. 아침 식사에 나온 꽁치 국이 색다른 음식이었다.

서울대학교 약학대학을 찾아갔다. 약대 강의실이었는지 문리대 근처였는지 모르지만 하루 종일 시험을 치렀다. 영어와 수학은 자신 있게 보았다. 다른 과목들이 무엇이었는지조차도 기억이 나지 않는다. 며칠 후 시험 합격자 명단이 큰 건물 위 벽에 쓰여 있었다. 틀림없이 내 이름 석 자가 있었다. 그때의 기쁨은 말로 표현하기 어려웠다. 고향 어머님께 전보를 보냈을 것이다. 그리고 며칠 후에 호남선 기차를 타고 광주로 돌아왔다.

가정교사 생활

사람의 갈 길 또는 운명은 스스로도 알 수 없게 전개되어 가고 있었다. 곧 서울 생활을 시작하게 된 것이었다. 위에 말한 하숙집 방에서 내려다보면 길 건너편 조금 낮은 위치에 있는 집에서였다. 이우원이 그 집 아이들을 가르치는 가정교사로 주선을 해주어서 그 집에 살게 되었다. 국민학교 다니는 아들과 딸이었다. 하숙 생활도 제대로 해보지 못하고 서울 오자마자 일자리를 구한 셈인데, 어떻게 그렇게 쉽게 구할 수 있었는지 신기하기만 했다. 이 집 부인의 고향이 전라도 영산포여서 이우원과 동향이었다. 이우원이 서울고등학교 다닐 때부터 같은 고향 사람으로 그 집에 자주 왕래하면서 내 이야기를 했던 덕에 가정교사 자리를 얻게 된 것이었다. 나에게는 너무도 다행스러운 일이 아닐 수 없었다. 지금 생각으로는 주님이 나를 보호하시고 그리로 인도하셨을 것이라고 믿고 있다. 그것이 내 삶을 시작하는 발판이었다.

얼마 있다가 그 집이 더 큰 곳으로 이사를 했다. 북성학교 밑 동사무소 바로 앞의 집이었다. 그 집은 지은 지 얼마 되지 않은 전통 한옥이었다.

대문을 열고 들어서면 왼쪽으로 문간방이 있다. 이 방이 내가 쓰는 방이고, 아이들 공부시키는 방이기도 했다. 대문 입구에 들어오면서 오른쪽은 소위 사랑채로, 손님이 묵고 가는 방이 둘 있었다. 내가 4년 사는 동안 이 사랑채는 아이들 외삼촌 내외 아니면 아이들 이모네 내외가 살고 있었다. 내 방 뒤로는 집이 ㄱ 자로 꼬부라져서 길고 넓은 안방이 있었다. 안방에는 자개농들이 있었고, 요사이 같으면 텔레비전이 있을 텐데 제니스 라디오가 있었다.

그 다음엔 대청마루가 있었고, 안방·건넌방 앞에 피아노가 있었다. 내 생각으로는 스피네트Spinette 피아노였을 것이다. 일주일에 2~3일은 어느 여학생이 와서 그 집 딸을 가르치곤 했다. 바이엘인지 체르니인지, 연습곡들을 하도 많이 들어서 내 귀에 지금도 역력히 기억이 난다. 지금도 그 단조롭고 약간 설움을 느끼게 하는 음이 나오면 그때 젊은 가슴에 울렸듯이 짜릿해지곤 한다. 그때 들었던 스즈키 연습곡들이 CD에서 나오면 바쁘게 돌아가던 마음을 멈추고 지긋이 음악을 받아들이곤 한다. 고독하고 불안했던 아름다운 시절을 생각나게 해준다.

그 다음 방이 식모 점순이가 쓰는 방이다. 점순이는 고향이 어딘지도 알 수 없는, 나보다 좀 더 나이 먹은 식모였다. 항상 부엌에서 일을 하고 집안 식구들 식사 준비와 설거지, 세탁, 방과 대청마루 청소하는 것이 일이었다. 하루 종일 그렇게 일하면서도 불평하는 것을 한 번도 들어본 적이 없었다. 시장은 주인 마나님 윤 씨가 봐오는 것 같았다. 점순이는 밥 먹을 때는 언제나 "찬수 양반!" 하고 부른다. 아침·점심은 그렇게 해서 차려주면 먹곤 했다. 저녁 식사는 온 집 식구가 한 상에서 먹는다. 나도 한 식구 같이 식사를 하게 했다.

지금 생각하면 아주 특별한 대우를 받고 살았다. 아이들 가르친다고 방을 따로 주고, 세 끼 밥 먹여주고, 한 달에 얼마씩 용돈 하라고 돈도 주셨다. 가정교사에게는 아이들 공부가 먼저였다. 그 집의 학생이 학교에서 집에 돌아와 밤에 식사를 끝내면 내 방에 온다. 주로 하는 것은 복습하는 과정에서 그 학생이 잘 모르는 것을 알아내서 더 쉽게 알아들을 수 있게 설명해 주고 이해하는 데 도움이 되게 하는 것이다. 그 다음엔 숙제를 하는 데 어려움이 없도록 도와주고 설명해 준다. 잘 이해하고 알아들었으면 그 다음엔 연습문제를 같이 풀어본다. 궁극적으로 그 다음 날이나 그 후에 있을 시험에서 좋은 성적을 얻어야 한다. 이 집 아들은 나와 이런 식으로 공부를 해서 서울 중학교는 못 들어갔어도 배재중학교에는 합격했다. 배재고등학교까지 들어가는 것을 보고 나도 대학을 졸업하게 되었다. 딸도 같은 식으로 공부를 시켰다. 주로 국민학교 5~6학년 때 공부를 같이 했다.

아이들 공부를 가르치다 보면 보통 밤 10시가 넘는다. 그 다음에 나도 공부를 해야 했다. 특히 중간 시험이나 학기말 시험 때는 벼락 공부를 하지 않을 수 없었다. 고등학교 때 알게 되었지만 약방에 가서 하얀 가루의 카페인을 사다가 복용하면 밤을 꼬박 새우면서 공부를 할 수 있었다. 외울 건 외워버리고 이해가 잘 되지 않더라도 암기해서 그 다음 날 시험지에 정답을 써놓기만 하면 되는 것이었다. 시험 끝나고 집에 가서 두세 시간 쓰러져 자버리면 그만이었다. 여하튼 시험 성적이 B+(85점) 이상이 되어야 학교에서 수업료 면제를 받게 된다. 학비를 내려면 어머니가 충당할 수 없었다. 그래서 죽어도 B+를 따야 했다.

하루는 아이들 공부 끝나고 내 공부 하려는데 어떻게나 잠이 오는지 뺨을 쳐보고 다리를 꼬집어보아도 도저히 수마를 이길 수 없었다. 주인 마님 윤 씨는 양담배를 피웠는데, 살렘 담배 한 개비를 얻어서 불을 붙이고 연기를 들이켜 보았다. 기침이 나오고 정신이 번쩍 깨었다. 그 담배 덕분에 시험 공부를 무사히 할 수가 있었다. 그래서 살렘 담배를 피우게 되었다.

아르헨티나에서 온 편지

하루는 식모 점순이가 외국에서 온 것이 틀림없는 항공우편 편지를 가지고 와서 무엇인지 말해 달라고 했다. 영어를 해독할 수 있는 사람이 나뿐이었기에 당연히 내게 가져온 것이다. 아르헨티나의 코르도바 시에 가까운 동네 비야베르나Villa Berna에 있는 양봉 연구소 Laboratorio Apicola의 마르가리타 켈렌베르크Margaritta Kellenberg라는 사람이 한국양봉협회 앞으로 보낸 편지였다. 내용인즉 자기네 연구소가 한국에서 나오는 인삼에 관심이 많으니 인삼에 대해 자료를 제공해 줄 수 있는 기관이나 사람을 소개해 주었으면 감사하겠다는 것이었다.

즉각 내가 그 자료를 제공해 줄 수 있는 사람이라고 편지를 보냈다. 편지가 잘못 전달돼 내가 살고 있는 집으로 왔기에 우연히 뜯어보게 되어서 알게 되었노라고 설명하고, 나는 서울대학교 약학대학 졸업반에 있는 학생이라고 했다. 그 편지는 한국양봉협회 주소를 찾아서 전달해 주겠다고 했다. 그 주소를 찾아가 보니 서대문구에 있었고, 서대문 로터리에서 광화문통으로 가노라면 전 자유당 2인자였던 이기붕 씨 집에서 멀지 않은 곳이었다. 사람을 만나서 자초지종을 이야기하고 그 편지는 전해 주었다. 뜯어보게 되어서 미안하다고 사과도 했다.

얼마 있지 않아서 마르가리타로부터 편지가 왔다. 가슴이 두근거렸다. 처음으로 외국 사람의 서한을 직접 받게 되었고, 그쪽에서 오히려 참 잘되었다며 인삼에 대해 글을 써달라고 했다. 어디서 시작을 해야 할지 막연했다. 학교에서 공부하는 약용식물학 책에 참고문헌으로 일제 시대에 조선 총독부에서 수집한 인삼에 관한 연구 논문집이 있었다. 일본말로 쓰인 약학·화학·한의학에 관한 논문들이었다. 이 책을 구하려고 동대문·청계천 상기의 헌 책만 모이놓고 파는 책방에 갔다. 다행히 거기서 〈인삼사人蔘史〉 전집을 살 수 있었다.

이 책을 밤낮 읽었다. 대부분 한자로 돼 있어서 어느 정도 해독할 수 있었다. 사랑방에 사는 아이들 외삼촌은 나보다 10년 정도 위여서 일본 글을 잘 알고 있었기 때문에 모르는 건 그에게 물어봐서 알아내고 했다. 영문 타자기는 어디서 구했는지도 모르겠고, 형편없는 영어였겠지만 여하튼 열심히 영어로 번역해서 타자기로 찍어 아르헨티나로 보냈다. 먹지를 삽입해서 찍은 사본은 내가 보관했다.

아르헨티나에서는 아주 기뻐했다. 그리고 인삼을 사서 보내달라고 했다. 경비에 쓰라는 돈도 받고 국제 우송도 해보고, 여간 재미나는 일이 아니었다. 외국 사람과 연락을, 그것도 영어로 서신을 주고받고 했으니 속으로 우쭐해졌다. 아니, 이것이 계기가 되어서 불과 몇 년 후에 아르헨티나로 유학을 떠나게 될 줄이야! 생각만 해보아도 가슴 벅찬 일들이었다.

서울대 약대

서울대 약대는 서울운동장 근처 사대부고 옆 가까운 곳에 있는 옛날 일제 시대 약학전문학교의 2~3층짜리 빨간 벽돌 건물을 물려받았다. 실험실이나 강당 또는 교실은 시멘트 바닥이고 벽돌 벽이었다.

실험을 하다가 원심분리기에 손가락을 다치기도 여러 번이었다. 내가 화학에 끌린 매력 가운데 하나는 유화수소로 침전시키고 원심분리기로 분리해서 원소들을 가려내던 실험이었다. 말로만 들었던 원소를 직접 식별해 낼 수 있는 기술을 얻게 된 것이다. 그 실험실에서는 염산 냄새, 그리고 지금은 상상도 할 수 없는 유독 가스인 유화수소 냄새가 항상 나곤 했다. 현미경으로 식물의 세포를 들여다보고 약용식물을 분별하는 것도 재미있었다. 박테리아 배양하는 미생물학도 실습했다. 제일 인상적인 것은 화학저울 쓰는 방법이었다. 아주 마음을 평안히 가지고 인내심이 있어야 그 미세한 중량을 잴 수가 있었다. 이때 배운 저울 쓰는 방법을 그 후 사오십 년 동안 써먹었다.

4·19

실험실에서 실험을 하다가 하얀 가운을 입은 채 밖으로 나갔다. 10시쯤 되었을 것이다. 이때는 벌써 을지로에 있던 옛날 약전 건물에서 이사 나와서 의과대학 뒤쪽의 4층 새 건물로 이사 온 후였다. 지금도 기억이 나는데, 실험실과 교실 바닥이 붉은 황토 바닥 아니면 시멘트 바닥이었다.

우리들은 다른 대학생들과 같이 동참해서 데모를 하러 나갔다. 어느새 의대 뒤에 있는 의대 병원을 지나서 창경원 옆길도 지나고 중앙청 앞에 거의 도착했다. 총성이 들리고 학생들이 뒤로 물러나는 것도 같았다. 우리는 대열이 흐트러지고 뿔뿔이 흩어지기 시작했다. 광화문통으로는 갈 수 없었고, 골목길로 들어가서 종로 길을 건너고 시청 앞을 지나 서소문 쪽으로 해서 북아현동에 도착했다. 이것이

나의 4 · 19 경험이었다.

대풍신약

대학교 졸업반이 되었다. 약사 시험을 보고 합격해서 나도 대한민국의 약사 면허증을 받았다. 따분하게 약방을 열고 약이나 팔고 싶지는 않았다. 자본도 없고 과학 연구를 할 수도 없고 해서 그만두기로 했다.

선배들이 대풍신약이나 유한양행에 지원해 보라고 했다. 그래서 대풍신약이라는 회사에 입사 시험을 봐서 합격이 되었다. 아마 영어 실력이 좋아서 외국서 수입해 오는 신약을 판매하는 데 도움이 될 것 같았는지 모르겠다. 여하튼 그때 그래도 알아주는 회사(월급과 출장비를 풍족하게 주었던 것 같다)에 입사할 수 있어서 월급봉투를 만져볼수 있었다. 참 가슴 뿌듯한 일이었다. 중학교 때 학용품 팔아서 공부하는 데 보태 쓴다고 돈 만져본 후로, 세상에 나서 처음으로 돈을 벌어보게 된 것이다. 아마 첫 번째 월급은 타자마자 어머님께 달려가서 보여드리고 얼마를 드렸을 것이다. 지금 생각해 보니 송두리째 다 드려도 부족했을 텐데, 아직도 철없이 세상 무서운 줄 모르고 살 때였다.

지금 생각하니 그 사장이 우 씨였다. 우 사장은 털털하고 성격이 사람 다루는 데 노련한 분 같았다. 선배 약사들이 상무 급의 노련한 영업부장에게 나를 훈련시키게 했다. 그 상무는 항상 출장을 다녀야 했다. 전국에 안 가본 데가 없고 모르는 약국이나 병원이 없었다. 어디 가면 누구누구를 만나서 이 약을 설명하라고 가르쳐주었다. 그러니까 대학 나와서 진짜 약장사가 되어버렸다. 약 수입 회사의 외무

사원이 된 것이다.

내가 처음 나간 출장은 충청남북도, 전라남북도, 제주도까지 한 바퀴 도는 출장이었다. 들고 다니는 검은 가죽 가방 속에는 여러 가지 신약품과 원문 번역판으로 된 소개 문헌들이 가득 들어 있었다. 상무는 약국에 들어가서 약사를 만나고 무슨 특출한 효과가 있다고 설명하라고 한다. 병원에 가면 원장을 만나서 똑같이 설명하라고 한다. 애송이 약사가 설명을 하고 있었으니 그들이 어떻게 생각했는지 알 수가 없었다. 밤이면 몇몇 약국 사람 아니면 병원 사람들을 모시고 술상을 벌이곤 했다. 나는 술도 못 하고 그저 두어 잔 마시고 얼굴이 벌개져서 구석에 조용히 앉아만 있고, 상무가 농담이나 이야기는 주로 했던 것 같다. 대전·전주·이리·광주·여수·순천·목포 등 한국의 서남쪽을 다 돌았다. 한 보름을 다녔을 것이다. 다시 서울로 올라와서 본사에 출근하곤 했다.

한 1년 남짓 근무하다가 군에 입대했다. 적은 그대로 두고 제대하면 복직하는 것으로 해두었다. 약품은 독일에서 수입한 프로헤파룸 간장약이 기억나고, 이탈리아에서 수입한 클로람페니콜 항생제 주사약이 기억난다. 일본 에이사이 회사의 카베진(양배추에서 추출한 강장제)도 기억이 난다. 또 '대풍' 하면 알 수 있는 히트 약이 있었는데 이름이 기억나지 않는다.

수색에서 논산 훈련소로

대풍신약에 취직해서 6개월 정도 출장을 다녔을 것이다. 5·16 정변이 나고 군에 자원 입대를 했는지 영장을 받았는지 기억이 나지 않으나, 어느 날 신촌 근처의 수색역에 모이게 되었다. 어디에서 입대 수속을 했는지 모르나, 야간열차에 실려서 남쪽으로 가던 기억이 난다. 다음 날 새벽에 논산역에 도착했다. 트럭에 실려 논산 훈련소로 갔다. 모두 나처럼 나이 좀 들어서 대학 졸업하고 직장 갖고 있는 사람들이 많았다. 결혼한 사람도 많았다. 수속이 끝난 다음엔 연대·중대·소대에 배속이 되었다. 한 줄로 서서 군복·군화·내복·양말·수건·밥그릇 등을 배급받았다. 배정된 소대 막사로 들어갔다. 선임 하사가 들어오더니 우리들을 각자 침구 앞에 서게 하고 일장 연설을 했다.

"너희들은 이제부터 백지로 돌아가야 한다. 사회에서 무슨 일을 했든지 무슨 학위가 있든지, 너희들은 군에서는 제일 쫄짜다. 명령에 절대 복종해야 한다."

불복종시에는 처벌이다. 주먹이 뺨에 날아오기도 하고, 발길로 차기도 하고, 연병장을 뛰어 돌게 하기도 하고, 엎드려뻗치게 한 다음에 몽둥이로 엉덩이를 치기도 한다. 그러니 별 수 없이, 아니꼽고 싫어도 복종해야 한다. 절대 복종해야 한다.

처음에는 목총木銃으로 훈련을 받다가 어느새 엠원M1을 배급 받았다. 상당히 무거웠다. 어느 날 사격장에 가서 실탄을 배급 받았고, 처음으로 방아쇠를 당겨 사격을 했다. 사격장에서는 사고가 나지 않도록 하기 위해 규율이 무서웠다. 몇 방을 쏘았는지 기억이 나지 않고, 200미터쯤 떨어져 있는 과녁에 맞았는지도 알지 못한다. 한 30분이나 한 시간쯤 사격을 하고 돌아왔다.

훈련소에서나 군대에서는 벌을 받는 것을 기합 받는다고 한다. 엠원을 가지고 기합 받는 것은 그 총을 앞에 들고 연병장을 뛰어서

도는 것이다. 몇 바퀴 돌아야 하는지는 선임하사 기분에 달린 것이었다.

막사에서 휴식이 끝나면 저녁 식사 나팔 소리가 난다(군데군데 확성기가 설치되어 있어서 음악도 나오고, 나팔 소리도 나오고, 공지사항 또는 명령이 나온다). 우리는 밥그릇을 들고 배식하는 줄에 서서 밥 한 주걱, 국자로 한 번 떠서 주는 국을 받았다. 반찬은 멸치무침과 김치가 전부였다. 국 속에는 보통 콩나물이 있고, 재수 좋은 날엔 고기 한 점이 들어온다. 꽁치 국도 많이 얻어먹었다. 모두 맛이 기가 막히게 좋았다. 배식을 받은 다음에 그것을 들고 식당에 들어가 피크닉 테이블 벤치 같은 식탁에서 식사를 했다.

식사가 끝난 다음엔 식기·숟가락·포크 등을 수돗물에 씻고 챙겨서 들고 막사로 가면 저녁 식사 후 휴식은 자유 시간이다. 막사에 있거나 그 근처에 있어서 화랑 담배나 피우고 서로들 이야기를 하면서 취침 때까지 시간을 보낸다. 막사에서 어디 멀리 갈 수도 없었다. 주말에도 면회 오거나 해야 면회실에서 가족이나 만나보고 고향에서 먹을 것을 싸다 주면 막사에 가져와서 서로 나누어 먹기도 한다. 6주 훈련 동안 나에게는 면회 오는 사람도 없었다.

어느덧 논산에서의 6주 훈련이 끝났다. 일반병들은 전방이나 각지로 배치되어 나갔다. 특수학교 갈 사람들은 각기 훈련 학교로 간다. 나는 약사이기에 마산의 군의학교로 배치되었다. 군의관(중위) 훈련을 받으면 직업군인으로 5년인가 복무해야 했다. 나는 의무과 사병으로 훈련을 받았다. 사병이라야 1년 복무하고 유학 시험을 보아서 합격되면 유학생 제대 혜택을 받을 수 있었다.

6주였는지 8주였는지 모르나 마산 군의학교 훈련을 받았다. 제일 힘들었던 것으로는 산 중턱에 올라가서 부상병 한 명을 붕대로 감아서 들것에 싣고 두 놈이서 그 부상자를 산에서 끌고 내려오는 것이었다. 무척이나 힘들었다. 어느 시간 내에 하산해야지 그것도 늦게 내려오면 기합을 받기 일쑤였다. 훈련이 끝날 때 시험을 보게 된다. 그 시험 성적에 따라서 자기가 배치되고 싶은 병원을 선택할 수 있었다. 제일 성적이 좋으면 서울 수도육군병원을 지원할 수 있었다. 그 다음이 대전이나 부산의 육군병원이었다. 나는 논산이 광주에서 가깝고 해서 논산 166 육군병원에 지원해서 배치를 받게 되었다.

116 육군병원

116 육군병원은 논산 훈련소 앞에 위치해 있었다. 네모반듯한 평지에 막사(블록으로 된 벽에 함석 지붕이었다)가 이삼십 개 있었고 연병장이 있었다. 나는 의무보급과에 졸병으로 들어갔다. 내 위에 병장과 선임하사, 그리고 장교 한 명이 있었다. 그래도 내가 약사 자격이 있고 대학 졸업자였기 때문에 이 보급과에 오게 된 것이다. 우리가 하는 일이란 약 보관실의 약품과 의료 기구, 그리고 각종 의료 소모품을 확보하고 재고 정리하는 것이었다.

한 달에 한 번씩 대전에 있는 보급창에 가서 보급 받는 것이 중요한 임무였다. 그날은 아침에 보급과 전원이 트럭을 타고 영외로 나갔다. 저녁때 대전에서 돌아오면서 병원 주위의 동네에 들러서 짐을 좀 풀고 저녁 식사를 하며 술을 먹을 수 있는 게 큰 낙이었다. 사실은 선임하사와 상사가 미리 따로 싸놓은 링거 병들과 마이신 병들, 그리고 의료기기 등을 그 동네에 내주고 오는 것이었다. 그것에서 우리가 쓰는 식사비와 술값이 나온다. 그리고 큰돈은 선임하사와 보급과장의 것이었다. 이들은 직업군인으로 영외에서 가족들과 같이 살림하고 사는 사람들이었고, 월급 외에 부수입이 짭짤했다. 그래서 다른 군인들의 선망의 대상이었다. 보급과에 근무한다고 으스대곤 했다.

나는 졸병이어서 돌아가서는 야간 보초 근무를 해야 했다. 영주 변 곳곳에 보초막이 있었다. 겨울에 추울 때는 막 속에 서서 밖을 감시하는 것이었다. 누가 철망 근처에 접근하면 "누구냐? 암호?" 하고 외치고 총을 들이댄다. 그러나 한 번도 그런 일이 없었다. 보초를 서는 동안 특히 대낮에는 할 일이 없어서 품속에서 국사 책을 꺼내서 읽고 암기했다. 조만간 유학 시험을 볼 때 국사도 합격 점수가 나와야 열두 달 복무 후에 유학 제대를 받을 수 있었다.

하루는 대풍신약 회사에서 누군가가 편지를 보냈는지 116 육군병원 원장에 대풍신약의 우 사장 동생이 부임하게 되니 인사하러 가라고 한다. 그래서 찾아가서 나는 대풍신약의 사원으로 근무하다가 입대해 보급과에서 근무중인데 인사하러 왔다고 했다.

나는 곧 원장 사택에서 놀고먹었다. 보초도 설 필요가 없었고, 밤낮으로 시도 때도 없이 있는 점호에 참석하지 않아도 됐고, 편하기만 했다. 아마 여기에 있다가 제대하게 되었던 것 같다. 내 군번은 10876018이었다.

스페인어 공부

비야베르나의 마르가리타와 그동안 여러 차례 편지가 오고가고 했는데, 그쪽에서 아르헨티나로 초청을 하겠다고 했다. 원, 세상에! 꿈에나 가능한 외국 유학을 갈 수가 있다니! 나는 들떠 있었다. 비행기 표도 보내주고 초청장도 보내주고 재정 보증서도 보내주고. 이곳을 떠나서 세상에 자유롭게, 내가 노력한 만큼 될 수 있다는 가능성에 가슴이 뻥 뚫리고 날아갈 것만 같은 기분을 누구에게 표현할 수 있으랴!

여권이 필요했다. 아니, 여권을 신청하기 전에 우선 유학 시험에 합격해야 한다. 아르헨티나는 스페인어를 쓰는 곳이니 스페인어 시험에 합격해야 한다. 외국어대학교로 달려가서 서반아어과를 찾았다. 김 씨라는 사람을 소개받았다. 아직 졸업하지 않은 서반아어과 학생이었다. 키는 나보다 좀 작은 편이나 서반아어과에서 실력 있는 학생이라고 했다. 말투로 보아 서울 태생이고 머리가 빨리 돌아가는 눈치 빠르고 수완도 좋은 사람이었다. 금방 둘이서 친해지게 되었다. 김 씨가 내게 스페인어를 가르치게 되었다. 스페인어로 유학 시험 볼 사람도 없던 시절이었고, 내가 대한민국에서 제일 처음 응시할 사람이었다. 그러니 김 씨도 신바람이 나서 나를 도와주었다. 김 씨는 나의 상황을 교수에게 설명하고 소개해 주어서 인사를 했다. 그가 저술한 스페인어 책을 얻어서 김 씨와 같이 공부했다. 어떻게 했는지 모르나 그 책을 탐독했다. 미치게 공부했다. 그 다음엔 미군들이 스페인어 공부하는 데 쓰는 군대용 교재가 있었다. 영어로 되어 있기 때문에 스페인어 공부하는 데 또 큰 도움이 되었다.

유학 시험을 보려고 군에서 휴가를 얻어서 서울에 와 제일 먼저 찾아간 분이 그 교수였다. 김 씨와 동행해서 교수를 만났다. 며칠 후면 유학 시험인데 스페인어 시험 보는 데 도움이 될 수 있도록 해달라고 했다. 스페인어가 빽빽하게 쓰인 책 어느어느 페이지(두세 페이지쯤 될까)를 공부하라고 하셨다. 그래서 그 두세 페이지를 충분히 공부했다.

유학 시험 날. 아니나 다를까, 그 페이지 중 두세 구절을 번역하라는 문제가 나왔다. 공부해 놓았으니 쉽게 답을 쓰고 나왔다. 물론 합격이 되었다. 그 외에 한국사·화학·영어·수학 과목도 시험을 보았을 것이다. 그러나 스페인어는 물론 내 실력도 있었겠지만 교수님이 도와주셔서 쉽게 통과된 것이었다. 잊을 수 없는 일이다.

그 다음은 여권 신청이었다. 김 씨가 외무부에 같이 가서 서류를 접수했다. 제일 큰 문제가 신원조회였다. 여순 때 아버지가 좌익으로 몰려서 총살형을 받았고, 어머니는 6·25 때 광주 경찰서에 여러 번 불려갔다 왔고, 보성의 둘째 큰집 장남 인수 형은 그때 인민군 따라 입산해서 곧 전투에서 사살되었으니, 우리 집안은 모두 '빨갱이 집안'이었다. 여하튼 우리 집안 모두 소위 '연좌제'에 걸려서 요주의 인물들이었다.

김 씨는 중정(중앙정보부)에 아는 사람이 있으니 손을 쓰자고 한다. 돈을 건네주라는 것이다. 그래서 얼마를 건네주었는지 기억이 나지 않으나 죽기 살기로 짜내야 하기에 그 액수를 맞추어서 주었다. 얼마 후에 신원조회가 끝나서 여권이 나왔다. 어떻게 누가 개입해서 여권이 나왔는지는 알 수 없는 일이었고, 내가 알 바도 아니었다. 뒤도 돌아보지 않고 달려가면 되는 것이었다.

곧 미국 입국 사증(비자)도 나왔다. 대한민국이 아르헨티나와 아직 국교가 서 있지 않아서 미국에 입국해서 상항(샌프란시스코) 주재 아르헨티나 영사관에 가서 아르헨티나 입국 사증을 받아야 한다고 했다.

4. 태평양을 건너서

드디어 1962년 12월 28일 출국하게 되었다. 비행장에 몇 사람 환송해 주러 나왔다. 서반아어과 학생 김 씨하고 몇 명 친구 중에 한정일이 태극기와 함께 공항에서 흙을 한 주먹 싸서 주면서 고향이 생각나고 그리우면 태극기를 펴보고 흙을 만져보라고 했다. 지금도 가지고 있다. 아직도 그 색이 바래지 않고 생생하다.

태평양을 건너기 전에 현해탄을 건넜다. 프로펠러로 가는 노스웨스트 비행기였을 것이다. 김포공항을 떠나자마자 떠올라 동쪽으로

동쪽으로 갔다. 검푸른 우리나라의 산과 오막조막한 우리나라 시골 동네들이 그 산기슭에 어쩌다 보이곤 했다. 몇 년을 헤매고 다니면서 그 검푸른 고향 땅을 얼마나 그리워하고 보고 싶어 했던가! 하얀색과 황토색의 동해 해안선이 왼쪽과 오른쪽으로 보인다. 그 해안선이 초록색의 한반도와 선명한 대조를 이루었다. 그 후 먼 곳에서, 돌아갈 수도 없는 남미 대륙 중부에서 그 대조적 영상이 밤에 꿈에 보이곤 했다.

금방 해안선을 떠나서 푸른 바다만 보였다. '동해물과 백두산이'의 그 동해 바다였다. 그 남쪽, 그러니까 비행기 가는 방향의 오른쪽은 한 많은 현해탄이었다. 얼마나 많은 젊은이들이 배를 타고 현해탄을 건너서 좀 더 앞서간다는 일본에 가서 고생을 했던가! 자유 사상과 사회주의 사상이 이 현해탄을 건너서 우리나라에 들어왔었다.

두어 시간 가는 동안에 '미제' 오렌지주스를 주어서 쭈욱 들이켰다. 스튜어디스도 이국적이고 예쁘게 보였다. 그 푸른 바다 건너서 또 해안선이 보인다. 일본 땅으로 들어가는 것이었다. 푸른 초록색의 산과 논밭, 그리고 오막조막한 일본 사람들의 동네가 내려다보인다. 한 두어 시간 가노라니 비행기가 벌써 고도를 낮추기 시작한다. 도쿄 만이 눈에 보인다. 하네다 공항에 도착한다고 영어와 일본말로 방송이 나왔다.

생전 처음으로 바다를 건너서 듣기만 했던 도쿄, 그리고 이국 땅을 발로 디뎌보는 가슴 벅찬 순간이었다. 그리고 이 '자유'! 내 발이 가는 대로 갈 수 있다는 사실! 이 얼마나 그리고 기다리고 바랐던 것인가. 나는 할 수 있다. 내가 노력하는 대로 성취할 수 있고 남을 의식하지 않아도 된다는 생각, 이 얼마나 값지고 소중한 기회인가. 미지의 세계가 그렇게 가슴 뿌듯하고 심장을 뛰게 했다.

이런 환희를 지그시 누르면서 출구로 나갔다. 일본에 사시는 상수 형님네 식구들이 다 공항에 마중 나와 주었다. 형님은 키가 크셨다. 그리고 우리 오씨 남자들의 특징이 대머리였다. 그 옆에 곱게 생기고 조용조용 말씀하시는 형수, 윗집에 살면서 내가 어렸을 때 올라가면 맛있는 것 주고 나를 그렇게 업어주시기도 하고 예뻐해 주셨던 형수님(아버지가 보성 임씨 집 딸을 조카인 지금 이 형님과 결혼시켜 주고 윗집을 사서 살게 해주었다), 그리고 조카 영근이하고 어린 아이 충공이가 있었다.

형님 집은 도쿄 시내였다. 그렇게 호화스럽지도 않고 검소하게 살고 계셨다. 상수 형님은 우리 집안의 종손으로 해방 후 일본에 가셔서 플라스틱 가방 공장을 해서 돈을 벌었다. 집안 선산을 많이 돌보아주셨고, 자기 사촌 동생들 중에 대학교 가는 놈들에게는 학비 조달 형식으로 도와주셨다. 나도 그 가운데 하나였다. 형님이 나를 보았을 때 마음이 뿌듯하셨을 것이다. 그의 숙부(나의 아버지)는 물론 문중이 좌파로 몰려 몰락을 당하고 있는 중에 처음으로 외국으로 유학을 간다고 왔으니 반가웠을 것이고 기대도 컸을 것이다. 이 상수 형이 나 대학교 다닐 때 학비로 얼마씩 보내 주셨고, 내가 〈일본약전日本藥典〉이나 〈서화사전西和辭典〉 같은 일본 서적이 필요하다고 하자 그 바쁜 중에도 자기 돈 들여서 사촌 동생 공부하는 데 도움이 되라고 보내주신 것이 그렇게 잊히지 않고 기억에 생생하기만 하다. 형님 본인 생각에 동생 하나 세내로 키웠나고 생삭했을 것 같고, 자기가 숙부에게 얼마만큼이라도 보답했다고 생각했을 것이다. 하룻밤을 도쿄 형님 집에서 보내고 그 다음날 미국을 향해 떠났다.

다시 도쿄 하늘을 날아 올라갔다. 동쪽으로 동쪽으로 날짜변경선을 지나 태평양을 건너서 동쪽으로 계속 갔다. 1962년 12월 29일 상항(샌프란시스코)에 도착했을 때는 저녁때였다. 다운타운 터미널로 가는 버스를 탔다. 저녁 경치가 인상적이었다. 지금 생각하니 공항에서 시내까지 가려면 우선 101번을 타고 오른쪽으로는 상항 만(바다)을 끼고 달렸을 것이다. 질주하는 자동차들이 그렇게 특이하고 강한 인상을 주었다. 상항 시내 터미널에서 짐을 찾았다. 그리고 그 근처의 호텔에 들었다. 으리으리한 옛날식 호텔의 짐꾼들이 짐을 방에 갖다 주었다. 호텔비가 엄청 비쌌다.

그 다음 날인가 일요일 날 도시는 텅텅 비어 있는데, 우선 한국 사람을 만나봐야겠기에 차이나타운 가까운 곳에 있는 한국인 교회를 찾아갔다. 한국을 피해서 도망해 왔다고 생각했는데, 단 하루도 못 되어서 한국인을 도로 찾다니! 예배 보고 나서 커피 마시는 친교 시간에 사람들이 인사하면서, 너는 누군데 여기는 무얼 하러 왔느냐는 질문들을 쏟아낸다. 우선 호텔에서 나와서 그 근처에 있는 YMCA 기숙사에 들라고 했다. 돈이 없는 유학생에게 권해 줄 수 있는 충고였다. 그 다음 날 그리로 옮겨갔다.

그 다음에 만나게 된 사람이 한인 교포 해럴드 선우Harold Sunwoo였다. 키도 크고 지금 생각으론 사오십 세 정도로 보였고, 그 부인은 키가 작달막한데 둥그스름한 얼굴에 잘 웃는 상냥한 분이었다. 그분들이 YMCA에서 나와서 자기들이 운영하고 있는 조그마한 여관(호텔)으로 숙소를 옮기라고 해서 5층 건물의 3층쯤에 방을 얻었다. 물론 방세는 작은 액수였던 것 같다.

조금 걸어다니다 보니 그 근처를 좀 알게 되었다. 제일 큰 길이 마켓 스트리트Market Street로서 제일 낮은 곳에 위치해 있었다. 거기에 유명한 메이시스 백화점이 있다. 좀 더 오르막길로 가다 보면 유니언스퀘어Union Square 공원이 있다. 분수가 있고, 자갈 바닥에 비둘기들이 그렇게 많았다. 사람들이 비둘기 먹이를 주면 수백 마리가 달려든다. 손에도 어깨에도 머리에도 앉는다. 그 옆의 고층건물 옥상에는 국제 비행기 회사들의 간판들이 걸려 있다. 그 유명한 팬아메리칸(팬암)·노스웨스트·SAS·TWA 등이었다. 그것들을 바라보면서 나는 세계를 날아가 본다. 그 첫 도착지가 상항이다. 모든 것이 경이롭고 화려하고 가슴 벅찬 것들이었다.

소금 전에 말한 마켓 스트리트에서 중국촌 입구가 보인다. 'China Town'이라고 써 붙인 간판이 보인다. 빨간색의 테두리가 특이하다. 중국을 가리키는 데 잘 쓰이는 색깔이다. 이 중국촌의 붉은 문을 통해 들어가면 왼쪽으로 중국식 간이식당이 있다. 그때 돈으로 아마 1달러 미만이면 저녁 식사를 할 수 있었을 것이다.

저녁을 먹고 이 중국촌 길을 따라서 걸었다. 길이 마켓 스트리트 정도로 낮은 곳이어서 걷기가 쉬웠다. 좌우로 전형적인 중국 상점들이 있는데, 중국서 들어온 골동품들이 많고 위층에는 상항에서 유명한 중국음식점들이 다 모여 있다. 조금 더 가면 한인 교회도 있었다. 이 길의 왼쪽은 고도가 높아지면서 길이 가파르게 오른다. 한참 오르다 왼쪽으로 나의 숙소인 선우 씨의 호텔이 나온다. 이 길의 왼쪽은 가파르게 내리막길로 마켓 스트리트까지 갈 수 있다.

이 길로 내려가려고 층계를 몇 개 내려가면 위에는 고층 건물을 이고 있고 계단에서 들어갈 수 있는 구멍가게가 있었다. 진짜 '穴'(구멍 혈)이라는 한자가 생각난다. 사람 하나 들어갈 수 있는 집! 간판이 있었는지 모르지만 넥타이와 와이셔츠 등을 파는 것 같았다. 여기에서 나의 첫 천사(My First Angel)를 만난 것이다. 눈에 띄는 넥타이를 하나 샀다. 내 맘에 꼭 맞아서 외국 땅에 와서 처음으로 물건을 산 것이다. 생글생글 웃으시는 예순이 넘으신 할머니였다. 키는 자그마하고, 몸은 뚱뚱하지는 않았지만 가냘프게 마르지도 않았다. 그 할머니는 웬 젊은인가 생각했을 것이다. 특히 일본 사람 같기도 하고 중국 사람일 수도 있다고 생각했을 것이다.

무엇 하는 사람이며 여기에는 무슨 일로 왔느냐고 물었던 것 같다. 그래서 긴 이야기를 짧게 하려고 노력했다. 사실은 남미 아르헨티나로 가는 중인데 우리나라 한국이 아직 그 나라와 국교가 세워지지 않아서 주한 아르헨티나 대사관이나 영사관이 없기 때문에 우선 상항에 있는 주미 아르헨티나 영사관에서 그 나라 입국 비자를 신청하고 있다고 말했을 것이다. 그리고 이름도 말하고 지금 위에 말한 선우 씨 호텔에 머물고 있다고 했을 것이다. 돈이 없다고 말하지는 않았지만, 나의 모습이 풍족한 사람으로는 보이지 않았을 것이다.

그 할머니는 스코틀랜드에서 살다가 은퇴해 얼마 전에 기후 좋고 따스한 캘리포니아에 와서 살면서 소일거리로 타이 가게를 하고 있다고 했다. 할머니의 이름은 앤 메이후드Ann Mayhood라고 했다. 남편 프랭크Frank는 상항의 동물원에서 일하면서 건강한 생활을 하고 있었다. 지금 50년이 지난 후에도 나의 천사의 이름은 영원히 잊을 수가 없다.

며칠 지난 다음에 아침에 방문을 열고 나와 보니 누가 문 앞에 우유 한 병, 바나나 두 개, 오렌지 두 개, 그리고 빵 하나를 두고 갔다. 나더러 아침 굶지 말고 먹으라는 것이었다. 나는 직감적으로 앤 메이후드가 두고 간 것임을 알았다. 감사하게 아침을 먹었다. 식사 기도를 했는지 기억도 나지 않았다. 그저 본능적으로 먹고 자고 걱정하고 살고 있는 것이다. 마음은 언제나 아르헨티나 영사관에서 비자가 나왔다고 연락 오기만 기다리고 있는 것이다. 이분이 왜 먹을 것을 사다 주었을까? 아마 스코틀랜드에 두고 온 자식들 생각이 나서, 또는 자기들이 젊었을 때 고생하던 것을 생각해서 이 처음 보는 젊은이에게 어머니 같은 동정심이 생겨나서 그랬을까? 여하튼 그분의 마음을 그렇게 움직여준 것이 하느님의 뜻 또는 한국에 계신 어머님의 끊임없는 기도였을까?

연말 가까운 때여서 크리스마스의 계절이 되었다. 앤 메이후드는 나를 자기네 아파트로 성탄절 저녁 식사에 초대해 주었다. 트롤리(전차 버스)로 한 시간 정도 갔을까. 상항의 외곽지 동네였다. 처음으로 미국 사람 집에 저녁 식사 초대를 받은 것이었다. 크리스마스트리에 갖가지 장식을 달았고, 그 밑에는 선물 상자들을 고운 색의 종이로 잘 포장해 놓았고 그 옆에는 여러 개의 크리스마스카드들을 세워놓았다. 그리고 크리스마스트리와 창은 반짝반짝하는 등으로 장식해 놓았는데, 그렇게 영화에서나 본 것 같은 영상이 오래오래 내 기억에 남아 있다. 무슨 얘기들을 했는지, 무슨 음식을 먹었는지 기억은 나지 않지만 그 영상만은 사라지지 않는다.

하루는 앤 메이후드가 자기 친구가 운영하고 있는 하숙집(영어로는 Boarding House라고 하는데, 타지에서 온 여행자들이 그 지방에 좀 오래 있게 될 때 호텔보다는 이런 하숙집을 많이 이용한디)에 가서 일하면 숙박은 무료로 할 수 있다고 했다. 그래서 면접을 하고 그날로 그곳으로 이사를 했다.

앤 메이후드의 친구는 키가 훨씬 큰 부인이었는데, 역시 나이는 예순이 넘었을 것 같았다. 그 하숙의 주인인지 또는 아마도 지배인이었을 것이다. 3~4층 정도의 건물인데, 지하실에 방이 하나 있고 그 방에는 침대가 두 개 있었다. 겨울 방학을 맞아 아르바이트를 해서 학비를 벌려고 왔다는 배리Barry라고 하는 학생과 같이 일하고 방도 같이 쓰게 되었다. 우리는 금방 친구가 되었다. 지금 생각해 보니 산호세 주립대학에 다닌다고 했다.

여하튼 오전 7시부터 9시 30분까지의 아침 식사 시간에는 배리하고 같이 식당에 나가 일했다. 하얀 상보가 씌워진 식탁에 커피 잔과 포크·나이프·스푼·접시들이 제자리에 다 정돈되어 있게 하고, 크림·설탕·버터·시럽·소금·후춧가루도 제자리에 잘 놓여 있어야 했다.

손님(대부분 30~50대 중년 남자들이었다)이 하나둘씩 들어와서 자리에 앉으면 오른손에 커피포트를 들고 왼팔에는 하얀 리넨 타월을 단정하게 걸친 채 "굿모닝!" 하고 인사하고 커피나 티를 드시겠느냐고 물어본다. 대부분 커피를 원한다. 신문을 들고 와서 뉴스를 읽거나 구직란과 주식 값을 들여다보고들 있다. 커피를 따라주고 커피포트에서 혹시나 커피 방울이 떨어지지 않도록 왼손에 있는 타월로 계속 닦아야 했다. 물론 음료를 따를 때나 음식 접시를 배달할 때는 손님의 오른쪽에서 해야 한다. 그리고 접시에 절대로 엄지손가락이 닿아서는 안 된다. 왼손에 가지고 다니는 리넨 타월로 접시를 잡고 손님 앞에 놓아준다. 몇 차례씩 가서 필요한 게 없느냐 물어보고 커피를 더 따라주곤 하면 식사들이 끝난다.

생각을 해보면 그때 식당에 나갈 때는 하얀 재킷에 까만 바지를 입고 까만 보타이(나비넥타이)를 매고 깨끗하고 단정하게, 그리고 구두도 잘 손질해서 신고 다녀야 했다. 아마 우리는 식사를 6시에 했나? 기억이 없다. 9시 반부터 11시까지 각 방의 시트를 갈아주고 대강 방 청소를 하고 화장실 청소를 해주면 아침 일과는 끝이 난다. 오후 5시까지는 자유 시간이었다.

나의 생각은 남미 아르헨티나에 가 있었다. 비자가 나오면 남쪽으로 미 대륙을 넘어서 멕시코를 지나고 중미를 건너서 드디어 페루·칠레, 그리고 아르헨티나에 들어간다. 남미에 공부하러 간다니까, 미국에 좋은 대학이 얼마든지 많은데 왜 꼭 남미에 간다고 하느냐고 묻는다. 한국 교포들은 여기에서 주저앉으라고 한다. 그러나 미지의 세계를 가보고 싶은 모험심을 버릴 수 없었다. 그리고 마르가리타와 게오르게 엘그George Elg가 애써서 보내준 초청장과 비행기 표가 있지 않는가? 내가 가서 해줄 일이 정확하게 정해진 것도 아니었지만, 무언가 기대가 컸을 것이다. 이것을 뿌리치고 안 간다는 것은 생각의 여지가 없었다. 약속과 책임 이행이 그렇게 중요한 것이라고 생각하고 있었다.

아마 고등학교 다닐 때 태권도 배우면서 박 사범의 무사도 사상과 배 선배님의 가르침이 그것이었을 것이다. 아랫배에 힘을 주고 허리와 머리는 꼿꼿이 세우고 상대를 응시하라고. 정신 집중. 현재 조금은 불편하더라도 남이 믿을 수 있는 책임 있는 사람이 되라고 배운 것일까? 아직도 영사관에서는 연락이 없다. 연말이 되었고, 이 하숙집에서 청소하고 일하면서 새해를 맞이했다.

낮에 할 일이 없어 지루할까봐 앤 메이후드는 또 다른 직장을 구해 주었다. 마켓 스트리트에 있던 약국이었다. 내가 한국에서는 약사 면허가 있다고 했더니 자기가 아는 친구에게 소개해 주었다. 젊은 여자 약사였다. 그 사람의 이름은 카먼 퍼거슨Carmen Ferguson이었다. 이탈리아 아니면 멕시코 계통의 30대 중반쯤 아니면 40대 초반의 여자로 보였는데, 검은 머리에 눈이 크며 친절하고 쉽게 웃는 좋은 인상이었다.

약방은 잡화상 같았다. 미국 약방들은 치약도 팔고 휴지도 팔고 과자도 팔고 우산도 팔고, 약도 처방이 없이 살 수 있는 제산제나 아스피린 같은 약들은 진열장에 진열해 놓고 고객들이 지나 다니면서 필요한 것 있으면 들고 나가서 계산대에서 지불하면 된다. 물론 처방 약은 따로 약제사가 있는 창구에 가서 처방을 보여주면 약제사가 시간을 들여 조제한 뒤 직접 이 약을 어떻게 써야 한다고 가르쳐준다.

천정은 높고 대낮에도 형광등을 밝게 켜놓고 약을 진열대에 가지런히 진열해 놓고 가격표도 잘 보이게 해놓았다. 약병과 약병 사이도 일정하고 가지런하게 진열되어 있어야 한다. 그리고 먼지가 하나도 없이 깨끗이 해야 한다. 그것이 나의 일이었다. 진열대를 깨끗이 닦고 가지런히 정돈해 놓아야 하는 일이었다. 약사가 기껏해야 청소하는 일이냐 하고 기분이 나쁠 수 있었다. 지금 기억으로는 그렇게 나쁜 경험이 아니었고, 그저 아름다운 그림 같은 추억이다. 이 청소 일은 날마다 해야 한다. 손님들이 연신 진열대에 진열한 물건들을 흩뜨려놓고 가기 때문이다. 상품이 더러 엉뚱한 곳에 놓여 있으면 제자리를 찾아서 갖다 놓아야 한다. 이것도 나의 일의 하나였다.

팬암 비행기를 타고 남미를 향해 떠나게 된 것이 1963년 2월 14일 이었다. 결국은 아르헨티나 입국 비자가 나왔다. 나는 상항에서 두 달 반 동안 불안과 초조함과 기다림 속에 무척 많은 고생을 겪었다. 견디기 어려운 걱정스런 생활이었지만 어쩔 수 없었다. 나중에 그때 일기에서 프랭크와 앤 메이후드가 거의 매일 같이 나를 자기들 자식 같이 돌보아주었던 기록을 보고 다시금 그들을 생각했다. 노자가 떨어진 것을 알고 약국에 취직시켜 주고, 결국 하숙집에서 일자리까지 구해 주었다. 상항 떠날 때 프랭크가 비행장에까지 나와서 현금 여비도 주고 배웅해 주었다. 잊을 수 없는 사람들이다.

5. 남미에 도착

　이렇게 해서 상항을 뒤로 두고 눈곱만큼의 섭섭함도 미련도 없이 미국을 떠나게 되었다. 비행기 창으로 보이는 구름 사이로 LA 시가지가 보인다. 내가 지금 살고 있는 LA를 지나가고 있었다. 구름이 있었던 걸로 추측하건대 우기였을 것이다. 산과 들이 초록색이었고 캘리포니아에 노랗게 피는 들갓Mustard이 아직 피지 않았으니 2월이다.

　멕시코를 지나서 그날 밤에 내린 곳이 파나마시티였다. 컴컴한 밤이었지만 열대 지방의 습도가 높아 축축하고 뜨거운 공기가 살갗에 느껴졌다. 조금 키가 크면 들어가는 문에 머리를 찧을 정도로 낮은 판잣집 같은 단층 모텔에 들어갔다. 창에 달아놓은 에어컨은 밤새도록 그치지 않고 돌아간다. 창밖에는 열대 지방임을 알려주는 잎 넓은 나무에 키 작은 종려나무들이 무성하게 자라나서 밖을 내다볼 수 없게 창을 가리고 있다. 고향을 떠나서 정처 없이 이국 땅을 헤매는 것을 피부로 느끼게 했다. 앞으로 미지의 세계를 만날 생각을 하니 가슴을 뻐근해 왔고, 맥박이 뛰었다. 모두 뒤로 제쳐놓고 나만이 가질 수 있는 '자유'! 이 얼마나 소중하고 바라던 꿈이었는가? 지금 그것이 현실로 이루어지고 있었다!

발파라이소 도착

비행기는 페루를 지나서 칠레 북부 사막 지대를 지난다. 아콩카과 산이 왼쪽으로 보이고 오른쪽에는 파란 태평양이 보인다. 그 다음 착륙한 곳이 칠레의 발파라이소Valparaiso. 태평양 가의 항구 도시다. 저녁에 도착해서 호텔에 들었다. 그 다음 날 택시를 타고 시내를 구경했다. 참 어처구니없이 한국, 그리고 고향에서 지구 제일 반대쪽에 와서 거닐고 있다고 생각하니 꿈만 같았다. 밤에는 택시 운전수더러 세뇨리타 구경시켜 달라고 했더니 바들이 있고 공창들이 있는 곳에 데려다 주었다. 밤 구경도 해보았다. 겁도 없이 그저 황홀하고 경이로울 뿐이었다. 스페인어 몇 마디 하고 영어를 하니 돌아다닐 수는 있었다.

아르헨티나 도착

그 다음 날 아침에 비행기를 타고 남미의 등뼈인 안데스 산맥을 넘었다. 도착한 곳이 멘도사Mendoza였다. 입국 심사를 하고 다시 비행기를 타고 한 시간쯤이나 가다가 도착한 곳이 그렇게 그리고 상상했던 코르도바Cordoba 시였다. 대낮이었다. 조그마한 단층 건물로 된 대합실에 들어갔다. 짐 두 개, 그리고 어깨에 둘러멘 손가방이 전부였다. 나를 마중 나온 사람은 아무도 없었다. 편지에 마중 나온다는 이야기도 없었고, 그들은 오늘 날짜에나 도착할 것이라고 생각했을 것이다.

전화를 할 수도 없었다. 그냥 가방들을 끌고 밖으로 나가서 택시를 잡고 주소를 들이밀었다. 나를 쳐다보면서 무어라고 빠르게 이야기하는데, 난처한 빛을 보인다. 굉장히 멀고 산으로 올라가는 길이 험하고 어렵다는 눈치였다. 그리고 값이 얼마라고 하는데, 돈은 아르헨티나 페소를 한 푼도 바꿔 오지 않아서 거기 도착해서 받으라고 이야기한 것 같다.

어쨌든 택시는 몇 시간을 가더니 어느 자그마한 동네에 도착해서 그 주소를 들고 동네 사람들에게 이 비야베르나에 어떻게 가느냐고 물어보는 것이었다. 그 동네가 비야 헤네랄 벨그라노Villa General Belgrano로, 코르도바에서 약 86킬로미터 거리이며 오늘날엔 약 1시간 반 정도 걸린다. 다시 나와서 차는 그때부터 산으로 오르는 가파른 길을 올라갔다. 저녁이 될 때쯤에야 큰 물탱크를 지나서 두 개의 돌탑 기둥 사이로 비포장 자갈길을 내려가서 산중에 있는 요양소에 도착했다. 1963년 2월 16일이었다.

소위 휴양지이고 노인들이나 돈 많은 사람들이 오는 요양소 Sanatorio였다. 마지Margie(Margaritta Kellenberg)와 호르헤Jorge(George Elg)가 반갑게 맞이해 주었다. 마지는 스위스의 베른 사람이고 곱슬머리에 60대 정도로 보였고, 호르헤는 덴마크 사람으로 역시 60대쯤으로 보이는 대머리고 키가 커서 허리를 구부정하게 하고 다니고 연방 파이프 담배를 태웠다. 나에게는 새로 맞이한 부모였다(그들은 어떻게 생각하고 있었는지 알아볼 기회가 없었다).

이 비야베르나에는 여러 개의 건물들이 있었다. 위에 보이는 건물은 그 요양원이다. 세 개의 큰 창은 식당의 전망창이다. 여기서는 멀리 참파키Champaqui 산맥이 보인다. 입구에 들어가면서 내리막길의 오른쪽에는 위에 말한 큰 물탱크가 있었다. 상수도 시설이 없기 때

문에 저 아래 계곡의 우물물을 펌프로 올려서 저장했다 쓴다. 높이
는 10여 미터쯤 되고 직경은 20미터쯤 되는데, 그 근처에서 모은 돌
과 시멘트로 만든 원형 건물이었다.

 왼쪽으로 처음 집은 2층 건물이고 잔디와 삼나무와 소나무 화초들
이 있는 아담한 서양인들의 집이었다. 아니, 별장이었다. 보통 때는
스페인어로 페온Peon이라고 하는 머슴들이 항상 조경을 위해 손질을
하고 있었다. 그 주인의 이름은 세뇨르 바데Sr. Bade라고만 알려졌다.
그 집 왼쪽 뒤로 조금 보이는 건물이 세뇨르 바데가 가끔 와서 지내
는 별장이다.
 나중에 알게 됐지만 그 집의 지배인으로 역시 독일어를 하는 잉
헤니에로(엔지니어) 보제Bose라고 하는 사람이 왼쪽 두 번째의 단층
집에서 살고 있었다. 나이는 50~60세 정도로 키는 자그마하고 얼굴
이 하얀(산장 지배인으로 살면서 밖에 별로 나가지 않은 듯 햇볕 그
을음이 전혀 보이지 않은 점이 이상하다는 생각이 들었다) 사람이
었다. 부인도 없이 혼자 사는 사람이었다. 이 사람의 집 주위에도 잔
디가 깔려 있고, 소나무·잣나무·수국·장미, 그리고 유럽 사람들
이 꼭 가지고 있는 빨간 제라늄 꽃들이 인상적이었다. 가정부가 매

일 와서 집 청소도 해주고 음식도 만들어주었던 것 같다. 그 잉헤니에로 보제는 무슨 엔지니어였는지 모르지만 나에게 관심을 많이 보여주었다. 자주 만나서 이야기도 했다. 스페인어로만 의사소통이 되었다.

내 생각으론 아마 이 보제라는 사람은 나치 독일의 장교 정도로 이 남미에 피신해 살고 있는 사람 같았다. 그리고 그 윗집의 주인 바데는 독일 군대의 상관 정도 되는 것이라고 상상해 보았다. 그 당시 독일의 전범인 아이히만Eichman이 남미에 은둔해시 실다가 제포되어 유럽으로 압송된 일이 있었다. 여하튼 남미에 독일 전범들이 많이 살고 있으리라는 생각은 했지만, 보제나 바데에 대해서 과거 일은 전혀 알아보려고도 하지 않았고 알아볼 필요도 없었다.

입구에서 계속 더 내려오면 오른쪽으로 마지와 호르헤가 사는 이층 목조 건물이 있었다. 앞마당에는 큰 유칼립투스 나무가 있었고, 그 집과 길 사이로는 자그마한 채소밭이 낮은 울타리로 둘러져 있었다. 큰 검둥개가 한 마리가 있었다. 라브라도르 종자로, 좋은 사냥개였다. 나하고도 곧 친해져서 나를 잘 따라다녔다.

위에서 말한 길을 계속 내려오면 호스테리아Hosteria 본 건물이 나온다. 단층 건물로, 오른쪽에는 객실이 있었고 가운데 입구는 사무실과 큰 식당, 그리고 왼쪽으로는 또 객실이었다. 그 식당 홀에 들어가면 큰 창들이 있는데, 스페인식의 반원형 아치가 지중해의 분위기를 풍긴다. 지붕은 모두 지중해에서 흔히 볼 수 있는 빨간 안티크 타일들이었다. 내 방은 이 호스테리아의 오른쪽 객실 중의 하나였다. 건물은 안팎이 블록 위에 하얀 회를 바른 소위 스터코Stucco 벽이었다. 지금도 눈에 선히 보이는 그 식당의 큰 아치 창 너머로, 내 생각으론 서쪽인 것 같은 먼 곳 높은 산이 보인다. 저녁이 되면 그 참파키 고산들은 신비스럽게 황금빛을 반사했다. 그 황혼을 물끄러미 보면서 수도 없이 먼 훗날을 막연하게 계획하고 꿈에 잠겨보곤 했다.

호스테리아에서 입구 쪽을 올려다보면 오른쪽으론 그 독일 사람들의 집들이 있고, 왼쪽으로는 마지와 호르헤의 집이 있고, 그 집 뒤 물탱크 왼쪽으로 그 집보다 높은 곳에 자리한 연구실 즉 자기들이 말하는 양봉 연구실Laboratorio Apicola이 있었다. 역시 블록 건물이었고 함석 지붕이었던 것 같다. 반은 양봉 연구실이고, 그 나머지는 실험실이었다.

마지는 가끔 하얀 가운에 얼굴과 목까지 가리는 모자를 쓰고 벌통을 열어 무슨 작업을 하곤 했다. 나도 조금 더 오래 그곳에 있었더라면 양봉 작업도 배웠을 것이다. 꿀을 채취하는 것이 아니고 로열젤리를 채취한다고 했다. 이들은 이 귀한 약품을 채취해서 호르헤가 매주 코르도바에 가서 자기 환자들에게 팔곤 했다. 택시를 타고 내려가서 일 보고 올라올 때는 시장도 봐서 베이컨·버터·빵·커피·티 등을 사 들고 온다. 내가 피워야 할 담배도 한 보루 사 온다.

비야베르나 생활

안 환자들이 많았던 것 같다. 올메도Olmedo 박사라는 사람을 자주 만나는 것 같았다. 한번은 나도 따라가서 올메도를 만나보았는데, 40~50대의 이탈리아계 여자 의사였다(이분도 돌팔이 의사였는지 모르겠다). 그리고 변호사 가르시아 하우저Garcia Hauser의 집에 하루 머물렀던 기억이 난다. 그 부부도 나를 잘 대우해 주었다. 전형적인 아르헨티나 사람의 집에서 지내보았다. 오후 2~5시 사이에 낮잠 Siesta을 자기 위해 집에 와서 점심을 많이 먹고(저녁을 많이 먹는 대신에) 자고 5시에 출근하는 것을 보았다. 집에 겉창을 나무로 만들어 밖의 강한 빛을 차단해서 밤 같이 컴컴하게 해놓고 잠을 잔다.

저녁때 어디에서 저녁 식사를 하고 커피를 마시자고 해서 시켰는데, 카푸치노 같이 작은 잔이 아니고 밑이 넓적한 큰 잔에 시커먼 커피를 가져왔다. 크림은 주지도 않아서 쓰기만 했다. 설탕을 아무리 타도 썼다. 거의 꿀맛이 되게 타서야 마실 수 있었다. 심장이 밤새도록 뛰고 얼굴은 벌개졌고 도저히 잠을 잘 수가 없었다. 그렇게 진한 커피들을 마시고 사는 사람들이었다. 그 다음부터는 그 아라비아식의 진한 커피는 한 번도 마시지 않았다.

여하튼 코르도바 시는 고층 건물이 거의 없는 조그마한 시골 도시였다. 햇빛이 강하고 오렌지와 레몬들이 여기저기 많이 있었다. 가로수들은 지금 생각해 보니 안식향나무로, 좋은 그늘이 되었다. 그 다음날 비야베르나로 다시 택시를 타고 올라갔다. 고산지여서 공기가 훨씬 시원하나 낮의 햇살은 강했다.

실험실에 기구를 장만해야 했다. 비커·메스실린더·천평은 있었다. 플라스크와 깔때기부터 심지어 속슬렛 추출기까지 한 보따리 주문을 했더니 이 영감이 어디서 구했는지 그 시골 도시에 가서 사 왔다. 각종 화학약품들도 사서 가지고 올라왔다.

나는 실험실에 들어갈 때는 하얀 가운을 입고 들어갔다. 빨간 무를 잘라 물에 끓여서 빨간 즙을 추출해서 저온에서 농축하고 방부제(에틸 또는 메틸파라벤)을 좀 가미해서 갈색 병에 넣어서 보낸다. 독일 문헌에 의하면 무슨 암 치료에 쓴다고 되어 있었다. 그 다음엔 아프리카에서 수입해 온 생약을 추출해서 병에 담아 보냈다. 인삼은 한국에서 가져온 가루를 캡슐에 넣어서 병에 담아서 내보냈다. 로열젤리는 마지가 하기 때문에 나는 손을 대지 않았다. 호르헤는 매주 이런 것들을 코르도바에 가져다 팔았다. 우리는 식구처럼 식사를 같이 하고 생활을 했으나, 약리나 병리에 대해서 진지하게 토론해 본 적이 없다.

아침 식사나 저녁 식사는 부에노스아이레스에서 올라온 손님들과 같이 호스테리아 식당에서 많이 했다. 이들은 여기까지 피서 내지 휴양을 올 정도의 사람들이어서 대부분 오류십이 넘은 성공한 사람들이었다. 사회적으로도 발이 넓고 지식 수준도 높은 사람들이었다. 영어도 잘해서 나는 편하게 미국식 영어 발음으로 대화했다. 그들이 듣기에는 잘하는 편으로 들렸을 것이다. 나는 스페인어를 했지만, 그들은 독일어·프랑스어·덴마크어·네덜란드어 등 모두 의사 표현 방법이 가지각색이었다. 이 산중에 일본 사람이나 중국 사람 같은 젊은 약사가 미국식 영어로 조잘대는데, 한국에서 왔다고 하니 한국 사람은 생전 처음 만나게 되었다고 관심을 가지고 이야기를 했다.

나는 사실은 여기에 초청을 받아서 일을 하게 되었는데 도시에 나가서 대학원에 들어가 연구 생활을 하고 박사 학위를 하고 싶다고 했다. 스위스 사람 추딘Tschudin이라는 사람을 만나게 되었고, 스위스 사람 르콩트Le Comte, 독일 사람 지몬 홀테Simon Holte 부부, 그리고 중국 화교 세뇨르 센Sr. Sen 등을 만나게 되었다. 이 사람들이 부에노스아이레스에 가서 방황할 때 먹여주고 재워주고 직장도 구해 주고 미국에 갈 때까지 도와주었다. 오게 되면, 도움이 필요하면 연락하라고 명함들을 주고 갔다.

호스테리아에는 페온 둘이 있었다. 하나는 나이가 좀 들었고 이름이 '하늘'이라는 뜻의 셀레스테Celeste였고, 더 어린 사람은 베니토Benito였다. 그들은 주위의 조경을 하는 등 주로 바깥일을 했다. 큰 나무가 여러 그루 있었는데, 지금 생각해 보니 캘리포니아에 흔한 유칼립투스였다. 하루는 큰 바람이 불고 비가 내렸다. 유칼립투스 큰 가지가 부러져서 정원 근처 길에 온통 나뭇가지들이 널려 있어 다닐 수 없게 되었다. 나도 나가서 셀레스테와 베니토를 도와서 나뭇가지를 베곤 했다. 지금도 여기 사는 집 둘레에 있는 유칼립투스가 큰 바람에 흔들리면 그 옛날 비야베르나 고산 지대를 떠올리곤 한다. 바람이 불어 큰 나뭇가지가 흔들리면 나도 모르게 흥분이 되고 긴장이 되곤 한다.

키가 작은 그곳 토착민과 스페인계 피가 섞인 것 같은 세군다

Segunda는 둘째 아이 아니면 둘째 딸이어서 그렇게 불렀을 것이다. 그는 아침마다 각 객실을 청소하고 내 침대도 만들어 놓는 소위 가정부였다. 식당에서 일하기도 했다. 부엌에는 큰 가마솥이 있었는데, 거기에 소고기와 각종 채소, 감자 등을 넣고 여러 시간 끓였다 먹는 푸체로Puchero가 맛이 좋았다. 우리의 곰탕 같기도 해서 지금도 가끔 먹고 싶을 때가 있다.

주말이면 샌드위치와 물병을 들고 들판이나 계곡에 산보를 가보았다. 처음에는 베니토를 데리고 송어 낚시질을 나갔다. 그들은 송어를 트루차Trucha라고 부르는데, 졸졸 흘러가는 맑은 개울물에 낚시를 던져 물고 올라오는 송어를 잡는 재미가 일품이었다. 그 후로는 베니토 없이 혼자 잘 나갔다.

호르헤가 호신용으로 쓰라고 권총을 하나 주었다. 여섯 발 들어가는 소위 육혈포였다. 들에 혼자 나갈 때는 허리에다 차고 나갔다. 들짐승 위험 때문에 방어용으로 들고 다녔다. 호스테리아 문을 떠나서 그 비포장 길을 걷다가 우연히 디기탈리스Digitalis 꽃이 주렁주렁 달려 있는 약초를 보게 되었다. 약대 다닐 때 강심제로 쓴다고 배웠던 약초가 눈에 익었다. 뜻밖에 이런 먼 곳에서 눈에 익은 식물을 보니 가슴이 뭉클해지고 반갑기도 하고, 내 신세 같이 이 바람 부는 들판에 피어 있는 게 서글프게 느껴졌다. 방에 돌아와서 그 꽃의 그림을 그려놓고 '디기탈리스의 설움'이라고 제목을 붙여놓았다. 몇 년 전까지 가지고 다녔는데 지금은 어디로 가버렸는지 그 그림이 생각날 때가 있다. 그 들판에 그 꽃들이 피어 있는 이유는 소나 말이나 양들이 독초인 줄 알고 일부러 피하고 다른 풀들만 먹었기 때문이었다.

호스테리아에서 계곡 건너편 쪽에 자그마한 움막이 보인다. 사람들에게 물어보았더니 그것은 알마센Almacen 또는 보데가Bodega라고 하는데, 시골에 있는 구멍가게 잡화점이었다. 하루는 걸어서 가서 들어가 보았다. LA의 멕시칸 동네에 있는 구멍가게와 비슷한 것이었다. 맥주·담배·설탕·과자·빵·우유 등을 파는 곳이었다.

하루는 세군다가 자기 집에 인사하러 가보자고 했다. 그들의 움막집은 우리나라 시골집 같이 흙으로 만든 벽에 지붕은 갈대 같은 마른 식물이었다. 컴컴하지만 벽에 군데군데 창이 있어서 그런대로 시원하고 아늑한 곳이었다. 온돌방은 아니지만 방바닥이었나. 가운데 작은 상을 하나 놓고 둘레에 집안 식구들이 둘러앉아 있었다. 인사를 시켜서 절을 하고 악수를 했는지 모르겠다. 집안에 노인 부부와 아들·딸·손자들이 앉아 있었다.

남미 토착민들이 마시는 마테Mate 차를 내놓았다. 지금 우리가 쓰는 커피 잔만 한 둥그런 단지에 담겨 있었는데, 단지 윗부분은 잘려 있고 덮개로 덮여 있다. 그 덮개와 아랫부분 사이에 구멍이 뚫려 있고, 그 구멍에 놋으로 만든 빨대가 들어가 있었다. 이 빨대는 우리가 어렸을 때 본 시골 어른들이 피우는 담뱃대 비슷하나 길이가 한 뼘쯤 길이였고 그 빨대 끝은 단지 안에 들어가 있다. 작은 구멍이 숭숭 뚫려 있고 조금 불룩 부풀어지게 만들어졌다.

그 단지에 찻잎을 넣고 약간 달콤하게 설탕이나 꿀을 넣고 뜨거운 물을 붓는다. 집안의 제일 어른이 한 모금 빨아 마시고 빨대 꽂힌 그 단지를 찾아온 손님에게로 건네준다. 손님도 한 모금 빨아서 마시고 그 집 마나님에게로 가고, 그 다음 자식들 나이 차례로 마신다. 다시 물을 붓고 똑같은 절차를 반복한다. 이렇게 차를 마시면서 환담을 나누었다. 처음에는 움찔했다. 어떻게 모르는 남 입에 들어갔던 빨대를 내 입속에 넣고 그들 식구들과 침을 섞어 마시는가? 그러나 이것이 그들의 인사이고 서로가 마음 놓고 우정을 나누는 풍습이었다. 이 마테 마시던 경험은 지금도 잊을 수 없는 기억이다.

비야베르나를 떠나다

나는 마지와 많은 이야기를 하는 중에 그녀의 고향이 스위스 베른이라는 것을 알았다. 나중에 80년대에 내가 유럽 출장 중에 기차에서 멀리 베른 시를 보았다. 아름다운 전형적인 유럽 대륙의 건물들이 잔잔한 호숫가에 그림같이 보였다. 여하튼 아름다운 나라에서 태어나 자라서 어떻게 이곳 아르헨티나 산에까지 와서 양봉을 하게 됐는지 궁금했다. 호르헤는 덴마크 사람이었다. 몸집이 큰 것으로 보아 옛날 바이킹족의 후손이었을 것이다. 이 사람도 어떻게 해서 이 아르헨티나에 오게 되었는지 알 수가 없었다.

그들은 부부였을까? 동업자였을까? 연인 관계였을까? 예순 살 안팎의 나이들인데 자식이 있다는 이야기도 들어본 적이 없었다. 나의 상상으로는 두 사람이 젊었을 때 그 옛 고향에서 같이 떠나야 할 이유가 있었을 것 같았다. 새 천지에 가서 그들이 그리도 바랐던 전원생활을 하게 되었을 것이다. 지금의 비야베르나의 땅을 사서 개발하고 휴양지 요양원을 지어서 운영하고 있었고, 세상에 좋은 약을 수입해서 자기들 환자에게 공급하고 그 연결로 살고 있는 것 같았다. 나를 초청해 놓고 무슨 계획들을 하고 있었을까? 나는 나대로 다른 꿈을 꾸고 있었다.

그들이 보내준 비행기 표로 한국서 미국을 경유해서 아르헨티나의 코르도바에 도착했지만, 아직 코르도바에서 수도 부에노스아이레스까지 가는 비행기 표가 남아 있었다. 무슨 이유로 그 비행료까지 지불했는지는 알 수 없지만, 그 비행기 표가 이곳을 탈출할 수 있는 마지막 수단이었다.

우선 길 건너편의 잉헤니에로 보제 씨에게 이곳을 떠나야겠다고 알렸다. 그도 좋은 생각이라며 도와주겠다고 했다. 마침 윗집에 와 있던 자기 보스인 바데 씨를 소개해 주면서 여비를 좀 꾸어달라고 해서 얻어다 주었고, 바데 씨는 부에노스아이레스에 와서 도움이 더 필요하면 자기를 찾으라고 주소와 전화번호를 건네주었다. 어떻게 해서 얼굴도 모르는 나에게 동정심이 생겼을까, 나는 알 수가 없었다. 이 두 노인은 세상 풍파를 많이 겪고(이들이 사실은 옛날 독일의 나치 장교들이라는 나의 상상에 의하면) 여기까지 와서 인생을 마치려고 하는 마음에, 어떻게 생판 모르는 나에게 도움을 주었을까?

여하튼 어느 날 아침에 마지와 호르헤에게 가서 그만두겠다는 뜻을 알리고 부에노스아이레스로 떠나겠다고 말했다. 놀라는 기색도 보지 못했고, 섭섭하다고는 했을 것이나 나는 그들이 어떻게 말했는지 기억이 나지 않는다. 아마 알려고도 하지 않았을 것이다. 못 가게 잡지도 않았다. 서로 눈물로 이별하지도 않았다. 지금쯤은 모두 저세상에 가 있을 사람들이다. 한 번이라도 비야베르나에 찾아가서 그들의 무덤이라도 있다면 보고 왔으면 하는 생각도 해보았지만, 너무 마음이 아파서 못할 것 같은 생각이 든다.

이곳에 거의 9개월 동안을 있었다. 나를 나의 고국에서 세상을 향해 첫걸음을 내디딜 수 있게 해준 이들을 뒤에 두고 떠나는 순간이었다. 또 미지의 미래에 대한 불안과 도전에 가슴이 설레기도 했다.

부에노스아이레스 도착

1963년 11월 14일 코르도바를 떠난 비행기는 동북쪽의 도시 로사리오Rossario를 거쳐서 마침내 '공기 좋은' 도시라는 뜻을 지닌 부에노스아이레스Buenos Aires에 도착했다. 상당히 큰 도시였다. 그림에서나 보았던 넓은 길 여기저기 다니는 전차와 버스들, 넓은 광장과 분수들, 기념비와 조각들. 내 젊은 나이에 가슴 뿌듯하게 느껴졌다. 아무도 마중 나온 사람도 없고, 정말로 내 두 발로 걸을 수밖에 없는 나 홀로였다. 시내 어느 호텔에 투숙했다. 모두 석조 건물이고, 창도 크고 천정은 그리도 높았다. 그 다음 날 시내 구경을 나갔다. 그저 희망에 벅차고 경이로울 뿐이었다. 아르헨티나 사람들은 소고기를 많이 먹는다. 나도 어느 음식점에 들어가서 초리소Chorizo 고기를 마음껏 먹어보았다. 혼자서.

그 다음 날 추딘 씨를 찾았다. 그는 우선 나를 르콩트 씨 집에 데려다주었다. 이 사람도 안면이 있었다. 비야베르나에서 만났었다. 아들이 둘 있었는데, 그들을 데리고 영어를 가르치고 식구 같이 생활하게 해주었다. 다시 가정교사가 된 셈이었다. 부엌 뒤편에 식모 방이 있었는데 거기서 자게 해주었다. 침대 하나에 겨우 가방 펴놓을 정도 공간이었다.

르콩트 씨는 40대 중반에서 50대 중반인 것 같았다. 역시 40대 중반에서 50대 초반 정도의 부인은 넬리Nelly라고 하는데, 스위스가 고향인 마음 좋은 사람이었다. 르콩트의 집은 공장 옆에 붙여서 지은 살림집이었고, 그 공장은 항상 기계 돌아가는 소리가 났다. 모터 소리와 쇠 가는 소리였다. 한번은 공장에 들어가 보니 부엌에서 쓰는 쇠수세미Steel Wool를 만들고 있었다. 회사 이름은 비룰라나Virulana였다. 지금도 그 아들들이 운영하고 있는지 궁금하다. 이렇게 사업을 해서 성공한 부자였다.

주말마다 그들 별장에 가서 쉬고 음식도 해 먹고 돌아왔다. 나도 같이 따라다니는 식구였다. 참! 어떻게 이 사람들이 나를 식구 같이 대해 주었을까? 서울의 북아현동 가정교사 하던 집에서 4년을 식구처럼 있었던 것 같이, 이 큰 도시에서 이틀 동안 호텔에서 자고 내 머리 위에 지붕이 있었고 하루 세 끼 입에 음식을 넣을 수 있었나. 한 번도 굶어본 적이 없었다. 성경에 나오는 "공중에 나는 새를 보아라. 아버지께서 먹여주신다"는 말씀이 정말이었다.

공부한다고 큰 도시에 왔는데, 너무 막연했다. 어디서 시작해야 할지? 고등학교에 편입해서 다시 시작한다? 대학교는 부에노스아이레스 국립대학이 있지만 고등학교 졸업장이 있어야 한다는데, 난처하기만 했다.

그런 싱숭생숭한 마음을 달래기 위해 시간이 나는 대로 그림을 그렸다. 한국서 나올 때 벼루와 먹과 붓을 가지고 왔었다. 어떻게 해서 문방구를 찾아서 그림 그리는 종이와 수채화 그릴 수 있는 색소도 구했다. 르콩트 씨 집의 별장에 가서 유칼립투스 나무들과 정원 벤치 등을 묵화로 그렸다. 이 그림들을 보고 르콩트 씨 부인 넬리가 자기 집 가보 같이 보관하고 있던 자기 고향 스위스 외시넨제 호수 그린 것을 내놓으며 복사해 보라고 했다. 그래서 처음에는 그 그림 원본처럼 연필로 그렸다. 거의 원본과 비슷하게 나왔다. 넬리가 아주 기뻐하면서 액자에 넣어서 벽에 붙였다. 그 다음엔 묵화를 그려보았다. 그 다음에 넬리는 자기 조상이 대대로 살아온 집의 철장 대문 앞

에 있는 잎이 다 떨어진 큰 느티나무와 눈 쌓인 설경을 그려달라고
했다. 그것도 원본과 같이 연필로 그려주고 내 그림은 묵화로 그려
서 가지고 왔고, 그 묵화는 지금도 우리 집 벽에 걸려 있다.

부에노스아이레스에서 그린 느티나무가 있는 설경

하루는 추딘 씨가 연락을 해서 제약 회사에 취직을 시켜 주겠다고 했다. 부에노스아이레스 외곽의 팔레르모Palermo에 있는 푸리시무스 Purissimus 사의 사장 엔리케 에버하르트Enrique Eberhardt를 찾아가 보라고 한다.

"제가 약사이기는 하나 무슨 일이든지 좋으니 일자리를 하나 주십시오. 화학약품을 잘 알고 있으니 약병 닦기도 다른 노동자보다는 더 잘 할 수 있습니다."

아마 이렇게 말했을 것이다. 나이도 오륙십은 된 하얀 상고머리를 한 독일계 아니면 스위스계 사람인 것 같은데, 깍듯이 대해 주고 아래층의 준티Giunti 박사에게 소개해 준다. 연구소장이라고 한 것 같다. 그는 곧바로 아래층 분석실로 데리고 가서 세뇨르 블랑코Sr. Jose Blanco를 소개해 주었다. 당장에 할 수 있는 게 약품 정성·정량 분석해서 제품 관리를 하는 것이었다. 영어로 쓰인 미국 약전United State Pharmacopeia과 머크 인덱스Merck Index를 찾아서 그 방법대로 하는 것이어서 청소부보다는 당당히 화학 기사로서 일자리를 구하게 된 것이다. 에버하르트 씨는 자기 집에 나를 초청도 했던 것 같다. 그 집의 두 노인 부부는 자식도 없는 것 같은데 나를 잘 도와주었다. 이제야 밥벌이를 할 수 있게 되었다.

르콩트 씨는 이제는 나도 월급을 받고 있으니 독립할 수 있다고 생각해서 자기들이(아마 넬리 부인이) 잘 아는 스위스 사람 그란트 Grant 씨 집에 소개해 방 하나를 내게 하숙방으로 쓰도록 해주었다. 그란트 씨에게는 딸이 있었는데 마침 유럽으로 공부하러 떠나고 없어서 그 딸이 쓰던 방을 내게 주었다. 나이도 나의 부모 정도 되신 분들인데, 그렇게 나를 따뜻하게 대해 주었다. 자기들이 쓰는 냉장고에 내가 좋아하는 음식도 넣었다가 데워 먹기도 하고 주스나 물도 넣었다가 마시게 했다. 세탁기에 세탁도 하도록 했다. 그곳이 미국에 갈 때까지 내 주소지였다.

반공 포로들과의 만남

아르헨티나에 대한민국 대사나 영사는 없었지만, 영사관이 설치되기 전에 우리나라를 대표하는 사무실이 있었다. 외무부에서 나온 젊은 부부가 사무실을 열고 일을 보고 있었다. 어떻게 알게 되었는지 모르나 아마 전화번호부에서 찾아낸 것 같다. 여하튼 코레아Corea만 찾아본 것이다.

그들의 말에 의하면 우리나라 말을 할 수 있는 사람들이 여섯 명쯤 된다고 했다. 6·25 전쟁 휴전이 되고 포로로 잡혀 있던 인민군들이 대부분 이북으로 돌아갔으나 일부 돌아가지 않은 사람들이 있었다. 이들은 중립국 인도에 보내졌다가 일부는 아르헨티나에 올 수 있었다. 이들은 난민 아니면 정치 망명자로서 오게 되었을 것이다. 한국 대표 사무실에서는 이들을 우리나라 사람으로 대우해서 자주 야유회나 회식을 하며 만나곤 했는데, 나를 그들과 같이 파티에 참석하게 해주었다. 그도 그럴 것이, 한국 사람으로는 내가 처음 대한민국 여권을 가지고 오게 된 것이었다. 그래서 만나자마자 김치·된장국·불고기 등에다 오랜만에 숙주나물·시금치나물·두부찌개 등을 마음껏 먹어보았다.

그 반공 포로들은 나보다 나이가 세 살에서 다섯 살 위의 사람들이어서 내가 제일 어리니 금방 동생처럼 받아주었다. 무엇들을 하고

325

살았는지는 잘 기억이 나지 않지만, 포토 김Foto Kim을 자주 만났다. 시내 가까운 번화가에 스튜디오가 있고 고급 카메라를 수리할 수 있는 기술자였다. 임익관이라는 사람은 무슨 기술자라고 했는데 아르헨티나 여자를 부인으로 맞이해서 살고 있었다. 그들 중 제일 어린 사람은 아직 결혼하지 않은 총각이었다. 나도 총각이어서 동생 같이 주말이면 이곳저곳 데리고 다니면서 구경을 많이 시켜주었다.

여러 해 후에 LA에서 홍 씨라는 분 부부를 만났는데, 사진을 가지고 보여주면서 그 반공 포로들 가운데 한 사람이라고 했다. 내가 미국으로 갈 무렵 한국서 파라과이에 농업 이민이 도착했는데 그 이민 가족들 중 어느 여인과 결혼해서 미국으로 이민 오게 되었고, 포토 김과

또 한 사람이 뉴욕으로 이민 왔다고 했다.

이들 역시 고향을 잃어버리고 고향의 버림을 받고 끔찍한 전쟁과 생사의 고비를 넘기며 일생을 고독하게 살아온 실향민들이었다. 어쩌면 나도 그들과 별로 다름없이 무서운 세상을 겪고 여기까지 온 것이 비슷하다고 생각했다.

부에노스아이레스 대학

아르헨티나에서 제일 뛰어난 대학교가 부에노스아이레스 대학이다. 우리나라의 서울대학교에 해당한다. 우선 이 대학 약학과를 찾았다. 고층 건물에 유명한 대학다웠다. 약학생화학과가 있어 학과장을 찾았다. 아르만도 노벨리Armando Novelli 교수를 만났다. 나이는 60이 가까운 구부정하고 키가 큰 교수였다. 무어라고 말을 했는지는 기억이 나지 않지만 '명예 연구생'으로 보나페데Bonafede 교수의 연구실에 넣어주었다. 유기화학 합성을 하는 것이 주 업무였다. 내가 하고 싶은 연구였다. 수업료를 내는 것도 아니고 월급을 받는 것도 아니었다. 일주일에 3~4일, 팔레르모에서 회사 일 끝나고 오후에 버스를 타고 학교로 들어가서 저녁 늦게까지 화학 합성을 했다.

보나페데 교수는 당장에 부에노스아이레스에 있는 국립 도서관에 가서 독일 문헌 베리히테Berichte에서 아른트Arndt-아이슈터트Eistert 반응의 합성 방법을 찾아오라고 했다. 벤즈아미드Benzamide에서 아닐린Aniline을 합성하는 것인데, 이것을 이용해 니코틴산아미드Nicotin Amide에서 아미노피리딘amino-pyridin을 만드는 것이 내 일 중의 하나였다.

지금도 잊을 수 없는 일이지만 합성 중의 중간물질에 최루제가 있었다. 이것을 만질 때에는 눈에는 보호 고글을 쓰고 고무장갑을 잘 끼고 고무 앞치마를 두르고 아무리 조심을 해도 눈물·콧물이 줄줄 나온다. 울면서 웃어야 하는 일이었다.

보나페데 교수는 또 자신이 보고 있던 크람Cram 교수의 새로 발간된 〈유기 화학Organic Chemitry〉를 빌려줘서 밤마다 탐독하고 베끼고 해서 공부를 했는데, 3년 후에 유기화학 박사 코스 할 때에 큰 도움이 되었다. 이 보나페데 교수와 노벨리 박사의 추천장이 미국에 유학 가는 데 큰 도움이 되었다.

미국 유학을 위해서는 도서관에서 미국 내 약학대학을 찾아내서 석사 과정을 신청해야 했다. 제일 먼저 생각난 게 UC계 샌프란시스코 대학이었고, 이 학교에 편지를 보냈다. 대학원에 들어가고 싶다고 했더니 우선 토플 시험을 봐서 합격해야 한다고 했다. 미국 영사관에 가서 시험을 본 것 같다. 누가 채점을 했는지 합격을 했다.

그 다음엔 추천서 세 통이 있어야 했다. 하나는 학교에서(보나페데와 노벨리), 또 하나는 제약 회사 연구소장인 준티 박사에게서 받았는데, 마지막은 현지 미국 공관에서 누가 써주어야 했다. 기가 막혔다. 미국 영사관에 우선 들어가서 영사였는지 부영사였는지 모르나 대학에 나의 추천장을 써달라고 졸라댔더니 한 장 써주었다. 희한하게 얻어낸 편지였다. 지금 생각해 봐도 그 사람이 나를 초면에 무엇을 보고 무슨 인상을 받았는지 추천장을 써주었다.

얼마 후에 샌프란시스코 대학의 쿰러Kumler 씨로부터 편지가 왔는데, 입학을 할 수 없다는 거절 편지였다. 겨우 조지아의 시골에 있는 머서Mercer 대학 대학원에서 입학을 허락받았다.

이렇게 해서 우여곡절 끝에 남미에서 미국으로 떠나게 되었다. 사람의 미래는 예측할 수 없이 복잡하고 어렵다는 것을 체험하고 있는 중이었다. 그때 써놓은 일기를 보면 수많은 불안과 기다림과 피눈물이 되살아난다. 몇 년을 공을 들이고 온 정성을 다해서 그 어려운 〈인삼사人蔘史〉를 번역해서 보내고 스페인어를 공부해 유학 시험에 합격하고 상항에 도착했으며, 다시 천신만고 끝에 아르헨티나 입국 허가가 나와서 비야베르나에 와 보니 여러 가지 어려움은 고사하고 하루라도 빨리 이곳에서 빠져나가야겠다고 마음을 먹었다. 이 산중에서 9개월 동안 육체적 고생은 젊음으로 견뎌냈지만 정신적 고뇌는 극도에 달했었다. 매일 써놓은 일기가 그때 일들을 증언한다. 이 산장에서 만난 사람들(내게는 '무조건' 도움을 준 천사들)의 도움으로 무사히 부에노스아이레스에서 20개월 동안 살 수 있었다. 뉴욕에 안착했을 때 마지에게 편지를 보냈더니 아들에게 보내는 편지 같이 눈물어린 사연의 답장이 왔었다. 상항과 비야베르나에서 겪은 이야기를 다 일기장에 썼다면 100페이지도 넘었을 것이다.

6. 뉴욕에서

1965년 5월 초였다. 아르헨티나 주재 한국 대사관에서 뉴욕 영사에게 보내는 추천장(5월 4일자)을 하나 얻어서 방문객 사증을 가지고 아무런 대책 없이 뉴욕에 도착했다. 파란만장한 미국에서의 모험이 시작된 것이다. 무슨 일이 기다리고 있을까?

지금은 케네디 국제공항이라고 하지만 그때는 다른 이름이었다. 우선 다운타운 가는 버스를 타고 내려서 어느 호텔에서 하룻밤 자고 그 다음날 YMCA로 옮겼다. 전화번호부를 보고 우선 한국인과 관련된 것은 모두 찾아보았다. 마침 일요일이어서 컬럼비아 대학 근처에 있는 한인 교회를 찾아갔다. 친교 시간에 서로들 인사를 하고 이야기하다가 방금 도착한 학생인 것을 알고는 우선 다운타운으로 케네스 남Kenneth Nam 변호사를 찾아가보라고 한다.

지하철을 타고 다운타운(월스트리트와 차이나타운 근처)으로 갔다. 그의 사무실은 고층 건물의 크고 으리으리한 곳에 있었다. 사람은 키도 크고 50대 정도 되어 보였다. 대뜸 하는 말이 당장 일자리를 구하라는 것이었다. 어떻게 시작하느냐고 물어보았더니 신문 광고란을 훑으라고 했다. 그리고 학생 비자로 바꾸려면 배리 브로드먼Barry Broadman을 찾아가 보라고 했다. 그래서 그 자리에서 인사하고 나와서 〈헤럴드 트리뷴〉을 사 들고 약사 구직란을 찾아보았다. 롱아일랜드의 프리포트Freeport에 있는 컬럼비아 제약Columbia Pharmaceutical이라는 회사를 찾아냈다. 전화를 했더니 약물 분석하는 사람을 구한다고 당장 오라는 것이었다. 호텔에 가서 가방을 찾아들고 롱아일랜드 철도 기차를 타고(아마 그랜드센트럴Grand Central 역에서 탔을 것이다) 프리포트에 내려서 택시를 타고 그 회사를 찾아갔다(주소는 530 Ray Street, Freeport, NY).

단층 건물도 아닌 창고 같은 데였다. 양철 지붕에 블록 벽돌로 된 벽이고 시멘트 바닥이었다. 사무실과 약 제조실들은 비닐 바닥이었다. 제약 제품 관리하는 데 완제품에서 유효 성분을 측정할 수 있다는 경험을 이야기하고 아르헨티나 푸리시무스 제약 회사의 준티와 에버하르트의 추천장을 보여주었더니 그 자리에서 채용이 되었다. 그날 밤에 그 회사에서 일하는 쿠바 사람 루이스 우르키사Luis Uruquiza의 집에 가서 자고 내일부터 근무할 때는 루이스와 같이 차를 타고 오라고 했다. 그래서 그날도 지붕이 있는 곳에서 자게 되었다. 가방이 내 살림 전부이니 항상 같이 들고 다녔다.

루이스의 집은 2층짜리 단독주택이었다(지금도 기억하는 루이스의 집 주소는 33 Smith Street, Freeport, NY이었다). 외벽에 하얀 페인트를 칠한 전형적인 가정 주택이었다. 아래층에는 거실이 있었고, 방이 또 하나 있었다. 지금 생각하니 서재였다. 그리고 부엌이 있고, 뒤쪽으로는 루이스의 가족이 사는 안방이 있었다. 이층에는 방이 둘 있었고, 화장실이 있었다.

그 집 앞에는 미국 감리교회가 있었다. 거기서 몇 블록 가면 롱아일랜드 기차 정거장이 있었다. 루이스의 집에서 공장까지는 차로

5~10분 정도의 거리였다. 공장 뒤로 나가면 조그마한 연못이 있는 공원이 있었고 간이식당도 있어서 몇 년 동안 점심 시간에 그놈의 팟로스트Pot Roast를 신물이 나게 먹었다.

헥토르Hector Funnes Mirabal를 컬럼비아 제약에서 처음 만났는지 루이스의 집에 와서 만났는지 기억이 없지만, 루이스 집 위층 방 하나에서 같이 살아 둘도 없이 친한 룸메이트가 되었다(지금 생각해 보면 나에게는 하느님이 보내주신 천사였다). 나이도 나와 비슷했거나 좀 더 젊었을 것이다. 방에 침대가 둘 있고 옷 넣는 서랍이 두 개 있는 장이 있었다. 하나는 내 옷을 넣고 또 하나에는 헥토르의 옷을 넣었다.

우리는 금방 스페인어로 의사소통이 되었고, 헥토르는 내게 필요한 것을 모두 가르쳐주었다. 동네 우체국과 동전을 넣고 빨래하는 빨래방 등을 가르쳐주었다. 나보다는 미국에 좀 더 일찍 왔기에 벌써 중고 폭스바겐 밴을 타고 다녔다. 매일 그 사람의 차를 함께 타고 컬럼비아 제약 회사에 출퇴근을 했다.

주말에 스테이크를 사다가 전기풍로 위에 얹은 프라이팬에 구워 먹은 일이 기억나는데, 그렇게 맛이 좋았다. 그 후로 종종 스테이크 바비큐를 그렇게 해서 먹었다. 이층에 샤워기가 하나 있어서 다른 방에 같이 사는 쿠바 사람들과 번갈아가면서 써야 했다. 아래층에는 주인 식구 외에 또 몇 사람이 살고 있었다. 어떤 주말에는 쿠바 사람들이 맥주 파티를 열고 기타에 맞춰서 '라팔로마La Paloma' '관타나메이라Guantanameira' '쿠카라차Cucaracha' 그리고 '베사메무초Besame Mucho' 같은 노래들을 부르면서 고향 생각을 하고 타국에서의 서러움을 달래면서 살고 있었다. 이 노래들은 모두 슬픈 노래다. 나도 그 가사들을 읊으면서 같은 슬픈 생각에 잠겨보기도 했다. '베사메무초'

와 '쿠카라차'는 간절한 사랑의 노래로, 멕시코 서민들의 압박과 설움을 노래하는 구절이 어쩌면 내 신세와도 같다고 상상해 보았다. 지금 LA나 미국 어느 도시에 가도 저소득(또는 빈민) 멕시코인 가족들이 집 하나에서 열 명, 스무 명씩 살고 있는 것을 볼 수 있는데, 그때 내가 살았던 쿠바 난민들이 사는 루이스의 집도 그와 같은 것이었다.

공부하러 왔으니 학교를 찾아야 했다. 약학과가 있는 제일 가까운 대하이 세인트존스 대학이었다. 그 다음 가까운 대학이 컬럼비아 대학, 그 다음이 퍼듀 대학이었다. 이리저리 비교해서 제일 좋은 대학이고 뭐고 따질 수 있는 자격도 없는 것이 나의 형편이었다.

제일 가까운 곳에 있는 세인트존스 대학에 첫 번째 발을 들여놓았다. 사립 학교였고, 가톨릭 교단의 오래된 대학이었다. 일류 대학이 아니어서 대학원에 입학할 가능성이 높을 거라고 계산하고 우선 그 학교의 약학대학 학장을 만나보러 갔다. 나는 아무것도 없지만 공부를 하고 싶으니 한번 기회를 달라고 간청했을 것이다. 그 사람의 이름도 기억나지 않고, 대학원에 입학하려면 우선 GRE라고 하는 시험에 합격해야 한다고 했다. 어떻게 했는지 합격이 되었다.

그 다음은 추천서 세 개, 그 다음은 재정 보증서를 가져오라고 했다. 추천서는 아르헨티나에서 받은 미국 대사관의 어느 직원이 써준 것과 부에노스아이레스 대학의 노벨리 학과장 것, 그리고 제약 회사의 준티 박사의 추천서로 되었다. 그러나 누구한테서 재정 보증서를 얻어내야 할까?

고민 끝에 그 루이스 우르키사의 집 앞에 있는 미국 감리교회 목사에게 사정을 해서 얻어냈다. 그분의 재정을 공개해야 했고(거기에 그 사람의 수입이 얼마고 재산이 얼마고 은행 잔고가 얼마고 그 외에 투자 금액이 얼마인지 자세히 나열해야 했다), 나는 어떻게 해서 그분이 재정 보증을 해주게 되었는지는 알 수가 없다. 다만 하느님이 그분의 마음을 움직여서 해주었기 때문에 대학에 입학하게 되었다고 생각할 수밖에 없었다. 나에게 스스로 노력해서 성취할 수 있는 기회를 주신 것이었다. 그 사람의 이름은 호지슨Hodgeson 목사라고만 기억이 난다. 검은 머리에 얌전하게 다듬은 턱수염을 하고 있었다.

그 다음은 나의 은행 잔고에 학교 첫 학기 수업료와 6개월 동안 쓸 수 있는 금액이 있다고 은행에서 편지를 써 가지고 오라는 것이다. 나한테 그런 돈은 없고, 아마 1000달러 정도 가지고 왔을 것이다. 아르헨티나에서 여기저기서 꾸어 온 돈이 그 정도는 되었을 것이지만 아직도 3000달러 이상은 더 있다고 해야 했다. 컬럼비아 제약 회사 사장 제리 레미닉Jerry Reminick에게 사정을 했다. 그 사람은 근처에 있는 프랭클린 내셔널 뱅크Franklin National Bank에 가서 내 이름으로 통장을 만들어 3000달러를 입금하고 통장은 자기 호주머니에 넣어버렸다. 물론 은행에서는 내 이름으로 통장에 그런 금액이 있다고 편지를 써주었다. 이것도 하느님이 이들의 마음을 움직여주어서 가능했다고 나는 믿고 있다.

학교에 이 서류들을 접수시켜서 드디어 입학이 되었다. 1965년 7월이었다. 이 모든 것들이 '기적'이 아니고는 일어날 수 없었다.

학교는 뉴욕시 퀸즈버러Queensborough에 있는 자메이카Jamaica 시에 위치해 있다. 뉴욕의 맨해튼 섬과 롱아일랜드 사이, 브루클린 바로 옆이다. 학교는 조금 높은 언덕 위에 위치해 있고, 큰 석조 건물에 사방이 아름다운 잔디와 소나무 등으로 조경이 된 동산이었다. 여기서 5년이라는 세월을 보냈다. 공부에만 전념했다. 그것이 살아날 수 있는 기회였고 희망이었고 보람이었다. 이제 나의 과거는 묻어버리고 새로운 인생을 출발하자. 네가 할 수 있는 것만큼 될 수 있다는 신념을 가지고.

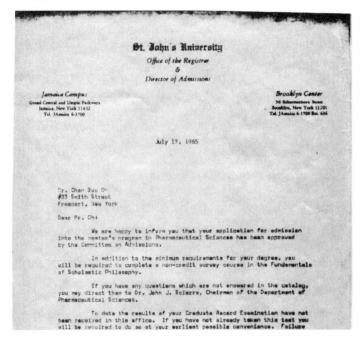

약학대학교 대학원 입학

전체 학교에 한국 학생은 하나도 없었다. 특히 약학대학원에는 내가 한국 학생으로는 처음이라고 했다. 첫 과목은 물리화학·기계분석화학·약제학·유기화학 등이었다. 영어로 강의 듣기도 힘들었지만, 물리화학은 책 내용부터 어려운 개념들이었다.

강의는 저녁 6시경부터 시작해 10시 정도에 끝난다. 강의가 끝나자마자 밖에 뛰어나가 보면 내 천사 친구 헥토르가 그 폴크스바겐 밴 차 안에서 기다리고 있다. 부랴부랴 밤길에 롱아일랜드의 프리포트로 달리는 것이다. 우리는 별로 말을 할 것도 없었다. 배고프니 간이식당에 가서 계란 프라이에 베이컨이나 햄을 곁들여서 먹곤 루이스 우르키사 집 이층으로 올라가 녹아떨어져 잤다. 그 다음날 아침엔 둘이서 토스트에 커피 해서 마시고 컬럼비아 제약 회사에 출근한다. 오후 4시 또는 늦어도 5시까지는 또 세인트존스 대학이 있는 자메이카로 출발해야 했다. 헥토르의 폴크스바겐은 고장도 없이 학교 주차장에 6시까지 도착한다. 또 서너 시간 강의 아니면 실험이었다.

이와 같이 헥토르와 나는 내 학업에 모든 노력을 쏟아 부었다. 중간시험이나 학기말 시험 때에는 밤을 새워가면서 책을 읽고 또 읽고, 연습 문제를 풀어서 답을 맞춰보고 또 해보고, 심지어는 암기해 버렸다. 여하튼 시험을 보았다. 점수가 B+ 이상이어야 했다. 죽자 사자 해서 점수를 따냈다. 그래서 그 다음 학기부터는 등록금 면제를 받았고, 학부 학생들 실험실 조교가 되어서 연 봉급 1700달러를 받게 되었다. 여기까지 온 것이 기적이었고 꿈만 같은 일이었다. 나의 노력이 있었지만 헥토르의 도움이 없었던들 이루어질 수 없었을 것이다.

헥토르가 왜 그렇게 나를 돕게 되었나를 줄곧 생각하면서 살아왔다. 나에게서 무엇을 보고 느꼈을까? 밤새워 가며 책을 보고 공부하는, 자기로서는 도저히 알 수 없는 무슨 깊은 세계를 헤매는 새로 사귄 친구가 그에게는 소중한 존재였을까? 도무지 알 수 없는 무슨 끌림이 있었을까? 자기 친형제에게나 할 수 있는 돌봄을 통해, 최선을 다해서 무엇을 성취하는 데 자기도 동참하고 있다고 느끼는 것이었을까?

헥토르와 같이 세인트존스 대학 캠퍼스에서 찍은 사진

우리는 주말마다 같이 자동세탁기에 가서 세탁하고 먹을 것과 마실 것 쇼핑하러 가고 공원에 가보고, 여하튼 모든 행동을 같이 했다. 심지어는 자기가 잘 아는 쿠바 난민 서클에 소개해 주기도 했다. 하루는 로사Rosa라 불리는 여자를 사귀어보라고 소개해 주기도 했다. 여자가 너무 키도 크고 뭐 이야기할 만한 것도 없어서 그만두었는데, 그 다음엔 그 근처 동네에 가

1965년 뉴욕시 세계박람회에 갔을 때의 헥토르

정부로 일하는 엘살바도르 여자 버르트 알리시아Berth Alicia를 소개해 주었다. 30대 중반은 된 여자인데, 키와 몸이 자그마한 전형적인 중남미 여자였다. 일주일 내내 남의 집에서 청소해 주고 음식도 해주고 아이들 봐주는 가정부였다. 몇 달러 받은 것을 모아 고향에 보

내서 두고 온 어린아이들 키우는 부모를 돕는 것이다. 겨우 토요일·일요일에야 외출할 수 있었다. 고되고 외로운 생활을 하는 사람이었다. 나는 그녀와 말도 별로 필요 없이 서로 고독을 풀어주었다.

헥토르는 자주 목말라 했다. 하루에 오렌지주스 한 갤런은 마셔야 했다. 지금 생각하니 당뇨가 심해서 그리 갈증이 났을 거라 생각된다. 당뇨증으로 그 후 오래 살지 못했을지도 모른다는 상상도 해봤다. 내가 좀 잘살게 되었을 적에 헥토르를 챙기고 도와주었어야 했는데, 내가 만난 천사 은인들을 지금까지 챙기지 못한 것을 이제 와서야 아프게 느낀다.

학교의 연구 생활과 공부 때문에 학교 근처에 셋방을 얻게 되었다. 한 달 방세가 50~60달러 정도여서 학교에서 나온 돈으로 충분히 감당할 수 있었다. 컬럼비아 제약 회사 약품 분석 일은 혼자도 할 수 있어서 일주일에 사흘(금·토·일요일) 출근해서 아침 9시부터 밤 10~12시까지 약 분석을 해서 약품 함량이 적법한 수준으로 검출되었다고 인준하는 사인을 해주어야 했다. 이렇게 해서 일주일에 70달러 정도 받았다. 학생으로 이 정도 있으면 충분했다. 그저 석사 학위 받는 게 나의 유일한 목표였다. 모든 것 다 제쳐놓고 전심을 다해 달려갔다.

컬럼비아 제약 회사

회사에 출근하려면 셋집에서 나와서 그랜드센트럴 파크웨이를 따라서 두 블록 가면 164가가 나오고, 거기서 버스를 타고 자메이카 가에서 내리면 롱아일랜드 기차 지하역이 나온다. 지하상가 커피점에 가서 도너츠와 커피로 아침을 먹고 기차를 타면 몇 정거장 지나 지하에서 나와서 롱아일랜드 도시 교외 풍경이 보인다. 모두 신기하고 경이로우며, 부자들이 사는 풍족하고 완벽한 모습만 보인다. 언제나 나도 저런 자가용 차를 타고 달려보게 되려나? 그런저런 생각을 하다 보면 차는 프리포트에 도착한다. 플랫폼은 지상 2층 정도 높이에 있다. 눈 아래로 프리포트가 한눈에 보인다. 플랫폼 계단에서 내려오자마자 줄지어 있는 택시들이 보인다. 택시를 타고 10~15분 정도 가면 제약 회사가 나온다.

문 열고 들어가자마자 셀마Selma가 아는 체한다. 그녀는 비서도 되고 접수 직원도 되고 회계도 되었다. 내 월급 수표도 그녀가 써주었다. 사장 레미닉이나 부사장 스콜르닉을 만나서 얘기하려면 그녀가 주선해 줬다. 조 리나Joe Riina는 공장장 내지 일급 제약 기술공으로 키가 큰 이탈리아계 사람인데, 주요 성분 함량 문제 때문에 자주 만나곤 했다. 지금 들어온 사무실에서 공장 문을 열고 들어가면 크고 작은 기계들이 정제錠劑를 끊임없이 찍어낸다. 또 캡슐 만드는 공정, 정제 코팅하는 시설들이 한 방에서 모든 생산을 한다. 이 공장에서 나와서 뒤쪽 건물로 들어가면 품질검사실과 약품분석실이 있다. 바닥은 콘크리트고 벽은 콘크리트 블록이며 천정은 함석 지붕이다. 지붕 밑에 형광등이 몇 개 켜져 있고, 중앙에 실험대 두 개가 있고, 벽에 기대서 실험대가 방을 둘러싸고 있었다.

이들은 큰 제약 회사들이 독점하던 약품들을 특허가 끝난 뒤 염가로 생산해서 출하한다. 이때 벌써 유리 약병이 아닌 플라스틱 병에 넣어서, 주문해 온 여러 이름 모를 작은 회사 라벨을 붙인다. 기억나는 이름들은 APC(요즘 나오는 타이레놀·애드빌 같은 진통제), 디곡신Digoxin, 프레드니솔론Prednisolon, 종합비타민제, 감기 시럽, 비타민 C 등등이었다.

내가 했던 약품 제품 관리 분석은 미국 약전US Pharmacopeia에 따라 구체적으로 정성분석(중요 성분의 확인·식별 실험에서 양성을 확인한다)과 정량분석(중요 성분의 함량을 측정해서 라벨에 게시된 양의 95~105퍼센트가 되는지를 확인한다)을 해서 그때 생산된 물량의 합격 또는 불합격을 판정해 주는 것이다. 분석 과정과 결과를 실험 노트에 기재하고 각 페이지마다 사인하고 날짜를 기록했다. 동료 화학 기사가 그 내용을 읽고 모든 것이 법 규정에 기재된 대로 되었다고 확인 사인하고 날짜를 내가 사인한 아래 난에 기입한다. 미 정부 보건국(FDA) 요원들이 정기적으로 감사를 나올 때 꼭 필요한 자료가 된다.

시험 가운데 특히 기억나는 것들이 있다. 37도 온도를 유지하면서 밑이 뚫어진 바구니에 인조 위액을 담고 정제錠劑를 그 인조 위액에 넣어서 상하로 움직이면서 약전에 지정한 시간 내에 정제가 완전히 용해되는 것을 확인해야 했다. 장용정腸溶錠은 대개 위 점막에 자극을 주거나 산성 위액에 분해되는 약품에 쓰이며 위에 기술한 위액에 지정한 시간 동안 용해되지 않아야 하는데, 이런 것도 검사의 대상이 되었다.

비타민 C와 APC 정제 등은 많이 들어온 시료들이었다. 종합비타민 정제도 자주 들어온 샘플이었다. 비타민 C, 티아민(B1), 리보플라빈(B2), 니아신은 함량이 높아서 측정이 비교적 쉬웠다. 시아노코발아민(소위 비타민 B12)은 그 함량이 아주 낮아서 보통 화학반응이나 분광계로 측정할 수 없다. 미국 약전에서는 미생물을 써서 함량을 측정했다.

석사 학위

　석사 학위를 하려면 주임 교수가 있어야 했다. 시아라Sciarra라는 이름의 교수였다. 이분은 그때 유행이던 에어로솔Aerosol 전문가였고, 세계적으로 이름이 알려졌던 분이다. 40대 중반 내지 50대 초반이었다. 깡통에 분무기를 붙이고 그 꼭지를 누르면 통의 내용물이 미세 입자로 뿌려진다. 지금은 이산화탄소나 공기 같은 것으로 압력을 제공하지만 그때는 프레온을 많이 썼다. 이 에어로솔 깡통 안의 약물을 용해시켜서 분무기를 작동하면 약물을 상처나 피부에 고루 뿌려줄 수 있다. 그런데 프레온이나 그 외에 약물을 용해시켜 주는 용매溶媒에 습기가 들어가서 프레온과 오래 저장되면 염산이나 불산이 생성되어 깡통 내부의 노출된 금속(주석 · 알루미늄 · 철)이 부식하고 제품이 파괴되어 손실을 초래하게 된다. 그래서 미소 내지는 극미소량의 습기 또는 습도 측정 방법을 개발해야 했다. 이것이 나의 석사 논문 제목이자 과제였다.

　나는 2년 동안은 밤낮으로 실험하는 데 몰두했다. 생전 들어보지도 못했던 최신식 장비인 가스 크로마토그래프Gas Chromatograph를 써서 측정하는 것이었다. 영화에서나 보는 복잡하고 계기 다이얼이 많이 붙은 과학 분석 첨단 기계였다. 그 기계에서 나온 측정치가 종전에 알려지고 보편화된 칼 피셔Karl Fisher 습기 측정치

칼 피셔 측정기

와 동일하게 나와야 했다. 석사 논문은 그것을 증명하는 것으로 결론을 맺었다. 논문은 1967년 3월 30일 제출했다.

THE DETERMINATION OF MOISTURE
IN PRESSURIZED CONTAINERS

by Chan Soo, Oh.

석사 학위 논문 제목

석사 논문 마칠 때쯤에는 롱아일랜드 프리포트에서 이사해서 학교 부근의 학생들이 셋방을 드는 개인집 이층에서 살고 있었다. 뉴욕 시와 롱아일랜드를 잇는 그랜드 센트럴 파크웨이Grand Central Parkway가 내려다보이고 밤낮으로 자동차 소음이 들린다. 이 소음은 생동하는 도시의 숨소리 또는 맥박 아니면 음악 소리로 들렸다. 이 셋집의 이층에는 방이 둘 있고 아래층에는 방 둘과 거실, 그리고 부엌·화장실·세탁실이 있었다. 방마다 세든 학생들로 가득 차 있었다. 부엌의 냉장고에는 각자의 간이 식품이 저장되어 있었다. 나도 된장국과 밥 남은 것을 넣어놓고 먹곤 했다. 여기서 서너 블록 걸어가면 학교 후문이 나오고, 주차장을 지나면 2층에 약학대학이 있었다. 강의실과 실험실도 같은 층에 있어서 실험실에는 밤낮으로 드나들 수 있었다.

어느덧 실험들도 다 끝이 나고 논문을 써야 했다. 그때는 얇은 타자기 종이를 두세 장씩 겹쳐서 먹지를 종이 사이에 넣고 3중 복사를 찍어냈다. 한 번 글자를 잘못 찍으면 석 장을 교정해야 그 다음 글자를 계속 찍을 수가 있었다. 그 다음은 논문 지도교수에게 사본 하나를 가져다주었다. 영어가 얼마나 엉망이었으면 종이 절반은 빨간 글자와 동그라미에 화살표가 위아래로 날아다니고 야단이었다. 나이는 60여 세 드신 것 같은 몬테Monte라 불리는 교수였고, 아주 친절하게 그 논문이 글 같이 만들어질 때까지 도와주셨다.

하루는 전 악학대학 학생들이 모여 있는 날, 우리 석사 학위 연구 생활에 대해 설명을 해야 했다. 얼떨떨해 가지고 연단에 올라가니 마이크를 손에 쥐어준다. 겨우 아래를 내려다보니 아찔했다. 그 수많은 학생들의 얼굴이 나를 보고 있지 않는가! 내 영어도 서투른데. 아마 왜 에어로솔 통 내용물의 습기를 측정하는 게 제품 수명에 중요한지 설명을 했을 것이다. 그 실험이 어렵고 힘들다고 표현한 것이 그만 '내 뒷부분에 큰 통증Pain in the Ass'이라고 했다. 학교 운동장이 뒤집힐 듯이 웃음이 터졌다. 나는 영문도 모르고 홍당무가 되어서 쩔쩔매고 있자니, 누군가가 가톨릭 대학교 공식 석상에서 교수들도 다 있는데 '엉덩이Ass'라는 쌍스런 말을 했느냐고 책망했다. 우리 학생들 사이에 개인적으로 만나서 농담할 때나 쓰는 말을 내가 그 뉘앙스를 다 알기도 전에 서툴게 써서 실수한 것이었다.

내 자랑이어서 좀 쑥스럽지만, 또 하나 잊지 못할 일이 있었다. 석사 과정에서 '기계분석Instrumental Method Analysis'이라는 과목을 선택했다. 교수는 리처드 코버Richard Cover 박사라는 분인데, 여러 가지 기계를 써서 하는 화학 분석 방법을 가르쳤다. 그분은 석유화학 회사에서 여러 해 근무하다가 최근에 이 학교에 와서 교편을 잡은 지 얼마 안 돼서 가르치는 방법이 이론적이기보다는 실습을 더 잘 가르쳤다.

어느 날 실습 시간에 위에 언급했던 화학물질 분석법의 하나인 가스 크로마토그래프를 써서 분석을 했다. 헬륨이나 수소 등의 기체(전개제 또는 캐리어 가스라 한다)를 유량流量이 일정하게 유지하고 흘려놓은 속에 시료試料를 주입하면 가열 기화되어 활성 알루미나나 실리카 겔을 충전한 긴 금속관(칼럼이라 한다)을 통과하는 사이에 이동 속도의 차이가 생겨 각 성분이 분리되어서 나온다.

시료는 벤젠·톨루엔·크실렌 등 세 가지 유기물질을 혼합한 것이다. 이 세 물질은 화학적으로 유사 물질이다. 화학적 성질이 비슷하나 물리적 성질은 약간 다르다. 예를 들면 분자량이 각각 108·122·136이다. 그래서 보통 방법으로는 각 성분을 분리하기 어려우나 위의 분석기로는 몇 분 만에 가려낼 수 있다. 제일 가벼운 벤젠이 먼저 나오고, 그 다음에 톨루엔이 나오고, 제일 나중에 크실렌이 나온다. 분자량이 크다는 것은 그만큼 분자의 무게가 무겁고 또 부피도 커서 그만큼 유동성이 늦고 움직임이 둔할 것은 빤히 보이는 이치다.

그래서 이 화학 실험 교수 코버 씨는 위 혼합물을 아주 작은 주사기로 약 $1/100$㎖($1/100$㎤) 기계에 주입하고 손잡이를 돌리라고 한다. 조금 있으면 그 기계에 연결된 그래프 레코더 펜이 그래프 종이에 그림을 그린다(아래 그림 참조). x축의 제일 왼쪽에 시료 투입 마크가 보인다. 그 다음에 보이는 첫 번째 피크peak는 벤젠이고, 그 다음 피크는 톨루엔이고, 그 다음 제일 늦게 나온 피크는 크실렌이다. 이것으로 실험은 끝났다.

이제는 실험 리포트를 써서 교수에게 다음 주 강의 시간 전에 가져가야 한다. 교수는 그 실험 보고서를 평가해서 점수를 매긴다. 잘 써야 B+ 점수를 받는다. 뭘 어떻게 써야 점수를 잘 받을까? 내게는 돈이 걸려 있어서 여간 중요한 일이 아니었다. 그래서 실험 제목, 날짜, 시료, 기계, 그리고 기계 작동 조건(헬륨 압력 흐름률, 오븐 온도 등)과 투입 시료량 들을 꼼꼼히 기술하고 그 다음으론 데이터(실험 결과)를 첨부했다. 그 데이터는 이러했다. 시료를 투입한 지 t_1분에 벤젠 피크가 강도(높이) h_1, 폭 w_1으로, 그 다음 톨루엔은 t_2분에 강도 h_2, 폭 w_2로, 마지막으로 크실렌은 t_3분에 강도 h_3, 폭 w_3를 얻게 되었다고 썼다. 상대적 양量은 피크 면적peak area 비례 즉 $h_1 \times w_1$: $h_2 \times w_2$: $h_3 \times w_3$로 산출해서 리포트에 기입하면 된다.

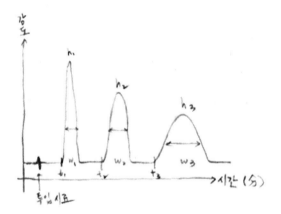

　그러나 리포트에는 논의論議가 중요한데, 이것만으로는 좋은 점수를 딸 수가 없을 것 같아서 생각을 해야 했다. 그래서 문헌에서 $t_1 \cdot t_2 \cdot t_3$는 벤젠·톨루엔·크실렌 각 물질 분자량과 각 물질의 열역학적 항수 델타 H와 함수 관계가 있기 때문에 이 실험에서 얻은 $t_1 \cdot t_2 \cdot t_3$와 분자량을 써서 시료 각 물질의 열역학적 항수를 산출해서 참고

문헌치와 일치했음을 논술했다. 결론도 그럴싸하게 써서 그 리포트를 완료했다. 이때 내 나이 29살, 어리다면 어린 나이에 보통 생각에서 조금 벗어나게 생각한 결과였다. 그 교수가 아주 기뻐하면서 A+++ 점수를 주었다. 그 반에서 1등이었다. 얼마나 기뻤는지 말로 다 쓸 수 없다. 그 리처드 코버 교수는 내 석사 논문 심사위원 중의 한 분이었고, 그 후에 내 결혼식에까지 와서 축하해 주고 갔다.

어느덧 석사 논문도 끝이 나서 1967년 6월에 석사 학위를 받았다. 졸업식 하는 날 어머님이 옆에 계셨더라면 얼마나 기뻐하시고 만족하셨을까 생각해 보았다.

학교 잔디밭 위에 졸업생들이 앉을 수 있도록 걸상이 줄지어 놓여 있다. 앞 연단에는 교수들이나 외부에서 초청해 온 방문객들을 위해 걸상이 놓여 있다. 학생들 뒤에는 졸업생들의 가족들과 친구들로 가득 차 있다. 나팔 소리가 울리자 학부 졸업생들이 줄지어 입장해서 과별로 좌석에 앉는다. 그 다음엔 석사 학위 받는 졸업생들이 입장하고, 박사 학위 받는 졸업생들이 입장하고, 그 뒤로 교수들·귀빈들이 연단에 입장한다. 까만색 가운과 모자에 금줄이 장식되어 있고, 붉은색 가운 장식이 화려했다. 케이힐Cahill 박사로 기억되는 학교 총장과 교수들, 그 다음엔 외부에서 초청된 귀빈의 연설이 있었다. 그 다음엔 학위 수여 절차다. 길고 지루하지만 학위를 받는 학생들이 알파벳 순서로 호명되어 연단에 올라가서 졸업장을 받을 때는 중요하고 즐거운 순간이다.

내 이름도 불러서 드디어 석사 졸업장을 받았다. 가족들이나 친구들이 이 순간을 사진 찍느라 여기저기서 붐볐다. 내 사진을 찍어줄

연고자도 없어서 그냥 혼자서 만족을 느끼고 말았다.

식이 다 끝나고 졸업생들은 여기저기서 식구들·친구들과 개인적으로 학교를 배경으로 넣고 사진들을 찍었다. 나도 헥토르와 같이 기념 사진을 찍었다. 컬럼비아 제약 회사에 근무하는 내 실험실 조수 다이애나도 축하하러 와서 사진을 찍었다. 그날도 해가 조용하게 서쪽 하늘에서 그랜드 센트럴 파크웨이 건너편으로 저물어 버렸다. 다음날의 도약을 시작해야 했다.

```
                ST   JOHN S UNIVERSITY
                  Jamaica  N Y  11432
            GRADUATE SCHOOL OF ARTS AND SCIENCES
        GRADUATE DIVISION - COLLEGE OF PHARMACY
    This is to certify that    Chan Soo Oh
    passed   X   the comprehensive examination in  Pharm. Chem.
    failed_____
    on the Master s          X          level
             Doctoral  _____

    The same has been recorded in the Office of the Registrar.

    Date   5/22/67        DEAN   John J Suaria
```

석사 학위 수료증

아내와의 만남

날짜는 확실하지 않으나 석사 학위 졸업식 이후인 것은 틀림없다. 그러니까 1967년 여름 아니면 가을이었을 것이다. 하루는 자연과학 빌딩에서 도서관으로 가는 다리에서 한 수녀가 다가오더니 이렇게 물었다.

"한국 분이시죠?"

나는 깜짝 놀라서 "예" 하고 대답했던 것 같다. 어쩌면 처음엔 영어로 "Are you Korean?" 하고 묻기에 '일본 사람 아니면 중국인인가?' 하고 잠깐 생각했는지도 모른다. 그러는 동안에 '한국인 수녀구나!' 하고 놀라면서도, 이런 데서 한국 학생을 만났다는 것을 인식하자 반갑기도 했다. 간호대학도 같은 자연과학 건물에 있었지만 별로 의식을 하지 않았었는데, 수녀가 간호대학 학부생이었던 것이다. 수녀는 실험 시간에 내가 조교로 들어와 한국 사람인가 하는 생각을 했다고 한다. 자기 가톨릭 이름은 아가타Agatha라고 한다. 학생 이름이 아가타라고 쓰여 있었으면 나로서는 더욱 알 수 없었을 것이다.

그런데 수녀는 뜬금없이 한국인 여성을 만나볼 생각이 있느냐고 묻는 것이었다. 그렇잖아도 혼자 아는 사람도 없이 고독한 판에 한 번 만나봐도 괜찮을 것이라고 생각하고 "예" 하고 대답해 버렸다. 그래서 며칠 후 학교 후문 근처에 있는 중국음식점에서 세 사람이 만나서 서로 인사를 하고 맛있게 저녁 식사를 했다. 서로 전화번호를 주고받고 해서 사귐을 시작했다. 그때만 해도 한국 사람이 별로 없어서 젊은 남녀가 사귈 수 있는 사람 만나기도 힘든 때였다.

성은 정씨였고, 서울서 교육자 집 차녀로 태어나서 위로 언니와 오빠가 있었고 아래 남동생이 있었다. 북아현동에 살았다 해서 서로 이야기가 흥미로워졌다.

그 어머니는 북아현동 로터리 근처 미동학교 교장을 하시면서 내가 4년 동안 가정교사 하던 집 근처에 살았다. 그 아버지도 해방 때부터 교장 선생 생활을 하셨다 한다. 내 집안에 비해 훨씬 윤택한 집에서 자라난 무척 세련되고 멋진 전형적인 서울 아가씨였다. 언니가 의사로 일찍 미국에 와서 퀸스Qeens에 사는데, 그 집에서 살다가 최근에 따로 나와서 아르헨티나에서 온 블랑카라는 여자와 같이 플러싱Flushing 역 근처에서 합숙하고 있다고 했다.

우리는 주말마다 그 역 근처에서 만나서 맨해튼에 자주 갔다. 맨해튼에서 가는 곳은 43가 근처에 있는 유일한 한국음식점으로, 그곳에 가서 육개장이나 비빔밥을 오랜만에 땀을 뻘뻘 흘려가면서 먹곤 했다. 다운타운의 중국촌에도 자주 갔고, 브로드웨이 쇼나 영화관도 가고 센트럴파크에 가서 노 젓는 배를 타기도 했다. 아르헨티나식 초리소 음식과 태드 스테이크를 즐겨 먹었다. 차가 없으니 지하철이나 버스 가는 데서 주로 데이트하며 시간을 보냈다.

어느덧 시간이 흘러서 아주 가까워졌고, 그녀의 어머니가 내 생년월일 사주팔자를 보니 '천생연분'으로 나왔다고 철부지마냥 부끄럼도 없이 내게 얘기하는 것이 서울 아가씨답잖게 순진하게 느껴졌다. 그 다음 해에 그녀의 언니 내외와 내 친구 헥토르가 같이 참석해서 약혼을 했다. 그동안 그녀의 아버지는 광주에 계시는 어머님도 만나보고 숙부님을 만나서 우리 집안 배경도 다 조사해 보시고 난 연후였다.

결혼은 1968년 6월 29일 퀸스 대로에 있는 교회에서 내 학교 친구들, 그녀의 친구와 직장(Qeens General Hospital) 동료들이 와서 조촐하게 치렀다. 헥토르가 신랑의 들러리 노릇을 해주었다. 아가타 수녀가 왔었는지는 기억이 나지 않는다.

학교 친구들, 그리고 신부 친구들이 축하금을 선물로 주고 가서 그 돈으로 마이애미 밀월여행 경비가 다 충당이 된 것도 잊을 수 없는 일이다. 상상도 못했고 기대도 못했던 일이었다. 세상에, 꿈만 같

은 마이애미 여행이라니! 셰리 프롱트낵 호텔Sherry Frontenac Hotel에
서 등에 자외선 차단 크림도 바르지 않고 첫날에 다 태워서 등에 모
두 물집이 생기고 고생했던 생각이 난다.

1남 1녀 자녀를 두고 지금 둘이 은퇴해 살고 있다.